天才小毒妃

천재소독비 11

ⓒ지에모 2019

초판1쇄 인쇄	2019년 8월 8일
초판1쇄 발행	2019년 8월 20일

지은이	지에모 芥沫
옮긴이	전정은 · 홍지연

펴낸이	박대일
편집	이문영 · 임유리 · 신지연 · 전보라 · 곽현주
마케팅	임유미 · 손태석
디자인	박현주
일러스트레이션	우나영

펴낸곳	파란미디어
출판등록	2004년 9월 14일 제313-2004-00214호

주소	03992 서울시 마포구 동교로23길 14 국제빌딩 6층
전화	02.3141.5589 영업부 070.4616.2012 편집부
팩스	02.3141.5590
전자우편	paranbook@gmail.com
카페	http://cafe.naver.com/paranmedia
페이스북	http://www.facebook.com/paranbook

ISBN	978-89-6371-685-5(04820)
	978-89-6371-656-5(전26권)

천재소독비

11

天才小毒妃

지에모 芥沫 지음 · 전정은 · 홍지연 옮김

파란

차례

그가 올까 안 올까

하늘이 점점 어두워져 등불을 켜야 할 때가 왔지만 고칠찰은 여전히 나타나지 않았다.

큰소리치던 이들이 선동해 대는 바람에 지금 약귀당 대문 앞은 와글와글 들끓고 있었다.

그들은 각종 재촉과 비난, 질책을 쏟아내며 마치 약귀당이 무슨 잘못이라도 한 양 굴었다.

결국 한운석이 나갔다. 한운석이 나타나자 소란은 더욱더 커졌다.

"왕비마마, 대체 고칠찰은 오는 겁니까, 안 오는 겁니까?"

"정확히 말씀해 주십시오. 고칠찰은 적어도 약귀당 공동 주인 아닙니까?"

"하하하, 왕비마마께서 고칠찰 대신 패배를 시인하고 다들 돌아갈 수 있게 하시지요. 종일 기다렸단 말입니다."

정말이지 소란을 벌이지 않으면 입에 가시가 돋치기라도 하는 모양이었다. 한운석이 구경하러 오라고 한 것도 아니고 표를 팔지도 않았는데 왜들 저렇게 땍땍거리는 걸까?

그러잖아도 영 불쾌하던 한운석이 반박하려는데, 마침 용비야가 나왔다.

그가 얼음 같은 얼굴로 그녀 뒤에 서자 아우성치던 사람들은 차례차례 입을 다물고 다시는 함부로 떠들지 못했다.

과연 진왕 전하의 기백은 남달랐다.

하지만 그들은 곧 목령아에게 창끝을 돌렸다.

"잘난 척 마라. 고칠찰은 오지 않을 테니까!"

"허허, 저쪽은 당신을 발가락의 때만으로도 안 보는군. 당당한 목씨 집안 아홉째 소저가 제 발로 어릿광대 노릇이나 하다니. 나 같으면 괜히 여기서 창피당하지 말고 일찌감치 떠났을 거요."

"어이, 동생. 뭐라고 말 좀 해 봐. 기다리다 지쳐 바보가 되었니? 하하하."

"본래 바보인걸. 바보가 아니면 고칠찰에게 도전할 리 있어? 안 그래요, 여러분?"

커다란 웃음소리가 쩌렁쩌렁 울려도 목령아는 눈을 내리뜬 채 꼼짝하지 않았다. 수많은 이들에게 둘러싸인 작고 가녀린 몸은 유난히 외로워 보였지만, 꼿꼿한 등에서는 아무도 무시할 수 없는 고집이 느껴졌다!

그녀는 기다렸다.

다른 이들은 고작 하루 기다렸지만 그녀는 몇 년을 기다렸다. 바보라고 비웃어도 기꺼이 바보가 될 생각이었다.

왁자지껄한 소리 속에서 그녀는 몰래 한운석을 바라보더니, 장난스럽게 눈을 깜빡하며 저들과 똑같이 굴지 말라는 뜻을 전했다.

진실을 모르는 저들이야말로 제일 바보였다!

가슴이 답답했던 한운석은 그 장면을 보자 참지 못하고 쓴웃음을 지었다. 저 아이를 어떻게 해야 할지, 원. 안쓰럽기도 하고 기가 막히기도 했다.

그 순간, 한운석은 이런 상황을 만들지 말았어야 했다며 약간 후회했다.

만약 고칠찰이 정말 오지 않는다면 목령아는 어떻게 될까?

결국 날이 저물고 등불이 켜졌다. 약귀당도 등불로 환해졌다.

시각은 정하지 않았지만 날이 어두워졌는데도 고칠찰은 끝내 오지 않았다.

"돌아가세, 흥이 싹 달아나는군! 공연히 하루 낭비했네, 그려."

"허, 고칠찰은 용기라곤 없는 자야! 얼굴도 못 비치다니!"

"가자고, 가. 저 어린 낭자에게도 겁을 내는 걸 보면 다 허명일세."

에워싼 사람들이 차례차례 떠나자 오래지 않아 구경꾼 절반이 흩어졌다. 이렇게 폐장하는 분위기가 되니 한운석도 다 끝난 기분이 들었다. 비록 믿고 싶진 않지만 사실은 사실이었다. 고칠찰은 오지 않았다.

중년 부인 몇 사람이 다가와 좋은 마음으로 목령아의 팔을 두드리며 위로했다.

"애야, 돌아가려무나. 종일 서 있어서 몸이 뻐근할 게야."

"바보 같긴. 날이 저물었잖니. 약귀 대인은 오지 않으실 테니 그만 정신 차리거라."

목령아는 고개를 숙인 채 움직이지도 않고 말하지도 않았다.

부인들도 어쩔 수 없이 탄식하며 떠나갔다.

사람들에게 에워싸였을 때도 혈혈단신 외로워 보였던 목령아는 사람들이 흩어지자 더욱더 고독해 보였다. 왜소한 몸을 꼿꼿하게 세우고 선 그녀는 마치 세상이 끝날 때까지, 바다가 밭이 될 때까지 무한정 기다릴 것만 같았다.

이를 본 한운석이 몹시 마음 아파하며 가까이 다가가려 했다. 그런데 바로 그때 괴상야릇하게 '큭큭' 웃는 소리가 들리면서 검은 그림자 하나가 하늘에서 뚝 떨어져 내렸다. 마치 날개를 활짝 편 박쥐 같았다.

"크크크……. 흐흐……. 으흐흐흐……."

지옥에서 온 것 같은 웃음소리는 여자 같았다가 남자 같았다가 했고, 어둡고 희미해졌다가 보란 듯이 울려 퍼지기도 했다. 소리는 점점 커져 그 자리에 있던 사람들의 귀를 가득 채웠고, 떨치고 싶어도 떨쳐 낼 수가 없게 되었다.

이 소리에……, 모두가 깜짝 놀랐다. 떠났던 사람들도 고개를 돌렸고 적잖은 이들이 서둘러 돌아왔다.

약귀당 대문 앞, 목령아 바로 맞은편에 거대한 검은 그림자가 서 있었다.

고칠찰, 그가 왔다!

목령아가 마침내 고개를 들었다. 그녀는 놀람과 기쁨에 하마터면 비명을 지를 뻔했지만 한운석이 제때 눈짓을 보내 마음을 가라앉히라고 일렀다.

한운석은 무거운 짐을 벗은 듯 속으로 안도의 숨을 내쉬었다.

용비야는 싸늘한 눈으로 고칠찰을 훑어보며 입꼬리를 차갑게 굳혔다. 아무도 그의 속을 엿볼 수 없었다.

그에게 어떤 계획이 있는지 모를 일이지만, 지금은 아무것도 할 수 없었다. 고칠찰은 목령아와 대결해야 했으니까.

얼마 지나지 않아 약귀당 문 앞은 다시 구경꾼들로 발 디딜 틈이 없게 되었다. 이번에는 장내가 조용했고 감히 아무도 찍소리 내지 못했다.

지금 이 순간, 고칠찰이 오만하게 서서 목령아를 내려다보고 있기 때문이었다.

"이봐, 어떤 식으로 이 어르신에게 도전하겠다는 거냐?"

그가 가소로운 듯 물었다.

목령아는 이미 준비해 두었는지 곧바로 대답했다.

"환약의 약효를 겨루겠어요!"

그 말에 유사한 일을 하는 이들은 말할 것도 없고 문외한들마저 폭소를 터트렸다.

저 계집애가 정말 잘 생각해 본 걸까?

물론 실력 차이가 현저하지만 아무리 그래도 생각이란 걸 좀 해야지. 최소한 너무 참담하게 패하지 않으려면 편법을 찾아 겨루는 게 맞잖아!

하물며 실력 차이가 너무 난다는 것을 모두가 알고 있었다. 구경 온 사람들의 목적은 약귀 대인의 풍채를 직접 보는 것이 첫째요, 목령아가 비장의 솜씨를 뽐내는 것을 보고자 하는 것이 둘째였다.

그런데 뜻밖에도 '약효'를 두고 겨루자고 할 줄이야.

약효를 겨룬다는 말은 현장에서 똑같은 약을 지은 후 어느 쪽이 더 효과 좋은 약을 지었는지 판단하는 것이었다.

이는 약제사의 가장 기본적인 능력이고 동시에 약제사의 능력을 판가름하는 가장 명확한 기준이기도 했다.

환약 형태의 약으로 말하자면, 똑같은 약방문으로 똑같은 약을 만들 때 기본적으로는 약효가 같았다. 다만 용량의 세부적인 차이와 사용한 물의 차이, 심지어 온도와 힘, 시간 등 아주 세세한 것들의 차이가 약효를 달라지게 했다. 예를 들어 효과가 나타나는 속도나 부작용의 정도 같은 것이 달랐다.

그리고 그런 부분은 배워서 알 수 있는 게 아니라 오랜 기간 실제로 일하면서 쌓은 경험에서 우러나오는 것이었다. 그런데 목령아가 무슨 수로 고칠찰에 비할 수 있을까!

이걸 구경거리라고 할 수 있을까? 궁금해하며 볼 만한 가치가 있을까?

"이봐, 확실해?"

고칠찰도 자못 재미있어 했다.

"아주 확실해요!"

목령아는 확신했다.

"대결 방법은 내가 정했으니 불공평하지 않게 약방문은 약귀 대인이 제시해요!"

고칠찰은 껄껄 웃음을 터트렸다.

"불공평이라, 하하하!"

"그래요. 이왕 하기로 한 대결이니 공평해야죠. 약귀 대인, 약방문을 제시해 보세요."

목령아는 진지했다.

그녀의 굳센 태도에 구경꾼들은 속닥속닥 의견을 주고받았다.

"저 아이가 정말 자신이 있는 걸까?"

"멍청해 보이지는 않는데, 미리 준비했을지도 모르지."

"아무리 그래도 목씨 집안 사람인데 준비가 없었다면 목영동 그 늙은 꾀보가 이 많은 사람 앞에서 창피당하도록 보내 줬겠 어요?"

어쨌든 기다린 지 한참 된 사람들은 저마다 기대를 품기 시작 했다. 백번 양보해서 설사 목령아에게 묘책이 없다 해도 어쨌든 저 늙은 천재와 어린 천재의 약 만드는 솜씨를 구경할 수는 있 었다.

고칠찰은 한운석을 바라보았다.

"독누이, 약방문 하나 내놔 봐!"

한운석은 잠시 생각한 다음 기다란 약방문 하나를 가져왔다.

"이걸로 하죠, 백청환百清丸."

이 말이 떨어지자 장내에 폭소가 터졌다. 터놓고 말해 백청 환은 바로 설사약이었다! 몸속의 독소를 한 번에 배출해 내는 효과가 있고 백 가지 약재를 섞어 만들기 때문에 '백청'이라는 이름이 붙었다.

비록 설사약이지만, 설사약 중에서는 최고급 약이고 가장 만 들기 어려운 것이었다.

한운석은 역시 목령아에게 기울어져 있었다. 약을 만드는 과정이 복잡할수록 목령아가 기회를 얻을 가능성이 큰 반면, 고작 몇 가지 약재만 쓰면 목령아가 약효를 높이기가 무척 어려웠다.

어쨌든 사람들은 한운석과 목령아가 가진 꿍꿍이를 몰랐기에 한운석이 무척 공평하다고 여겼다.

그리고 고칠찰은 한운석에게 당하는 데 이골이 난 터라 깊이 생각지 않고 어서 빨리 이 시합을 끝내고 싶은 마음뿐이었다.

그가 온 것은 용비야와 깨끗이 빚을 청산하기 위해서였다. 목령아 저 멍청한 아이와 놀아 줄 시간은 없었다.

"왜들 웃죠? 약효를 보고 싶은 자원자는 없나요?"

한운석이 큰 소리로 물었다.

말할 필요도 없이 곧바로 사람들이 우르르 나왔다. 목령아건 고칠찰이건 그들이 직접 만든 약은 무척 진귀한데 공짜로 준다니 거부할 까닭이 없었다.

고칠찰과 목령아는 각자 상대가 만든 약을 시험할 사람을 고르기로 했다.

서로 다른 체질과 건강 상태는 약효에 미치는 영향도 컸다. 어떤 의미에서 그들의 시합은 약을 시험할 사람을 고르는 것부터 시작된 셈이었다.

모두 조용히 지켜보았고, 특히 같은 업종에서 일하는 사람들은 배울 기회를 놓치지 않으려고 한눈팔지 않고 쳐다보았다.

그런데 웬걸, 고칠찰은 아무렇게나 한 사람을 지목했고, 목령아는 그보다 더 건성으로 가장 가까이 있는 사람을 골랐다.

이렇게 빨리?

고칠찰이야 한눈에 사람의 체질을 파악할 수 있다 쳐도 목령아도 그럴까?

남들은 말할 것도 없고, 멀지 않은 곳에 서 있던 약성 장로회 회장 사덕의謝德意마저 깜짝 놀랐다. 목령아 저 계집애가 약성을 떠난 지 1년이 조금 넘었는데 그사이 그렇게 실력이 좋아졌나? 도무지 믿을 수 없는 일이었다!

아마도 곧 벌어질 약 제조 과정은 무척이나 볼 만할 것이다. 어쩌면 저 계집애가 모두에게 놀라움을 선사할지도 몰랐다!

곧 약귀당 점원들이 제약製藥 탁자를 설치하고, 약방문에 따라 두 첩 분량의 약재와 필요한 그릇들을 준비해 주었다. 목령아와 고칠찰 모두 제약 탁자 앞에 섰다.

징내에 긴장의 물결이 흘렀다. 이제 곧 시합이 정식으로 시작될 것이다!

두 사람이 막 움직이려 할 때 별안간 한운석이 외쳤다.

"잠깐만!"

고칠찰도 짜증이 나지 않는 건 아니지만 어쩔 수 없이 참았다. 목령아는 교활하게 눈동자를 반짝이며 일부러 고자세를 취했다.

"진왕비, 또 무슨 요구가 있는지 속 시원히 말해!"

"대결에는 반드시 승패가 있는 법인데, 네가 지면 어떻게 할 생각이지?"

한운석이 큰 소리로 물었다.

"만약 내가 이기면?"

목령아가 반문했다.

두 사람의 연극은 오로지 고칠찰에게 보여 주기 위함이었다. 애초에 이런 도전을 하기로 했을 때부터 고칠찰은 한운석이 일부러 목령아를 살살 긁어 약귀당으로 오게 만들려는 것을 알아차렸다.

그래서 목령아의 이런 방자한 태도에도 고칠찰은 별로 놀라지 않았다. 저 계집애는 본래 도발을 견디지 못하는 성품이니 저런 반응은 정상이었다.

하지만 장내의 구경꾼들은 하나같이 몹시 놀란 표정이었다. 목령아의 태도로 보아 그녀가 단단히 준비하고 왔고 단순한 상대가 아니라는 생각이 점점 더 강하게 들었다.

"네가 이기면 원하는 조건을 말해! 대신 네가 지면 앞으로 우리 약귀당에서만 일해야 해!"

한운석이 진지하게 말했다.

"좋아!"

목령아는 시원시원하게 대답했다.

그 문답에……

정정당당하게 잡아가다

목령아의 대답에 믿을 수 없다는 듯 소란이 일었다.

이런 가혹한 조건은 목씨 집안을 배신하고 약성을 배반하는 것이나 다름없었다! 그런데 받아들이다니, 저 계집애에게 그만한 실력이 있는 게 분명했다!

목령아를 좋게 보지 않는 사람들조차 흔들렸다. 오늘 밤 의약계에 목령아가 고칠찰을 이기는 기적이 일어날지도 몰랐다.

사람들 틈에 몸을 숨긴 목영동은 화가 난 나머지 이마에 시퍼런 핏줄이 불룩불룩 솟았다. 그는 목령아가 대체 왜 이런 일을 벌이는지 알지 못했다.

하지만 짙은 음모의 냄새를 맡을 수 있었다! 한운석은 목씨 집안의 기둥뿌리를 뽑으려는 것이다.

괘씸한!

분통이 터졌지만 그래도 목영동은 흔들리지 않았다. 앞쪽에 선 장로회 회장 사덕의를 흘끔거리던 그는 눈동자를 번쩍 빛내며 모든 분노를 억눌렀다.

"그럼……, 두 분 시작하시죠."

한운석이 웃으며 말했다.

순간 백 명 가까운 사람들의 눈동자가 죄다 그쪽을 응시했다. 긴장하지 않는 사람도 없었고 기대하지 않는 사람도 없었다!

곧 약을 만드는 작업이 시작될 것이다!

고칠찰이 뼈만 앙상한 손을 느릿느릿 내밀고 목령아도 느긋하게 소매를 걷어붙이자 장내에는 정적이 내려앉고 긴장이 감돌았다. 모든 사람의 신경은 그들의 일거수일투족에 집중되었다.

그런데!

그런데, 목령아가 별안간 양손을 번쩍하더니 탁자에 있던 약재를 모두 절구통에 쓸어 담았다. 곧이어 곧바로 금을 타듯 다섯 손가락을 돌절구 안에서 빠르게 돌리면서 다른 손으로 입구를 덮었다. 그리고 얼마 후, 절구통에서 조그마한 검은색 환약 한 알을 꺼냈다.

고칠찰의 속도는 그녀보다 더 빨랐고 심지어 절구도 쓰지 않았다. 어쨌든 똑똑히 본 사람은 아무도 없고, 그저 그의 무시무시한 양손이 약재를 쥐고 휙휙 움직이는가 싶더니 약재가 사라지고 조그마한 환약 몇 알로 탈바꿈한 것만 본 것이 전부였다.

환약은 완성되었지만, 전후 과정은 아주 잠깐에 불과했다.

이게 끝?

모두 꼬박 하루를 기다렸는데 고작 이게 전부라니? 더군다나 똑똑히 보지도 못했는데!

당했군, 당했어!

위안거리라곤 그나마 고수가 약을 만드는 모습을 직접 보았다는 것이었다.

모두가 다소 흥이 가셨지만 그래도 여전히 긴장되기는 했다. 어쨌든 과정은 과정일 뿐 가장 중요한 건 결과였다! 목령아가 놀라움을 선사할 가능성이 아주 컸다!

한운석이 직접 환약 두 알을 받아 높이 들어 사람들에게 보여주었다. 두 환약은 크기든 색깔이든 빼다 박은 듯 똑같아서 눈으로 봐서는 아무 차이도 없었다.

모두가 주시하는 가운데 약을 시험할 사람들이 동시에 환약을 입에 넣었다. 공기는 긴장된 기운으로 가득 찼고, 주위는 자원자가 꿀꺽하고 약을 삼키는 소리까지 들릴 정도로 조용해졌다.

두 사람 다 약을 먹었다!

고칠찰의 약을 먹은 사람은 눈을 번쩍 뜨고 몸을 부르르 떨더니, 당장 배를 부여잡고 옆에 있는 측간으로 달려갔다. 그야말로 연기처럼 빠른 속도였다.

아니…….

백청환은 설사약이지만 단순한 설사약이 아니어서 저렇게 빨리 약효가 나타날 리 없었다. 시중에 파는 백청환은 한 번에 세 알을 먹어야 하고 효과는 한 시진 전후로 나타났다.

물론 지금은 아무도 그것을 신경 쓸 틈이 없었다.

왜냐면……, 목령아의 약을 먹은 사람이 여태껏 반응이 없기 때문이었다!

그렇다면…….

목령아는 가만히 한숨을 쉬더니 몹시도 태연하게 말했다.

"후훗, 약귀 대인. 내가 졌어요."

옆에 있던 한운석도 남몰래 웃었고, 고칠찰은 완전히 무반응이었다.

반면 구경꾼들은 전부 눈이 휘둥그레졌다.

이게 다야?

이대로 끝이라고?

그렇게 보란 듯이 떠들고 자신만만해하던 목령아가 결국 이렇게 지는 거야? 게다가 저 태연함은 뭐야?

약을 만드는 과정에서 볼거리가 없었던 건 그렇다 쳐도 시합 결과까지……, 전혀 새로울 게 없다니!

목령아, 우릴 속인 거지?

모두가 온종일 기다렸고 기대도 무지무지 컸건만!

그런데 이 결과는 구경 온 사람들을 철저히 할 말을 잃게 했다.

고칠찰은 의미심장하게 용비야를 흘끗 바라보더니 드디어 약귀당으로 들어갔다.

사건의 주모자인 한운석과 목령아는 서로를 바라보았고, 둘 다 웃음기를 꼭꼭 감추었다. 한운석이 정색하고 말했다.

"목령아, 네가 졌어. 한 말은 지켜."

고칠찰의 뒷모습을 쳐다보는 목령아는 그저 기쁘기만 했다. 그녀가 대답하려는데 몹시 날카로운 목소리가 가로막았다.

"목령아, 당장 나를 따라 약성으로 돌아가 벌을 받지 못하겠느냐!"

목령아는 움찔하며 돌아보았다. 말한 사람은 예순쯤 되는 노인으로 백발이 창창하고 웃음기 하나 없이 엄숙한 얼굴을 하고 있었다.

이 사람은 약성 장로회 회장 사덕의였다.

어찌나 험상궂게 구는지 아버지가 온 줄 알았는데 뜻밖에도 저 노인네라니!

목령아는 그저 놀랐을 뿐이지만 한운석은 곧 위험을 깨달았다. 일이 이렇게 커졌는데도 목영동은 아무 움직임이 없고, 이 중요한 순간에 사덕의가 직접 나타난 것이다!

약성에는 장로회가 있는데 이 장로회 구성원은 약성에서 명망이 높은 약제사들로, 주로 삼대 명가 사람이지만 기타 작은 집안 사람도 있었다.

장로회는 약성 내부의 여러 문제를 처리할 권한과 책임이 있었고 대외적으로 약성을 대표하는 권한도 갖고 있었다.

목령아는 천녕국 태후 생신 연회의 일로 내내 장로회 사람들에게 쫓겨 다녔고 목영동도 장로회의 압박을 견디다 못해 결국 목령아를 감금하는 선택을 했다.

물론 목씨 집안은 장로회에 적잖은 세력을 갖고 있었지만 절대적인 우세를 점하지는 못했다. 거기에 어렵사리 목씨 집안의 꼬투리를 잡은 장로회 기타 세력들이 서로 손을 잡고 이 일을 물고 늘어졌다.

사덕의가 말한 '벌'이라는 말은 의심할 바 없이 천녕국 태후의 생신 연회에서 목령아가 자기 멋대로 행동한 일을 꼬집은 것이었다.

사덕의가 사람들 틈에서 걸어 나가자 곧바로 호위병인 고수 십여 명이 서로 다른 방향에서 걸어 나와 목령아를 포위했다.

"네 이놈, 도망친 지가 벌써 1년째다. 당장 이 늙은이를 따라 돌아가서 벌을 받거라!"

사덕의가 차갑게 말했다.

목령아가 무의식적으로 뒷걸음질 치자 한운석이 즉시 그녀 앞을 가로막았다. 용비야는 비록 움직이지 않았지만 차가운 눈으로 쳐다보았고, 대문 안으로 들어갔던 고칠찰도 천천히 몸을 돌렸다.

"내기를 하면 승복해야죠. 이제부터 목령아는 우리 약귀당 사람이에요! 설마 사 회장께서는 젊은 낭자가 제 입으로 한 말도 지키지 못하게 하시려는 건가요?"

한운석이 물었다.

"허허허, 진왕비, 그 아이는 본래 죄를 지은 몸이오. 우리 약성에서 1년 동안 수배하던 사람이니 그 아이가 무슨 약속을 했건 모두 무효요."

사덕의의 말투는 강경했고 여지라곤 없었다.

"진왕비, 시합이 시작되기 전에 이 늙은이가 이 일을 알리기 위해 찾아갔으나 만나 주지 않은 사람은 진왕비요. 해서 이제 모두의 앞에서 밝힌 것이니, 이 늙은이가 약귀당의 체면을 봐주지 않았다고 탓하지 마시오."

위선자!

처음에는 만나주지 않았지만, 나중에 한운석이 밖으로 나왔을 때는 왜 가만히 있었을까? 사덕의가 진심으로 그 말을 하고 싶었고, 진심으로 도전을 막고 싶었다면, 고칠찰이 오기 전에 얼마든지 한운석에게 말할 기회가 있었다.

그렇지만 그는 기어코 이 중요한 순간까지 기다렸다.

일은 이미 이렇게 커졌고, 장내의 모두가 지켜보는 앞에서 목령아는 패배했다. 그녀가 약귀당에 남기로 한 일은 금방 퍼져 나갈 것이다.

이런 때 사덕의가 사람들 앞에서 '죄를 지은 몸' 어쩌고 하는 것은, 틀림없이 약귀당에게 위세를 과시하며 한운석이 손쓸 기회를 차단하겠다는 뜻이었다. 더욱이 이 도전의 기세를 빌려 일을 더욱 크게 만들 심산이기도 했다.

일이 이렇게 진행될 줄은 전혀 몰랐던 구경꾼들이 수군대기 시작했다.

사람들 틈에 숨은 목영동은 싸늘하게 웃음을 지었다. 사덕의가 친히 나선 것은 자연히 그가 뒤에서 선동한 탓이었다.

그는 나서지 않고 한운석이 사덕의에게 뭐라고 하는지 지켜보았다.

이 많은 사람, 더욱이 의약계 사람이 적잖이 섞여 있는 이 구경꾼들 앞에서 한운석이 무슨 수로 약성의 일에 이러쿵저러쿵할지 궁금했다!

그 자신이 나서면 단순히 목씨네 집안 일이지만, 사덕의가 나서면 약성 전체의 일이었다.

어쨌든 약재 거래 건은 이미 계약이 끝났고, 암시장과 손잡은 증거도 돌려받았으니 한운석이 폭로할까 봐 겁낼 필요가 없었다. 그 일을 폭로하면 한운석 자신의 명예도 망가질 것이다.

목영동이 득의하는 원인이 곧 지금 이 순간 한운석이 걱정하는 이유였다.

이제는 목령아가 약귀당에서 일할 수 있느냐 하는 것은 부차적인 문제였다. 한운석은 목영동이 나서지 않고 사덕의를 앞세운 것이 결사 항쟁을 예고한 것임을 누구보다 잘 알았다.

차라리 딸을 잃으면 잃었지, 약귀당에 좋은 일을 하지 않겠다는 뜻이었다.

약의 천재인 목령아가 약성에 있는 동안 수없이 많은 이들에게 시기, 질투, 증오를 산 것을 볼 때 일단 장로회 손에 떨어지면 그 결말이 어떨지는 뻔했다.

그 점은 목령아 자신이 누구보다 잘 알았다.

"한운석, 이번에는 부탁하는 것으로 칠게. 도와줘!"

나지막이 말하는 그녀의 목소리가 약간 떨렸다.

예전이었다면 아무 상관없었다. 그래 봤자 죽으면 끝이니까. 하지만 그 비밀을 알고 난 후로 겁이 났고 살고 싶어졌다. 그녀는 평생 약귀당에서 즐겁게 살고 싶었다.

한운석인들 왜 그녀를 구해 주고 싶지 않을까? 하지만 사덕의가 방금 한 말은 사리가 분명해서 이 많은 사람이 보는 앞에서 목령아 편을 들기가 어려웠다.

억지로 간섭하면 분명히 세상사람 모두에게 비난받을 것이고 약귀당의 명성도 떨어질 것이다. 더욱이 사덕의와 공개적으로 맞서면 약성과 적이 되겠다고 떠벌리는 셈이어서 앞으로 어려운 일이 많아질 것이다.

한운석이 아무 말 없자 사덕의는 싸늘하게 말했다.

"보아하니 진왕비는 말이 통하는 사람이구려. 여봐라, 목령아를 끌고 가라!"

"잠깐!"

마침내 한운석이 입을 열었다.

"사 회장, 지난번 태후마마의 생신 연회 때 목령아는 본 왕비와의 개인적인 교분 때문에 일시적인 충동으로 그런 잘못을 저질렀어요. 1년 동안 이리저리 도망치며 살았으니 벌을 받은 셈이라고 볼 수 있을 거예요. 별것 아닌 본 왕비의 체면을 보아서라도 가벼운 처벌을 내려 주면 좋겠군요. 오늘 저 아이가 약귀당에 한 약속은 없는 일로 치겠어요."

이 정도면 무척 공손하게 양보한 셈이었다.

"사 회장…… 어떠신가요?"

목령아가 무사하다는 보장만 있으면 약귀당에 오는 일이야 나중에 방법을 생각해 볼 수 있었다.

그러나 사덕의는 한 발도 물러서지 않았다.

"왕비마마께서 그처럼 사리에 밝으시니 다행이오. 저 아이가 하늘 높은 줄 모르고 거들먹거려 약귀당의 종일 장사를 망쳤으니, 이 늙은이가 약성을 대표해 왕비마마에게 사죄를 드려야 마땅하오. 그리고 처벌 건은 약성만의 규칙이 있으니 왕비마마께서 마음 쓰실 일이 아니오."

이렇게 말한 그가 호위병들에게 눈짓하자 호위병들이 곧 목령아에게 다가섰다.

그때 용비야와 고칠찰이 동시에 앞으로 나섰다.

용비야는 차갑게 물었다.

"사 회장은 어떻게 사죄할 것인가?"

고칠찰은 음산한 목소리로 말했다.

"사 회장의 말을 듣고 보니 본래부터 이 어르신에게 배상할 생각이었군? 하긴 일을 이렇게 벌였는데 패배까지 해 놓고 약속을 이행하지 않는다니, 약성이 그렇게 낯부끄러운 짓을 하면 안 되지!"

드물게도 용비야와 고칠찰이 한편에 선 것이다.

그래도 사덕의는 여전히 뻣뻣했다.

고칠찰, 날 기다려요

용비야와 고칠찰 앞에서도 사덕의는 무척이나 뻣뻣했다.

그가 말했다.

"진왕 전하, 목령아는 우리 약성 장로회에서 수배한 지 오래입니다. 그 일은 전하도 아시겠지요. 오늘 도전은 저 아이 스스로 벌인 일, 우리 약성과는 전혀 관계가 없습니다. 이 늙은이도 전하의 체면을 보아 약성을 대표해 사죄하겠다고 한 것입니다. 만약 약귀당이 저 아이를 남겨 두겠다고 고집을 부리면, 우리 약성에서 전하의 체면을 봐드리지 않더라도 너무 언짢게 여기지는 마십시오."

이는 용비야에게 하는 대답이었고, 고칠찰 쪽은 거들떠보지도 않았다.

그 태도에 고칠찰은 상당히 불쾌했다. 검은 그림자가 번쩍하는가 싶더니 어느새 그가 사덕의 앞에 서 있었다. 얼굴이 닿을 만큼 가까운 거리였다. 그는 서늘한 목소리로 물었다.

"이 어르신이 약성 전체를 없애 버릴 수도 있다. 믿겠느냐 못 믿겠느냐?"

사덕의는 장로회 수장답게 안색 하나 바뀌지 않은 채 차갑고 엄숙하게 말했다.

"약귀당이 이번 일로 우리 약성의 적이 되면, 우리도 끝까지 싸울 것이다!"

"당장 네놈을 죽여 주지!"

고칠찰이 곧바로 앙상한 손가락을 높이 쳐들었다.

용비야는 눈을 살짝 찡그리며 한운석을 바라보았다. 마치 한운석이 시킨 일이냐고 묻는 것 같았다.

지금 해야 하는 가장 이성적인 일은 당장 고칠찰을 막는 것임은 한운석도 알고 있었지만 어쩐지 망설여졌다. 완벽한 계획을 망친 저 늙은이를 쳐 죽이고 싶은 마음은 그녀 자신이 고칠찰보다 더 강했기 때문이었다!

고칠찰이 당장이라도 손을 내리칠 것 같은데도 사덕의는 태산처럼 꼼짝하지 않았다. 고칠찰이 진짜 공격하지는 못하리라 철석같이 믿고 있는 것 같았다.

그러나 고칠찰은 진짜 움직였다. 강력한 장풍이 위에서부터 아래로 사덕의의 정수리를 뒤덮었다. 위기일발의 순간, 별안간 목령아가 한운석 뒤에서 뛰쳐나와 고칠찰을 밀쳤다.

"안 돼요! 내가 따라가겠어요!"

덕분에 고칠찰의 손바닥은 허공을 때리고 말았다.

사덕의는 그제야 고칠찰이 위협만 한 게 아님을 깨닫고 뒤늦게 가슴이 서늘해졌지만 겉으로는 아닌 척했다.

그렇다고는 해도 목령아가 숙이고 나오자 사덕의는 더욱 위세를 부렸다.

"뭣들 하느냐, 데려가라!"

"됐어요. 내 발로 갈 수 있어요!"

목령아는 울보였고 이 순간은 정말 울고 싶었지만, 꾹 참았다. 고칠찰의 커다란 그림자가 그녀를 굳세게 만들어 준 덕분이었다.

'칠 오라버니, 결국 또 안녕이군요.'

마음속에서는 한참 전부터 훌쩍이고 있어서 말조차 나오지 않았다. 그의 등 뒤에 좀 더 숨어 있고픈 마음은 굴뚝같았지만 그래도 그녀는 이를 악물고 결연하게 성큼성큼 걸어 나왔다.

칠 오라버니, 안녕.

령아는 매일 매일 오라버니를 그리워할 거예요.

한운석, 안녕.

사실은……, 사실은 늘 언니라고 부르고 싶었어.

"못된 계집, 이 어르신에게 패배하고 도망치시겠다? 썩 돌아오지 못해!"

고칠찰이 노성을 터트렸다.

하지만 목령아는 한운석을 바라보았다. 그녀더러 고칠찰을 만류해 달라는 뜻이 분명했다. 고칠찰이 바로 칠 오라버니라는 비밀은 한운석이 알려 준 것이었다. 한운석의 한마디면, 칠 오라버니의 분노가 아무리 커도 순식간에 가라앉는다는 것을 알고 있었다.

한운석은 누구보다 이성적인 여자고, 누구보다 더 이 일의 경중을 잘 파악하고 있었다.

예상대로 고칠찰도 한운석을 바라보았지만 한운석은 미적거리며 아무 말이 없었다. 확실히 그녀는 경중을 잘 알고 있었다.

목령아가 잘못한 게 먼저니 약귀당은 내세울 논리가 없었다. 사덕의는 준비를 하고 온 게 분명했고, 고칠찰이 사람들 앞에서 그를 해치면 약귀당은 의약계 전체의 규탄을 받을 것이 틀림없었다. 용비야가 아무리 권력이 크고 그녀를 받쳐줄 힘이 있다 해도 위기에 빠진 그녀에게 돌을 던질 사람은 너무너무 많았다.

탓하려면, 목령아를 도와 고칠소를 속일 생각만 했지 약성 장로회를 생각지 못한 그녀 자신을 탓해야 했다.

한운석이 여전히 말이 없자 세상 누구보다 냉정한 용비야가 차갑게 외쳤다.

"여봐라!"

그 목소리가 떨어지는 즉시 흑의 비밀 시위 스무여 명이 나타나 구경꾼들 바깥을 에워쌌다.

그 역시 쓸데없는 말은 하지 않고 눈썹을 치키며 싸늘하게 사덕의를 바라보았다. 그 의미는 더없이 명확했다. 이번 일에 양보는 없다!

한운석은 무척 기뻤다. 용비야까지 이렇게 나오는데 그녀도 필사적으로 싸울 생각이었다.

뜻밖에도 구경꾼들 사이에서 약성 호위병들이 제법 많이 튀어나와 그들을 포위했다.

쌍방이 대치하자 순간 일촉즉발의 긴장감이 감돌았다.

그때, 사람들 틈에서 귀에 익은 목소리가 들려왔다.

"모두 멈추시게!"

한 노인이 사람들을 비집고 나왔다. 잿빛의 긴 적삼을 입고 머리카락과 수염이 허옇게 센, 자상하게 생긴 노인이었다.

이를 본 고칠찰은 으스스한 냉소를 흘렸고, 사덕의는 무척 의외였는지 허둥지둥 다가가 겸손하게 읍을 했다.

"심 삼장로, 어르신께서도 오셨군요."

그제야 구경꾼들은 이 노인이 의성 장로회의 삼장로, 심결명이라는 것을 알았다. 의성 삼장로까지 오다니 약귀당의 기세는 과연 어마어마했다.

의성과 약성은 한 가족이나 마찬가지라지만 언제나 그렇듯 의성의 세력은 약성이 비할 데가 아니어서, 의성 장로회의 삼장로 심결명만으로도 약성 장로회 회장인 사덕의가 삼 푼 정도 예의를 차릴 정도였다.

'어르신'이라는 한 단어만으로 높고 낮음이 훤히 드러났다.

심 삼장로는 그에게 고개를 끄덕인 후 고칠찰에게 말했다.

"고칠찰, 네가 약방을 열고 약재를 팔기에 개과천선하여 앞으로 선행을 베풀 줄 알았건만, 아직도 이처럼 방자하고 하늘 높은 줄 모르는구나! 오늘 네가 사 회장의 털끝 하나라도 건드리면 의성은 결단코 너를 용서하지 않을 것이다!"

"하하하……!"

고칠찰은 오만방자하게 고개를 쳐들고 몹시 가소로운 듯 큰소리로 웃음을 터트렸다. 그는 무시무시하게 생긴 손가락을 삼장로 앞에 쑥 내밀었다.

"끝까지 상대해 주지!"

"아니, 의성과 약성이 손을 잡고 이 조그만 약방 하나를 짓이 겨 놓을 생각이신가요?"

한운석이 차갑게 말했다. 겉보기엔 분노한 것 같지만 눈동자 에는 웃음이 반짝이고 있었다.

"오해일세, 진왕비. 이 늙은이가 꾸짖은 대상은 의성의 반도 叛徒일 뿐, 약재를 팔고 선행을 베풀려는 약귀당의 마음은 존경 하네."

삼장로는 수염을 쓰다듬으며 계속 말했다.

"약귀당이 여자아이 하나 때문에 명성을 망칠 필요는 없지. 두 사람이 괜찮다면, 이 늙은이가 중재할 테니 각자 한 발씩 양 보해서 조용히 끝내는 것이 어떻겠는가."

그 말에 사덕의가 황급히 말했다.

"심 삼장로께서 정의를 밝혀 주십시오!"

본래도 겁날 것이 없는 데다 의성까지 뒤에서 든든히 받쳐 주니 더욱 힘이 났다. 지난날 천녕국 태자의 병 문제로 한운석 은 방자하게도 삼장로와 내기했고 그 일로 이미 삼장로의 눈 밖에 났다.

과연 삼장로가 그런 그녀에게 먹기 좋은 과일을 내줄까?

"심 삼장로께서 그렇게 말씀하신다면 본 왕비도 의성의 체면 을 세워드려야겠군요."

한운석도 한발 양보하며 고칠찰에게 눈짓했다. 고칠찰은 내 키지 않으면서도 어쩔 수 없이 물러섰다.

삼장로는 잠시 생각하다가 말했다.

"목령아가 도발한 것이 먼저이고 패배한 것은 나중이니, 선후 관계를 따져볼 때 당연히……."

말이 끝나기도 전에 초조해진 사덕의가 끼어들었다.

"심 삼장로, 목령아는 본래……."

삼장로는 불쾌한 듯 그를 흘끗 바라보았다.

"이 늙은이 말이 끝나지도 않았네. 사 회장이 그리 불만스러우면 내 차라리 나서지 않는 것이 낫겠군!"

"아닙니다, 아닙니다. 그럴 리가요."

우물쭈물하며 물러나는 사덕의를 보자 한운석은 저 늙은이가 무척 성가신 상대라는 것을 알았다.

삼장로는 계속 말했다.

"선후관계가 있으니 목령아는 당연히 약속을 이행해야 하네. 다만 본디 죄를 지은 몸이니 약귀당에서 일하는 일은 없었던 셈치세. 이 늙은이 생각에는 사죄의 뜻으로 저 아이가 석 달에 한 번 약귀당에 와서 약방문을 지어주는 벌을 내리는 것이 좋을 듯하네. 그리고 약성 내부 문제에 관해서는 진왕비 또한 끼어들지말게."

합리적이고 적절한 중재였기에 장내에 있던 사람들은 고개를 끄덕이며 찬성했지만, 사덕의는 여전히 불만스러웠다.

"석 달마다 한 번씩 약방문을 지으라뇨? 그러면 약귀당에서 일하는 것과 무엇이 다르겠습니까?"

아무리 목령아라 해도 석 달이면 새로운 약방문을 하나 만들거나 기존 약방문 하나를 개량하는 것이 고작이었다. 물론 보통 약제사는 2, 3년이 걸려도 약방문 하나 만들어 내지 못할 수도 있었다.

삼장로가 얼굴을 굳히며 화난 소리로 말했다.

"애초에 약성에서 저 아이를 잘못 가르친 탓일세. 이처럼 시끌벅적하게 도전하는 바람에 천하가 다 알게 되지 않았나? 사회장이 받아들이지 않겠다면 이 늙은이도 방법이 없네."

이렇게 말한 그는 한운석에게 읍을 한 후 곧바로 돌아섰다.

사덕의가 황급히 만류했다.

"기다려 주십시오, 삼장로. 다 어르신 말씀대로 하겠습니다!"

심결명이 이 틈에 한운석에게 앙갚음 할 줄 알았던 그의 예상과 달리 심결명은 아주 공평했다. 조금 전에 한운석 쪽에서 먼저 공격했다면 큰 잘못을 저질렀다고 볼 수 있지만, 이제는 삼장로가 중재하게 되었으니 물러서지 않으면 도리어 그가 각박하고 도량 없는 사람이 될 터였다.

하지만 그런 것은 중요하지 않았다. 이번 일로 약성이 의성의 지지를 잃으면 그야말로 사소한 이득 때문에 크나큰 손실을 보는 셈이었다.

"진왕비, 어떠신가?"

삼장로가 말하며 의미심장하게 한운석에게 눈짓했다.

이번 일의 이해관계나 앞으로 일어날 일의 경중은 한운석도 이미 헤아려 놓고 있었다. 삼장로까지 나서서 중재하는 마당에 싫어도 받아들여야 했다.

목령아가 석 달마다 한 번씩 온다면, 최소한 그녀가 약성에서 어떻게 지내는지 알 수 있고 악성 장로회도 목령아의 목숨을 해치지는 못할 것이다.

망설이고 또 망설이던 그녀가 마침내 고개를 끄덕였다.

"좋습니다. 오늘은 삼장로를 보아 더는 따지지 않겠어요."

사덕의는 그 말에 콧방귀를 끼며 차갑게 내뱉었다.

"여봐라, 데려가거라!"

목령아는 고칠찰을 돌아보며 큰 소리로 말했다.

"고칠찰, 날 기다려요, 알았죠!"

의성 사람이 나타나자 고칠찰은 적개심에 불타올라 다른 것에는 전혀 신경 쓰지 않았다. 그는 목령아를 쳐다보지도 않고 나오는 대로 대답했다.

"뭐 하러?"

"내가 돌아올 때까지 기다리란 말이에요. 언젠가 반드시 당신을 패배시킬 테니!"

목령아가 진지하게 말했다.

고칠찰은 똑바로 들었는지 말았는지 코웃음을 치며 대꾸하지 않았다.

목령아가 어쩔 수 없는 미소를 지으며 떠나려는데 한운석이 큰 소리로 말했다.

"약귀당은 언제든 재도전을 환영해!"

"반드시 그럴 거야!"

목령아는 패기 넘치게 대답했다.

말을 마친 그녀는 호위병들이 잡을 필요도 없이 알아서 성큼

성큼 떠나갔다. 모두가 이 소녀의 패기에 감복했지만, 고칠찰은 눈을 가늘게 뜨고 삼장로만 응시했다.

목령아의 그림자가 사람들 틈에 묻혀 사라질 때까지도 그는 여전히 삼장로를 응시하고 있었다.

목령아가 떠나고 사건은 종료되었다. 한운석과 용비야는 사덕의를 내버려 둔 채 돌아서서 약귀당으로 들어갔다.

오늘 이 빚은 언젠가 반드시 사덕의를 찾아가 받아낼 것이다. 지나치다면 지나칠 수 있는 한운석의 유일한 바람은, 목령아가 좀 더 영리하게 처신해서 공연히 뻗대다가 고생을 자초하지 않는 것이었다.

사덕의는 삼장로에게 차 한 잔 하자고 청했지만 뜻밖에도 삼장로는 거절하고 도리어 약귀당으로 들어갔다. 사덕의는 포기하고 떠날 수밖에 없었다.

당사자들이 떠나자 구경꾼들도 차례차례 흩어졌다. 목영동은 몸집이 크고 위풍당당한 복면 남자와 이야기를 나누며 떠나갔는데, 구양영락은 멀리서 그들을 몇 발자국 뒤쫓다가 의아한 듯 혼잣말을 했다.

"군역사?"

저 복면 남자가 누구든 간에, 어쨌거나 목영동이 목씨 집안의 천재를 공짜로 사덕의 손에 넘겨준 데는 필시 무슨 음모가 있었다.

그때 약귀당 안에는 삼장로가 한운석, 용비야와 함께 차를 마시며 이야기를 나누고 있었다.

남들은 삼장로와 한운석의 사이가 나쁜 줄 알았지만, 당시 고蠱에 관한 일로 삼장로가 한운석에게 은혜를 느끼고 있다는 것은 몰랐다. 삼장로는 사실 한운석에게 기울어 있었다.

"삼장로, 오늘은 덕분에 감사했습니다."

한운석이 진지하게 감사 인사를 했다.

"우리 사이에 그 무슨 말인가. 이 늙은이가 오늘 온 것도 마침 긴히 할 이야기가 있어서라네."

삼장로가 낮은 목소리로 말했다.

소소옥에게 발각되다

삼장로의 말에 한운석은 긴장해서 곧바로 눈짓해 하인들을 내보냈다.

백리명향과 소소옥 등은 여전히 목령아 일이 불만스러웠지만, 손님이 있어 감히 말도 못 하고 물러날 수밖에 없었다.

정원으로 나와 고북월과 마주치자 그들은 곧 고북월을 둘러싸고 불평했다.

"북월 형님, 전하와 누나는 대체 어떻게 된 거예요. 너무 쉽게 보내 줬잖아요?"

한운일이 제일 속상해했다. 그는 목령아가 와서 천재 스승이 한 명 더 생기기를 무척 바라고 있었다.

"고 의원, 그 사 씨라는 자는 정말 무례해요. 나중에 왕비마마와 전하께서 약성에 쳐들어가 그놈들 소굴을 싹 없애 버리겠죠?"

소소옥이 진지하게 물었다.

"고 의원, 사씨네 큰 도령이 암시장과 결탁한 증거가 아직 우리 손에 있는데, 왕비마마께서는 왜 그렇게 꺼리셨을까요?"

조 할멈도 진지하게 물었다.

"저도 모르겠습니다. 일이 커져도 약성을 두려워할 우리가 아닌데 말입니다!"

초서풍은 도무지 이해할 수 없는 얼굴로 머리를 긁적였다.

그들이 이러쿵저러쿵 떠드는 동안 백리명향은 고북월 옆에 앉아 미소를 띤 채 아무 말도 하지 않았다.

고북월은 조용한 것을 좋아했지만, 사람들에게 둘러싸여도 구태여 물리치지 않았다. 그가 온 지는 얼마 되지 않았지만, 어떻게 된 셈인지 모두 무슨 일만 생기면 그를 찾아오곤 했다.

"약귀당은 이제 막 의약계에 발을 들였으니 큰 문제를 일으키면 의약계 각 세력이 손을 잡고 배척할 뿐입니다. 그리고 사씨 집안 쪽 말인데, 여러분들은 어째서 목영동이 나타나지 않았는지 궁금하지 않습니까?"

고북월이 반문했다.

"목영동은 물러날 곳이 없지만 사 회장은 물러날 길이 있어요! 왕비마마께서 사씨네 큰도령 일을 폭로한다면 사 회장은 모르는 척하며 왕비마마에게 반격하겠죠. 아마 그 장면은 목영동이 가장 원하던 결과일 거예요. 목초연에 관한 증거는 이미 그들 손에 들어갔으니까요."

백리명향이 진지하게 말했다.

"백리 낭자는 과연 총명하시군요."

고북월이 웃으며 말했다.

"과찬이세요. 그저 아무렇게나 추측해 본 거지요."

백리명향이 겸손하게 대답했다.

그러나 고북월은 더 말하지 않고 그 틈에 일어나 빠져나갔다.

그가 멀리 가버리자 소소옥이 한마디 거들었다.

"백리명향, 고 의원 참 사람 좋죠?"

백리명향이 고개를 끄덕이자 뜻밖에도 소소옥은 킥킥 웃음을 터트렸다.

"당신과 아주 잘 어울려요. 잘 생각해 봐요!"

그 말이 나오고 모두가 신나서 부채질해 대자 백리명향은 부끄럽고 화가 나 소리쳤다.

"요망한 것 같으니. 허튼소리 하지 마!"

"난 계속 허튼소리 할 건데 어쩔래요?"

소소옥의 버르장머리 없는 태도에 백리명향은 말문이 턱 막혔다. 사실 백리명향은 어린아이에게 꼬치꼬치 따지는 것을 좋아하지 않았다.

그녀는 소소옥을 한 번 노려본 후 가 버렸고, 남은 사람들은 큰 소리로 웃음을 터트렸다. 하지만 소소옥은 후원까지 쪼르르 쫓아갔다.

백리명향은 그녀가 쫓아오는 걸 알면서도 상대하기 싫어서 고개를 숙인 채 빠르게 걷기만 했다. 갑자기 소소옥이 차갑게 외쳤다.

"백리명향, 거기 서요!"

백리명향은 그 말투가 어딘지 이상하다고 느꼈다.

소소옥은 어린데도 심성이 나빠서 종일 몹쓸 말만 했고, 그때마다 백리명향이 꾸짖었기에 그녀를 몹시 싫어했다. 하지만 저런 말투로 말한 적은 여태 없었다.

백리명향은 몸을 돌리고 진지하게 물었다.

"무슨 일이지?"

소소옥을 주위를 둘러보고 아무도 없는 것을 확인한 후 손가락을 까딱거리며 가까이 오라는 시늉을 했다.

백리명향은 성질을 참고 다가가 몸을 숙였다. 소소옥은 그제야 그녀의 귀에 대고 한 자 한 자 느릿느릿 말했다.

"백리명향, 부끄러운 줄 알아요. 당신, 진왕 전하를 좋아하잖아요."

그 말에 백리명향은 벼락이라도 맞은 듯 그 자리에 얼어붙었다.

소소옥은 작은 악마처럼 입꼬리에 냉소를 떠올리며 말을 이었다.

"눈치 좋게 고북월과 가까이 지내도록 해요. 그럼 아무것도 모른 척할 테니. 그렇지 않으면 앞으로 고생 좀 할 거예요!"

"나……, 난……, 난 그런 적 없어!"

백리명향은 뒤로 물러났다. 놀라서 혼이 쏙 빠지고 얼굴이 창백해진 그녀가 화난 소리로 말했다.

"소소옥, 허튼소리 하지 마! 아니야! 왕비마마께 그런 말을 했어? 말해!"

"왜 소릴 지르고 그래요? 다른 사람들까지 불러들이고 싶어요?"

소소옥이 험상궂게 충고했다.

일고여덟 살밖에 안되었는데도 그녀가 뿜어내는 흉포한 기운에 백리명향은 충격으로 얼어붙었다. 그녀는 입을 가린 채 한참 동안 아무 말도 하지 못했다.

솔직히, 양심이 찔렸다! 그렇게나 꼭꼭 숨기고 모두를 속였는데, 이 어린아이를 속이지 못했다니!

어린아이의 직감은 이처럼 무서웠다!

"고북월과 가까이 지낼 거예요, 말 거예요?"

소소옥이 고집스럽게 물었다.

백리명향은 뭐라고 대답해야 할지 몰라 덮어놓고 부인했다.

"그런 거 아니야. 소옥아, 어쩌다 그런 생각을 했니? 누가 그런 이야기를 해 줬어?"

"내가 알아낸 거예요! 하늘에 대고 아니라고 맹세할 수 있어요?"

소소옥이 차갑게 물었다.

"그래!"

백리명향은 필사적이었다. 이 비밀을 숨기기 위해서라면 그 어떤 저주도 달게 받을 용기가 있었다.

"이 백리명향, 하늘에 대고 맹세합니다. 만약 제가 진왕 전하를 좋아한다면 벼락을 맞아 죽겠습니다!"

뜻밖에도 소소옥은 훨씬 지독했다.

"당신이 진왕 전하를 좋아하면, 진왕 전하가 오마분시五馬分屍(팔다리와 머리를 찢어 죽이는 잔혹한 형벌) 당하고 죽어도 묻힐 곳이 없을 거라고 맹세해요!"

"소소옥! 닥쳐!"

백리명향이 소리를 지르며 와락 뺨을 휘갈겼다. '짝' 하는 소리가 유난히도 명쾌하게 울렸다.

정말 온 힘을 다했는지 소소옥의 얼굴이 홱 돌아갔다. 소소옥은 고개를 돌린 채 차가운 눈으로 백리명향을 흘기며 경멸이 담긴 웃음을 흘렸다.

"못하죠? 인정하는 거야!"

백리명향은 한참을 씩씩거리다가 가까스로 침착함을 되찾았다.

"대체 어쩌려는 거지?"

"고북월과 가까이 지내거나 여길 떠나요. 두 가지 길이 있으니 스스로 선택하면 돼요."

소소옥이 차갑게 말했다.

"네가 뭔데 나더러 선택하라는 거야?"

백리명향이 반문했다.

"둘 다 선택하지 않을 수도 있어요. 하지만……, 내가 후회하게 만들어 줄 거예요."

소소옥은 웃었다.

"왕비마마께 말씀드리려고?"

백리명향은 사실 무척 긴장했다.

"겁나요? 자신의 가식적인 얼굴이 왕비마마 앞에 까발려질까 봐? 아니면 진왕 전하가 이 일을 알게 될까 봐?"

소소옥은 재미난 듯이 물었다.

백리명향은 양손을 파르르 떨었다. 이 순간 그녀의 머릿속은 말 그대로 공백이 되었다.

포기하라고 자신을 타이를 수는 있어도, 떠나라고 자신을 설득할 수는 없었다. 설득할 수 있었다면 벌써 떠났지 여태 남아 있었을까?

소소옥은 한참 기다리다가 인내심이 다하자 거칠게 백리명향의 허리띠를 잡아당기며 나지막하게 말했다.

"안심해요. 왕비마마와 진왕 전하께는 말하지 않을 거니까. 괜히 두 분을 역겹게 만들 필요 없잖아요. 단지 내가……, 천천히 당신을 괴롭혀 줄 거예요! 그게 겁나지 않으면 얼마든지 남아요!"

말을 마친 그녀는 가려다가 다시 돌아와 한마디 덧붙였다.

"잘 숨기는 게 좋을 거예요. 만에 하나 왕비마마가 알아차리고 상처를 입으면 내가 반드시……, 당신을 태워 죽일 테니까!"

그녀는 이렇게 말한 후 아무렇지도 않게 떠나갔고, 남겨진 백리명향은 미친 듯이 달음박질치는 심장을 안은 채 그 자리에 멍하니 서 있었다.

얼마나 지났을까. 겨우 정신이 돌아온 백리명향은 달아나듯 자신의 방으로 달려가 침상 위에 풀썩 쓰러져 울음을 터트렸다.

울음소리는 이불에 묻혀 고요한 밤인데도 아무도 듣지 못했다.

그리고 그때 응접실에서는 한운석과 용비야가 눈을 찌푸리고 있었다. 삼장로가 전혀 예상하지 못한 이야기를 한 탓이었다.

예전에 한운석이 의성에서 용천묵을 치료하고도 용천묵이 군역사에게 독고를 당했다는 것을 숨긴 덕분에 삼장로는 그녀에게 은혜를 입었다고 생각했고, 무슨 일이든 힘닿는 데까지 돕겠다고 약속했다.

한운석은 천심부인이 한종안을 의학원 이사 자리에 앉힌 일을 조사해 달라 부탁했다. 그때 삼장로는 한종안이 이사로 선발되던 해 장로회의 장로 두 명이 별세해 이사 선발은 부원장 두 사람이 친히 주재했다고 했다.

당시 한종안의 의술과 명성으로 이사에 당선될 수 있었던 것은 분명 누군가의 공작 덕분이었다.

민감한 사안이라 삼장로도 드러내 놓고 부원장들에게 묻기가 뭣해서 남몰래 천천히 조사할 수밖에 없었다.

그런데 웬걸, 2년여간 조사해 보니 정말 실마리가 나왔다. 지난날 한종안이 이사가 된 일은 연심부인과 관계가 있었고 연심부인은 원장 어른과 복잡한 관계였다.

사실 한종안이 이사가 될 수 있었던 것이 천심부인이 연심부인에게 도움을 청했기 때문이란 것은, 한운석도 이미 고칠소에게 들어 알고 있었다.

당시 고칠소는 한운석에게 연심부인과 임 부원장이 정을 통한 사이라고 했는데, 원장과도 그렇고 그런 사이라니 정말 뜻밖이었다.

솔직히 용비야와 한운석은 무척 충격적이었다.

"보통 여자가 아니군요……."

한운석은 옆 의자에 웅크려 앉은 고칠찰을 바라보았다. 고칠찰은 그녀를 모른 척하고, 시종일관 싸늘한 눈동자로 삼장로만 응시할 뿐이었다.

한운석은 별수 없이 시선을 거뒀다.

삼장로는 고칠찰의 시선에 몸이 영 부자연스러웠지만 아무 소리 하지 않았다. 고칠찰과 의성의 은원은 그 혼자 해결할 수 있는 일이 아니었다.

"확실히 보통이 아닐세. 하지만 당시에는 도와주고도 어째서 지금은 자네를 모르는 척하는지 모르겠네. 실로 이해가 가지 않는군."

삼장로의 말에 담긴 속뜻을 한운석도 알아들었다.

지난날 연심부인이 한종안에게 이사 자리를 얻어 준 것은 협박을 당했거나 무슨 거래가 있었기 때문이지, 결코 진심에서 우러나온 행동은 아니었다.

한운석은 알 수가 없었다. 목심은 천심부인으로 이름까지 숨기고 한종안에게 시집갔는데 어떻게 연심부인과 연락이 닿았을까? 그 속에 어떤 속사정이 있을까?

용비야 역시 알 수가 없었다. 목심은 천심으로 개명한 후 벙어리 노파와도 연락하지 않아, 벙어리 노파도 그 후의 일은 알지 못했다. 그래서 그도 아는 것이 없었다.

다만 목심이 서진 황족의 후예라는 비밀은 목씨 집안 사람 누구도 알지 못하니 한운석이 찾아가 물어보더라도 괜찮았다.

한운석은 잠시 침묵하다가 차갑게 말했다.

"전하, 아무래도 한시바삐 약성과 교섭해야겠어요. 목령아를 오래 기다리게 할 순 없어요!"

용비야는 입가에 냉소를 떠올렸다. 오늘 사덕의가 사람들 앞에서 약귀당에게 그토록 위세를 부렸으니 한운석을 위해 그 빚을 갚아 주지 않을 수 없었다.

하물며 약성은 본래부터 그의 계획에 포함되어 있었다.

삼장로는 천심부인과 목씨 집안의 관계를 정확히 알지 못했고, 한운석이 무슨 이유로 그 일을 조사하는지도 몰랐다. 그는 통 알 수가 없었지만 한운석이 설명할 기미가 없자 자세히 묻지 않았다.

"운석, 어쨌든 이 일은 원장 어른께서 얽혀 있으니 이 늙은이는 아무래도……."

한운석이 재빨리 만류하며 두 손을 모아 읍을 했다.

"이처럼 개인적이고 비밀스러운 일을 알려 주신 것만 해도 감사할 따름입니다!"

삼장로는 빙그레 웃으며 선물을 내밀었다.

"전하, 왕비마마. 이는 이 몸이 약귀당 개업을 축하하는 뜻에서 드리는 약간의 성의입니다. 약귀당이 목씨 집안의 약령을 얻어 냈고 의성 쪽은……."

약귀당이 고칠찰과 관계를 청산하지 않는 한 의성은 그들을 곱게 보지 않는 것은 물론, 심지어 적대적이기까지 했다. 하지만 목영동이 유세를 하러 와 갖은 혀를 놀린 덕분에 약귀당에 대한 의성의 태도도 달라졌다.

진왕비가 무슨 수로 목영동 그 늙은 꾀보에게 그런 일을 시킬 수 있었는지, 삼장로는 무척 궁금했다.

하지만 그가 채 묻기도 전에 고칠찰이 '쿵쿵' 소리가 나도록 탁자를 두드려 대는 통에 입을 다물 수밖에 없었다. 그는 몇 마디 더 한담을 나누다가 작별하고 떠났다.

그가 사라지자 한운석은 고칠찰 앞으로 걸어갔다.

"이봐, 당신 대체 의성과 무슨 관계야?"

고칠찰은 복면을 홱 벗고 나라 하나를 줘도 아깝지 않을 아름다운 얼굴을 드러내더니 그녀를 향해 싱긋 웃었다. 하지만 그녀의 질문에는 대답 하지 않고 반대로 용비야를 바라보며 말했다.

"용비야, 나와! 결투다!"

남자, 결투다

결투!

용비야는 반응도 없는데 한운석은 의자에서 벌떡 일어났다.

"고칠소, 목령아를 구할 방법이나 생각할 것이지, 이런 상황에 결투할 마음이 생겨?"

한운석이 분노에 차서 물었다.

벙어리 노파 일 때문에 고칠소가 정의를 밝히려 한다는 것을 그녀가 어떻게 알까? 더구나 용비야 역시 고칠소의 불사의 몸에 관해 확실히 해 두려고 한다는 것은 더욱더 몰랐다.

고칠소는 목령아 문제에 신경 쓸 기분이 아니었다. 그가 눈썹을 세우고 용비야를 흘겼다.

"못 하겠어?"

용비야는 일언반구도 없이 일어나 나갔다. 싸우려면 입으로만 떠들지 말고 나오라는 것을 행동으로 말한 것이었다.

"전하!"

한운석이 소리쳤다. 지금은 말려 봤자 소용없다는 걸 그녀도 알고 있었다. 소리쳐 부른 건 용비야를 만류하려는 게 아니라 깨우쳐 주기 위해서였다.

지난번 강남 매해에 있을 때도 말했지만, 누가 뭐래도 고칠소는 그녀의 목숨을 살려 준 은인이었다.

용비야의 내공은 전부 회복되어 고칠소가 둘 있어도 그의 검을 당해 낸다는 보장이 없었다. 한운석은 용비야가 다소 봐주기를 바랐다. 물론 그보다 더 바라는 것은 고칠소가 저 방정맞은 입을 잘 단속하는 것이었다.

그녀는 긴장해서 따라갔지만, 뜻밖에도 정원에 나가 보니 용비야와 고칠소는 그림자도 보이지 않았다.

어디로 갔지?

"용비야, 고칠소! 이리 나와!"

화난 목소리가 약귀당 전체를 가득 채웠지만 애석하게도 들려오는 대답은 밤의 고요함뿐이었다.

용비야와 고칠소는 일부러 그녀를 피한 것이 분명했다.

약귀당을 온통 뒤져도 그들을 찾지 못하자 한운석도 별수 없이 포기했다.

그녀는 고칠소가 용기 있게 찾아온 이상, 목숨을 구해 준 은혜를 용비야가 모른 척하지는 않으리라고 생각했다.

용비야는 앞장서서 약귀당을 떠나 성 밖을 향해 날아갔고, 고칠소는 뒤를 따르며 아무 말도 하지 않았다.

마침내 용비야가 성 밖 어느 보리밭에 내려섰다. 뒷짐을 지고 선 그의 새까만 경장은 밤빛 속에서 유난히도 신비로워 보였다.

그는 기다렸다.

하지만 어찌 된 셈인지 한참 기다려도 고칠소는 쫓아오지 않았다.

어떻게 된 것일까?

그는 오는 내내 고칠소가 뒤따르는 것을 인지하고 있었다. 아무리 속도가 늦다 해도 지금쯤이면 도착해야 했다.

용비야는 경계를 돋웠다. 고칠소의 평소 행동을 볼 때 기습 같은 것쯤 거리낌 없이 해낼 인물이었다.

하지만 용비야가 한참 경계를 돋우고 있을 때, 놀랍게도 고칠소가 맞은편에서 어슬렁어슬렁 그를 향해 걸어오는 것이 보였다.

"고칠소, 무슨 뜻이냐?"

용비야가 차갑게 물었다.

고칠소는 태연하기 그지없는 태도로 길고 보기 좋은 손가락을 만지작거리며 건성으로 대답했다.

"너보다 빠르지 못하다고 해서 늦게 오지도 말라는 거야? 밤 풍경이 이렇게 고운데 느긋하게 산책이라도 하지 않으면 하늘에게 미안하잖아."

진정으로 용비야를 화나게 만들 수 있는 사람 중 하나가 한운석인데, 아마 고칠소도 그중 하나일 것이다.

용비야는 두 눈을 가늘게 뜨더니, 쓸데없는 말다툼은 집어치우고 곧장 몸에 숨긴 기다란 금빛 채찍을 뽑아 거칠게 고칠소에게 휘둘렀다!

검을 쓰지 않고 곧장 채찍을 쓰다니!

그의 검술은 운공대륙에서 첫째가는 솜씨였지만, 그가 가장 자랑하는 절기는 검술이 아니었다. 그의 절기는 채찍이었다!

"시원시원하군! 마음에 들어!"

고칠소는 큰 소리로 웃으며 아슬아슬하게 용비야의 채찍을 피했다. 몸을 번쩍하며 허공으로 솟구친 그가 갑작스레 조그마한 씨앗 하나를 퉁겨 냈다.

쌀알 같은 씨앗이 나는 듯이 날아들면 육안으로는 식별하기가 몹시 어려워 피하기가 쉽지 않았다. 하지만 용비야는 눈을 감고 귀를 기울였다.

그가 느닷없이 휙 고개를 젖히자 조그만 씨앗이 뺨을 스치고 날아가 밭에 떨어졌다.

쉭!

채찍은 그가 눈을 뜨는 속도보다 더 빠르게 움직였고, 하늘을 찌를 듯한 기세로 무섭게 적을 몰아붙였다. 미처 예상하지 못한 고칠소는 그대로 채찍에 두들겨 맞아 가슴팍에 피부가 찢기고 살이 터진 상처가 생겨났다.

고개를 숙여 상처를 본 고칠소의 가늘고 요기를 띤 눈이 서서히 좁혀져 직선을 이루었다. 하지만 용비야의 채찍은 멈추지 않았다. 두 번째는 채찍을 휘두르지 않고 날카롭게 퉁겨 낸 공격이었다.

가느다란 채찍이 무궁무진한 힘을 싣고 똑바로 고칠소의 심장을 찔러왔다!

고칠소는 피하지 않고 천천히 고개를 들어 바라보았다. 채찍 끝이 눈앞으로 날아드는 힘에 그의 머리카락과 새빨간 장포가 휘날렸다. 긴 머리카락은 능라비단 같고, 빨간 장포는 불꽃같이 밤빛 속에서 거리낌 없이 자태를 뽐냈다. 활활 타오르며 멋

들어지게 피고 시원시원하게 사랑하고 미워할 줄 아는 그의 성격과 꼭 같은 모습이었다.

별안간, 채찍 끝이 활활 타오르는 불꽃 속으로 뛰어들었다. 가볍게 툭 친 것 같아도 사실은 심장을 호되게 강타한 것이었다!

그랬다, 심장. 한 치의 오차도 없었다.

채찍 끝에 담긴 웅혼한 힘이 모조리 쏟아져 들어오자, 그 순간 고칠소는 새빨간 붓꽃처럼 멀리 날아가 보리 이삭의 물결 속으로 곤두박질쳤다.

용비야는 아무 표정 없이 멋지고 우아하게 손을 휘둘러 채찍을 거두었다.

그는 움직이지 않고 제자리에 섰다.

크고 꼿꼿한 몸이 달무리 아래 넓게 펼쳐진 밭에 서 있는 모습은 마치 하늘을 떠받치는 듯 듬직하면서도 고독하고 외로워 보였다.

도전자를 쓰러뜨린 기쁨 같은 것은 없었다. 그는 뒷짐을 지고 차가운 시선으로 앞을 바라보았다. 차갑고 준수한 얼굴은 한결같이 무표정했고 깊은 눈동자는 여느 때처럼 바닥이 보이지 않는 깊은 바다 같았다.

독 있는 가시덩굴 하나가 어느샌가 용비야의 발목을 휘감고 다리를 따라 조금씩 조금씩 위로 올라왔다. 단순히 휘감기만 했을 뿐 아직은 가시로 용비야를 찌른 것은 아니었다.

이게 바로 용비야가 움직이지 않는 이유였다. 움직이는 순간 가시에 찔려 중독될 것이다.

고칠소는 전혀 움직임이 없었고, 용비야는 냉혹한 얼굴을 한 채 꼼짝도 하지 않았다.

시간은 마치 이 순간에 멈춰 버린 것 같았다. 갑자기 바람이 일면서 보리 이삭이 파도치며 멀리까지 출렁였다.

마침내 가시덩굴이 용비야의 온몸을 휘감자, 그제야 고칠소가 산책하듯 느릿느릿 보리밭에서 걸어 나왔다.

몸에는 살이 터져나간 상처가 길게 나 있고 가슴팍이 찢어져 있었지만 그는 아무 일 없는 사람처럼 걸어오며 태연하게 손가락을 매만졌다.

무심한 척 고개를 들어 용비야를 바라본 그는 곧 빙긋 웃음을 지었다. 요사하고 매력적이어서 나라를 바쳐도 아깝지 않을 것 같은 웃음이었다.

"아이쿠, 진왕 전하. 어쩌다 그렇게 되셨나?"

용비야는 당연히 어쩌다 이렇게 됐는지 알고 있었다. 사실은 두 번째로 채찍을 날렸을 때 그의 발목은 이미 가시덩굴에 감겨 있었다.

이 기괴한 가시덩굴은 필시 고칠소가 조금 전에 쏘았던 씨앗에서 자라났을 것이다.

저자는 타고난 귀재였고 약재를 다루는 솜씨가 출신입화出神入化(어떤 작업에서 가장 절묘한 수준)의 경지에 올라 있어서, 조그만 가시덩굴 하나쯤 움직이는 건 일도 아니었다.

용비야는 채찍을 세 번 썼지만 고칠소는 단 일 초만 썼으니 비록 몸에 상처를 입었다 해도 지금 상황에서는 용비야가 열세였다.

알다시피 온몸을 휘감은 가시덩굴에는 독 있는 가시가 촘촘히 나 있어서 조금만 실수하면 중독될 게 분명했다.

하지만 용비야는 가시덩굴은 추호도 신경 쓰지 않는 것 같았다. 그는 고칠소의 심장을 흘낏 살피더니 차갑게 말했다.

"불사의 몸."

말투는 무척 평온했고 묻는 것도 아니었다.

고칠소는 하하 웃었다.

"네가 이 세상을 통틀어 유일하게 아는 사람이야……. 그리고 곧 마지막이 되겠지."

그가 말하며 손가락을 내밀어 용비야의 몸을 휘감은 가시덩굴 위로 살짝 구부렸다. 가시덩굴이 지능이 있는 것처럼 그의 동작에 따라 천천히 조여들어 용비야를 단단히 옥죄었다.

"독이 있거든."

고칠소가 사람 좋게 일러 주었다.

용비야는 그의 심장을 응시하며 차갑게 물었다.

"불사의 몸, 설마 의성의 독종이 정말로 전설에 나오는 독고인을 길러 낸 것이냐?"

고칠소는 대답을 피하고 웃으며 말했다.

"용비야, 독누이도 없는데 겁나지 않아? 극독이라고!"

이렇게 말한 그가 눈을 가늘게 뜨고 손가락을 구부리자 가시덩굴이 순식간에 조여들었다!

그러나 바로 그때, 용비야의 몸에서 갑자기 웅혼하기 짝이 없는 힘이 폭발했다. 놀랍게도 몸을 친친 휘감았던 가시덩굴은 그대로 산산조각 나 떨어지고 말았다.

가시덩굴이 바닥에 떨어지는 순간 용비야는 제일 먼저 하늘 높이 솟아올랐고, 다시 자라난 가시덩굴은 그를 뒤쫓지 못했다.

반면 그는 허공으로 솟구치면서 전광석화처럼 채찍을 휘둘렀다.

고칠소는 앞서 그랬던 것처럼 피하지 않았지만, 뜻밖에도 이번에 용비야의 채찍은 그를 때리지 않고 대신 허리를 힘껏 휘감았다.

아차!

고칠소는 뒤늦게 깨닫고 벗어나려 했지만 이미 늦은 후였다.

용비야가 날아 내려오면서 우아하게 손을 휘두르자 기다란 채찍은 고칠소의 머리를 지나 또 그의 몸을 한 바퀴 더 휘감았다.

용비야의 손힘이라면, 두 바퀴나 채찍에 감긴 고칠소를 꼼짝 못하게 제압하기에 충분했다.

고칠소도 발버둥 치기 귀찮은지 포기하고 순순히 묶였다.

마침내 두 사람은 다시 조용해졌다.

이번에도 용비야는 삼 초를 펼쳤고 고칠소는 일 초도 펼치지 않았다. 일부러 그런 것이 아니라 용비야가 공격할 기회조차 주지 않은 탓이었다.

가시덩굴이 또다시 소리 없이 용비야의 다리로 기어올랐지만 곧바로 발에 짓밟혀 사정없이 나가떨어졌고, 다시는 함부로 가까이 오지 못했다.

이번에는 고칠소가 완전히 열세에 처했다.

두 사람은 차갑게 서로를 마주 본 채 말이 없었다.

영리한 사람은 말을 많이 할 필요도 없었다.

고칠소도 그 도리를 잘 알았다. 그는 영원히 죽지 않지만, 영원히 갇힌 채 죽은 것만 못하게 살 수는 있었다.

결투는 이미 끝났다.

그러나 용비야는 아무 말도 없이 갑작스럽게 채찍을 잡아당겨 고칠소를 풀어 주었다.

고칠소는 꽤 놀랐다.

"무슨 뜻이지?"

"한운석이 네게 진 빚, 갚아 주지."

용비야가 차갑게 말했다.

"누가 너더러 갚으래!"

고칠소는 사납게 으르렁거렸다.

"그녀가 본 왕에게 갚으라고 했다."

용비야는 얼굴을 어둡게 굳혔다. 폭풍우가 몰아칠 것 같은 얼굴이었다.

"누가 갚아 달래!"

고칠소는 더욱더 분노했다.

용비야가 한 자 한 자 똑똑히 대답했다.

"본 왕이 원한다!"

"이······!"

고칠소는 기가 막혔다.

"이제부터 너와 그녀 사이에 빚진 것은 없다!"

용비야가 큰 소리로 선포했다.

고칠소가 한운석의 목숨을 구해 준 일은 이제 그가 대신 갚아 치웠다.

뜻밖에도 고칠소는 큰 소리로 웃어 댔다.

"목숨은 목숨으로 갚는 거야. 용비야, 네가 날 죽이지 못하는 한 그 빚은 영원히 못 갚아."

용비야도 겁내지 않고 반문했다.

"본 왕이 내일 네가 불사의 몸이라는 것을 운공대륙의 모든 사람에게 알리겠다면, 믿겠느냐?"

"감히!"

고칠소가 와락 달려들어 용비야의 목을 틀어쥐려 했으나 용비야는 즉시 피했다.

"본 왕이 하지 못할 것 같으냐!"

"용비야, 벙어리 노파를 죽인 일에 대해 내가 아무 대책 없을 줄 알면 오산이야!"

고칠소가 성난 목소리로 외쳤다.

그 말이 떨어지자 용비야는 놀랐다.

"벙어리 노파가 죽었다고 누가 말해 줬느냐?"

벙어리 노파의 죽음은 초서풍과 당리만 아는 일인데, 이자가 어떻게 알았을까?

고칠소는 입꼬리를 올리며 냉소를 지었다.

"그래도 감히 그럴 거냐?"

용비야는 곧장 채찍을 뽑아 들었지만, 고칠소는 피하지 않고 큰 소리로 웃었다.

"날 잡아 가둔다 해도 한운석은 똑같이 알게 될 거야. 안 믿기면, 내기라도 하든가!"

"대체 어쩔 생각이냐?"

용비야가 차갑게 물었다.

고칠소는 손을 뻗어 금빛 채찍을 낚아채려 했으나 용비야가 채찍을 퉁겨 그의 손을 떨쳐 냈다.

"시원하게 말해라!"

고칠소는 사악하게 웃으며 말했다.

두 남자의 담판 조건

고칠소의 웃음은 몹시도 사악했다.

"진왕 전하께서 이 몸에게 조건을 제시하라는 건가?"

"제시하지 않아도 좋다."

용비야가 차갑게 대답했다.

"그러니까……, 협상은 결렬이라는 말이지?"

고칠소는 또 웃었다.

두 남자 중 한 명은 입방정 떠는 게 취미인 반면 다른 한 명은 말 한마디를 금처럼 소중하게 여겼고, 한 명은 히죽거리는 게 버릇인 반면 다른 한 명은 안면근육이 움직이지 않은 지 오래인데, 과연 담판이 될까?

용비야는 그냥 떠나고 싶었지만 안타깝게도 그럴 수 없었다. 단칼에 고칠소를 죽여 버리고 싶었지만 역시 안타깝게도 그럴 수 없었다.

고칠소가 한 협박이 꼭 사실이 아닐 수도 있고 단순한 협박에 불과할 가능성이 컸지만, 그 문제를 놓고 도박을 할 수는 없었다.

반면 고칠소는 어떻게든 용비야에게 한 방 먹이고 싶었지만 불가능하다는 것을 속으로 훤히 헤아리고 있었다. 불사의 몸, 그 문제를 놓고 도박을 할 수 없는 것은 그도 마찬가지였다.

이 비밀이 공개되면 얼마나 많은 이들이 찾아와 귀찮게 굴까? 어쩌면 운공대륙 전체의 공적이 되어, 지나는 곳마다 사람들의 돌팔매질을 당할지도 모를 일이었다. 애초에 독종이 의학원 손에 무너진 것도 바로 독고가 너무나도 위험하기 때문이 아니었던가?

여기까지 생각이 미치자 잘 웃는 고칠소의 눈에도 희미하게 슬픔이 떠올랐다.

죽음은, 사람에게 가장 큰 공포였다. 하지만 불사는, 가장 큰 비애였다.

"조건을 말해라."

용비야는 쓸데없이 저자와 수다를 떨고 싶은 마음은 없었다.

고칠소도 시원스럽게 대답했다.

"두 가지야. 첫째는 불사의 비밀을 지킬 것, 둘째는……."

고칠소는 얼굴에 원한을 잔뜩 떠올리며 말을 이었다.

"둘째는 날 도와서 의성을 무너뜨릴 것!"

"의성이라!"

용비야는 웃었다.

"왜, 못 하겠어?"

고칠소가 조롱했다.

의성은 운공대륙에서 첫손 꼽는 세력이었다. 의학 영역에서의 세력은 말할 것도 없고 재력이나 무력도 얕볼 수준이 아니어서 성 하나가 한 나라라고 해도 과언이 아니었다.

용비야의 인생 사전에 '못 한다'는 단어는 없었다. 그가 호기심을 느낀 것은 고칠소와 의성 간의 은원이었다.

"그 불사의 몸은 어디서 얻었지? 독종과 관계가 있느냐?"

용비야가 물었다.

"용비야, 할 수 있는지 없는지 대답이나 해. 다른 건 너완 상관없어."

고칠소는 음침한 얼굴을 한 채 더는 웃지 않았다.

그가 대답하지 않을 줄 알았기에 용비야도 캐묻지 않고 질문을 바꿨다.

"너는 본 왕에게 무슨 약속을 하겠느냐?"

"벙어리 노파에 관해 입 다물어 주지."

여기까지 말한 뒤 고칠소는 자조 섞인 웃음을 지어 보였다.

"해약 문제도 인정하겠어!"

"그 두 가지는 같은 일이다."

용비야가 차갑게 말했다.

그 말을 듣자 고칠소도 무슨 뜻인지 알아차렸다.

"이 일은 이 일이고 저 일은 저 일이지. 같은 일이 어딨어!"

그는 용비야에게 두 가지 조건을 제시했고 용비야는 한 가지 조건을 제시했다. 해약 문제를 별도로 친다면 각자 두 가지씩 조건을 제시한 셈이니 공평했다.

하지만 용비야는 장사꾼인 구양영락도 저리 가라 할 만큼 계산이 빠른데, 고칠소가 무슨 수로 이길 수 있을까?

그가 말했다.

"고칠소, 미독 해약 건은 네가 본 왕에게 수작을 부린 일이다. 본 왕도 따지지 않는데 도리어 네가 따지겠다는 것이냐?"

고칠소는 얼굴을 굳혔으나 할 말이 없었다.

뜻밖에도 용비야가 무척 가소로운 투로 말했다.

"네 손으로 네 무덤을 판 것이다!"

해약 건만 아니었다면 용비야는 무슨 수를 써도 유각에 침입한 흑의인이 고칠소라곤 생각지 못했을 것이고, 고칠소가 불사의 몸이라는 것은 더더욱 알아내지 못했을 것이다.

이 싸움에서 고칠소는 철저하게 패했다.

고칠소는 한참 동안 침묵한 끝에 비로소 조용히 입을 열었다.

"한운석이 널 좋아한 덕분이야!"

용비야에게 홀리지 않았다면, 영리한 독누이가 그 일에 숨겨진 이치를 모를 리 없었다.

"그녀에게서 멀찍이 떨어져라!"

용비야는 두 눈을 가늘게 뜨고 온몸에서 위협적인 기운을 풍겼다. 하지만 고칠소는 무시했다.

"무슨 권리로?"

그 말이 용비야를 격노하게 한 것은 분명했다. 그는 벼락같이 손을 뻗어 고칠소의 목을 움켜쥐었다.

고칠소는 아무 일도 없는 것처럼 눈 하나 깜짝하지 않다가, 문득 무척 진지한 얼굴로 용비야에게 물었다.

"네게 무슨 권리가 있어?"

"한운석은 본 왕의 아내다!"

용비야는 냉소를 금치 못하며 고칠소에게 반문했다.

"뭘 믿고 본 왕에게 그런 질문을 하느냐?"

고칠소는 큰 소리로 웃어 댔다.

"용비야, 네가 그녀를 맞아들였어?"

혼례 때, 진왕부는 달랑 매파 한 명만 한씨 집안에 보냈고 신부맞이 행차에 필요한 사람은 한종안이 고용했다.

혼례 당일 한운석은 문전박대를 당했고 '길시가 지났으니 내일 다시 오라'는 말은 천녕국 최대의 웃음거리가 되었다.

한운석이 슬기롭게 진왕부 대문 앞에서 기다리지 않았다면 정말 진왕부 안으로 들어갈 수나 있었을까?

그녀는 어떻게 가마에서 내렸고 또 어떻게 진왕부 대문으로 들어섰던가?

용비야, 네가 한운석을 맞아들였어? 그랬어?

맞아들인다……. 맞아들인다는 것은, 여자를 받아들인다는 것은 무엇일까. 여자를 마중해 집안으로 들이는 것이 곧 맞아들이는 것이었다.

고칠소의 질문에 용비야는 갑자기 말문이 막혔다.

그러나 고칠소의 질문은 거기서 끝이 아니었다. 그는 목소리를 죽여 또 물었다.

"용비야, 벙어리 노파가 무슨 말을 했지?"

벙어리 노파는 의심할 바 없이 한운석의 출신에 얽힌 비밀을 알고 있었다. 용비야는 벙어리 노파를 가두고 미독을 해독한 다음 죽여 버렸는데, 한운석에게 뭘 숨기려던 걸까?

용비야가 계속 대답이 없자 고칠소가 다시 말했다.

"단순히 독종 이야기만은 아니지?"

고칠소는 줄곧 한운석이 독종과 관계있다고 생각했고, 한때는 한운석의 생부가 독종 사람인지 아니면 한종안인지 고민했다.

하지만 벙어리 노파에 대한 용비야의 태도와 조금 전 삼장로가 연심부인 이야기를 할 때 용비야의 반응을 보면, 독종에 관한 일을 한운석에게 숨기려는 것 같지 않았다.

독종의 일이 아니면 필시 달리 숨길 일이 있는 것이다.

용비야는 고칠소의 물음을 피했다.

"본 왕은 네가 불사의 몸인 것을 발설하지 않을 테니 너는 벙어리 노파 일을 잊어라. 그걸로 됐다."

그 말인즉 의성을 무너뜨리는 일은 상의할 여지가 없다는 뜻이었다.

그러나 고칠소는 그 일은 따지지도 않고 용비야를 붙잡으며 말했다.

"용비야, 그렇게 한운석을 속이고도 미안하지 않아?"

비록 인정하고 싶지 않지만 한운석 그 멍청한 여자가 용비야를 얼마나 좋아하는지는 그가 누구보다 잘 알고 있었다.

바로 그녀의 그 마음 때문에 그는 처음부터 지금까지 마음껏 용비야와 싸워 보지 못했다.

용비야는 완전히 침묵에 빠졌고, 커다란 몸집은 더욱더 고독해 보였다. 그는 대답 없이 발길을 돌려 고칠소의 옆으로 지나갔다.

고칠소는 어린아이처럼 고집스럽게 다시 뒤쫓았다.

"용비야, 네가 무슨 권리로?"

그녀를 속이기나 하고 그녀가 당연히 받아야 할 모든 것을 빚지고 있으면서, 무슨 권리로 내게 멀리 떨어져 있으라고 해?

고칠소가 차갑게 도발했다.

"용비야, 뭐가 두려운 거야? 그 여자가 언젠가 정말 날 따라갈까 봐? 말해 두는데, 언젠가 그녀는 분명히 날 따라갈 거야!"

양심이 찔리기 때문에, 그래서 두려운 것일까?

"오늘 한 약속대로 입단속이나 잘해라!"

용비야는 아무런 해명도 없이 고칠소를 밀어내고 걸어갔다.

그러나 몇 걸음 가다 말고 고개를 돌렸다.

"그녀가 그럴 리 없다! 영원히!"

고칠소는 콧방귀를 꼈다. 그는 턱을 어루만지며 벙어리 노파에 관해 고민하다가 독종의 갱에서 있었던 일을 떠올렸다.

독짐승이 한운석을 주인으로 삼은 것을 보면 한운석의 아버지는 십중팔구 독종 사람이었다. 다만 독종의 누구인지 아는 사람은 용비야를 제외하면 목영동밖에 없을 것이다.

물론 이제 그 일은 그에게는 단순한 호기심에 불과했다. 독녀 문제는 한씨 저택에서의 그날 밤 이후로 포기했으니까.

고민하고 또 고민하던 고칠소의 머릿속에 퍼뜩 영족의 백의 공자가 떠올랐다. 그 순간 무시무시한 생각이 머리를 때리자 그는 다급히 부정하며 털어 냈다.

"그럴 리가?"

그가 중얼거렸다. 스스로 느끼기에도 우스운 생각이었다. 영족의 그자는 독짐승을 노리고 갱에 온 것뿐이었다.

그때 성으로 돌아가던 용비야는 다른 고민을 하고 있었다.

고칠소는 입만 열면 그가 벙어리 노파를 죽였다고 했지만, 사실상 벙어리 노파는 목을 매 자살했고 시신은 유각 부근에 묻었다.

도대체 고칠소는 벙어리 노파의 시신을 발견한 걸까, 아니면 그냥 거짓말을 한 걸까?

성으로 돌아간 후 용비야가 한 첫 번째 일은 초서풍을 찾아 벙어리 노파의 시신을 살펴보게 한 것이었다.

분부를 마친 후 그는 곧 한운석을 찾았고 그제야 한운석이 진왕부로 돌아갔다는 것을 알았다.

그리고 그가 진왕부에 갔을 때 한운석은 이미 잠들어 있었다.

이 여자, 이렇게 천하 태평해도 되는 건가?

내일 일어나면 뭐라고 물을지 궁금했다.

운한각 아래에 선 용비야는 아무래도 기분이 좋지 않았다. 한참 망설인 끝에 결국 위로 올라가지 않고 돌아설 때, 때마침 돌아오던 백리명향과 마주쳤다.

백리명향은 약귀당에서 오는 길이었는데 눈시울이 빨갰다. 용비야와 조 할멈을 보자 당황한 그녀가 허둥거리며 고개를 숙이고 인사했다.

"진왕 전하."

용비야는 그녀를 신경 쓰지 않고 한마디도 없이 성큼성큼 가 버렸지만, 눈치 빠른 조 할멈은 곧바로 캐물었다.

"명향, 우셨습니까? 누가 괴롭히던가요?"

백리명향이 일부러 이렇게 늦게 돌아온 것도 조 할멈과 마주치고 싶지 않아서였다. 하지만 어쩌나, 피할수록 더 마주치는 게 사람 일이었다.

"오늘이 어머니 생신이라 어렸을 적이 생각나서……. 조금 감상에 빠졌어요."

백리명향이 대답했다.

백리씨 집안일을 잘 모르는 조 할멈은 사실인 줄 알고 몇 마디 위로한 후 오늘 밤은 방에서 푹 자라고 권했다.

소소옥은 약귀당이 완공된 후로 종종 약귀당에서 밤을 새워 약재를 연구하곤 해서 돌아오지 않는 일이 많았다.

그때 소소옥은 확실히 약귀당에 있었다. 혼자 약방에서 약상자를 들여다보고 약재를 찾았고, 조그마한 약초 잎 하나면 족히 반나절은 연구하며 시간을 보낼 수 있었다.

이 아이는 정말 천부적인 재능이 있고 부지런하기까지 했지만, 애석하게도 심성이 나빠서 훗날 의술을 익히더라도 기꺼이 남을 돕지는 않을 사람이었다.

꼬맹이는 그녀 옆에 웅크려 있었다.

꼬맹이는 본래 이 아이를 별로 좋아하지 않았지만, 한밤중에 약방에 들어와 야식을 먹느라 자주 마주쳤고 그렇게 시간이 지나면서 차츰차츰 가까워졌다.

물론 지금 이 순간 꼬맹이는 소소옥이 백리명향을 고북월에게 떠민 일을 모르고 있었다.

밤이 깊었다. 약귀당과 진왕부는 고요했고 영남성 전체도 모두 잠든 듯했다.

모두가 목령아는 이미 영남성을 떠났으리라 생각했지만, 사실 목령아와 사덕의 일행은 아직 객잔에 있었다.

목령아는 침상에 혼절해 있었고, 사덕의는 흑의 복면인 한 명과 건넛방에서 차를 마시며 담소를 즐기는 중이었다.

무슨 이야기를 하는지는 몰라도 웃음소리가 자꾸 들려왔다.

동틀 녘이 가까워지자 그제야 흑의인이 떠났다. 그러나 흑의인이 떠나자마자 또 다른 공자가 찾아왔다.

공자는 가볍게 문을 두드리며 말했다.

"사 회장, 구양영락입니다. 차 한 잔 얻어 마시고 싶은데 괜찮으신지요."

목령아의 혼사

구양영락?

사덕의는 무척 놀라 황급히 문을 열었다.

"구양 회장, 이 한밤중에 무슨……. 급한 일이라도?"

약성이 운공대륙 약재 시장을 장악하고 있지만 실제 약재 매매는 대부분 운공상인협회에 의지하고 있어서 사덕의와 구양영락은 자연히 교분이 깊었다.

"급한 일은 아닙니다. 그저 지나던 길에 사 회장께서 오늘 밤여기 묵으신다는 것을 알고 차나 할까 해서 찾아왔지요."

구양영락은 자연스럽게 자리에 앉아 차를 끓였다.

사덕의는 묵묵히 말이 없었다. 구양영락은 눈코 뜰 새 없이 바쁜 사람이고 시간이 곧 금인데 단순히 지나는 길이라서 한밤중에 찾아왔을 리 없었다. 필시 무슨 일이 있다. 그것도 무척이나 중요한 일이.

이미 사용한 찻잔을 흘끔 본 구양영락은 표정 변화 없이 차를 몇 잔 마셨다. 결국 참다못한 사덕의가 말했다.

"구양 회장께서는 약귀당 일로 오셨소?"

구양영락은 말을 하려다가 멈추고 웃으며 고개를 저었다.

"구양 회장, 이 늙은이는 당신을 가족처럼 여기는데 당신은 그렇지 않은 모양이구려? 대관절 무슨 일이오?"

사덕의는 다소 불쾌해했다.

구양영락은 어쩔 수 없다는 표정으로 웃기만 할 뿐 여전히 말은 없었다.

"설마 당신도 약귀당과 거래를 했소?"

사덕의가 진지하게 물었다. 그가 알기로 구양영락은 오래전부터 약귀곡과 거래를 할 생각이 있었지만 안타깝게도 늘 거절당했다. 이자의 평소 행동을 보면 약귀당과 결탁해 약귀당에 대해 좋은 말을 해 주려고 이곳에 왔을 가능성이 아주 컸다.

구양영락은 과감하게 고개를 끄덕였다.

"그렇습니다!"

사덕의는 냉소를 터트리며 아주 대놓고 말했다.

"구양, 다른 일은 몰라도 그 일만은……, 이야기할 여지가 없소!"

요 몇 년 사씨 집안은 계속 목씨 집안에 영합해 왔지만, 사실은 진심에서 우러난 것이 아니라 목씨 집안이 너무 심하게 몰아붙였기 때문이었다.

왕씨 집안은 비록 쇠락했으나 아직 기반이 튼튼해서 목씨 집안도 함부로 짓밟지 못했고, 그래서 사씨 집안에 손을 뻗는 수밖에 없었다. 명목이야 힘을 합쳐 왕씨 집안에 대항한다지만 사실상 그동안 힘으로 억누르며 사씨 집안이 가진 좋은 밭과 약 창고를 적잖이 빼앗았다. 더군다나 장로회 회장 자리를 노린 지도 오래여서 사덕의를 귀찮게 한 일도 적지 않았다.

그래서 목령아가 죄를 지어 장로회 손에 떨어진 이상, 그는 결단코 대충 넘어갈 생각이 없었다. 오늘, 진왕의 미움을 사는 한이 있어도 반드시 목령아를 데려갈 참이었다.

약제사는 약재 명가의 영혼이고, 최근 목씨 집안이 급부상한 것도 목령아 덕분이었다. 목령아만 없으면 목씨 집안이 언제까지 위세를 부릴 수 있을까!

구양영락은 더욱더 무력한 표정으로 웃더니, 일어나서 사덕의 가까이 다가와 귓속말을 했다. 불쾌해하던 사덕의의 표정이 점점 놀라움으로 변해갔다.

"다……, 당신이 목령아를 좋아한다고!"

사덕의는 믿을 수 없는 얼굴이었다.

"구양……. 너무……, 너무 황당한 농담 아니오?"

뜻밖에도 구양영락은 진지하게 말했다.

"사 회장, 농담하는 것이 아닙니다."

그는 한참 입을 다물고 입가에 무력하게 자조를 떠올렸다. 도무지 운공대륙 상업계를 쥐고 흔드는 장사꾼 같지 않고, 꼭 수줍음 타는 젊은이 같은 모습이었다.

"솔직히 말씀드리면 저는 령아 낭자를 애모한 지 오래입니다. 한밤중에 찾아온 것도 다른 일 때문이 아니라 별것 아닌 제 낯을 봐서라도 낭자를 지나치게 괴롭히지 말아 달라 말씀드리기 위해서지요."

사덕의는 정말 충격을 받아 한참 동안 말을 잇지 못했다.

구양영락이 또 말했다.

"사 회장, 령아 낭자는 누가 뭐래도 어린 소녀고 두 집안의 은원에 대해서는 별로 알지도 못합니다. 그녀는 무고합니다."

이렇게 말한 그가 놀랍게도 계약서 한 장을 꺼냈다.

"이건 바로 얼마전 사씨 집안 가주께서 저와 맺은 위탁 계약입니다. 앞으로 3년간 사씨 집안이 운공상인협회를 통해 약재를 팔아 얻은 이윤을 분배하는 내용인데, 본래는 5대 5로 나누기로 했지요. 사 회장께서 편의를 봐주신다면 이 할은 사씨 집안에 돌려드릴 용의가 있습니다. 7대 3으로 계약을 바꾸시지요."

"그……!"

사덕의는 조금 전보다 더 충격을 받았다. 알다시피 이 할은 적은 금액도 아닌 데다 기한도 3년이었다!

역시 구양영락은 씀씀이가 어마어마했다!

하지만 사덕의는 구양영락이 이렇게 좋은 조건을 내놓은 만큼 요구 조건도 높다는 것을 잘 알았다.

그는 여전히 아무 말 하지 않았다.

그런데 웬걸, 구양영락은 뜸 들이지 않고 요구를 내놓았다.

"안심하십시오, 사 회장. 제가 청하는 것은 령아 낭자에게 형벌을 가하지 않는 것뿐입니다."

그는 계약서를 사덕의 앞으로 밀어주며 진지하면서도 진실하게 말했다.

"령아 낭자에 대한 제 마음은……, 진심입니다."

이런 태도에 사덕의는 마치 손녀에게 혼담이 들어온 것 같은 착각에 빠졌다. 마침내 그도 흔들렸다.

"그것뿐이오?"

구양영락은 장난스럽게 말했다.

"혹시 사 회장께서 령아 낭자를 제게 시집보내 주시겠습니까?"

농담처럼 들리지만, 사덕의는 구양영락에게 정말 그럴 마음이 있다는 것을 알아차렸다!

사람이라면 주판알을 튕기지 않을 수 없는 일이었다. 목령아를 구양영락에게 시집보내면 무엇을 얻을 수 있을까?

사덕의같이 눈치 빠른 사람은 당연히 헤아릴 수 있었다.

목령아의 혼사를 장로회에서 결정할 수는 없지만, 당사자가 장로회의 손에 있으니 장로회에서 목씨 집안에 압박을 가할 수는 있었다.

결국 사덕의는 단도직입적으로 말했다.

"허허, 구양. 대체 무슨 뜻이오? 이 늙은이에게까지 빙빙 돌려 말할 생각이오?"

구양영락은 시험 삼아 떠본 말이 맞아떨어졌음을 알았다. 사덕의의 마음이 움직인 것이다!

그 역시 단도직입적으로 말했다.

"사 회장께서 목씨 집안을 움직여 령아 낭자를 제게 시집보내 주신다면, 5년간 무조건 사씨 집안 약재를 밀어드리지요. 전체 약재 시장에서 사씨 집안 약재 비중이 적어도 절반을 차지하게 만들겠습니다."

이 말에 사덕의는 마음이 흔들린 것은 물론, 몹시 놀라고 기뻐했다.

약성 삼대 명가의 약재 거래는 기본적으로 운공상인협회가 맡고 있었다. 삼대 명가가 같은 약재를 공급해도 어느 집안을 밀어줄지는 운공상인협회 마음대로였다.

자연히 그 문제에는 이익 배분이 얽혀 있었다.

매출이 꽤 높은 약재인 전갈의 경우 왕씨, 사씨, 목씨 세 집안이 동시에 운공상인협회에 판매를 맡기지만, 목씨 집안은 원가가 낮아 운공상인협회에 더 많은 이익을 줄 수 있고 운공상인협회는 목씨 집안 전갈을 밀어주곤 했다. 3년도 못 되어 운공대륙 사람들은 목씨 집안의 전갈만 알고, 왕씨 집안과 사씨 집안에 전갈이 있는지도 모르게 되었다.

구양영락이 앞으로 5년간 무조건 사씨 집안 약재를 밀어준다면 사씨 집안은 목령아 같은 천재 약제사가 없어도 목씨 집안을 뛰어넘어 약성의 제1명가가 될 수 있었다.

"그 일은 신중하게 논의해 봐야 하오. 틈이 나면 날 잡아 약성에 와서……, 자세히 상의합시다."

사덕의가 승낙했다.

"좋습니다, 반드시 찾아뵙지요!"

구양영락은 무척 기뻐하며 탁자에 있던 계약서를 다시 넣었다. 마침 그 계약서를 훑어보려던 사덕의는 구양영락에게 선수를 뺏겨 머쓱해졌다.

"그건……."

사덕의는 무척 불쾌했다.

하지만 구양영락은 전혀 어색해하지 않고 웃으며 말했다.

"사 회장께서 마음이 있으시다니 다 합쳐서 천천히 논의하시지요."

이렇게 해서 구양영락은 계약서를 들고 신나게 떠나갔고, 사덕의의 안색은 시꺼메졌다. 너무 쉽게 승낙해서 구양영락에게 밑천을 내보인 것이 못내 후회스러웠다.

"너무 좀스러운 작자가 아닙니까! 진심이니 뭐니 하지만 제가 보기에는 혼사조차 장사로 생각하는 겁니다!"

시종도 차마 보아 넘기지 못하고 투덜거렸다.

"흥, 때가 되었을 때 무슨 말을 할지 어디 두고 보자!"

사덕의가 분한 목소리로 말했다.

"회장 어른, 강왕 쪽은……."

시종이 나지막하게 물었다.

사실은 구양영락이 오기 전, 북려국 강왕도 목령아의 혼사에 관한 이야기를 하러 찾아왔다. 그는 북려국 태자가 목령아를 태자비로 맞이하고자 하니 장로회에서 지지해 주었다면 한다고 했다. 강왕이 내민 제안도 무척이나 유혹적이었다.

장로회에서 이 일을 성사시킨다면 북려국이 사씨 집안에 북방 설원을 개방하고 그 땅에서 약초를 재배할 수 있도록 허가한다는 것이 그 제안이었다.

북려국은 운공대륙에서 유일하게 설상 고원을 가진 나라였다. 이 지방은 극히 찬 성질의 약재를 재배하기에 최적의 장소여서, 약성 삼대 명가 모두가 갖고 싶어 한 지 오래였다.

사덕의는 눈을 찌푸리고 한참 동안 말이 없었다. 구양영락과 군역사, 꿩도 먹고 알도 먹을 수는 없었다.

물론 꿩을 먹든 알을 먹든, 우선 목씨 집안이 혼사를 수락하도록 만들어야 했다. 더욱이 목령아가 출가한 후 계속 목씨 집안을 위해 약을 만드는 것도 막아야 했다.

"어렵구나……."

사덕의는 혼잣말을 중얼거렸다. 아마도 그는 이날 밤부터 밤잠을 이루지 못하게 될 듯했다.

"회장 어른, 구양영락은 평소 목씨 집안과 찰싹 붙어 다니던 자입니다. 제가 볼 때는 강왕이 그자보다 더 믿을 만합니다!"

시종이 진지하게 말했다.

"군역사는 믿을 만하지만, 잊지 마라. 군역사는 백독문 문주고 의성이 그를 지켜보고 있다!"

사덕의가 침착하게 말했다.

설령 약성의 일인자 자리를 차지하더라도 의성의 눈 밖에 나면 아무 의미가 없었다.

"회장 어른, 강왕은 백독문 문주지만 북려국 태자는 아닙니다!"

시종이 재빨리 일깨워 주었다.

사덕의는 생각에 잠긴 듯 고개를 끄덕였다. 사실 그도 마음은 군역사에게 다소 기울어져 있었는데, 군역사가 이미 오래전부터 목영동과 손잡은 사실은 전혀 몰랐다.

북려국 황족은 벌써 목씨 집안에 설상 고원을 개방했고, 목씨 집안이 심은 첫 번째 약재가 다 자랄 때가 머지않았다.

그때 군역사는 목영동의 방에서 축배를 들고 있었다.

"조건이 그처럼 유혹적이니, 확신하건대 사덕의 그 늙은이는 분명히 승낙할 겁니다."

목영동은 무척 기뻐했다. 그가 사덕의를 약귀당에 끌어들여 목령아를 잡아가게 한 까닭은 뒷일을 잘 꾸며 놓았기 때문이었다. 그렇지 않았다면 천재 약제사를 그렇게 쉽게 내줄 리 없었다.

이제 그는 장로회가 목씨 집안에 압박을 가하기를 기다렸다가 떳떳하게 목령아를 북려국 태자에게 시집보내면 되었다.

군역사도 이미 준비해둔 것이 있었던 터라 꼬치꼬치 따지지 않았다. 그가 관심 있는 것은 역시 약재 숲 독 연못에 관한 것이었다.

"아직도 행방을 찾지 못했소?"

목영동은 고개를 저었다.

"한운석에게 독 연못 물에서 자란 독초가 있다고 하셨으나……, 이 늙은이는 도무지 알 수가 없군요! 설마하니 그 여자가 약재 숲에 다녀간 적이 있었단 말입니까?"

군역사도 고개를 저었다.

"그 일은 반드시 똑똑히 밝혀내시오!"

그가 어깨에 당한 독은 사부조차 해독하지 못했다. 생각하고 또 생각해 봐도 이 독이 약재 숲 독 연못에서 자라난 것이라는 확신이 들었다.

지난번 한운석이 그와 담판을 지으려 했을 때도 이야기한 적이 있었다.

사부는 그에게 북려국 마장을 장악할 것을 명하고, 지나치게 일찍 의성과 약성 일에 나서지 못하게 했다. 특히 용비야와 한운석 일에 끼어들지 못하게 했다.

이번에 영남군에 올 때도 약재 숲 독 연못을 조사한다는 핑계를 댔기에 사부도 허락했다.

목영동이 어떻게 약귀당에 복수할지, 사덕의가 군역사의 편을 들지 구양영락의 편을 들지는 그들이 약성으로 돌아간 다음 결론이 날 터였다.

그리고 진왕부 쪽에서는, 사실은 한운석도 하룻밤을 잠을 이루지 못한 채 목령아를 구할 방법을 궁리하고 있었다.

이튿날 아침이 밝자마자 그녀는 곧장 약귀당으로 갔다.

용비야와 고칠소의 결투에 관해서는 묻지도 않아서, 당사자인 두 사람은 무척 불안한 나머지 약속이나 한듯 동시에 그녀 앞에 나타났다.

구양영락의 속내

한운석은 진지하게 용비야를 한 번 훑어본 후 다시 고칠소를 아래위로 훑어보았다. 두 사람 다 멀쩡했다. 용비야는 흑의 경장을 입어 멋지고 신비로워 보였고 고칠소는 까만 장포로 온몸을 뒤덮은 채 꼿꼿하게 서 있었다.

보아하니 두 사람 다 별일 없는 것 같아서 한운석은 남몰래 기뻐했다. 결투 결과는 그녀가 예상한 대로 용비야가 고칠소를 이겼지만 고칠소가 그녀를 구해 준 일로 봐주고 끝냈을 것이다.

용비야는 그만한 포용력이 있는 사람이었다.

고칠소의 무공은 용비야에게 한참 못 미쳤고 심지어 군역사의 상대도 되지 못했다. 그러니 설사 고칠소가 독술을 할 줄 안다 해도 무력에 밀려 독을 쓰는 속도나 힘을 발휘하지 못하게 되면 용비야에게서 달아날 수 없었다.

그런 추측을 하면서도 한운석은 여전히 조롱하듯 물었다.

"용비야, 이겼어요?"

용비야는 못 들은 척하고 아무 표정 없이 그녀 옆에 앉아 차를 끓였다. 한운석은 끈질기게 달라붙었다.

"누가 이겼어요?"

용비야가 그래도 말이 없자 한운석은 대담하게도 그의 잔을 빼앗았다.

"묻고 있잖아요."

옆에서 보던 고칠소는 볼수록 이상했다. 저 여자가 언제부터 저렇게 간이 커졌지?

전에는 용비야 앞에서 갓 시집온 새색시처럼 굴지 않았어?

찻잔을 뺏겼는데도 용비야는 화내지 않고 도리어 한운석이 마시다 만 찻잔을 들어 차를 마셨다. 한운석의 질문에는 여전히 대답이 없었다.

어젯밤 그와 고칠소의 결투는 엄격히 말해 승부가 나지 않았다.

한운석에게 뭐라고 설명해야 할지는, 두 사람이 어젯밤 따로 돌아오는 바람에 말을 맞춰 놓지 못했다.

용비야가 여전히 망설이는데 고칠소가 대범하게 나섰다.

"저자가 이겼어!"

한운석은 놀라지 않았으나 용비야는 눈썹을 치키고 고칠소를 바라보았다.

"내가 널 구해 줬기 때문에 살려 줬어."

고칠소는 패배를 인정해도 자존심이 상하지는 않았지만, 어찌 된 영문인지 가슴팍에 입은 상처가 몹시 아파왔다!

사실은 비겼다고 말하고 싶었다. 설령 용비야가 한운석의 목숨을 구해 준 이유로 봐주지 않았더라도 기껏해야 비겼을 것이다.

채찍에 꽁꽁 묶였을 뿐이지 죽은 것도 아닌데 패했다고 할 수 있을까? 더군다나 용비야가 그를 언제까지나 묶어 놓을 수 있다는 보장도 없었다.

하지만 애석하게도 평생 마음속에 묻어 둬야만 하는 비밀도 있는 법이었다.

고칠소는 건들건들 걸어와 다리를 꼬고 앉았다. 말로는 패배했다고 하지만, 다른 사람은 안중에도 없는 듯 잔뜩 뻐기는 태도였다.

용비야는 말없이 찻잔 하나를 그의 옆에 놓아 주었고, 고칠소는 망설임 없이 들었다.

"고마워!"

"천만에."

용비야가 담담하게 말했다.

이 모든 것을 지켜본 한운석은 내내 심장을 짓누르던 커다란 돌을 내려놓은 기분이었다. 어쨌든 간에 적어도……, 적어도 고칠소라는 친구를 잃지 않게 된 것이다!

일치단결해야만 함께 적과 싸울 수 있었다!

한운석은 지체할세라 말을 꺼냈다.

"어떻게 목령아를 구해 낼지 같이 생각해 봐요."

목령아는 약성에 있으면 있을수록 고초를 겪어야 했다. 하물며 목영동은 절대 만만한 인물이 아닌데, 사덕의가 딸을 잡아가도록 내버려 둔 것을 보면 필시 무슨 계략이 있을 터였다.

"의성을 손에 넣으면 사덕의와 목영동이 고분고분 찾아와 발바닥을 핥을 텐데, 목령아 하나쯤 얻어 내는 게 대수겠어?"

고칠소가 도발하듯 용비야를 바라보았다.

비웃는 것이기도 했지만 자극하려는 의도가 컸다.

독녀가 없으면 그는 의성을 당해 낼 수 없었다.

용비야는 짧게 응답했다.

"네가 하겠느냐?"

"네가 날 이겼으니 당연히 네가 해야지."

고칠소는 겸양을 떨었다.

"약귀당 일인데 본 왕이 무슨 상관이냐?"

용비야가 반문했다.

"용비야, 그 말 똑똑히 기억해! 약귀당 일에는 절대 끼어들지 않는 게 좋아!"

고칠소는 기뻐하며 말했다. 독누이와 단둘이 힘을 합친다면 더욱더 좋았다.

그러나 용비야는 미적지근하게 대답했다.

"편한 대로."

'편한 대로'란 당연히 고칠소가 편한 대로 하겠다는 것이 아니라 나서든 말든 자기 편한 대로 하겠다는 뜻이었다.

옆에서 듣고 있던 한운석은 기가 막혔다. 말 한마디를 금처럼 아끼는 진왕 전하께서 언제부터 고칠소 저 수다쟁이와 입씨름을 하게 됐지?

하지만……, 용비야는 고칠소의 입을 제법 잘 막는 것 같았다.

고칠소가 두 눈을 가늘게 뜨고 반박하려 할 때 갑자기 고북월이 나타났다.

한운석은 여기 앉아 고칠소와 용비야의 입씨름을 보느니 고북월과 이야기를 나누는 편이 더 좋았다. 고북월은 의약계에서 잔뼈가 굵은 사람이니 어쩌면 좋은 방법이 있을지 몰랐다.

그런데 뜻밖에도 고북월은 예상도 못한 소식을 가져왔다.

"전하, 왕비마마, 운공상인협회 구양영락이 뵙기를 청합니다."

지난번 구양영락이 화약 사건의 자초지종을 초천은에게 알려 주지 않았다면, 초천은도 그렇게 빨리 궁노수를 동원해 한운석을 납치하려 하지 않았을 것이다.

용비야도 한운석도, 당연히 구양영락에게 그 빚을 치르게 할 생각이었다.

용비야는 입꼬리에 차갑게 호를 그렸고 한운석은 코웃음을 쳤다.

"감히 이곳에 나타날 용기가 있다니, 들어오라고 하세요!"

곧 구양영락이 의젓한 걸음걸이로 들어왔다. 우아하고 점잖은 차림새 덕분에 모르는 사람이 보면 어느 학자 집안의 공자로 오인할 정도였다.

"진왕 전하, 왕비마마."

그는 예의 바르게 읍을 하며 그 자리에 있는 모두에게 상냥하게 인사했다.

"약귀 대인, 고 태의."

용비야와 한운석은 얼굴을 굳힌 채 대답하지 않았고, 특히 고칠소는 그를 손님 취급도 하지 않고 다리를 꼰 채 뼈만 앙상한 손만 만지작거렸다.

"구양 회장."

고북월도 읍을 했다.

"고 의원이라 불러주십시오. 이 몸은 이제 태의원에서 일하지 않습니다."

고북월의 겸손함과 온화함과 비교하면, 구양영락의 우아함은 더욱더 가식적으로 느껴졌다.

"그렇군요……. 하하하, 그렇다면 앞으로 고 의원이라 부르겠습니다."

구양영락이 웃으며 말했다.

고북월도 웃으며 고개를 끄덕인 후 더는 아무 말 하지 않았다.

용비야와 한운석은 주인석에 앉아 있었고 고칠소와 고북월이 각기 그 양쪽에 앉았지만, 아무도 구양영락에게 자리를 권하지 않았다.

온갖 일을 다 겪어 본 구양영락은 민망한 기색이라곤 전혀 없이 태연자약했다.

"왕비마마, 약귀 대인. 이 몸이 찾아온 것은 상의할 일이 하나 있어서입니다. 두 분께서 흥미가 있으신지 모르겠군요."

그가 진지하게 말했다.

한운석은 싸늘하게 그를 훑어보며 입을 열지 않았고, 고칠소는 자기 손이 훨씬 더 흥미로운 양 지금껏 구양영락을 쳐다보지도 않았다.

잠깐 침묵이 흐르면서 분위기는 무척 어색해졌다. 하지만 공교롭게도 이 자리에 있는 누구도 어색해하지 않았고 하나같이 태연하기 짝이 없었다.

"당연히 약성과 관계가 있는 거래입니다."

구양영락이 떠보듯이 말했다.

하지만 예상과 달리 네 사람은 전혀 동요하지 않았다.

구양영락은 복잡한 눈빛을 지으면서도 계속 웃으며 말했다.

"이 몸은 목령아를 구해 낼 수 있다고 팔 할 정도 확신합니다. 나머지 이 할은……, 왕비마마와 약귀 대인의 도움에 달렸지요."

이 말까지 털어놨는데도 아무도 그를 상대하지 않았다.

"하하하, 보아하니 왕비마마와 약귀 대인께서는 이미 목령아를 포기하신 모양이군요. 이 몸이 공연히 애를 태웠습니다."

구양영락이 그렇게 말하고 돌아섰지만 웬걸, 이렇게까지 했는데도 한운석 일행은 누구 하나 불러 세우지 않았다.

그들이 목령아를 포기하지 않은 것을 분명히 알면서도, 이런 침묵을 대하자 언제나 태연하던 구양영락도 견디지 못하고 홱 돌아서서 단도직입적으로 말했다.

"왕비마마, 약귀 대인. 두 분이 움직이지 않으시면 목령아는 한 달도 안 돼 멀리 북려국 황족에게 시집가게 될 겁니다!"

"뭐라고?"

한운석이 벌떡 일어났다.

"구양영락, 그게 무슨 말이오?"

본래는 저 작자를 상대하지 않을 생각이었지만, 뜻밖에도 그가 가져온 소식은 무시무시했다.

북려국 황족이 언제 이 일에 개입했을까? 한운석은 놀란 와

중에도 곧 군역사를 떠올렸다. 군역사 그자는 일찍부터 목영동과 손을 잡고 있었다!

애초에 군역사가 자유롭게 약재 숲을 들락거리고, 약재 숲 깊이 자리한 신비한 독 연못에서 새로운 독초를 기른 것도 목영동이 길을 열어준 덕분이었다!

한운석이 초조해하자 구양영락은 헛걸음하지 않았다는 것을 알았다.

"왕비마마, 이 몸에게 차 한 잔 주시겠습니까?"

구양영락이 자리를 청했다. 그가 찾아온 것은 당연히 길고 상세히 이야기를 나누기 위해서였다.

그렇지만 한운석은 싸늘하게 대답했다.

"대체 어쩔 생각인지 털어놔 보시오!"

"왕비마마, 이 몸은 진심으로 약귀당과 협력하고 싶습니다. 이 일은 앉아서 자세히 논의해야지요."

구양영락은 힘이 빠졌다. 크고 작은 담판을 수없이 해 봤지만 앉을 자리조차 얻지 못한 적은 처음이었다.

그때 고칠소가 고개를 돌려 흘끗 바라보더니 차갑게 말했다.

"길게 이야기할 것 없다! 우리 약귀곡의 약재는 약귀당에서만 팔 수 있으니까!"

그 말에 한운석도 곧 알아차렸다.

이제 보니 구양영락은 약귀곡의 약재를 팔고 싶어 하는 것이다!

"꿈도 크군!"

한운석은 코웃음을 쳤다.

약성이 약재 공급을 독점한다면, 운공상인협회는 약재 시장의 동향을 좌지우지했다. 약귀당이 어렵게 그 틈을 비집고 들어갔는데 뭐하러 다시 운공상인협회와 손을 잡을까?

훗날 약귀당이 점점 커지고 분점이 점점 많아지고 약성과 협력하는 범위가 점점 넓어지면, 운공상인협회와 맞서는 건 필연적이었다.

약귀당을 가장 두려워하는 쪽은 약성이 아니라 오히려 구양영락이었다!

구양영락은 일부러 허세를 부리며 한숨을 내쉬었다.

"아아, 령아 낭자가 안됐군요."

"목령아는 장로회 손에 있는데 무슨 수로 목영동 마음대로 시집보내겠소?"

한운석이 떠보듯이 물었다.

"목영동이 그만한 자신이 없었다면 어째서 사덕의가 딸을 데려가도록 내버려 두었겠습니까?"

구양영락이 반문했다.

"어디서 들은 소식이오? 목령아를 구해 낼 확신은 얼마나 있소?"

한운석은 시험 삼아 물었을 뿐, 절대로 구양영락과 손잡을 생각이 없었다.

뜻밖에도 구양영락은 아무것도 말해 주지 않았다.

"왕비마마께서 협력할 마음이 있으시다면 바로 말씀드리

지요."

"약귀곡 약재만 아니면 뭐든 논의해 볼 수 있소."

결국 한운석이 한 발 물러섰다.

"왕비마마, 마음이 정해지시면 한 달 안에 언제든 이 몸을 찾아오십시오."

구양영락은 거의 문 앞까지 갔다가 다시 돌아서서 한마디 덧붙였다.

"물론 한 달이 지나면 왕비마마께서 아무리 성의를 보이셔도 이 몸도 방도가 없습니다."

그는 말을 마친 후 성큼성큼 밖으로 나가면서 간악하고 음흉한 미소를 흘렸다.

그의 최종 목적은 확실히 약귀곡의 약재였다. 하지만 오늘 찾아온 것은 그 일을 상의하기 위해서가 아니라 약귀당 사람들에게 귀띔해 주기 위해서일 뿐이었다.

구양영락이 수년간 시장을 호령하면서 가장 즐겨한 것은 강 건너 불구경하다가 어부지리를 얻는 것이었다.

그는 용비야의 수완과 한운석의 영리함이라면 분명히 군역사를 손봐줄 수 있으리라 믿어 의심치 않았다!

한 달간 무슨 일이 일어날 지 기대가 컸다.

구양영락이 떠난 후 응접실에 있는 한운석과 다른 이들은 여전히 침묵을 지키며 서로를 바라보았다. 골치 아픈 일이었다.

그녀에겐 영원히 말하지 마

약귀당 응접실 안에는 정적이 내려앉았다. 결국 용비야가 먼저 입을 열었다.

"고북월, 이 일을 어떻게 생각하느냐?"

하지만 고북월은 몸을 일으키며 말했다.

"진왕 전하, 왕비마마. 저는 병자를 치료하고 사람을 구하는 일은 할 수 있으나 이런 일은……, 잘 모릅니다. 약방에 살펴봐야 하는 약방문이 아직 남았으니 먼저 물러가겠습니다."

그는 이렇게 말하고 정말 자리를 떴다.

일개 의원이 이런 일까지 알 리가 없는 건 당연하지만, 왜 조금 전까지 남아 있다가 이제야 자리를 떴을까?

용비야는 일부러 그에게 물었고 그는 일부러 대답을 피했다. 용비야는 속셈이 있어서 그랬고 어쩌면 그도 속으로는 방비하고 있었을지 몰랐다.

한운석은 온통 목령아 생각뿐이어서 그런 것까지 생각하지 못했다. 그녀는 잠시 망설이다가 진지하게 말했다.

"약귀 노인네, 목령아는 지금쯤 영남성을 떠났을 텐데 당신이 약성까지 보호하는 게 어때?"

석 달에 한 번 방문하기로 한 약속은 목령아의 목숨을 붙여 주었고, 목령아가 장로회에 간 후에는 장로회가 뭘 하든 목씨 집안에서 보호해 줄 터였다. 하지만 약성까지 가는 동안 호송하는 이는 모두 사씨 집안 사람뿐이니, 사덕의의 태도로 보아 부하들이 사사로이 목령아를 괴롭혀도 눈감아 줄 것이 분명했다.

목씨 집안이 오랫동안 횡포를 부린 탓에 사씨 집안은 말할 것도 없고 그 밖의 군소 집안 사람들 사이에도 원망이 자자했다. 이제 절호의 기회를 잡았는데 과연 화풀이하지 않으려고 할까?

검은 장포만 벗으면 이자가 바로 고칠찰이라는 것을 아무도 모르니 발각되어도 상관없었다.

한운석은 진지했지만 고칠소는 까만 두건을 젖히며 장난스럽게 말했다.

"독누이, 내가 어딜 봐서 노인네야?"

때가 어느 땐데 아직도 장난이람!

한운석은 버럭 화를 냈다.

"그럼 약귀 꼬마라고 불러?"

뭐…….

고칠소는 말문이 막혔다.

"당신이 따라가. 왕씨, 사씨와 약재 가격을 정한 다음 나와 전하도 약성에 갈게."

한운석이 진지하게 말했다.

구양영락이 무슨 계교를 꾸미든, 지금 그들에게 가장 중요한 것은 사덕의가 군역사의 제안에 혹해 목령아를 북려국 황족에게 시집보내라고 목씨 집안에 압력을 가하지 않도록 막는 것이었다.

지금 이런 관계에서는 사덕의에게 군역사와 목씨 집안이 결탁한 사실을 알려 줘도 그 늙은이가 믿어 준다는 보장이 없었다. 도리어 그들이 이간질한다고 의심할 수도 있었다.

하지만 왕씨 집안 사람 입을 통해 이 사실을 알리면 상황은 완전히 달랐다.

고칠소는 영 내키지 않는 듯 용비야를 흘끗 보며 말했다.

"진왕 전하의 능력이라면 쥐도 새도 모르게 빼내 올 수 있잖아. 얼마나 깔끔하고 좋아? 그자들과 이리저리 얽혀서 뭐해?"

옆에 앉은 용비야는 차를 마실 뿐 반응이 없었다.

한운석이 참다못해 눈을 흘기며 화를 냈다.

"그러면 목령아가 앞으로 어떻게 되겠어? 아무도 만나지 않고 평생 방에 숨어 살까, 아니면 이름을 숨기고 얼굴을 바꿀까?"

힘으로 해결할 수 있는 일이었다면, 그녀가 왜 약귀당 문 앞까지 왔던 목령아를 사덕의가 데려가도록 내버려 두었을까?

고칠소는 또다시 말문이 막혔다.

"시원시원하게 말해. 갈 거야 말 거야?"

한운석이 사납게 나오자 고칠소는 조용히 대답했다.

"갈게. 하지만 너도 약속해. 목령아에게는 내가 고칠찰이라는 걸 영원히 말하지 않겠다고."

그가 바로 고칠찰이란 걸 그 계집애가 알면, 그녀를 구해 낸 다음 그가 약귀당에서 편히 살 수 있을 리 없었다.

한운석은 멈칫했지만 곧 일어나서 단정하게 손을 들어 맹세했다.

"오늘부터 내가 죽는 날까지 목령아에게 저 사람의 신분을 말하지 않겠다고 맹세합니다! 그렇지 않으면 약귀당은 한 푼도 돈을 벌지 못하게 될 겁니다!"

고칠소는 그 말을 곱씹어 보았다. 어딘지 이상하다는 생각이 들었지만 한운석이 화가 난 척하며 그를 걷어찼다.

"이제 됐지? 빨리 가지 않고 뭐해?"

고칠소도 따질 틈이 없었다. 그가 언제 한운석에게 진지하게 따진 적이 있긴 했나?

그는 벌떡 일어났다.

"걱정하지 마. 그 계집애를 괴롭힐 수 있는 사람은 이 어르신 밖에 없다고!"

말을 마친 그가 밖으로 나가면서 손을 흔들었다.

"독누이, 약성에서 만나!"

소탈하게 떠나는 고칠소의 뒷모습을 보자 용비야의 입가에 고소해하는 미소가 떠올랐다.

"어리석은 놈!"

한운석이 의아한 듯 돌아보자 그는 곧 미소를 지우고 약간 어색하게 헛기침을 한 뒤 담담히 말했다.

"구양영락은 목씨 집안과 군역사가 결탁한 일을 잘 아는군."

"저 작자는 약성 삼대 명가와 관계가 깊고 밀정도 많잖아요. 암시장의 비밀스러운 거래조차 그의 눈을 속이지 못했는데 이런 일쯤이야 말할 것도 없죠."

한운석은 그렇게 말한 후 물었다.

"전하, 이번 일에 대책이 있으시죠?"

이 인간은 본래부터 약성에 손을 뻗을 생각이었는데, 이 중요한때 군역사가 뛰어들었으니 쉽게 놓아줄 리 없었다.

"왕씨 집안과 사씨 집안에서 사람이 올 때까지 기다리지. 서신을 써서 재촉해야겠군."

용비야가 차갑게 말했다.

고칠소가 목령아를 보호하면 한운석이 아무리 급해도 안심은 되었다. 이 일은 아무리 급해도 천천히 풀어나가야 한다는 것을 그녀도 알고 있었다. 누가 뭐래도 이번에 상대해야 할 사람은 평범한 인물이 아니었다.

"좋아요!"

그녀는 문가까지 걸어갔다가 다시 그를 돌아보았다.

"용비야, 당신은……, 웃는 게 보기 좋아요!"

말을 마친 그녀는 생긋 미소를 지은 다음 돌아서서 나갔다. 곧 뒤에서 콜록거리는 기침 소리가 들려왔다. 용비야가 차를 마시다 사레들린 모양이었다.

한운석은 그날로 친필 서신을 써서 왕중양과 사홍명을 재촉했다. 지난번에 두 사람에게 가격을 잘 상의한 다음 다시 와서 암시장 거래 건에 관한 증거와 맞바꾸자고 했는데, 이번에는 열흘 안에 당장 오라고 요구했다.

왕중양과 사홍명은 그러잖아도 자주 회합을 했는데 서신을 받고 나서는 거의 매일 만났고, 나아가 두 집안에서 결정권이 있는 인물들을 여럿 불러 가격 논의에 참여시켰다.

듣자니 그들이 오기 전에 왕씨 집안 가주와 사씨 집안 가주가 몰래 만났다는 말이 있었으나 무슨 이야기를 나눴는지는 알지 못했다.

열흘 동안 한운석은 내내 목령아와 목씨 집안의 동향을 주시했다. 구양영락이 다시 찾아올 줄 알았는데 뜻밖에도 그자는 다시는 얼굴을 내밀지 않았다.

용비야는 늘 그대로였다. 그는 아무리 심각한 일이 닥쳐도 언제나 차분하고 냉담했고, 왕중양과 사홍명이 오기 전에는 한운석이 말을 꺼내지 않는 한 먼저 그 이야기를 한 적이 없었다.

약귀당은 한운석의 일이고 어쨌든 그는 자기 일로 바빴다.

열흘 동안 중부 세 개 군과 강남 각 성의 관아 및 권세가들은 서로 연합해서 '중남도독부中南都督府'라는 기구를 세우고 영남군 군수 서료정徐寮庭을 도독으로 추거했다. 백리 장군은 대군단 몇 개를 재편성하고 병부를 새로 만들어 도독을 위해 일하게 되었다.

알다시피 사료정은 지난날 용비야가 친히 영남군수로 지목한 사람이었다.

백리 장군이 아침에 대병부大兵符를 사료정에게 주자 사료정은 정오에 직접 대병부를 가지고 와서 진왕 전하에게 바치며 충성을 표하고, 기쁘게 받아 달라고 간절히 부탁했다.

진왕 전하는 한마디만 했다.

"백리원륭에게 주게. 그만이 감당할 수 있네."

이렇게 해서 대병부는 한 바퀴 돌아 다시 백리 장군 손에 들어갔다. 진왕 전하는 그 어떤 권한이나 책임에도 손대지 않았으나 사실상 중부와 남부 전체를 완전히 지배하고 있었다.

그 열흘 동안 천휘황제와 용천묵도 영남군 쪽에서 벌어지는 일을 주시했다. 목령아의 일까지 포함해서 그들 모두 똑똑히 알고 있었다.

그렇지만 애석하게도 그들 부자에게는 힘도 없고 간섭할 여유도 없었다. 그들에게는 진왕이 자신들에게 눈을 돌리지 않는 것만 해도 천지신명에게 감사할 일이었다.

천휘황제의 병이 갈수록 깊어지자 용천묵은 서경으로 출병하고 싶어 안달이었지만 안타깝게도 초씨 집안의 세력이 줄곧 마음에 걸렸다. 그는 황자들을 사주하고 서주국의 능력 있는 신하들을 매수해 초청가와 죽자 사자 싸웠다. 초천은은 초청가에게 협조하는 한편 계속 서진 황족의 핏줄을 찾았지만 애석하게도 끝내 실마리를 얻지 못했다.

열흘은 빠르게 지나갔다. 목령아는 약성에 거의 도착했고 왕중양과 사홍명은 약속대로 영남성을 찾았다.

노인과 젊은이 두 사람 사이는 지난번보다 눈에 띄게 가까워져 있었다.

한운석이 그들에게 자리를 권하자, 놀랍게도 저 잘난 줄만 알던 사홍명이 왕중양이 앉기를 기다렸다가 자리에 앉았다. 그 예의에 한운석은 속으로 웃음을 금치 못했다.

"왕비마마, 이것이 저희 두 사람이 상의한 최종 결과입니다.

한 번 보십시오."

왕중양은 두 손으로 목록을 바쳤다. 거기에는 왕씨 집안과 사씨 집안이 보유한 하품 등급 약재와 그 가격이 적혀 있었다.

목씨 집안이 한운석에게 제시한 가격은 열 냥이었고, 왕씨와 사씨 집안이 제시한 가격은 열두 냥이었다.

한운석은 한 번 훑어본 후 태연하게 말했다.

"두 냥이 많군요?"

"왕비마마, 솔직히 그것이 최저가입니다."

왕중양이 진지하게 말했다.

사홍명도 맞장구를 쳤다.

"왕비마마, 목씨 집안은 저희 두 집안보다 원가가 훨씬 낮습니다. 마마도 잘 아시지 않습니까."

한운석은 영악한 눈빛을 띠며 마지못한 듯이 물었다.

"어째서 그런 거죠?"

"왕비마마, 목씨 집안이 가진 약초밭은 약성에서 가장 비옥한 곳인 데다 세력을 믿고 약제사들의 품삯마저 낮췄습니다."

사홍명이 황급히 대답했다.

"그건 나도 알아요. 그래 봤자 얼마나 된다고요?"

한운석이 불쾌한 듯 물었다.

사홍명은 어쩔 수가 없었다. 그 이유를 제외하고는 달리 댈 이유가 없었던 것이다. 그런데 뜻밖에도 왕중양이 소리 죽여 말했다.

"왕비마마, 하나 있긴 한데……."

그가 말을 하려다 말자 사홍명마저 고개를 갸웃했다. 오기 전에 그렇게 열심히 상의했는데 왕중양에게 아직 하지 않은 이야기가 있다고? 무슨 말을 하려는 걸까?

그때 용비야도 그쪽을 쳐다보았다.

왕중양은 진퇴양난에 처한 얼굴로 말했다.

"왕비마마, 사실 이 점은 사실인지 아닌지 확실하지 않습니다. 하지만……."

"사실 여부가 확실하지 않다면 말할 필요 없다."

용비야가 싸늘하게 입을 열었다.

"하지만……."

왕중양이 난처해하고 있는데, 사홍명이 참다못해 왕중양에게 계속 눈짓했다.

"둘째 나리, 아시는 게 있으면 말씀하십시오! 왕비마마께서는 저희를 믿어 주실 겁니다!"

그제야 왕중양이 이야기를 꺼냈다.

"왕비마마, 몇 년 전에 들은 소문에는 목씨 집안이 북려국 설상 고원에서 고산지대 약재를 실험하고 있다 합니다. 하품 등급 약재에 속하는 것인데 보통 약초밭에 옮겨도 살 수 있다더군요! 이 소문이 사실이면 목씨 집안은 마마께 약재를 은자 열 냥에 팔아도 손해 보지 않습니다!"

그 말에 그곳에 있던 사람들이 모두 놀랐다. 특히 사홍명은 뛸 듯이 놀라 저도 모르게 내뱉었다.

"목씨 집안이 어떻게 설상 고원을 쓸 수 있는 겁니까?"

"나도 길 가던 중에 들은 소문이라 사실 여부를 확인하지 못해 함부로 입에 담지 못했네. 아무래도……, 복잡한 관계가 얽혀 있을 게야."

왕중양이 소리 죽여 말했다.

"길 가다가 들은 소문으로 핑계 댈 것 없어요. 본 왕비는 단지 열두 냥이 두 집안의 최종 가격인지 알고 싶을 뿐이니까요."

한운석의 말투가 강경해졌다.

왕중양은 망설이며 대답을 미뤘고, 이를 본 사홍명은 상황이 좋지 못하다는 것을 알고 모진 마음을 먹었다.

약성에 이는 풍운

상황이 좋지 않은 것을 느낀 사홍명은 놀랍게도 한운석에게 이렇게 말했다.

"왕비마마, 실은 저도 목씨 집안이 북려국 황족과 결탁했다는 이야기를 들은 적이 있습니다."

그 말이 나오는 순간, 용비야와 한운석이 서로를 마주 보며 의미심장한 눈빛을 지었다.

왕중양은 입가에 냉소를 떠올렸지만 서둘러 나서지 않았다.

기다려도 사람들이 반응이 없자 사홍명은 곧 다시 말했다.

"몇 년 전부터 이미 알고 있었습니다. 목씨 집안이 요 몇 년간 운공대륙 약재 가격을 재차 내린 것도 북려국 설상 고원에서 재배한 고산지대 약재들이 많았기 때문입니다. 하품뿐 아니라 고품 약재도 있고 원가도 아주 저렴합니다. 왕비마마, 왕씨와 사씨 집안은 조상이 물려주신 밭을 지키느라 가진 약재가 많지 않은데 여기서 가격을 더 내리면 정말 살아갈 방도가 없습니다!"

그제야 왕중양이 입을 열었다.

"왕비마마, 가격을 더 낮추면 저희 두 집안은 버티지 못합니다. 결국 약재 공급할 곳이 없어지면 마마께도 큰 손해가 아니겠습니까."

한운석은 생각에 잠긴 듯 고개를 끄덕였다.

"목씨 집안이 북려국과 손을 잡았다고요? 후훗, 정말 뜻밖이군요."

왕중양은 말이 없었으나 사홍명은 허둥지둥 말했다.

"왜 아니겠습니까. 당시 그 이야기를 들었을 때 저도 무척 뜻밖이었습니다."

사실 사홍명은 그 일에 대해 전혀 들은 바가 없었고, 왕중양이 이야기를 꺼냈을 때 펄쩍 뛸 듯이 놀랐다.

그렇지만 진왕비 앞에서는 필사적이어서 설령 거짓이라 해도 사실로 만들 수밖에 없었다. 그렇지 못하고 진왕비가 약재 가격을 더 낮추면 돌아가서 집안사람들을 대할 면목이 없었다.

아버지는 암시장에서 고가로 약재를 판 일로 그를 호적에서 파낼 뻔했고, 이번에 일을 잘 마무리 짓지 못하면 돌아올 생각도 말라고 으름장을 놓았다.

한운석은 다시 가격표를 훑어보더니 잠시 망설이다가 고개를 끄덕였다.

"좋아요. 더는 두 분을 괴롭히지 않을 테니 이 가격으로 하죠. 매달 본 왕비가 필요한 물품을 주문하면 월초에 물건을 보내주고 월말에 정산하는 거예요. 어때요?"

목씨 집안과의 계약에 비하면 분명히 사정을 봐준 것이었다. 왕중양과 사홍명은 곧바로 승낙했고 한운석은 사람을 불러 계약서를 쓰게 한 뒤 그 자리에서 서명하고 암시장 약재 거래 기록 장부를 그들에게 내주었다.

두 사람은 무척 기뻐하며 감사 인사를 한 뒤 기분 좋게 떠나 갔다.

객잔으로 돌아간 후 왕중양이 말을 꺼내려는데 사홍명이 선수를 쳤다.

"둘째 나리, 한 가지 부탁드릴 일이 있습니다!"

"자네와 나 사이에 그런 말이 어디 있나? 무슨 일인지 주저 말고 말해 보게."

왕중양이 포용심도 넓게 말했다.

사홍명은 목소리를 죽였다.

"둘째 나리, 오늘 일은……, 돌아가서 아버지께 사실대로 말씀드려야 합니다."

"이 정도면 순조롭게 끝낸 셈이니 자네나 나나 돌아가서 할 말은 있지 않겠나, 허허허."

왕중양이 웃으며 말했다.

사홍명은 잠시 망설이다가 나지막하게 말했다.

"둘째 나리, 목씨 집안이 북려국과 결탁했다는 말은 어디서 들으셨습니까?"

왕중양은 깜짝 놀라며 당황한 목소리로 말했다.

"나는 목씨 집안이 북려국과 결탁했다고 말한 적 없네! 그저 목씨 집안이 설상 고원에서 약재를 키운다는 말을 들었다고 했지. 그저 들었다고 말이야. 그들이 결탁했다고 말한 것은 자네 아닌가?"

"그……, 그건……. 이거 참, 그렇게 말하지 않으면 왕비마마께서 쉽게 받아들이셨겠습니까?"

사홍명은 어쩔 수 없었다는 투로 말했다.

"자네 정말! 허 참, 난 자네가 정말 그런 말을 들은 줄 알았지! 그건 거짓말일세. 만에 하나 왕비마마와 진왕 전하의 귀에 들어가면 우리는……."

왕중양은 초조한 얼굴이 되었다.

"아주 골치 아파질 게야!"

"헉……."

사홍명도 따라서 긴장했다.

"둘째 나리, 저희는 그 일이 사실인 척해야 합니다. 그 누가 묻더라도 목씨 집안이 정말 북려국과 결탁했다고 말을 맞춰야 합니다!"

"그런……."

왕중양은 망설였다.

사홍명이 그런 그를 위로했다.

"저희 두 사람의 앞날이 달린 문제인데, 목씨 집안에 미안해도 어쩌겠습니까? 목령아가 저희 할아버지 손에 들어왔으니 목씨 집안의 좋은 날도 오래 가지 못합니다!"

왕중양은 결심한 눈빛으로 대답했다.

"알겠네."

두 사람은 그렇게 하기로 했다. 그날 왕중양은 부근에서 야생 약초를 찾아보겠다는 핑계로 사홍명과 함께 약성으로 돌아가지 않았고, 사홍명이 떠나자 비밀리에 약귀당으로 돌아갔다.

그가 들어갔을 때 용비야와 한운석은 왕공과 함께 차를 마시며 담소를 나누는 중이었다.

왕중양은 왕공의 친동생으로, 왕씨 집안에서 제법 힘이 있는 인물인데 암시장 건으로 체면이 깎이는 바람에 왕공 앞에서 고개도 들지 못했다.

"일은 다 처리했느냐?"

왕공이 퉁명스러운 목소리로 물었다.

왕중양은 쭈뼛쭈뼛 대답했다.

"했습니다. 사홍명의 입을 빌렸으니 사 가주와 사 회장도 믿을 겁니다."

"이번에 목씨 집안과 사씨 집안을 쓰러뜨릴 수 있다면 그 공으로 네 잘못을 상쇄할 수 있을 것이다."

왕공은 장탄식을 했다.

왕중양은 차마 꾸역꾸역 말하지 못하고 읍을 한 다음 물러갔다.

"전하, 목령아는 사흘이면 약성에 도착합니다. 장로회의 규칙에 따라 약재 숲 감옥에 갇혔다가 관례대로 장로회에서 친히 심리한 후 투표에 붙여 판결을 받게 되지요. 허나 공교롭게도 며칠 후면 약성에서 10년에 한 번 있는 시약대회試藥大會가 열리니 장로회가 할 일이 많습니다. 이 늙은이 추측에는 목령아의 판결은 시약대회가 끝난 뒤로 미루어질 겁니다."

왕공이 진지하게 말했다.

"괜찮소. 시간이 길어질수록 목씨와 사씨 두 집안이 더욱 격렬하게 싸울 것이오."

용비야가 차갑게 말했다.

한운석은 목령아를 구하고 싶어 했지만 그는 이번 기회에 왕씨 집안을 지원해 그들이 약성의 주도권을 되찾게 할 생각이었다. 약성을 얻을 수 있다면 운공대륙 남부가 통째로 그의 손에 들어오는 셈이었다.

"시약대회는 어디서 열리나요?"

한운석이 물었다.

"약재 숲입니다. 안심하십시오, 왕비마마. 그 대회에는 의약계 인물들을 다양하게 초청하고 대형 약재상은 반드시 초청을 받습니다. 초청장은 장로회에서 발행하니 아마 하루 이틀 후면 약귀당에도 도착할 것입니다."

왕공이 웃으며 말했다.

"약재 숲이라……."

한운석의 눈동자가 계략을 꾸미듯 반짝였다.

"왜 그러느냐?"

용비야가 물었다.

"아무것도 아니에요. 그곳에 가 본 지 오래되어서요."

한운석이 웃으며 말했다.

과연 이틀 후 약귀당은 약성 장로회의 초청장을 받았다. 하지만 장로회는 한운석과 약귀 대인만 시약대회에 초대하고 용비야는 초대하지 않았다!

물론 용비야는 의약계 사람이 아니지만 용비야의 신분이나 지위로 보아 빠뜨릴 수는 없는 인물이었다. 사덕의가 꽁하게 원한을 새겼다가 일부러 초청하지 않은 것이 분명했다.

미움을 산 쪽은 약귀당이지, 진왕 전하는 무고했는데도!

두 장의 초청장을 뒤적이던 한운석이 유감스러운 듯 말했다.

"전하, 전하를 초청하지 않았는데…… 어쩌죠?"

용비야는 무표정하게 패검을 닦으며 생각나는 대로 대답했다.

"본 왕은 너를 호송하겠다."

정말 시위 노릇을 하겠다는 걸까?

한운석은 웃음을 터트릴 뻔했지만 일부러 긴장한 척 황급히 몸을 숙였다.

"신첩은 감당하기 어렵습니다."

용비야는 그제야 시선을 들더니, 강아지 쓰다듬듯 그녀의 머리를 쓰다듬었다.

"괜찮다. 본 왕이 좋아서 하는 일이다."

그는 이 말만 하고 다시 고개를 숙여 계속 검을 닦았다. 그 진지한 모습에 한운석은 갑자기 뭐라고 해야 좋을지 알 수 없어졌다.

용비야, 방금 그거……, 정말 낭만적인 말이라고 봐도 되는 거야? 한운석의 마음은 꿀을 삼킨 것처럼 몹시도 달콤했다.

이튿날, 용 시위의 호송을 받으며 진왕비가 약성으로 출발했다!

약성에서는 목령아가 약재 숲 감옥에 갇히면서 삼대 명가

간, 그리고 장로회의 각 세력 간의 긴장감이 점점 짙어지고 있었다.

목령아가 감옥에 갇힌 후 장로회 내 목씨 집안 세력이 옥졸을 보내 지키겠다며 강하게 나왔으나, 이번에는 사덕의도 무척 강경해서 혐의를 피한다는 이유로 목씨 집안의 옥졸을 모두 돌려보냈다.

목영동은 펄펄 뛰며 서재에서 가장 아끼던 찻주전자를 던져 깨뜨렸다.

"사덕의, 핍박이 너무 심하구나!"

군역사는 패기만만하게 다리를 꼬고 앉아 오만한 태도로 차를 마시며 아무 말 하지 않았다.

목영동이 바닥을 어지럽힌 파편을 밟고 다가와 초조하게 물었다.

"사덕의는 아직도 대답이 없습니까?"

"뭘 그리 서두르시오. 설상 고원이라는 유혹은 그대도 뿌리치지 못했는데 하물며 그자라고 다르겠소?"

군역사가 가소로워하며 말했다.

목영동은 가슴이 턱 막히고 갑자기 반박할 말을 잃었다. 군역사가 까닭도 없이 왜 그 자신마저 한데 묶어 비웃는지 알 수가 없었다.

솔직히 그도 인정하지 않을 수 없었다. 군역사와 손잡을 당시 군역사를 도와 약재 숲의 독 연못에서 독초를 기른 것은 바로 설상 고원의 유혹을 이기지 못한 탓이었다.

"시약대회가 끝나면 반드시 본 왕을 찾아올 것이오."

군역사는 무척 확신하며, 기분이 좋은 듯 껄껄 웃었다.

"목영동, 차라리 내기라도 하겠소?"

목영동은 그럴 용기가 없었다. 저자가 또 어떤 조건을 제시할지는 하늘이나 알 일이었다. 그는 웃으며 말했다.

"강왕 전하께서 그처럼 자신이 있으시니 이 늙은이도 안심이 되는군요. 이 늙은이는 요 열흘간 령아가 고생을 할까 걱정이 이만저만이 아니었습니다. 그 아이는……. 허 참, 그 아이가 무슨 잘못이 있겠습니까."

목영동은 목령아가 북려국에 시집간 후 아비를 너무 미워하지 않기를, 다시금 사이가 좋아져 함께 집안의 발전을 도모할 수 있기를 기대했다. 어쨌든 목씨 집안이 북려국 황족과 손잡은 것은 호랑이를 찾아가 가죽 내놓으라 하는 격이니, 목령아가 태자비가 되어 목씨 집안을 보살펴 준다면 지나치게 군역사에게 끌려다니지 않을 수 있었다.

군역사는 연민이라고는 추호도 모르는 사람이고 여자에 대해서는 특히 모질었다. 그는 냉랭하게 목영동의 말에 대답했다.

"죽는 것도 아닌데 그렇게 걱정해서 뭐하겠소?"

목영동이 더 말하려 했지만 그가 화제를 돌렸다.

"듣자니 장로회에서 이번에 약귀당 사람을 초청했다더구려?"

"한운석과 고칠찰을 초청했습니다. 사덕의가 제법 배짱이 있는지 대담하게도 진왕을 빠뜨렸지요."

목영동이 말했다.

그 말을 듣자 군역사의 눈동자가 환하게 빛났다.

"그렇다면 용비야가 오더라도 약재 숲에 들어오지는 못하겠군……."

"하하하, 진왕의 성격상 초청장도 없이 와서 들여보내 달라 사정하지는 않을 겁니다."

목영동은 웃으며 말했다. 그는 사덕의가 용비야의 미움을 사는 꼴을 보는 것이 몹시 즐거웠다.

이쪽에서 목영동과 군역사가 계교를 꾸미고 있을 때 저쪽에서는 사씨 집안도 고심해서 계교를 꾸미고 있었다.

"목영동과 북려국 황족이 일찍부터 결탁했다는 말이냐?"

사덕의는 사씨 집안에 돌아오자마자 이 소식을 들었다.

사씨네 가주의 표정은 무거웠다.

"아버지, 이 일은 사실 여부를 떠나 소홀히 다뤄서는 안 됩니다."

"그렇게 큰일인데 어째서 딱 지금 이럴 때 알려진 것이냐? 어디서 들은 소식이냐?"

사덕의는 엄숙하게 물었다. 사씨 집안에 설상 고원은 너무나도 중요해서 쉽사리 포기하지 못하는 것도 당연했다.

"홍명이 그 아이가 한 말입니다."

사 가장은 사홍명과 왕중양이 한운석과 가격 협상을 하러 간 일을 말해주었다. 사덕의는 몹시 뜻밖이라 곧바로 사홍명을 불러 진지하게 물었다.

"그 일이 사실이냐? 어째서 여태까지 그런 말을 하지 않았느냐?"

사홍명은 군역사가 사덕의를 찾아와 목령아의 혼사에 관해 상의한 것을 꿈에도 모른 채 왕중양과 입을 맞춰 목씨 집안에 누명을 씌우고 제 목숨을 부지하기로 해 놓았다.

그래서 그는 더없이 진지한 목소리로 말했다.

"할아버지, 그 일은 저도 얼마 전에야 약재회관에서 목씨 집안 사람이 하는 말을 듣고 알았습니다. 그때는 그저 농담이겠거니 하고 별생각이 없었는데, 약귀당에 갔더니 왕씨네 둘째 나리께서 말을 꺼내시지 뭡니까. 저 혼자 지나치다 들은 이야기면 그렇다 쳐도 왕씨네 둘째 나리께서도 들으셨다면……. 아니 땐 굴뚝에서 연기가 나겠습니까?"

사덕의는 몹시 복잡한 표정으로 한참 동안 주저하다가 진지하게 물었다.

"한운석과 용비야는 뭐라고 하더냐?"

사홍명이 재빨리 대답했다.

"그들도 몹시 충격을 받았습니다. 진왕비는 처음에는 믿지도 않았지요! 저와 왕씨네 둘째 나리가 한참 설명을 한 다음에야 겨우 믿어 주며 저희가 제시한 가격을 받아 줬습니다."

도마 위 생선

거짓말을 하나 하려면 반드시 수많은 거짓말을 보태야 했다. 법칙이라기보다는 누구도 피해갈 수 없는 저주라고나 할까!

사홍명은 사덕의와 사 가주의 질문 앞에서 끊임없이 거짓말을 지어낼 수밖에 없었다.

"진왕과 진왕비는 어떻게 하겠다고 하더냐?"

사 가주가 다시 물었다.

"진왕은 한마디도 없었습니다. 진왕비는 믿지 않았지만 저와 왕씨네 둘째 나리까지 그런 말을 하자 결국 믿었고 역시 별말은 하지 않았지요."

사홍명의 대답이었다.

사 가주는 처음에는 다소 의심했지만 이 말을 듣자 좀 더 믿게 되었다. 이런 소식을 들었을 때 용비야와 한운석처럼 속이 깊은 사람은 당연히 함부로 태도를 밝히지 않으리라 생각했기 때문이었다.

"홍명아, 약재회관에서 목씨 집안의 누구에게 그런 말을 들었느냐? 그 소식통이 정말 믿을 만하더냐?"

사 가주는 무척 신중했다.

"목초연 밑에 있는 두 시종이 한 말이에요! 아버지, 이런 일은 사실이 아니어도 사실이라 생각하고 대비해야 해요! 제가 보기에 이런 일은 분명히 사실이에요! 생각해 보세요. 약재 숲의 독 연못이 어쩌다 그렇게 싹 사라졌겠어요? 독 연못이 사라지던 그날 밤, 목씨네 가주가 약재 숲에 있지 않았어요? 하필이면 북려국 강왕이 백독문 문주이기도 한데 우연이라기엔 너무 공교롭다고 생각하지 않으세요?"

사홍명이 두 어른을 믿게 하려고 온 마음을 다한 덕에 아무렇게나 둘러댄 말도 자못 구구절절 설득력이 있었다.

이 말을 듣자 사덕의와 사 가주는 몹시 긴장한 얼굴로 서로를 바라보았다. 결국 목씨 집안이 일찍부터 군역사와 결탁했다는 것을 믿게 된 것이다.

사홍명이 나간 후 사 가주는 제일 먼저 이렇게 말했다.

"아버지, 구양영락의 제안을 거절하진 않으셨겠지요?"

"당연하지 않으냐! 내가 노망이 난 줄 아느냐?"

사덕의는 불쾌하게 되물었다.

사 가주는 움찔해서 더는 묻지 못했다.

사덕의는 잠시 말이 없다가 느닷없이 탁자를 힘껏 내리쳤다.

"이놈, 군역사! 목영동과 손잡고 이 나를 속이려 들다니! 허, 목령아를 되찾아 가시겠다? 꿈 깨시지!"

"아버지, 제가 보기에 구양영락이 목령아를 맞아들이려는 까닭은 단지 그녀의 천부적인 약 제조 능력 때문일 겁니다. 우선 목령아에게 쓴맛을 보여 줘야 합니다. 첫째는 시약대회가 열리기 전에 목씨 집안의 기세를 누르기 위함이고 둘째는 구양영락의 진심을 시험하기 위함이지요."

사 가주가 진지하게 말했다.

"허허허, 이 늙은이가 임씨 집안 사람을 보내 단단히 지키게 해 두었다."

사덕의가 차갑게 웃으며 말했다.

사 가주는 즉시 알아들었다. 얼마 전 목씨 집안의 서출 도령이 임씨 집안의 몇 대째 독자를 때려 불구로 만들었는데, 목씨 집안은 은자만 조금 쥐여 주고 말았다. 그러니 이런 기회를 얻은 임씨 집안이 쉽게 목령아를 놓아줄까?

목령아를 심문하기 전에는 누구도 사사로이 형을 집행할 자격이 없고, 장로회도 그녀를 감금할 수만 있었다. 사덕의가 사씨 집안 사람을 보내 목령아를 혼내게 했다면 도리어 목씨 집안에 빌미를 제공해 줄 뿐, 훗날 목령아를 심문할 때도 주도권을 쥐지 못한 채 의심만 받을 것이다. 하지만 임씨 집안 사람을 보내면 그들이 목령아를 어떻게 하든 사씨 집안과는 무관했다.

그들 부자가 막 논의를 끝냈을 때 시종이 와서 보고했다.

"회장 어른, 북려국 강왕이 성 밖 별장에서 만나기를 청합니다."

사덕의가 거절하려는 것을 사 가주가 말렸다.

"아버님, 아직 심문이 시작되지 않았습니다. 공연히 적을 놀라게 하지 말고 무슨 놀이를 하려는지 지켜보시지요. 목영동이 군역사와 결탁했다는 철석같은 증거를 얻을 수 있다면 목씨 집안은……. 흐흐흐, 의성 쪽에서 쉽게 용서하려 하지 않을 겁니다!"

사덕의는 그 의견에 찬동하고 시종에게 분부했다.

"강왕에게 가서 모든 것은 시약대회 이후에 상세히 논하자고 하거라."

그는 한참 동안 궁리하다가 소리를 죽여 말했다.

"구양영락과 만날 약속을 잡아다오. 시약대회가 열리기 전에 잘 이야기해 봐야겠다."

사 가주는 무척 기뻐하며 직접 일을 처리하러 갔다.

본래는 거의 정해진 일이었지만 구양영락이 들춰내고, 한운석과 용비야가 끼어들고, 마지막으로 사홍명이 한 수 보태는 바람에 결국 새로운 국면으로 접어들었다.

설계자인 목영동과 군역사는 곧 누구든 손봐 줄 수 있는 도마 위 생선이 될 처지였다!

그러나 그때 그들 두 사람은 여전히 득의양양 기뻐하고 있었다.

사덕의의 회신을 받고도 군역사는 아무 의심도 하지 않았다. 그 역시 이번 일이 며칠 더 미뤄져 약성에 좀 더 머물기를 바랐다.

알다시피 사부의 명으로 요 몇 달간 내내 북려국 마장에 묶여 있느라 온몸에 곰팡이가 필 지경이었다.

그는 약재 숲 독 연못이 있던 곳에 다녀오려고 했지만 뜻밖에도 가는 도중에 또 갑자기 어깨가 아프기 시작했다. 덕분에 지체하지 못하고 목씨 저택으로 돌아갈 수밖에 없었다.

어깨의 독이 발작하는 빈도가 점점 잦아지고 있었고, 이제는 마비 약을 써서 통증을 멈추지 않으면 안 될 정도로 통증도 심했다.

'한운석, 본 왕이 약성을 손에 넣으면 기필코 약귀당을 가만두지 않겠다!'

군역사는 속으로 맹세했다.

그때 한운석은 용비야와 같이 마차를 타고 오는 중이었는데, 갑자기 재채기가 터져 나왔다.

용비야가 곧바로 바람막이를 벗어 그녀에게 덮어 준 뒤 다시 품에 안았다.

"춥지 않아요. 아마 누군가 제 욕을 하나 봐요."

한운석이 장난스럽게 말했다.

용비야는 처음에는 아무 말 없다가 한참이 지난 후에야 비로소 담담하게 말했다.

"한운석, 진왕부에 들어온 후 적잖은 이들에게 미움을 샀구나?"

한운석은 그 말을 바로잡아 주고 싶은 마음이 굴뚝같았다. 순전히 진왕부에 들어가서 미움을 산 게 아니라 그에게 시집갔기 때문에 미움을 산 것이었다.

"그래요. 온통 여자들이죠."

한운석은 고개를 들고 그를 바라보며 진지하게 물었다.

"전하, 이상하지 않으세요?"

용비야는 못 들은 척하고 앞을 바라보았다. 비록 무표정했지만 얼굴이 약간 굳어 있었다.

이를 본 한운석은 참지 못하고 큰 소리로 웃음을 터트렸고,

용비야는 큰 손으로 그녀의 머리를 눌러 품에 딱 붙였다. 그의 입꼬리가 웃을락 말락 호를 그렸다.

사실 한운석은 솔직하게 묻고 싶었다. 그 많은 여자들이 당신을 좋아하는데 당신은 어떠냐고.

하지만 그녀가 아무리 간이 부었다고 해도 그 정도는 아니었다.

시약대회 날이 다가옴에 따라 의약계 각 세력의 인물들이 약성을 찾아왔고 약성은 점점 시끌벅적해졌다. 그러나 약재 숲의 감옥은 죽은 듯이 고요했다.

옥졸과 장로회가 파견한 사람 외에는 심문 전까지 누구도 목령아에게 접근할 수 없었다.

매일 이른 아침, 조그만 천창을 통해 사방이 벽인 컴컴한 감옥에 빛이 새어들 때면 목령아는 하얀 도자기 병에 환약을 한 알 넣곤 했다.

감옥에 들어오면서 갖고 있던 물건을 죄다 빼앗겼지만 위급할 때 사용할 환약 한 병과 빈 병 하나는 몰래 챙겼다.

빈 병에 환약을 넣는 건 날짜를 세는 방법이었다.

벌써 열 세알을 넣었으니 앞으로 일곱 알을 더 넣으면 시약대회 날이었다. 그날이 지나면 저들도 심문을 시작할 것이다.

어떤 식으로 심문하든 간에 결국 죽이진 않을 것이다. 죽지 않는 한 희망은 있었다.

시약대회 후 다시 일흔 알을 더 넣으면 석 달을 채웠으니 약귀당에 가서 칠 오라버니를 한 번 볼 수 있었다.

그녀가 조그만 약병을 품에 넣기도 전에 갑자기 누군가 감옥 문을 뻥 차서 열었다. 눈부신 빛이 주위를 온통 뒤덮듯이 쏟아지자 목령아는 본능적으로 눈을 가늘게 떴다. 희미하지만 문가에 선 우람한 그림자가 보였다.

역광이라 그자의 얼굴은 볼 수 없지만 낯선 느낌이 드는 걸 보면 옥졸 같지는 않았다.

목령아가 미처 빛에 적응하기도 전에 감옥 문이 갑자기 쾅 하고 거칠게 닫혀 방은 본래의 어둠을 되찾았다. 그러자 목령아도 나타난 사람의 모습을 똑똑히 볼 수 있었다.

서른 몇 살쯤 되는 거한인데, 얼굴에는 구레나룻을 길렀고 생김새는 사납고 흉포했다.

목령아는 불안한 마음에 벌떡 일어나서 노여운 목소리로 따졌다.

"누구냐? 누가 너를 들어오게 했지?!"

거한은 야비하게 웃으며 시커먼 이를 내보였다.

"목령아……. 흐흐흐, 과연 나이에 맞게 싱싱하구나!"

목령아는 온몸에 소름이 쫙 끼쳐 무의식적으로 뒷걸음질 치며 분노를 터트렸다.

"경고하는데 가까이 오지 마! 장로회에서 아직 심문하지도 않았어. 설사 심문이 끝났다 해도 감히 내 털끝하나 건드리면 우리 목씨 집안이 끝까지 추궁할 거야!"

거한은 콧방귀를 꼈다.

"건드려? 증거가 있을까?"

목령아의 안색이 쇳덩이처럼 시퍼레지고 오장육부는 부르르 떨렸다. 하지만 요 1년간 도망 다니면서 제법 배운 게 많은 그녀는 곧 말을 바꿨다.

"누가 널 보냈지? 그들이 네게 뭘 줬어? 내가 두 배로 줄 수 있어!"

거한은 대답하지 않고 냉소를 띤 채 한 걸음 한 걸음 접근하기만 했다.

목령아는 한 걸음 한 걸음 물러섰다. 입술마저 떨렸지만 그래도 억지로 말을 뱉어 냈다.

"여기 새로운 약방문이 하나 있어. 날 놓아주면 이 약방문은 당신이 만들어 낸 것으로 해도 돼. 가서 목초연에게 팔면 분명히 약성 최고가로 쳐줄 거야! 그리고……."

그렇지만 목령아가 말을 끝내기도 전에 거한은 이미 바로 앞에 와 있었다.

"우리 조카의 망가진 다리를 고칠 수 있다면 놓아주는 걸 고려해 볼 수도 있지."

그 말에 목령아의 심장이 쿵 떨어졌다!

이자는 임씨 집안 사람이었다!

달아나려고 했지만 이미 늦은 후였다. 거한이 단숨에 그녀의 머리카락을 휘어잡아 머리를 벽에 밀어붙이더니 큼직한 얼굴을 들이밀고 야비하기 짝이 없는 웃음을 지었다.

"자, 이 다리를 몇 번 핥아 주면 용서해 주지. 어때?"

목령아가 역겨움에 연신 구역질을 하자 거한은 몹시 불쾌해했다. 그가 다른 손을 뻗으려는 순간, 어떻게 된 일인지 두 손과 두 발이 한꺼번에 아프기 시작했다. 마치 수백 수천 마리 벌레가 팔다리를 물어뜯는 것 같았다.

그가 황급히 손을 놓고 자세히 살펴보니, 놀랍게도 팔 위에 조그마한 회충 한 마리가 꿈틀거리고 있었다. 어디서 나타난 벌레인가 하고 의아해하고 있을 때 갑작스레 목령아가 그의 덥수룩한 구레나룻을 가리키며 날카롭게 비명을 질렀다.

"꺄아악……!"

거한이 영문을 모르는 눈으로 고개를 숙여 보니 회충 한 무더기가 구레나룻 속에서 버글버글 기어 나오고 있었다. 곧이어 머리카락에서도 몇 마리가 툭툭 떨어졌다.

"으악……!"

거한은 놀라 소리소리 지르며 필사적으로 털어 냈다. 손대지 않았으면 좋았을 텐데 한 번 손을 대자 벌레는 점점 더 많아져 꾸역꾸역 쌓이며 꿈틀거렸다. 그의 살 속으로 파고들려는 것인지 아니면 살을 뚫고 나온 것인지 알 수가 없었다!

거한은 목령아를 내버려 둔 채 살려 달라고 소리를 지르며 밖으로 달아났다. 감옥 문을 닫는 것조차 잊은 채였다.

목령아도 기절할 것처럼 놀라 멍하니 벽에 기댄 채 눈만 휘둥그레 뜨고 있었다. 머릿속이 텅 빈 것 같았다.

거한이 감옥에서 달아나 미친 사람처럼 소리를 질러 대자 옥졸들이 우르르 달려왔다. 상황을 본 옥졸들도 질겁해서 누구 하나 가까이 다가가는 이가 없었다. 그때, 검은 그림자 하나가 나는 듯이 그들 뒤를 지나쳐 감옥으로 들어갔지만, 소리도 기척도 없어서 아무도 알아차리지 못했다.

감옥에 있는 목령아는 막 정신을 차려 약병을 찾기 위해 더듬더듬 바닥을 뒤지느라 흑의인이 문 앞에 나타났는데도 전혀 몰랐다.

흑의인은 한참 기다리다가 결국 인내심이 다한 듯 음침하고 괴상한 목소리로 말했다.

"이봐, 달아나지 않고 뭘 하는 거냐?"

난 그가 좋아요, 알아요?

이 괴상야릇한 목소리를 듣자 목령아의 심장이 덜컹 내려앉았다!

그녀는 얼어붙은 채 바닥을 노려보며 차마 고개를 들지 못했다.

방금……, 정말 누가 말한 거야? 아니면……, 아니면 환청인가?

뭔가 생각난 듯 그녀의 심장이 쿵쿵 미친 듯이 뛰었다. 온 세상이 쥐 죽은 듯 고요해지고 심장박동 소리가 귓가에 뚜렷하게 들렸다.

바로 그때!

다급한 발소리가 들려왔다. 목령아가 번쩍 고개를 들었더니 문가는 텅 비어 있었다. 하지만 오래지 않아 옥졸 몇 명이 달려왔다.

활기차고 반짝이던 그녀의 두 눈동자는 순식간에 빛을 잃고 멍해졌다. 옥졸들이 제각각 떠들고, 지시하고, 문을 닫고, 자물쇠를 채우건 말건 그녀는 다시는 그쪽을 쳐다보지 않았다.

목령아는 날짜를 세는 약병을 찾는 것마저 잊은 채 바람 빠진 풍선처럼 낙심한 모습으로 바닥에 앉아 양팔로 무릎을 껴안았다. 힘이 쭉 빠졌다.

잘못 들은 거야. 완전히 환청이었어.

"이봐, 조금 전에 달아났었어야지. 이젠 달아나지도 못해."

낮고 깊숙한 목소리가 튀어나왔다. 그것도 바로 오른쪽에서 무척이나 또렷하게 들려온 소리였다.

아니…….

목령아는 획 고개를 돌렸다. 처음에는 아무것도 보이지 않았으나 자세히 살피자 검은 그림자 하나가 벽에 딱 붙어 있는 게 보였다. 어둠과 한 몸이 된 양 자세히 보지 않으면 전혀 눈에 띄지 않았던 것이다.

칠 오라버니!

그녀는 '칠'자를 거의 입 밖에 낼 뻔했지만 참 다행스럽게도 제때 꾹 눌러 삼킬 수 있었다. 하지만 아무리 해도 삼킬 수 없었던 눈물은 눈시울 밖으로 왈칵 넘쳐 방울방울 떨어져 내렸다.

칠 오라버니, 보고 싶었어요!

고칠소는 검은 장포를 뒤집어쓰고 있어서 분명 고칠찰의 차림이었다.

한운석은 고칠소로서 가라고 했지만 그는 기어코 그러지 않았다! 목령아는 다소 멍청하지만 아주 바보는 아니었다. 만에 하나 의심이라도 하면?

예전이라면 의심하더라도 그러거나 말거나 했을 텐데, 지금은 달랐다. 이 아이는 앞으로 약귀당에서 함께 지낼 사람이었다.

만에 하나 고칠찰이 바로 고칠소라는 것을 알면, 그가 약귀당에 머무는 동안 저 아이 때문에 귀찮아 죽지 않을까?

다행히 오는 동안 사덕의는 길을 재촉하느라 바빠서 목령아를 귀찮게 굴지 않았고, 고칠소 역시 모습을 드러낼 필요가 없었다.

목령아는 제자리에 못 박혀 눈물을 뚝뚝 흘렸지만 고칠찰은 상관하지 않고 조그만 도자기병을 찾아 내밀었다.

"자, 받아라!"

목령아는 허둥지둥 받아들더니 얼른 울음을 그치고 생긋 웃었다.

"고마워요, 약귀 대인!"

눈물 때문에 흐릿했지만 그래도 웃음은 눈부셨다. 천창에서 새어 들어온 빛다발이 때마침 그녀의 얼굴 위로 떨어져 눈물과 웃음을 비추자 반짝반짝 빛이 났다.

애석하게도 고칠소는 이 아름다움을 본체만체하고 벽에 기대 느긋하게 앉았다.

"이봐, 매일 병에 약을 넣던데 무슨 뜻이지?"

목령아는 깜짝 놀랐다.

"어떻게 알아요?"

"쉿!"

고칠소가 짜증스럽게 조용히 하라는 소리를 냈다.

목령아는 입을 막았다. 한참 기다려도 바깥에서 움직임이 없자 그녀는 슬제 고칠소 옆에 앉아 그와 똑같이 벽에 기댄 채 나지막하게 말했다.

"약귀 대인, 어떻게 아셨어요?"

"매일 천창에서 지켜보고 있었지. 그렇지 않으면 무슨 수로 때맞춰 왔겠느냐? 네가 그렇게 운이 좋은 줄 아느냐?"

고칠찰이 퉁명스럽게 물었다.

목령아는 자신의 멍청함에 속으로 쿡쿡 웃었다. 예전에는 어째서 약귀 대인과 칠 오라버니가 똑 닮았다는 걸 느끼지 못했을까?

하지만 예전에는 약귀 대인과 만날 일이 많지 않았잖아. 한운석 같이 똑똑한 여자도 알아차리지 못했고.

그녀는 자신과 한운석이 멍청한 게 아니라 칠 오라버니가 너무 영리하게 잘 숨겼다고 생각했다.

얼마 전 독한 맹세를 했던 한운석이 그녀의 이런 생각을 알면 아마 배꼽이 빠져라 웃었을 것이다.

"약귀 대인, 저를 구하러 오셨어요?"

목령아는 무척 기뻐했다.

"방금 달아날 수 있었는데도 가지 않는데 그런 널 구해서 뭐하겠느냐?"

고칠찰이 콧방귀를 꼈다.

"어디로 달아나라고요? 평생 숨어 살라고요? 어쨌든 여기서 죽지는 않을 것이고, 죽지 않으면 희망이 있어요. 안 그래요?"

목령아가 진지하게 말했다.

약성 양대 세력이 자신의 혼사에 관심을 보이고 있다는 사실을 그녀가 알 리 없었다. 감옥은 그녀를 평생 가둘 수 없어도 혼인은 그럴 수 있었고, 그들이 그녀를 죽이지는 못해도 죽느니만 못한 삶을 살게 할 수는 있었다.

"죽지 않는다……."

고칠소는 혼잣말을 중얼거리더니 별안간 웃음을 터트렸다.

"죽지 않으면 희망이 있다고? 하하하!"

무엇 때문인지 몰라도 목령아는 문득 약귀 대인의 괴상야릇한 웃음 속에서 절망의 기운을 느꼈다. 이런 느낌은 마음에 들지 않았다.

"약귀 대인, 방금 그 사람은 왜 갑자기 벌레가 생긴 거예요? 독을 쓰셨어요?"

그녀가 화제를 돌렸다.

"한운석이 준 것이다. 회충독蛔蟲毒이라고 하지. 조금만 뿌려도 사람 몸속에서 버글버글하게 벌레가 자라나거든. 걱정하지 마라. 한 시진도 못 되어 그자의 오장육부는 벌레에게 깨끗이 먹혀 버릴 테니까."

고칠소는 약성에 도착하자마자 비둘기를 통해 한운석이 목령아를 구할 때 쓰라고 보낸 독약을 받았다. 독을 쓰면 사람들이 그의 존재를 알아차리지 못하고, 도리어 목령아가 독술을 할 줄 아는 것으로 오해해 함부로 접근하지 못하게 만들 수 있었다.

"한운석은 정말 무시무시해……."

목령아가 객관적으로 평했다.

고칠소는 큰 소리로 웃음을 터트렸다.

"그러니 함부로 건드리지 마라. 안 그랬다간 이유도 모르고 황천길에 가야 할 테니."

목령아는 저도 모르게 몸서리를 쳤고 고칠소는 속으로 즐거워했다. 목령아 이 계집애는 전과가 있으니 한운석을 무서워하게 만드는 편이 좋았다.

그는 목령아에게 이 회충독이 백독문의 가장 유명한 독약이지, 한운석 것이 아니라는 사실을 알려 주지 않았다. 물론 한운석의 독약도 대단하지만 독을 쓰는 능력은 엉망이었다.

오늘 와서 독을 쓴 사람이 그녀였다면, 아마 목령아가 몇 차례 혼쭐날 때까지 성공하지 못했을 것이다.

목령아는 다소 켕기는 마음에 그 화제를 이어가지 않았다.

목령아가 약병을 꽉 틀어쥔 것을 보자 고칠소가 궁금한 듯 물었다.

"이봐, 그건 대체 뭐냐? 약을 만들 때 그런 식으로 하진 않을 텐데?"

그는 며칠을 지켜보고 며칠을 고민하며 혹시 어린 천재 목령아가 새로운 배약 방법을 고안해 낸 게 아닌가 궁금해했다.

매일 날이 밝으면 환약 한 알을 넣는 걸 볼 때 일부러 그러는 게 확실했다. 그는 시간과 온도, 습도, 약을 잡는 힘, 그리고 도자기 병의 재질까지 온갖 방면에서 분석해 봤지만 아무리 해도 무엇 때문인지 알아낼 수가 없었다.

심지어 목령아가 병에 환약을 넣은 후 몇 번 흔들었는지까지 관찰했지만 애석하게도 규칙이 없었다.

목령아는 갑자기 뭐라고 대답해야 좋을지 몰랐다.

"이리 줘. 냄새를 맡아 봐야겠다."

고칠소가 진지하게 말했다.

궁금증으로 가득한 그의 눈동자를 바라보던 목령아는 우습기도 하고 어딘지 마음이 아프기도 했다.

칠 오라버니, 전 약을 만든 게 아니에요. 그냥 날짜를 세고 있었던 거예요.

목령아는 고칠소를 빤히 바라보며 미적미적 대답이 없었다.

하지만 약밖에 모르는 고칠소가 쉽사리 넘어갈 리 없었다. 그는 가까이 다가오며 신비스럽게 웃었다.

"새로운 배합 방법이지? 우리 거래를 하는 게 어떠냐?"

목령아는 웃지도 울지도 못하는 심정이었다.

"약귀 대인, 이곳이 컴컴하고 빛이 없어서 아무것도 알 수 없어서 이걸로 날짜를 세고 있었던 거예요! 매일 빛이 들어올 때 한 알씩 넣으면……."

목령아의 말이 끝나기도 전에 고칠소는 흥이 싹 가셔 혼자 이죽거렸다.

"이 어르신께서 쓸데없이 생각이 많았군!"

그는 다시 벽에 기대 눈을 감았다.

목령아는 그를 바라보다가 참지 못하고 종알거렸다.

"약귀 대인, 제가 왜 날짜를 세었는지 아세요?"

고칠소는 잠이 든 듯 대답이 없었다.

목령아는 그의 이런 태도에 이골이 나 있었다. 전에도 그녀가 그를 붙들고 종알종알 끊임없이 떠들어 댈 때 그는 늘 이렇게 눈을 감고 잠든 척했지만 사실은 진짜 잠든 게 아니었던 적이 여러 번이었다.

"약귀당에 갈 날을 기억하려는 거예요. 석 달에 한 번이니 77일 후면 갈 수 있어요."

목령아가 웃으며 말했다.

갑자기 고칠소가 눈을 반짝 뜨고 의아한 듯 물었다.

"그렇게 약귀당에 가고 싶다고?"

그에게 패하는 바람에 어쩔 수 없이 약귀당에서 일하기로 한 거 아니었나? 이상하군!

"아뇨, 전 칠 오라버니를 보고 싶어요. 약귀당은 한운석 것이니 칠 오라버니도 반드시 올 거예요."

목령아는 무척이나 진지하게 말했다.

고칠소는 곧 그녀의 시선을 피하며 사납게 내뱉었다.

"별 바보 같은 소리!"

뜻밖에도 목령아는 계속 말했다.

"약귀 대인, 전 칠 오라버니를 좋아해요. 아세요?"

목령아의 맑고 커다란 눈을 바라보던 고칠소는 별안간 심장이 철렁하고, 뾰족한 것이 심장에서 가장 부드러운 부분을 콕 찌르는 것처럼 괴상한 아픔을 느꼈다.

그러나 그건 한순간에 불과했다.

그는 곧 큰 소리로 껄껄 웃음을 터트렸고, 한참을 웃고 난 다음에야 곁눈질로 목령아를 바라보며 소름 끼치는 듯이 말했다.

"내 앞에서 좋아하느니 마느니 죽네 사네 하는 낯간지러운 말은 집어치워라! 이 어르신은 나이가 많아서 그런 말은 못 견딘다!"

목령아는 이를 악물고 한참 만에야 겨우 '네' 하고 대답했다.

이렇게 해서 두 사람은 침묵에 빠졌다.

하지만 고칠소는 곧 그 속에서 빠져나왔다. 그는 감옥에서 가장 어두운 구석에 몸을 숨기고 잠을 청하며 목령아에게 툭 내뱉었다.

"밥이 오면 이 어르신 몫도 남겨 둬!"

기회가 생겨 떠나기 전까지는 이 계집애와 함께 있어야 할 모양이었다.

뜻밖에도 목령아는 여전히 생긋 웃었다.

"약귀 대인, 연세도 많으신데 허기지시면 안 돼요. 밥은 모두 남겨드릴게요."

누군가를 좋아하는 방식에는 여러 가지가 있다.

어떤 사람은 절대적으로 공평하길 바랐다. 내가 그 사람을 좋아하면 그 사람도 반드시 나를 좋아해야 하고, 내가 그 사람에게 잘하면 그 사람도 반드시 내게 잘하기를 바라는 것이 그들의 마음이었다.

어떤 사람은 덮어놓고 요구만 했다. 내가 어떻게 하든 그 사람은 반드시 내게 잘해 주길 바라는 것이다.

그리고 어떤 사람은 기꺼이 짝사랑을 했다. 그들은 그 사람에게 잘해 줄 수 있다면 그것만으로 행복했다.

칠 오라버니, 오라버니는 령아의 행복이에요.

목령아는 갑자기 이곳을 떠나고 싶지 않아졌다. 이곳에서 평생 함께 갇혀 있고 싶었다.

물론 불가능한 일이겠지만.

임씨 집안에서 보낸 그 거한은 독회충에게 배 속을 깨끗하게 뜯어 먹혀 끔찍하게 죽었다.

옥졸들은 물론 이 일이 소문나지 않도록 숨겼으나, 제일 먼저 보고를 들은 사람은 사덕의였다.

사덕의와 사씨네 가주, 그리고 임씨네 가주는 다 같이 현장으로 달려왔다. 거한의 시체에 우글대는 벌레를 보자 사덕의는 깜짝 놀랐다.

"백독문의 독약이구나!"

비록 독은 잘 모르지만, 백독문에서 가장 유명한 독약 정도는 알고 있었다.

임씨네 가주는 놀라 넋이 나간 얼굴로 멍하니 말했다.

"목령아가 백독문과 관계있습니까?"

사덕의와 사 가주는 서로를 쳐다본 후 임씨네 가주를 위로하고 옥졸에게 소문내지 말고 당장 시체를 처리하라고 분부했다.

"아버지, 목영동이 너무 막무가내로 나오는군요! 보아하니 목령아는 이미 군역사와 결탁했던 것 같습니다. 고칠찰에게 도전한 것도 함정이었습니다, 저희를 끌어들이기 위한 함정 말입니다!"

사 가주가 충격을 감추지 못하고 말했다.

그들은 목영동이 군역사와 결탁한 줄만 알았지, 목령아가 약귀당에 도전한 것이 함정이라고는 생각지도 못했다!

"목영동! 이 늙은이가 그리 쉬워 보였느냐?"

사덕의는 철저하게 분노했다. 처음에는 상황을 보고 움직이려 했으나 이제는 분노에 휩싸여 먼저 반격하기로 결심했다!

이튿날, 무슨 꿍꿍이를 품었는지 모르지만 그가 먼저 군역사에게 만나자고 청했다.

그들을 접대하는 사람은 없었다

군역사는 독 연못을 찾아가다 말고 돌아오자마자 사덕의의 초청 소식을 들었다.

그는 즉시 약속 장소인 사씨 집안 성 밖 별장으로 달려갔다.

하인의 안내를 받아 객청으로 들어가니 사덕의는 기다린 지 오래였다.

겸손하고 예의 바른 태도로 느긋하게 협상을 진행하는 구양영락과 달리 군역사는 단도직입적이고 명쾌하기 짝이 없었다.

"사 회장, 드디어 결심을 내렸소?"

사덕의도 명쾌하게 고개를 끄덕였다.

"그 제안을 받아들이겠습니다. 다만 진행 방식은 이 늙은이에게 알려 주셔야 합니다."

진행 방식? 터놓고 말하면, 어떤 식으로 목영동을 압박해서 목령아를 북려국 태자에게 시집보내게 하느냐는 말이었다.

군역사는 간단하게 대답했다.

"공을 세워 잘못을 씻으라고 하시오!"

사덕의는 몰래 눈동자에 비웃음을 떠올리며 물었다.

"그게 무슨 말씀입니까?"

"시약대회에 본 왕이 북려국의 대표로 찾아가 목씨 집안에 구혼하겠소. 혼수는 북려국 설상 고원에 있는 오대설산 중 하나, 천봉설산天峰雪山의 출입증이오. 사 회장은 사람들 앞에서 목령아가 공을 세워 잘못을 씻을 수 있도록 멀리 북려국으로 시집가서 약성과 북려국이 인척을 맺게 하라고 목영동을 몰아붙이시오. 혼수는 당연히 장로회가 받게 되고, 천봉설산의 출입증은 약성이 공유하되 장로회가 관할하는 것이오."

군역사가 말했다.

사덕의는 냉소를 터트렸다.

"허허, 우리 사씨 집안이 받게 된다더니 어쩌다 장로회 소유로 바뀌었습니까?"

"천봉설산 좌측 천현설산天玄雪山을 중매에 대한 감사 선물로 사 회장에게 드리겠소!"

군역사는 기분이 좋아 껄껄 웃었다.

"사 회장, 그렇게만 되면 그대는 명성과 이득을 모두 얻는 것이오!"

목령아의 혼사를 성사시키면, 사덕의는 목씨 집안과 사씨 집안의 암투를 위해 목령아를 괴롭히는 대신 약성 전체에 이득을 가져다준 셈이 되어 그 공평무사함을 드러내 보일 수 있었다. 이게 바로 명성이었다.

그리고 군역사가 사씨 집안에 주는 선물은 곧 이득이었다.

사덕의는 수염을 매만졌다. 다시 심사숙고하는 것처럼 보이지만 사실은 군역사의 멋진 계획에 속으로 탄복하는 중이었다.

손자의 말만 아니었다면, 그리고 임씨 집안 사람이 독회충에 당하지만 않았다면, 아마도 그는 벌써 군역사와 목영동의 함정에 걸려들었을 것이다!

사덕의는 일부러 한참 생각하는 척한 다음에야 입을 열었다.

"강왕 전하의 계책은 실로 훌륭합니다. 하지만……."

"하지만 뭐요? 속 시원히 말해 보시오!"

군역사가 시원시원하게 말했다.

"하지만 목영동이라는 자는 워낙 궤계가 많아서 백이면 백 허락한다는 확신 없이는……, 시작하지 않는 편이 낫습니다!"

사덕의의 태도는 아주 단호했다.

다 된 줄만 알았던 군역사는 결국 눈을 찌푸리며 무례하게 물었다.

"사덕의, 약성 전체가 누릴 수 있는 이득으로 사람들 앞에서 목영동을 압박하는 것으로도 부족하단 말이오? 장로회 회장의 위엄이 그것밖에 안 되오?"

사덕의는 속으로 옳다구나 싶어 흥분하지 않고 더욱 단호한 태도를 보였다.

"이 늙은이는 시약대회에서 목영동에게 반격당하고 싶지 않습니다. 이러니저러니 해도 이번 일에 백이면 백 확신이 없다면 하지 않겠습니다!"

그는 이렇게 말한 뒤 수염을 쓰다듬으며 혼잣말로 중얼거렸다.

"목령아가 없으면 목씨 집안의 앞날도 길지 않으니 우리 사씨 집안은 얼마든지 기다릴 수 있지!"

군역사는 짜증스러운 눈빛이었지만 그래도 꾹 참고 물었다.

"어떻게 해야 백이면 백 확신하겠소?"

"어렵군요……."

사덕의는 감개에 차서 말했다.

"목영동 그 놈은 약성에서 가장 교활한 자입니다. 강왕 전하, 목령아의 혼사는……. 이 늙은이가 보기에는……, 아무래도 포기하는 것이 좋겠습니다. 혼사 외에 다른 일이라면……, 허허허, 뭐든 상의해 볼 수 있지요."

군역사는 속으로 코웃음을 쳤다. 목령아만 아니었다면 그가 사씨 집안에 눈길이라도 줬을까?

소심하게 눈치만 보는 사덕의의 태도를 보니 사씨 집안이 고만고만한 자리에 머문 것도 이상하지 않았다. 비록 목영동이 교활하고 간사하긴 해도 그는 역시 목영동같이 과감한 사람이 좋았다.

군역사는 잠시 고민하다가 차갑게 말했다.

"사 회장이 꼭 확답을 받길 원한다면 목씨 집안에 이득을 안겨 줄 수밖에 없소."

사덕의는 남몰래 웃었다.

"어떤 이득 말입니까?"

"천현설산을 둘로 나누어 목씨 집안과 사씨 집안이 공유하는 것이오. 그대와 목영동이 각자 한발 양보하는 셈이지."

군역사의 말이었다.

"그런 법은 없습니다!"

사덕의는 즉시 거절했다.

군역사는 가소로운 듯 비웃었다.

"사 회장, 세상에 그렇게 쉽게 얻을 수 있는 건 없소. 모험도 하지 않겠다, 이득도 나누지 않겠다 하니, 그럼 이 일은 관둘 수밖에. 그 외에는 사씨 집안과 상의할 일이 없소!"

사덕의는 속으로 웃음을 금치 못하면서도 겉으로는 분한 척했다.

"강왕 전하, 이 무슨 태도입니까?"

군역사는 해명도 귀찮은 듯 일어서서 나가려고 했다.

사덕의가 황급히 가로막았다.

"좋습니다, 좋아요. 그렇게 하시지요! 다만 이 늙은이는 목영동과 직접 만나 이야기하고 싶지 않습니다!"

군역사도 그가 양보하기를 기다렸던 터라 차갑게 웃으며 말했다.

"본 왕이 가서 말하겠소."

사덕의는 허둥거리며 덧붙였다.

"강왕 전하, 담판이 끝나면 명확하게 계약서를 쓰고 목씨 집안의 인장을 찍어 오십시오. 그래야 이 늙은이도 안심할 수 있습니다."

군역사는 그러겠다고 했다. 그가 목영동에게 이 이야기를 했을 때 목영동은 큰 소리로 웃어 댔다.

"계약서는 내주지요. 이번 기회에 그자에게 생각지도 못한 곳에서 손해를 보는 기분이 어떤지 똑똑히 알려 줄 겁니다!"

목령아가 순조롭게 북려국에 시집가면 사씨 집안을 몰아붙여 설산을 통째로 내놓게 할 방법이야 있었다.

시약대회가 열리기 전날, 목영동은 계약서 한 장을 군역사에게 주었고 군역사는 그날 바로 사덕의에게 보냈다.

사덕의는 기쁘게 받으면서 속으로는 냉소를 금치 못했다. 이것이 바로 발뺌할 수 없는 증거였다!

시약대회가 무척 기대되었다!

군역사와 목영동은 구양영락이 농간을 부린 것도 모르고, 한운석과 용비야가 사씨 집안에 덫을 놓은 것도 몰랐다. 목영동은 여전히 한운석과 고칠찰이 시약대회에서 무슨 수작을 부리지나 않을까 걱정했다.

군역사는 구혼 준비를 하느라 바빴다. 내일 의약계 각 인물들이 모이면 그들 앞에서 구혼해 이 일을 널리 알릴 생각이었다.

군역사와 목영동 역시 시약대회에서 벌어질 재미난 장면을 무척 기대하고 있었다.

내일이 바로 시약대회여서 이날 약성은 특히 북적거렸다. 의성 사람들, 각국의 태의원 사람들, 유명한 의관과 약방 사람들이 모두 찾아왔다.

초청받고 온 사람은 당연히 접대를 받았다. 의성의 몇몇 거물과 최대 약재상인 구양영락은 당연히 장로회가 몸소 접대했다. 그들은 장로회 객방을 배정받았는데, 약재 숲에서 가장 가까운 곳이었다.

그 외에 명성이 높은 이들은 삼대 명가의 가주가 맞이했고,

설령 이름이 별로 알려지지 않은 사람도 그들을 끌어들이고자 하는 소규모 집안이 친절하게 맞아주었다.

그런데 하필 한운석은······.

한운석이 흑의 복면 시위 한 명을 데리고 약성 문으로 들어서자 그 소식은 곧 약성 전체에 퍼졌다.

모두가 약귀당의 진왕비가 왔다는 것을 알았지만, 애석하게도 접대하려는 사람은 없었다! 왕씨 집안은 당연히 의심을 받지 않으려고 피했고, 장로회와 다른 집안들도······. 흥.

그때는 휘영청 밝은 달이 하늘에 떠 있었다.

한운석은 말을 끌고 약성에서 가장 번화한 거리로 나갔고, 흑의 복면 시위는 그녀에게서 서너 걸음만 떨어져 뒤따랐다.

등에 검을 메고 양팔을 가슴 앞에 팔짱 낀 자세였다. 몸이 좋고 키 큰 그가 몸집이 왜소한 한운석 뒤를 따르자 흡사 우뚝 솟은 산 같아서 아무도 한운석에게 시비 걸 수 없었다.

한운석이 걸어가자 거리에 있던 사람들은 우르르 물러났다. 그중에는 한운석의 신분을 아는 사람도 있었고 뒤따르는 시위의 기세에 눌려 알아서 비켜 준 사람도 있었다. 적잖은 이들이 속으로 감탄을 금치 못했다. 시위조차 저렇게 패기가 넘치다니, 역시 진왕비는 남달랐다.

어쨌든 한운석은 덕분에 북적이는 사람들 틈을 편하게 통과해 약성의 최고급 객잔에 도착했다.

객잔에 이르자 주인이 몸소 마중 나왔다.

"왕비마마, 요기하시겠습니까, 아니면 숙박을 하시겠습니까?"

한운석이 대답했다.

"조용하고 깨끗한 윗방 하나 내주고 국 하나와 반찬 네 종류를 방으로 보내주게."

주인은 연신 고개를 끄덕였다. 그가 뒤에 선 복면 시위에게 물으려는데 애석하게도 시위는 얼어붙을 것 같은 눈빛을 한 채 그를 쳐다보지도 않고 한운석을 따라 위층으로 올라갔다.

주인은 어리둥절했다. 시위는 아래층에 묵는 게 아니었나?

일반적으로 시녀는 방에서도 시중을 들지만 호위 무사는 언제든 달려와 명을 받을 수 있도록 주인과 가까운 방에 묵었다.

주인은 한참 고민한 끝에 진왕비의 시위는 밤새 문 앞을 지키는 모양이라고 결론을 내렸다.

국 하나에 반찬 네 종류가 들어오자 복면 시위는 문을 닫고 곧 복면을 벗었다. 역사상 가장 패기 넘치는 이 시위는 당연히 다른 누구도 아닌 진왕 전하였다.

한운석이 너무 배가 고파 얼른 먹으려는데, 용비야가 손수 작은 그릇에 뜨끈뜨끈한 국을 떠 주었다.

"먼저 마셔라."

날은 춥지만 마음은 따뜻했고 기분이 좋았다.

직접 겪지 않았다면, 한운석도 이 고독하고 차가운 진왕 전하가 이처럼 세심한 면이 있다는 걸 절대 몰랐을 것이다.

"용비야……."

한운석은 말을 하다 말고 입을 다물었다.

"무슨 일이냐?"

용비야가 국을 뜨면서 태연하게 물었다.

"당신은 참 세심해요."

한운석이 웃었다.

막 국을 한 모금 머금었던 용비야는 입을 다물고 쿨럭대다가 겨우 삼켰다. 그는 대답하지 않고 아무 일도 없었던 것처럼 눈을 내리뜨고 계속 국을 마셨다.

그렇지만 한운석이 여전히 자신을 쳐다보고 있는 것을 알자 어색한지 다시 태연하게 말했다.

"마셔라."

"네!"

한운석은 웃음을 참아 보았지만 참을 수가 없어서 국을 마시기 무섭게 사레가 들려 격렬하게 기침해 댔다.

용비야가 급히 다가와 등을 두드려 주었다. 하지만 기침이 너무 심했다. 국물이 기도를 막아 숨이 제대로 왔다 갔다 하지 못하는 통에 아무리 해도 좋아지지 않았다. 힘껏 기침하려고 해도 숨쉬기가 어려워 몇 번이나 시도했지만 힘이 들어가지 않았다.

다급해진 용비야가 그녀를 번쩍 안아 자신의 커다란 허벅지 위에 앉힌 다음 몸을 앞으로 숙이게 하고 힘껏 등을 두드렸다.

한운석은 기침을 하면서 손을 내저었다. 등을 두드린다고 될 일이 아니었다!

그런 것까지 알 리 없는 용비야는 처음부터 서두르기만 했고 이제는 당황해 어쩔 줄 몰라 하며 계속 물었다.

"괜찮으냐? 괜찮아졌느냐?"

한운석은 대답할 수가 없어 기침하며 열심히 손을 저었다. 피가 몰려 얼굴이 시뻘게졌다.

용비야는 더욱 당황했다. 아무리 큰일도 척척 해내는 그이지만 뜻밖에도 지금 맞닥뜨린 사소한 문제에는 속수무책이었다.

"의원을!"

그는 한운석을 안고 밖으로 나가려고 했다. 한운석은 정말 이 인간에게 두 손 다 들 지경이었다.

그녀는 과감하게 용비야의 손을 잡아 자기 가슴팍을 눌렀다. 부드러운 것이 닿자 용비야는 순간 움찔했다.

한운석은 그의 손힘을 빌려 앞으로 몸을 숙였다. 이렇게 하자 용비야의 손에 닿는 느낌이 더욱더 또렷해졌다.

응급 상황이고, 이 자세는 사레들렸을 때 가장 일반적인 응급처치법이었다!

한운석은 이것저것 따질 계제가 아니어서 제 손으로 열심히 등을 두드리며 용비야더러 도와 달라는 몸짓을 했지만, 용비야는 반응이 없었다.

이 여자를 희롱한 적은 있지만 이렇게 제대로 닿은 적은 없었다. 용비야는 얼이 빠졌다.

하지만 한운석은 기다릴 처지가 아니었다! 그녀는 그의 힘에 기대 몸을 기울인 채 힘껏 기침했다.

다행히 얼마 못 돼 국물이 튀어나오면서 숨이 탁 트이고 호흡도 정상으로 돌아갔다.

몸으로 가르치기

숨이 트이자 마침내 편해진 한운석은 재빨리 몸을 일으키고 크게 숨을 골랐다.

손이 떨어지자 그제야 용비야도 정신을 차리고 몸의 반응을 무시하면서 걱정스레 물었다.

"이제 괜찮으냐?"

한운석은 고개를 끄덕이며 숨을 골랐고, 방금 자신이 스스로 나서서 희롱 당했다는 생각은 전혀 하지 못했다.

응급처치는 그녀에게 있어 너무나 정상적인 일이었다. 하물며 자신에게 벌어진 일이고 상황이 급박한데 그런 것까지 생각할 틈이 있었을까?

그녀가 무사한 것이 확실해지자 용비야는 속으로 안도의 숨을 내쉬며 저도 모르게 방금 닿았던 한운석의 몸 쪽으로 시선을 던졌다.

머릿속에 저절로 강남 매해의 온천에서 본 장면이 떠올라 숨이 거칠어졌다.

그는 늘 알고 있었다. 이 여자가 보기엔 왜소해도 사실은 부드럽고 나긋나긋하며 들어갈 데 들어가고 나올 데 나온 아름다운 몸을 갖고 있다는 것을.

이 모든 것을 한운석은 전혀 몰랐다.

그녀는 물을 몇 모금 마셔 목을 축인 후 무척 진지하게 말했다.

"용비야, 응급처치법을 가르쳐 줄게요."

그녀는 용비야 뒤로 돌아가 시범을 보이려고 했지만, 그제야 그의 몸집이 너무 커서 어렵다는 것을 깨닫고 별수 없이 다른 응급처치법을 골랐다.

그녀는 등 뒤에서 두 손으로 용비야의 복부를 감싸 안고 앞으로 숙이게 한 다음, 한 손으로 주먹을 쥐어 용비야의 배꼽과 아래 앞가슴 뼈 사이에 갖다 대고 다른 손은 역시 주먹을 쥐어 안쪽과 위쪽으로 빠르게 두드렸다.

"사레들리거나 목이 막혔을 때 응급처치 방법이에요. 방금 내가 당신에게 시킨 건 다른 방법인데, 한 번 더 보여 줄게요."

이런 걸 몸으로 가르친다고 하던가.

한운석은 진지한 표정으로 다시 용비야의 커다란 손을 잡아 자신의 가슴을 누르게 하고 앞으로 몸을 숙였다.

"다른 손바닥을 내 양쪽 어깨뼈 사이에 놓아요."

용비야가 시킨 대로 하자 한운석은 무척 만족했다.

"맞아요. 바로 거기예요. 그다음엔 힘껏 두드려요! 대여섯 번 두드려도 나아지지 않으면 다른 방법으로 바꾸는 거예요."

그녀가 몸을 일으키려는데 뜻밖에도 용비야가 물었다.

"지난번 조 할멈이 본 왕에게 가르쳐 준 방법은 틀렸느냐?"

그제야 한운석도 오래전 설련연자갱을 먹다 목에 걸린 일을 떠올렸다. 조 할멈은 이 인간에게 가슴을 문질러야 한다고 했고, 당시 그녀는 실컷 당하고도 아무 말도 할 수가 없었다.

순간, 그녀는 뭔가 생각난 듯 홱 고개를 숙여 아래쪽을 바라보았지만 안타깝게도 이미 늦은 후였다. 용비야가 다른 손을 등 뒤에서부터 감싸듯 내밀어 가슴을 덮고 가볍게 문질렀다.

연자갱 사건 때 그는 긴장한 와중에도 당연히 조 할멈의 노림수를 알아차렸다. 그런데 이번에는 이 여자가 그 방법을 가르치려 할 줄이야.

"한운석, 다른 사람에게도 가르친 적이 있느냐?"

그가 머리를 묻으며 물었다. 호흡은 거칠었고, 뜨거운 숨결이 까슬까슬한 목소리를 따라 그녀의 귓전을 자극했다.

한운석은 온몸에 소름이 쫙 끼쳤다. 뒤늦게 늑대를 끌어들였다는 것을 깨달았지만 가만있지 못하는 그의 손과 몸 역시 가볍게 떨고 있다는 사실을 모른 척할 수 없었다.

"있느냐 없느냐?"

용비야는 진지했다. 어떤 면에서, 그는 지독히도 속이 좁았다!

"어……, 없어요."

한운석이 사실대로 말했다.

용비야도 더는 묻지 않고 살며시 그녀의 귓바퀴를 어루만졌다. 커다란 손이 점점 더 대담하게 움직였는데, 사랑스러워 견딜 수 없는 손길 같기도 하고, 일부러 희롱하고 벌을 주려는 손길 같기도 했다.

찌릿찌릿한 감각에 한운석은 쉼 없이 몸을 떨었다. 거부하고 싶지만 자신을 제어할 수가 없었다.

"운석…….."

그가 부드럽게 부르며 더욱 힘껏 그녀를 끌어안았다. 그녀는 그 목소리에 푹 빠졌고, 자신이 이 남자와 이렇게나 가까워졌다는 것을 처음으로 깨달았다.

농밀한 감정에 폭 빠진 그의 목소리가 그녀의 모든 감각기관을 자극하자, 그녀는 마음속에 남았던 마지막 조심성마저 모조리 무너진 채 그의 손길을 따라 아래로 아래로 가라앉았다.

용비야. 백 걸음은, 우리가 같이 다 걸어간 거야. 그렇지?

백 걸음이 무슨 뜻인지 용비야는 알지 못했다.

그때 그는 마음이 어지럽고 정신도 없었다. 강력하기 짝이 없던 자제력은 이미 무너졌고 모든 망설임도 저 멀리 사라졌다. 그는 한운석을 번쩍 안아 올려 성큼성큼 침상으로 걸어갔다.

그런데!

그런데 바로 그때, 누군가 문을 두드렸다. 박자감 있게 딱딱 두드리는 것을 보면 분명 암호였다.

용비야와 한운석은 알아차리지 못하고 서로에게만 집중했다. 하지만 문밖의 사람은 초조한지 필사적으로 두드려 댔다.

결국 그 소리가 미혹에 빠진 용비야의 이성을 끌어냈다. 그는 화닥닥 한운석을 놓았고 그 동작에 한운석도 번쩍 정신이 들어 깜짝 놀랐다.

똑똑똑!

문 두드리는 소리가 계속 이어지자 두 사람은 놀란 얼굴로 서로를 바라보았다.

그가 놀란 까닭은 이렇게 쉽사리 자제력을 잃고 나쁜 짓을 할 뻔했다는 것 때문이었다. 그녀가 놀란 까닭은 그의 반응 때문이었다. 놀란 그녀가 이불을 끌어당겨 몸을 감싸고 찡그린 눈으로 그를 바라보았다. 약간 부끄럽고 골이 나고 언짢기도 한 데다 그가 원망스럽기도 해서 분홍빛 조그마한 얼굴은 물감을 풀어 놓은 듯 다채롭게 변했다.

그 복잡한 표정에 긴장하며 바라보던 용비야도 갑자기 마음이 가벼워졌다. 기가 막히기도 하고 우습기도 했다.

그가 다가서며 그녀의 귓가에 대고 얄밉게 물었다.

"그만두기 싫으냐?"

한운석은 부끄러워 어쩔 줄 몰라 주먹으로 그의 어깨를 때리고 밀어내며 앙탈을 부렸다.

"나쁜 사람!"

수줍어하고 분해하는 그녀의 모습이 몹시 사랑스러웠지만, 용비야는 그래도 그녀에게서 떨어져 문을 열러 갔다. 저대로 두었다간 문이 두드리는 힘을 견디지 못해 망가지고 말 것 같았다.

용비야가 병풍 뒤로 사라지자 한운석은 아무래도 마음이 허전했다. 하지만 생각하고 또 생각하다가 별안간 쿡쿡거리며 몰래 웃음을 터트리고 말았다.

이런 때 그들의 방문을 두드릴 사람은 왕씨 집안에서 보낸 사람이거나 고칠찰일 것이고, 필시 중요한 일로 찾아왔을 것이다.

내일이 바로 시약대회였고 그들이 할 일은 수없이 많았다. 그런데 하필 가장 중요한 순간에 약성의 객잔에서…….

대관절 나쁜 사람은 그녀일까 아니면 용비야일까?

누가 왔는지 모르지만 용비야는 한참 동안 들어오지 않았다. 한운석은 묵묵히 기다리다가 무심코 팔에 찍힌 수궁사에 눈길을 던졌다. 아직도 약간 긴장되기는 했지만 이것이 곧 사라지리란 것은 속으로 분명히 알고 있었다.

수궁사는 어주도에서 적잖은 이들을 놀라게 했다. 하지만 그녀는 비웃음 같은 것은 전혀 신경 쓰지 않았다. 자신과 용비야 사이가 어떤 상태인지는 그녀 자신이 가장 잘 알았으니까.

그녀는 이런 상태가 좋았다. 예전처럼 저 남자 앞에서 조심스러워하는 대신 좀 더 마음 가는 대로 행동하는 이런 상태가. 그리고 강요하거나 거부하는 것이 아니라 둘 다 기꺼이 원하는 일에서 그가 나쁘게 굴고 싶다면……, 마음대로 해도 좋았다!

용비야, 당신을 좋아하는 건 자랑스러워할 만한 일이야. 얼마나 다행인지 몰라. 그걸 숨긴 적도 없고 놓치지도 않았으니까.

용비야는 문밖에 한참 있었고, 그가 다시 들어왔을 때 한운석은 이미 옷매무새를 정리한 후였다. 그녀도 병풍 뒤에서 얼핏 구양영락에 관한 이야기를 들었다.

"왕씨 집안 사람인가요?"

그녀가 진지하게 물었다.

"음, 구양영락이 어제 장로회의 객방에 도착했고, 어젯밤에 사 회장과 밤새 밀담을 나눴다는군."

용비야도 진지하게 말했다.

한운석은 차갑게 콧방귀를 꼈다.

"그자는 군역사보다 더 끈질기군요."

용비야의 웃음은 한운석의 콧방귀보다 더 차가웠다.

"아무리 끈질겨도 빚은 깨끗이 받아내겠다!"

지난번 암시장 건은 용비야가 아무 이유도 없이 구양영락을 혼내 준 것이 아니라 구양영락이 솔직히 밝히지 않은 것이 먼저였다. 분명히 천역 암시장 양대 거물 중 하나면서도 그는 사실을 숨기고 용비야를 이용해 장손택림을 없애려 했던 것이다.

용비야를 속여 먹기가 그리 쉬울까?

그리고 이번에는 약귀당과 거래를 하려는 척했지만 사실은 소식을 전한 것에 불과했다. 그들을 움직여 목씨 집안과 사씨 집안을 상대하게 한 뒤 앉아서 어부지리를 얻을 속셈이었다.

이번에는 용비야도 철저하게 반격해 감히 다시는 그런 술수를 쓰지 못하게 해 줄 생각이었다!

"일찍 쉬어라. 나는 왕씨 집안에 다녀와야 하는데 아주 일찍 돌아오진 않을 것이다."

용비야가 진지하게 말했다.

한운석은 순순히 고개를 끄덕였다. 얼굴에는 아직 홍조가 가시지 않았지만, 미혹에 빠져 자신을 통제하지 못하던 조금 전의 일은 마치 없었던 척했다.

정말 전혀 아무 일 없었던 것처럼 생각하는 걸까? 용비야는 다소 의외였지만 별말 없이 돌아서서 나갔다. 그런데 뜻밖에도 한운석이 그의 옷자락을 붙잡았다.

"용비야……."

그러자 용비야는 그녀가 만류하는 것이 좋은지 슬며시 입가에 미소를 지었다.

하지만 예상과 달리 한운석은 이렇게 말했다.

"아직 식사를 안 했어요. 먹고 가요."

용비야는 움찔했지만 곧 웃음을 터트렸다.

"그러지, 너와 함께 먹고 가마."

"왜 웃어요?"

한운석이 조용히 물었다.

"아니다. 먹자."

용비야가 담담하게 말했다.

누가 봐도 정상적이었고 방금 일은 입에 담지도 않았지만, 사실은 두 사람 다 말하지 않아도 알고 있었다.

반찬이 모두 식은 것을 보자 용비야는 점원을 불러 따뜻한 것으로 바꿔오게 한 다음 또 손수 한운석에게 국을 떠 주었다.

"천천히 마셔라……"

용비야는 이렇게 말한 후 한마디 덧붙였다.

"사레들리지 말고."

한운석이 아직 국을 마시기 전이었기 망정이지, 그렇지 않았으면 정말 또 사레들릴 뻔했다.

그녀는 가볍게 대답한 뒤 말없이 식사했다.

용비야는 밥 먹는 속도도 꽤 빨랐고 식사 중에 이야기하는 것을 좋아하지 않았다. 두 사람은 여느 때처럼 조용히 밥을 먹었지만 시간은 한참 걸렸고, 누구도 먼저 수저를 내려놓지 않으려

했다.

그렇게 해서 탁자에 있던 반찬이 깨끗이 사라졌다.

"착하게 기다리고 있거라. 초서풍과 당리가 부근에 있으니 안심하고."

용비야가 나지막이 말했다.

"네."

한운석도 순순히 말을 들었다. 약성에 도착한 후 그가 비밀리에 왕씨 저택에 다녀와야 한다는 것은 이미 알고 있었다. 적잖은 이들이 그녀를 주시하고 있어서 그녀가 움직이면 의심을 받을 것이다.

반면 결단력 있고 시원시원한 용비야는 객잔을 나간 후에도 잠시 뒤를 돌아보았다.

그가 중얼거렸다.

"운석, 약성을 손에 넣으면 천산으로 데려가 주마."

본래는 이렇게 빨리 천산에 돌아갈 생각이 없었지만, 이제는 어서 빨리 천산에 가서 복잡한 은원을 깨끗이 해결하고 싶었다.

용비야가 떠난 것을 확인한 다음에야 객잔 주위를 지키던 당리와 초서풍이 담장 쪽에서 쑥 튀어나왔다.

"너희 주인은 갈수록 굼떠지는군."

당리가 객관적으로 평했다.

"아닙니다. 왕비마마께서 곁에 계시지 않으면 절대 그렇지 않습니다."

초서풍이 더 객관적이었다.

두 사람은 약속이나 한 듯 누각 위층 방을 바라보았다. 초서풍이 웃었다.

"당 소주, 혼례에서 잘 달아나셨습니다. 여자는 건드리는 게 아니군요."

당리도 쿡쿡 웃었다.

"너희 여주인이나 그렇지. 다른 사람들은 괜찮아."

그의 신부 측 세력이 온 세상을 뒤져 그를 찾고 있다고 들었지만 여태까지 찾지 못한 것을 보면 능력이 고만고만한 모양이었다.

그때 한운석은 방에서 어질러진 침상을 보며 바보처럼 웃고 있었다. 무슨 생각을 하는지 몰라도 무척 멍하고 달콤하게 웃고 있어서 평소 그녀의 모습과는 딴판이었다.

그녀는 씻은 다음 침상에 둥지를 틀고 해독 공간을 유람했다. 늦가을부터 초겨울까지 약성의 밤은 유난히 쌀쌀했다.

그녀는 침상 안쪽으로 바짝 붙어 용비야의 자리를 남겨 놓았다.

해독 공간을 탐험하느라 지친 그녀는 거의 잠이 들 뻔하다가 갑자기 눈을 번쩍 뜨고 생각난 듯이 외쳤다.

"고칠소 그 녀석은 어떻게 된 거야?"

며칠 전만 해도 고칠소에게 소식이 있었다. 벌써 회충독을 썼고 목령아 곁에 잠입했으며, 오늘 밤 그녀가 도착하면 만나러 오겠다는 내용이었다.

그런데 한밤중이 되도록 오지 않다니, 어떻게 된 걸까?

시약대회 (1) 대리 참석

한운석은 곰곰이 생각했다. 만약 고칠소가 감옥에서 발각되었다면 적어도 왕씨 집안에서 소식을 전해 줬을 것이다.

지금까지 아무 소식이 없는 것을 보면 혹시 다른 사고가 생긴 걸까? 시약대회는 큰 행사이고 초청까지 받았으니, 고칠소의 성격상 반드시 참석하려 할 것이다.

용비야도 아직 돌아오지 않았기에 한운석은 별수 없이 초서풍에게 소식을 알아보게 했다.

초서풍은 당연히 아무 소식도 알아내지 못했다. 왜냐하면 지금 고칠소는 어두운 감옥에 웅크려 앉아 조그마한 천창 밖의 달을 바라보며 울적함을 금치 못하고 있기 때문이었다.

목령아는 그의 옆에 웅크려 앉아 달을 본다기보다 감상하고 있었다. 조그만 얼굴에는 행복이 흘러넘쳐서 누가 봐도 이 소녀가 사랑에 빠졌다는 것을 알 수 있었다. 하지만 애석하게도 고칠소는 아예 그 얼굴을 쳐다보지도 않았다.

그가 들어와 회충독을 쓴 후로, 옥졸과 임씨 집안 사람들은 간이 떨어질 것처럼 놀란 나머지 매일 세끼 밥을 가져다줄 때 말고는 감히 한 발짝도 접근하려 하지 않았다.

그자들이 저렇게 겁쟁이라는 걸 진작 알았더라면, 고칠소도 곧바로 한운석을 찾아갔지 이곳에 들어오지도 않았을 것이다.

내일이 바로 시약대회인데 아직도 빠져나가지 못했으니 최소한 한운석에게 비합전서를 보내 못 간다고 알려 줘야 했지만, 그는 계속 그 일을 미뤘다.

장로회가 용비야를 초청하지 않은 덕분에 어렵사리 독누이와 단둘이 있을 명분이 생겼는데, 이대로 놓치기엔 너무 아쉬웠다!

그는 운이 이렇게까지 자신을 배신하리라고는 믿지 않았다. 그래서 기다렸다. 혹시 내일은 기회가 올지도 모르니까.

"약귀 대인, 내일이 바로 시약대회예요. 여기 갇히지만 않았다면 반드시 제가 싹 쓸어버렸을 거예요."

목령아가 그를 돌아보았다. 달빛에 비친 눈동자가 밝게 빛났고 웃음은 눈부셨다.

"뭐가 그렇게 좋으냐?"

고칠소가 의아하게 물었다.

목령아는 그제야 웃음을 거두고 핑계를 댔다.

"당연히 좋죠. 제가 시합에 나가지 않으면 목씨 집안의 그 멍청이들이 창피당할 기회가 생기잖아요!"

"흐흐, 목씨 집안에는 멍청이가 많지만 왕씨와 사씨 집안에도 적진 않다. 네가 나가지 않는 시약대회는 볼 필요도 없지."

고칠소가 경멸스러운 투로 말했다.

칭찬받은 목령아는 무척 기뻐 겸양이라도 하려고 했지만 고칠소는 계속 말을 이었다.

"물론, 이 어르신이 없으면 더 볼 필요 없고!"

목령아는 푸하하 웃음을 터트리고는 이때다 싶어 물었다.

"약귀 대인, 대인께 약술을 배우고 싶은데, 안 될까요?"

아쉽게도 고칠소는 사정없었다.

"꿈 깨라. 이 몸은 평생 제자라곤 한 명도 거두지 않았다."

그는 이렇게 말한 뒤 한마디 덧붙였다.

"물론 예외인 사람은 있지."

목령아는 잔뜩 실망해서 중얼거렸다.

"누군지 알겠네요⋯⋯."

그녀가 '한운석'이라는 이름을 말하려는 찰나, 뜻밖에도 고칠소가 다른 이름을 내뱉었다.

"용비야!"

목령아는 그를 올려다보며 할 말을 잃었다⋯⋯.

이렇게 고칠소와 목령아는 날이 밝도록 도란도란 이야기를 나누었다. 그리고 잠에서 깨어난 한운석은 용비야가 옆에 있는 것을 발견했다.

그는 완전히 눕지 않고 높은 베개에 반쯤 기댄 채 눈을 감고 선잠에 빠져 있었다. 옷매무새가 단정한 것을 보니 돌아온 지 얼마 되지 않은 모양이었다.

물론 한운석은 고칠소가 걱정스러웠고, 그자가 올지 안 올지 알 수가 없어 마음이 불편했다.

하지만 아무래도 용비야에게 더 마음이 쓰이는 건 어쩔 수 없었다. 용비야의 미간에 묻은 피로를 보자 차마 시끄럽게 굴어 깨울 수가 없었다. 고작 얼마 동안만이라도 그가 좀 더 쉬었으면 했다.

시약대회는 오후부터 시작이니 아직 시간은 일렀다.

한운석은 조심조심 몸을 돌려 용비야 옆에 몸을 웅크렸지만, 그는 금세 깨어나 차분하게 물었다.

"더 자려느냐?"

"언제 돌아왔어요? 얼마 못 잤죠?"

한운석이 물었다.

용비야의 대답은 뜻밖이었다.

"아무래도 고칠소는 오지 않을 모양이니 시약대회에는 본 왕이 대신 참석하겠다."

"그 사람에게 무슨 일이 생겼어요?"

한운석은 무척 놀랐다.

"아직 감옥에서 나오지 못했다. 걱정하지 마라, 죽지는 않을 테니. 문제가 생겼으면 약성이 이렇게 조용할 리 없다."

용비야는 차갑게 말했다.

죽지 않는다. 죽지는 않는다……. 나오는 대로 뱉은 것에 불과한 이 말을 아무 까닭 없이 곱씹어 볼 사람이 있을까?

한운석도 물론 그 말에 별로 주의를 기울이지 않았다.

어젯밤에도 고칠소가 아직 감옥에 갇혀 있을 가능성이 크다고 생각했던 그녀는 용비야의 말을 듣자 마음이 놓였다.

"장로회는 대리 참석을 허락하지 않을 거예요. 후훗, 당신은 호위 무사의 본분이나 지키도록 해요."

한운석이 장난스럽게 말했다.

그런데 웬걸, 용비야가 폭이 넓은 새까만 장포 한 벌을 꺼내 머리에서부터 덮어썼다. 놀랍게도 그 모습이 약귀 대인과 크게 다르지 않았고 몸집마저 비슷했다.

그가 왕씨 저택에서 돌아왔을 때 초서풍이 고칠소 일을 보고 했다. 그 역시 고칠소가 오지 않은 것을 반가워하며 밤새 초서 풍에게 검은 장포를 구해오게 했다.

한운석의 시위로 참석하면 관람석에서 멀찌감치 떨어져 서 있어야 하지만, 고칠소 대신 참석하면 한운석과 함께 앉을 수 있었다.

이런 좋은 기회를 주다니, 나중에 고칠소에게 감사인사라도 해야 할 판이었다.

한운석은 처음에는 어리둥절했지만 곧 깔깔거리며 웃었다.

"약귀 대인, 오랜만이에요."

"오랜만이군."

용비야의 겉모습을 그럴싸했으나 아쉽게도 목소리는 괴상야 릇한 고칠소의 것과 전혀 닮지 않았다. 물론 큰 문제는 아니었 다. 단순히 가서 구경하는 것뿐이고 말을 할 일은 많지 않기 때 문이었다. 그가 처리해야 할 일은 어젯밤 이미 왕공과 잘 처리 해 놓았다.

이렇게 해서 오후까지 고칠소가 나타나지 않자 용비야는 폭 넓은 검은 장포를 걸친 뒤 한운석과 함께 정정당당하게 약재 숲 입구로 갔고, 동자의 안내를 받아 시약대회장으로 향했다.

그들이 도착했을 때 시약대회장은 이미 사람들로 가득 차 있었다.

시약대회장은 운동 경기장처럼 가운데를 중심으로 둥그렇게 계단식 좌석이 설치된 곳으로, 한가운데 가장 낮은 곳에 둥그런 시합 무대가 있고 그 위에는 제약 탁자 두 개가 놓여 있었다.

관중석 첫 줄에는 하나같이 신분이 남다른 자들이 앉아 있었다. 장로회의 장로와 집사, 목씨, 왕씨, 사씨 등 삼대 명가의 가주, 그리고 의성에서 온 장로가 그들이었다.

한운석은 의성에서 유일하게 참석한 장로가 바로 오장로 연심부인이라는 것이 무척 의외였다! 만난 지 벌써 2년이 되어 가는데, 저 부인은 여전히 노련하고 기세등등했고 풍채도 여전했다. 연심부인이 의성을 대표해 그 자리에 앉아 있으니 목씨 집안의 위세는 더욱 강해졌다.

연심부인 옆에는 기질이 비범한 백의 공자가 앉아 있었는데, 다름 아닌 구양영락이었다. 두 사람은 지금 웃으며 이야기를 나누는 중이었다.

확실히 구양영락의 인맥은 어마어마했다!

이런 거물들 뒷줄에 앉은 사람들은 약성 각 집안에서 시합에 참가하는 후생들이었다. 시약대회는 후생들의 시합장이고, 만 25세부터는 참가할 수 없었다.

그 뒷줄은 그 밖의 귀빈들로, 의성 사람도 있고 유명 의관과 약방 사람도 있었다.

약귀당은 갓 문을 연 곳이지만 규모나 명성, 판매하는 약재의 품질을 따져 볼 때 이 자리에 참석한 어느 약방에도 밀리지 않았지만, 하필이면 자리가 없었다.

이런 대회에서 앞의 세 줄 모든 좌석은 미리 귀빈에게 할당하는 것이 일반적인데, 약성 장로회에서 텃세를 부리는 게 분명했다.

용비야 같은 대인물은 아마도 이런 푸대접을 처음 당해 봤겠지만, 한운석은 이미 익숙했다. 용비야를 흘낏 바라본 그녀는 그가 이견이 없자 성큼성큼 네 번째 계단으로 올라가 자리를 잡았다.

용비야의 새까만 장포가 유난히 이목을 끌어서, 그가 입장하자마자 그곳에 있던 모두가 차례차례 눈길을 주었다. 두 사람은 늘 주목받는 것이 습관이 되었던 터라 아무렇지 않게 자리에 앉았고, 기개와 풍채를 모두 갖춘 덕에 눈에 띄는 자리가 아닌데도 여전히 이목을 끌었다.

연심부인은 한운석을 흘낏 보더니 목영동에게 눈짓했고 목영동은 눈을 찌푸려 보였다. 이렇게 주거니 받거니 하는 눈짓이 무슨 의미인지는 그들 자신만 알고 있었다.

사람이 모두 모이자 사덕의는 곧바로 시약대회의 시작을 선포했다. 시약대회란 약을 시험하는 방식으로 약제사의 종합 실력을 검증하는 자리였다.

겨룰 참가자 두 명이 사람들 앞에서 약을 만들어 상대에게 시험하게 내주고 약의 성분을 알아맞히게 하는 것인데, 심지어 각 성분의 정확한 분량과 사용한 물의 양, 배합 과정에 들어간 힘, 불의 세기까지 알아맞히게 할 때도 있었다.

알다시피 이 시약대회는 10년에 한 번 있어서, 어렸을 때부터 총명한 아이가 아닌 이상 보통은 평생 단 한 번밖에 참가하지 못했다.

10년 전, 아직 어린아이였던 목령아가 우승해 의약계 전체를 뒤흔들어 놓았다. 목씨 집안 역시 그때부터 강성해지기 시작했다.

올해 목령아는 아직 스물이 되지 않았으니 당연히 참가할 수 있었다. 모두가 올해 그녀의 우승을 따 놓은 당상이라고 생각했지, 이 순간 목령아가 대회장에서 멀지 않은 감옥에 갇혀 있게 될 줄은 아무도 예상하지 못했다.

목령아가 없으면 아무래도 시합의 재미는 떨어질 수밖에 없었다.

왕씨 집안 넷째 공자 왕서진은 목령아에 버금가는 젊은 약제사로 명성이 무척 높았지만, 요 이틀간 목씨 집안과 사씨 집안은 손쉽게 왕서진을 쓰러뜨릴 수 있다며 호언장담했다. 심지어 목씨 집안 몇몇 공자들은 공개적으로 내기를 하고 왕서진이 진다는 데 돈을 걸었다.

이 일은 적잖은 추측을 불러 일으켰다. 사람들은 목씨와 사씨 집안이 인재를 숨겨 놓았다가 오늘 이 자리에서 의약계에 깜짝 선물을 줄 것이라고 떠들었다. 확실히 10년은 짧은 시간이 아니어서 인재를 길러 내기에는 충분했다.

시합은 승자 진출 방식이었다. 몇 차례 시합이 이어진 후 한운석과 용비야는 잘 보지도 않고 각자 자신만의 생각에 빠져들었다. 누가 뭐래도 그들이 이곳에 온 목적은 시합을 구경하는 것이 아니었다.

왕씨네 넷째 공자 왕서진이 출장했을 때에야 두 사람 모두 정신을 차렸다.

그런데 웬걸, 왕서진이 막 무대에 올랐을 때 동자 한 명이 통로를 따라 나는 듯이 앞으로 달려왔다. 동자는 달리면서 큰 소리로 외쳤다.

"회장 어른, 큰일입니다! 큰일이 났습니다!"

그 외침이 고요한 회의장에 쩌렁쩌렁 울렸다. 앞 두 줄에 앉은 사람들은 모두 벌떡 일어났고 다른 사람들도 놀람을 금치 못했다. 대체 무슨 큰일일까?

"무슨 일인데 이렇게 소란이냐?"

사덕의가 매섭게 꾸짖었다.

"회장 어른, 밖에……, 바깥에 누군가가 나타났는데 초청장도 없이 억지로 뚫고 들어오려고 합니다. 게다가 사람들 한 무리를 이끌고 있습니다."

동자가 보고했다.

"무엄하구나! 누가 그처럼 간이 크단 말이냐? 여봐라, 가서 붙잡아라. 시약대회가 끝난 후 단단히 혼내 줄 것이다!"

사덕의는 위풍당당했지만, 한운석과 용비야는 이 모습을 보며 냉소를 지었다. 이미 짐작한 일이었다.

구양영락은 입꼬리에 미소를 띤 채 일부러 한운석 쪽을 바라보았지만, 애석하게도 한운석은 그를 거들떠보지도 않았다.

어떻게 된 일인지 누구보다 잘 아는 사람은 목영동이었다. 그는 일부러 목청을 돋워 부하에게 분부했다.

"사람을 더 붙여 모조리 붙잡아라. 시약대회는 우리 약성의 성대한 행사이니 무엄하게 구는 자는 용납할 수 없다!"

사덕의는 냉소를 지었다.

"목 가주, 이 일은 장로회의 책임이니 마음 쓰실 필요 없소."

목영동은 상관없다는 얼굴로 모른 척했다.

그러나 어린 동자는 나간 지 얼마 되지 않아 다시 달려 돌아왔다.

"회장 어른, 막을 수가 없습니다. 독을 쓰는 자들입니다!"

이 말에 장내의 모든 이들이 깜짝 놀랐고 목영동도 불안에 빠졌다. 저 동자가 어째서 저런 말을?

"독이라니, 어디서 온 자들이냐?"

사덕의가 날카롭게 물었다.

미리 지시를 받은 동자는 큰 소리로 대답했다.

"백독문 문주, 군역사입니다!"

시약대회 (2) 반격

백독문 문주!

이 호칭을 듣는 순간 시약대회장이 떠들썩해졌다. 누구보다 안색이 볼 만한 사람은 역시 목영동이었다.

군역사에게는 두 가지 신분이 있었다. 보통은 북려국 강왕이란 신분을 내세우지만 사실 백독문 문주이기도 했다.

동자가 하필 '백독문 문주'라는 신분을 선택한 것은 무슨 뜻일까? 일부러? 설마 사덕의가 뭔가 알아차렸나?

목영동은 의아한 눈길로 사덕의를 바라보며 잠시 망설였지만, 결국 결단을 내리고 멀지 않은 곳에 있던 하인에게 눈짓을 보냈다. 당장 군역사에게 가서 뭔가 속임수가 있다는 것을 알리라는 뜻이었다.

위험을 무릅쓰고 승부수를 던질 용기가 없는 건 아니었지만, 이번에는 판돈이 너무 커서 패배를 감당하기 힘들었다.

그때 멀리 대회장 밖에 있는 군역사는 안에서 무슨 일이 벌어지고 있는지 알지 못했다. 그저 와자지껄한 소리만 듣고 입가에 가소로운 냉소를 떠올리며, 자신이 들어가 구혼하면 장내는 지금보다 더 시끌벅적해질 것이라고만 생각했다.

"백독문이 감히 우리 약성에 와서 소란을 피워? 우선 데리고 들어오너라. 대체 어쩔 생각인지 보자꾸나."

사덕의가 큰소리치며 말했다.

동자가 나가려는데 목영동이 황급히 가로막았다.

"잠깐, 회장 어른. 시약대회를 중단할 수는 없으니, 강왕이 무슨 일로 왔건 시약대회가 끝나고 이야기하시지요."

사덕의는 곁눈질로 목영동의 하인이 나가는 것을 보고도 내 버려 둔 채 퉁명스럽게 물었다.

"강왕? 아니, 목 가주는 저 백독문 문주와 잘 아는 사이요?"

사실 목영동은 나설 마음이 없었으나 동자를 붙잡아 놓고 하 인이 소식을 전할 시간을 마련해 주기 위해 웃으며 말했다.

"몇 년 전부터 북려국 태의원 쪽 약재 공급을 강왕과 장로회, 사씨, 왕씨, 목씨가 함께 협상하고 있는데, 회장 어른께서는 잊 으신 모양입니다?"

사덕의는 그 말에는 대답하지 않고 동자를 재촉했다.

"어서 가지 않고 뭘 하느냐!"

목영동도 감히 말을 보태지 못했다. 상황이 확실치 않은 지 금 말을 많이 할수록 실수도 잦아지니, 무슨 말을 꼬투리 삼아 물고 늘어질지 모를 일이었다.

하인이 간 지 좀 되었으니 그가 군역사를 잘 막았기를 바랄 뿐이었다.

사덕의와 목영동이 조용해지자 장내에도 침묵이 감돌았다.

초청받아 온 사람이나 시합 예정인 사람들 모두 평범한 인물 은 아닌 데다 첫 번째와 두 번째 줄에 앉은 거물들마저 침묵을 지키고 있는데 감히 누가 입방정을 떨 수 있을까?

사람들 속에서 한운석은 팔짱을 끼고 등받이에 몸을 기댄 채 흥미롭게 목영동을 바라보았다.

그녀 옆에 앉은 용비야는 눈을 감은 채 주변의 긴장감에는 아랑곳없이 자신만의 세상에 들어가 있는 것 같았다. 그렇지만 오늘 이 장면은 공교롭게도 그의 손에서 만들어진 것이었다.

목영동이 보낸 하인은 회의장 입구에 도착하기도 전에 사덕의의 사람에게 가로막혔다. 동자에게 '백독문 문주'라는 이름을 외치게 한 이상 사덕의는 이미 충분히 준비하고 있었다.

동자가 출입구로 나가 일부러 공손하게 말했다.

"강왕 전하, 장로회에서 청하십니다."

군역사가 손을 흔들자 경사스럽게 차린 하인 한 무리가 그를 따라 거들먹거리며 둥그런 대회장 통로로 들어섰다.

장내의 사람들이 모두 그쪽을 돌아보았다. 처음에는 조용했지만 그들이 점점 가까워지면서 똑똑히 볼 수 있게 되자 차츰차츰 웅성거리는 소리가 커졌다.

군역사는 북려국 왕의 예복을 입고 오만방자하고 패기 넘치는 모습이었다. 누가 봐도 북려국 친왕의 신분으로 온 것이 분명했다.

그 뒤로는 하인 십여 명이 일렬로 줄을 지어 뒤따르고 있었다. 하나같이 빨간 옷을 입고 새빨간 선물상자를 들었고, 선물마다 빨간색으로 쓴 기쁠 희囍자 두 개가 붙어 있었다.

저건 완전히 구혼을 하러 온 차림새인데……. 어떻게 된 일일까?

방금 동자가 통보할 때는 왜 말하지 않았지? 장내의 웅성거림은 갈수록 커져갔다.

목영동은 복잡한 표정을 감추지 못했다. 아무래도 때가 좋지 않은 것 같고 자꾸 의심이 들었다. 그는 끊임없이 군역사에게 눈짓하며 돌이킬 수 있기를 바랐지만, 군역사는 오만하게 고개를 쳐들고 성큼성큼 무대에 올랐다.

"백독문 문주, 이 무슨……."

사덕의가 물었다.

군역사는 그 호칭을 듣고도 깊이 생각지 않고, 단순히 사덕의가 연기를 제법 잘한다고만 생각하면서 읍을 했다.

"본 왕은 오늘 북려국 황족을 대표해 왔소. 사 회장, 인사드리겠소!"

사덕의는 경멸스러운 듯이 그를 훑어보며 예의도 차리지 않았다.

"북려국 강왕이라. 허허, 그래 무슨 일로 오셨는지?"

"본래라면 시약대회를 방해해서는 안 되지만 북려국 태자의 부탁을 받고 청할 일이 있어 어쩔 수 없었소!"

군역사가 말했다.

"우리 시약대회와 관계있는 일입니까? 꼭 이럴 때 찾아와서 청해야 하는 겁니까?"

사덕의는 여전히 퉁명스럽게 물었다.

"시약대회와는 무관하나 약성 전체와 관련이 있는 일이오. 그래서 약성의 뭇 집안이 한자리에 모인 오늘을 골라 특별히

청하러 온 것이오."

군역사의 대답이었다.

그러자 장내의 사람들도 고개를 갸웃하며 궁금해했다. 구혼을 하러 온 것 같은데 약성 전체와 무슨 관계가 있을까?

"어떤 일입니까?"

사덕의의 질문과 함께 모두 조용해져 긴장 속에서 대답을 기다렸다.

"우리 북려국 태자께서 목씨 집안 아홉째 소저를 애모한 지오래라, 폐하의 허락을 얻어 북려국 설상 고원에 있는 천봉설산을 혼수 삼아 아홉째 소저에게 구혼하고자 하오!"

군역사의 말에 사덕의가 제일 먼저 펄쩍 뛸 듯이 놀라 외쳤다.

"뭐라고?"

사덕의의 반응에 옆에서 지켜보던 목영동은 별안간 마음이 탁 풀렸다. 그는 속으로 냉소를 금치 못했다.

'사덕의, 저 늙은 여우 같으니라고. 연기가 아주 실감 나는구나!'

목영동과 군역사는 사덕의가 앞서 보인 반응은 사람들이 그와 백독문이 얽혀 있다고 의심하지 않도록 꾸며 낸 연극이라고 생각했다.

물론 진짜 놀란 이들은 장내에 있는 다른 사람들이어서, 왁자지껄한 소리와 떠들썩한 분위기가 처음보다 더 심해졌다. 너나 할 것 없이 경악하고 뜻밖의 상황에 눈이 휘둥그레졌다.

"목씨 집안 아홉째 소저라면 목령아 아닌가?"

"천봉설산이 혼수라니! 씀씀이가 어마어마하군. 설산을 통째로 주는 걸까?"

"목씨 집안이 횡재했네, 그려!"

"목령아는 죄가 있으니 시집갈 수 없소!"

목령아에게 구혼한 것만으로도 뜻밖인데, 설산을 혼수로 준다는 말은 가히 믿을 수 없을 정도였다. 무릇 약성 사람이라면 설산이 새로운 약재와 진귀한 약재를 기르는 데 얼마나 큰 의미인지 모르는 이가 없었다. 어쩐지 군역사가 약성 전체와 관계있는 일이라 하더라니.

아무리 힘없는 집안이라도 설산의 출입증을 얻으면 짧디짧은 몇 년 안에 명가 행렬에 오를 수 있고, 심지어 약성 최고의 집안이 될 수도 있었다.

온갖 소리가 여기저기서 들려오자 군역사는 몹시 만족하며 그제야 목영동을 바라보았다. 의심과 걱정이 싹 가신 목영동도 그에게 시선을 던졌지만 겉으로는 계속해서 표정을 숨겼다.

진짜처럼 연기하는 사덕의를 보자 군역사도 흥이 나서 다시 한 번 대답해 주었다.

"사 회장, 본 왕은 북려국 태자를 대신해 목씨 집안 아홉째 소저에게 구혼하러 왔고 설산을 혼수로 주겠다고 했소. 왜, 너무 놀랍소?"

사덕의는 냉소를 흘렸다.

"북려국 태자께서 손이 아주 크시군요. 허나 강왕 전하, 구혼하려면 목 가주에게 하실 것이지 이 늙은이는 왜 찾으십니까?"

"듣자니 목씨 집안 아홉째 소저가 죄를 지어 장로회가 감금했다더구려. 그래서 본 왕은 오늘 모두의 앞에서 북려국 태자를 대신해 사 회장에게 부탁드리려는 것이오. 부디 아량을 베풀어 아홉째 소저를 풀어 주시오."

군역사가 이렇게 부탁하는 일은 드물어서, 한운석과 용비야는 약속이나 한 듯 입꼬리를 올리며 미소 지었다.

"풀어 달라고요?"

사덕의는 느릿느릿 수염을 매만지며 잠시 생각에 잠겼다가 단호한 태도로 말했다.

"목령아는 죄를 지었고 1년 가까이 도망쳐 장로회를 무시했으니 용서할 수 없습니다!"

그 말이 떨어지자 모두가 조용해졌다.

군역사도 입을 다물고 사덕의가 미리 상의한 대로 '공을 세워 잘못을 씻는다'는 말을 꺼낼 때까지 기다렸다.

그런데 한참을 기다려도 사덕의는 말이 없었다.

이 늙은이가 왜 말이 없지? 어쩌자는 걸까?

그때, 멀지 않은 곳에서 목씨 집안의 서출 아들 한 명이 벌떡 일어나 큰 소리로 외쳤다.

"사 장로, 목령아에게 공을 세워 죄를 씻게 해 주시면 어떻겠습니까?"

군역사는 목영동이 시킨 줄 알았지만 목영동은 속으로 깜짝 놀랐다. 점점 더 이상한 느낌이 들었다.

"공을 세워 죄를 씻다니, 어떻게 말이냐?"

사덕의가 물었다.

"혼수를 나누는 것입니다. 천봉설산을 약성 모두가 공유하고 장로회에서 약재를 기르고 연구하는 것을 관장하면, 우리 목씨 집안이 약성에 공을 세웠다고 볼 수 있지요. 어떠십니까?"

그 서자의 대답이 어찌나 빠른지 목영동은 막을 틈도 없었다.

그 말은 사람들의 의심을 불러일으켰다. 저렇게 쉽게 설산을 내놓겠다니, 목씨 집안 사람이 저렇게 대범할 리 있을까? 혹시 북려국 황족이 목씨 집안에 뭔가 따로 쥐여 준 건가? 천봉설산을 내놓겠다는 까닭이 그저 목령아를 구하기 위해서일까?

목영동은 안색이 싹 변한 채 저 아들놈이 누구에게 매수당했는지 따질 겨를도 없이 차갑게 꾸짖었다.

"이 무지한 놈, 여기가 네 놈이 끼어들 자리더냐?"

이 말에 군역사도 움찔했다. 그제야 저 서자가 목영동의 지시를 받은 것이 아님을 깨달은 그는 충격 받은 얼굴로 사덕의를 바라보았다.

사덕의는 여전히 인정사정없었다.

"강왕 전하, 공을 세워 잘못을 씻는다는 제안을 어떻게 생각하십니까?"

군역사가 뭐라고 대답할 수 있을까? 그는 어두워진 눈빛으로 미적거리며 대답하지 못했다.

사덕의는 다시 목영동에게 물었다.

"목 가주, 그대는 어떻소? 어떻게 생각하오?"

목영동도 뭐라고 대답해야 좋을지 몰랐다. 비록 긴장하긴 했지만 그래도 그는 어떻게든 만회할 방법을 찾아보려 애썼다.

하지만 애석하게도 모든 것이 늦은 후였다.

사덕의가 대로하며 날카롭게 명령했다.

"여봐라, 그 계약서를 가져오너라!"

순간 장내가 침묵에 빠졌다. 뭐가 어떻게 된 것인지 아무도 알지 못했다. 무슨 계약서?

하지만 목영동과 군역사는 일제히 안색이 변했다. 눈빛으로 사람을 죽일 수 있다면, 지금 두 사람의 눈빛은 사덕의를 천 갈래 만 갈래 찢어놓기에 충분했다!

하인이 두 손으로 계약서를 받쳐 들고 종종걸음으로 달려와 내밀자 사덕의는 차갑게 말했다.

"큰 소리로 읽어라!"

하인은 우렁찬 목소리로 계약서 내용을 한 글자 한 글자 읽어 나갔다. 이 계약서는 바로 군역사와 목영동이 서명해 사덕의에게 준 것이었다.

대략적인 내용은 군역사가 설산을 혼수 삼아 사람들 앞에서 구혼하면서 목령아가 공을 세워 죄를 씻을 수 있게 북려국 태자에게 시집가게 해 달라고 요청하고, 일이 성사되면 북려국 황족이 목씨 집안에 별도로 설산 하나를 내준다는 것이었다.

본래는 군역사와 목영동이 사덕의를 속여 안심시키기 위해 쓴 것인데, 뜻밖에도 지금은 사덕의가 목씨 집안에 반격하기 위한 증거가 되어 버린 것이다!

계약서를 모두 읽고 나자 장내에 있던 사람들은 하나같이 눈이 휘둥그레졌다. 이번 구혼의 배후에 이런 계약이 숨겨져 있었다니, 목씨 집안이 저렇게 어마어마한 이득을 노렸다니!

"뭘 하느냐, 계약서를 돌려 모두가 목 가주의 인장을 확인할 수 있게 해라!"

사덕의가 의분에 차 군역사가 자신을 매수하려던 일까지 낱낱이 밝히자 한운석과 용비야도 무척 뜻밖이었다. 두 사람은 저 노인네가 계약서로 목씨 집안에 반격하기만 할 뿐 사건 전체를 폭로하지는 않을 것으로 생각했다.

시약대회 (3) 뜻밖의 일

사덕의는 모든 것을 폭로했고, 그로 인해 군역사에게 단단히 미움을 샀다.

뜻밖이긴 했지만 한운석은 사덕의가 군역사에게 미움을 산 것이 의성에게 보여 주기 위한 행동임을 곧 깨달았다. 백독문, 나아가 북려국에게 미움을 사면서까지 의성의 눈에 들어 장로회 회장 자리를 공고히 하면, 손해보다는 이득이 훨씬 컸다.

일석이조의 전략, 사덕의 저 노인네는 과연 장로회 수장답게 여간내기가 아니었다! 더욱이 저 노인네 뒤에는 구양영락이 있으니 쉽지 않았다.

한운석은 소리 죽여 용비야에게 말했다.

"우리, 사씨 집안만 좋은 일은 하지 말아요!"

목영동과 군역사가 일찍부터 손을 잡았다는 사실을 사덕의에게 전한 것은 한운석이었다. 그렇게 했는데도 제때 사씨 집안을 쓰러뜨리지 못하면 억울하기 짝이 없었다.

용비야는 그녀를 흘낏 보더니 낮은 소리로 말했다.

"기다려라."

진왕 전하의 이 한마디면 한운석도 마음이 놓였다. 분명히 나중에 더 재미있는 일이 벌어질 것이다!

가주의 인장을 찍은 계약서가 장내에 있는 사람들의 손에서 손으로 옮겨다가 연심부인에게 이르렀을 때, 연심부인은 눈길 한 번만 주고 곧바로 목영동을 사납게 노려보았다!

제자리에 못 박힌 목영동은 벼락이라도 맞은 듯 얼굴이 숯검 정처럼 시꺼메졌다. 움직일 수도 없었고 몸 옆으로 축 처진 두 팔은 계속해서 덜덜 떨리고 있었다. 머리는 텅 비어 아직도 제 정신이 돌아오지 않았다.

사실 그도 처음부터 사덕의 태도가 의심스러웠지만, 이렇 게까지 농락당할 줄은 꿈에도 생각지 못했다! 일이 갑자기 이 렇게 망가질 줄은 더욱더 몰랐다!

철석같은 증거가 있는데 뭐라고 변명해야 할까? 어떻게 되 돌릴 수 있을까?

여기서는 잘못을 인정할 수밖에 없었다!

"사 회장!"

별안간 목영동이 소리를 질렀다.

"사 회장, 제 잘못입니다! 정말 큰 죄를 지었습니다. 이게 다 군역사가 핍박하고 유혹한 탓입니다. 저는 딸을 아끼는 마음과 약성에 커다란 이득을 주고자 하는 마음에 허락했던 것뿐입니 다! 비록 군역사와 몰래 계약을 하긴 했으나, 령아가 출가하면 그 설산도 장로회에 내어주고 약성의 모든 집안이 공유하게끔 할 계획이었습니다!"

정말이지 우스개나 다름없는 말이었다. 누가 그 말을 믿을까?

사덕의가 반박하려는데 연심부인이 일어났다.

"목영동, 어리석기 짝이 없구려! 백독문 사람과 계교를 꾸미다니?"

그러잖아도 목영동의 배신에 안색이 어두워졌던 군역사의 윤곽이 뚜렷한 얼굴은 연심부인의 호통에 더욱더 시꺼메졌다……. 하지만 그래도 그는 아무 말 하지 않았다.

"오장로, 제가 어리석었습니다! 죽을죄를 졌습니다! 하지만 딸을 보호하고 약성을 보호하고자 하는 마음이 절실했기 때문입니다! 북려국 황족의 체면을 무시할 수도 없고 해서 그만……. 에잇!"

목영동은 해명할 수도 없고 후회막급이라는 표정으로 제 뺨을 철썩 때렸다.

연심부인이 냉소했다.

"그 나이가 되어 이처럼 큰 잘못을 저지르다니, 썩 돌아가서 반성하시오!"

이렇게 말한 그녀는 돌아서서 사덕의에게 말했다.

"사 장로, 이곳은 시약대회장이고 모두 시합을 보러 왔소. 약성 내부의 불미스러운 일은 이곳에서 떠들지 않는 것이 좋겠소. 대회가 끝난 뒤에 다시 따지시오! 그리고 백독문 사람은……. 후후, 약성에도 우리 의성과 마찬가지로 저들을 환영할 사람은 없을 것 같소만?"

연심부인은 과연 목씨 집안의 딸이자 목영동의 셋째 누이동생이자 의성 장로회의 유일한 여자답게 고작 두어 마디로 목영동을 지키고 군역사를 부정했다. 무엇보다 중요한 것은 의성을 들먹여 사덕의를 압박한 것이었다.

군역사를 쫓아내고 목영동을 돌려보내 이 일을 무대 밑으로 끌어내리면, 시약대회가 끝난 후 장로회에서 목영동을 어떻게 처벌할지에 대해서는 상의할 여지가 있었다.

솔직히 말해 장내에 있는 사람들은 흥이 가셨다. 목씨 집안에 좋은 구경거리가 생기나 했더니, 의성 장로회 오장로인 연심부인이 나섰으니 사덕의는 싫어도 그 체면을 봐줘야 했다. 아직 젊고 의술도 평범한 연심부인이 장로 자리에 오른 것이 어떤 수작을 부렸기 때문인지 모르는 사람이 있을까?

그런데!

뜻밖에도 사덕의는 체면 봐주지 않고 더욱 강경하게 맞서며 단도직입적으로 말했다.

"연심부인, 이는 우리 약성 내부 문제요. 목영동에게 돌아가라 말라하는 것은 연심부인이 결정할 일이 아니오!"

연심부인은 자리에서 벌떡 일어났다. 누가 봐도 무척 놀란 게 분명했지만 그래도 그녀는 재빨리 냉정함을 되찾았다.

"사 회장, 약성의 일이니 당연히 우리 의성이 이래라저래라 할 수는 없소. 나는 그저 제안한 것뿐이오. 하지만 나 또한 장내에 있는 다른 분들과 마찬가지로 초청을 받고 시합을 보러 온 사람이지, 약성의 불미스러운 문제를 구경하러 온 사람이 아니오."

허, 참. 말은 참 듣기 좋게 잘하는군!

멀지 않은 곳에 있던 한운석은 손뼉을 치고 싶은 것을 꾹 참았다.

"본 회장이 선포하건대, 시약대회는 반 시진 쉬었다가 다시 진행하겠소. 대회장 안에 차와 간식을 준비했으니 편히 드시기 바라오!"

사덕의는 날카롭게 맞서며 한 발도 물러서지 않았다.

연심부인은 주먹을 꽉 쥐었지만 할 말이 없어서 속으로만 울분을 새길 수밖에 없었다.

그녀는 고작 남몰래 계약 하나 했다는 이유로 장로회에서 목영동을 죽음으로 몰아갈 리는 없다고 믿어 마지않았다.

쉰다고는 했지만 자리를 뜨는 사람은 아무도 없었다.

두 번이나 쫓겨날 뻔했던 군역사도 가지 않고 차갑게 말했다.

"사 장로, 본 왕은 북려국 황족을 대표해서 왔고, 진심으로 약성과 북려국 황족이 인척을 맺기를 바랐소. 그런데 그대가 이처럼 본 왕을 이용하고 배척할 줄은 몰랐소. 하하하, 본 왕과 목가주에게 저 계약을 맺게 한 사람이 바로 사 회장이 아니오?"

군역사는 북려국 강왕의 신분으로 태자비가 될 여인을 구하러 왔으니 만약 이 일이 어그러지면 북려국에 돌아가서도 한껏 시달려야 했다.

무슨 일이 있어도 남아서 자기변호를 해야 했다.

사덕의는 껄껄 웃었다.

"군역사, 아직도 시치미를 뗄 참이냐! 너는 이 늙은이를 찾아오기 전에 이미 목영동과 결탁하지 않았느냐! 이 일은 바로 두 사람이 꾸민 짓이다!"

"사 회장, 그런 말을 하려면 증거를 제시하시오!"

군역사의 목소리가 음침해졌다.

목영동은 대놓고 화를 냈다.

"사 회장, 중상모략입니다! 잠시 이성을 잃고 군역사와 계약했으나 그전까지는 군역사와 전혀 알지 못하는 사이였습니다!"

목영동은 군역사보다 몇 배는 더 흥분했다. 알다시피 군역사와 몰래 계약을 맺은 일로는 장로회가 아무리 강하게 처벌하려해도 단순 처벌에 그칠 수밖에 없었다.

하지만 오래전부터 군역사와 결탁했다면 죄가 컸다!

이는 완전히 다른 문제였다!

사덕의는 냉소를 금치 못했다.

"여봐라, 증거를 가져오너라!"

"증거라니……."

한운석은 고개를 갸웃했다.

용비야도 자못 흥미로운 눈길로 바라보았다. 혼사 건을 빌미로 목씨 집안에 한 방 먹인 것만 해도 성공인데, 목씨 집안과 군역사가 일찍부터 결탁했다는 증거를 어디서 찾았을까?

뜻밖에도 증거가 나타나자 모든 사람이 구역질했다. 증거란 놀랍게도 벌레가 우글거리는 시체였다!

제일 기겁한 사람은 구양영락이었다. 그는 첫 번째 계단에서 세 번째 계단까지 도망쳐 용비야 옆에 앉았다.

용비야와 한운석은 약속이나 한 듯 그를 싹 무시한 채 무대 위의 시체에 집중했다.

장내에 있던 이들 중 두 사람은 동시에 그 시체에 독이 있다는 것을 알아차렸다. 한 명은 한운석이고 다른 한 명은 바로 군역사였다.

특히 가까이 있던 군역사는 시체에 꼬인 벌레가 백독문에서 가장 유명한 독회충이라는 것을 한눈에 알 수 있었다. 백독문이 외부에 새어나가지 않도록 엄격히 관리하는 독약이었다.

누가 저 독을 썼을까?

"이것이 바로 증거다! 이자는 목령아에게 식사를 가져다주던 옥졸인데, 목령아가 자신을 풀어 달라고 독을 써서 위협하는 것을 다행히 다른 수비병이 발견했다. 허, 이 늙은이가 알기로 이 독은 백독문 것이고 아무나 가질 수 없다더군! 목령아가 어디서 이 독약을 얻었겠느냐? 목령아는 약제사인데 어떻게 독술을 할 수 있느냐?"

사덕의는 진지하게 따졌다.

"본 왕은 목령아에게 독약을 준 적이 없소!"

군역사가 화를 내며 말했다.

"본 회장이 알기로 이 회충독은 백독문 고유의 독이고 외부로 전하지 않는다고 했다. 군역사, 네가 목령아에게 준 것이 아니라면 설마 네 부하가 준 것이란 말이냐?"

사덕의에게 이런 질문을 받자 군역사는 정말이지 할 말이 없었다.

그리고 한운석은 군역사보다 더 놀랐다! 일이 어쩌다 이렇게 됐지?

자리가 멀어 자세히 볼 수는 없지만, 해독시스템이 파악한 대로라면 저건 진짜 회충독이지 그녀가 고칠소에게 준 회충독이 아니었다.

그녀는 줄곧 백독문을 연구해 왔고, 백독문의 독약 중 상위 열 가지는 중독 현상의 설명에 따라 기본적인 배합 방법을 알아낼 수 있었다.

그렇지만 아무래도 직접 접해 보지 않았기 때문에 그녀가 만들어 낸 것은 단순히 중독 반응이 무척 유사할 뿐 진짜는 아니었다.

그녀가 만들어서 고칠소에게 준 독도 그런 유였다. 중독 현상은 백독문의 회충독과 꽤 닮았지만 꼼꼼히 따져보면 차이가 있었다.

다른 것은 차치하고 최소한 그녀가 만든 회충독은 하루 안에 회충이 시체와 함께 자연히 썩어서 사라지는데 백독문의 독약은 그렇지 않았다.

독성의 차이를 떠나서, 당시 독을 쓴 사람은 고칠소였다. 고칠소는 서신에서 분명히 임씨네 거한에게 독을 썼다고 했는데 어째서 옥졸로 바뀌었을까?

한운석은 즉각 해독시스템을 켜고 딥 스캔을 돌려 사망자가 중독된 시간을 분석했다. 그런데 결과를 얻고 나자 펄쩍 뛸 정도로 놀랐다.

사망자는 임씨네 거한이 죽은 후 이틀 뒤에 중독되었다. 그러니까 누군가 임씨네 거한이 중독된 후 진짜 회충독을 옥졸에게 쓴 것이다.

누굴까? 진짜 회충독은 또 어디서 났을까?

한운석은 백독문의 독을 위조해 사덕의가 군역사와 목씨 집안이 결탁한 것을 믿게 하려던 것뿐, 군역사와 목씨 집안이 결탁했다는 증거로 삼을 생각은 아니었다.

사실 그들은 목씨 집안을 조금씩 조금씩 쓰러뜨릴 생각이었다. 목씨 집안이 단숨에 쓰러지면 사씨 집안 세력이 더욱 커지고, 일단 그들이 부상하면 목령아를 구해 내기가 더욱더 어려워지기 때문이었다.

더군다나 '목씨 집안이 군역사와 결탁'한 것과 '목령아가 군역사와 결탁'한 것은 달라도 크게 달랐다.

목령아가 이런 누명을 쓰면 반드시 의성의 요주의 인물 명단에 들어갈 것이다.

골치 아픈 일이었다!

의심할 바 없이 용비야의 계획도 완전히 엉망이 되었다. 용비야는 차가운 눈을 가늘게 뜨고 옆에 있던 구양영락을 돌아보았다.

구양영락은 더없이 점잖고 악의 없이 웃어 보였다.

한운석이 답답해하고 있을 때 갑자기 사덕의가 그녀를 불렀다.

"진왕비, 진왕비는 독술에 정통하다고 들었으니 무대에 올라와서 증거를 확인해 주시기 바라오."

한운석은 정말이지 울고 싶었다. ……이제 어쩌지?

"왕비마마, 사 회장께서 부르시지 않습니까."

구양영락이 미소 지으며 일깨워 주었다.

한운석은 그를 상대하고 싶지 않아 묻는 눈길로 용비야를 바라보았다.

시약대회 (4) 시합

용비야는 한운석이 나가 증명하건 말건 군역사는 저 철석같은 증거를 인정할 수밖에 없고, 목령아 역시 누명을 쓸 수밖에 없다는 것을 잘 알았다.

그는 이 사건 뒤에서 누군가 자신과 한운석의 행동을 지켜보다가 그들을 이용하고 나아가 훼방을 놓았다는 생각을 했다. 구양영락이 물론 첫 번째 용의자였다. 이자는 며칠 전 사덕의와 밤새 밀담을 나누었다.

하지만 구양영락과 군역사는 사이가 몹시 나쁜데 어디서 회충독을 얻었을까?

백독문의 많고 많은 독 중에 하필이면 한운석이 쓴 회충독을 골랐다는 것은 상대방이 감옥에 있는 고칠소의 동정을 훤히 들여다보고 있을 가능성이 컸다. 설마 닭 한 마리 잡을 힘없는 이 상인을 얕보았던 걸까?

똑같이 회충독을 쓴 것은 무슨 의미일까? 그들을 도발하겠다는 걸까?

배후의 주모자가 구양영락이건 아니건, 그들도 이번에는 진정한 적수를 만나 한 방 먹은 셈이었다.

계획은 망가졌지만 용비야는 여전히 태연자약했다. 약성의 볼거리는 이제 막 시작되었고 아직 끝나지 않았으니 최후의 승자가 누구일지는 아무도 몰랐다!

용비야는 한운석에게 위로하는 눈빛을 보내며, 체면 따질 것 없이 가만히 앉아 있으라는 뜻을 전했다.

한운석의 생각도 용비야와 크게 다르지 않았다. 목령아는 잠시 괴로움을 견뎌야 할 수밖에 없었다.

비록 속은 답답했지만 웃음거리가 될 생각은 없어서, 그녀는 자신과는 전혀 상관없는 듯 태연자약한 태도로 느릿느릿 대답했다.

"사 회장, 백독문의 독이라면 본 왕비는 회장만큼 알지 못해요. 사 회장은 회충독이라는 것을 알았지만 본 왕비는 여태 뭔지도 몰랐어요."

비꼼이 가득 담긴 이 한마디에 적잖은 이들이 웃음을 터트렸다. 옆에 앉은 구양영락은 누구보다 더 즐겁게 웃었다.

퉁을 당한 사덕의는 과감하게 모른 척했다. 그는 미리 준비한 대로 약성의 독의를 청했고, 독의는 확신에 찬 대답을 내놓았다.

"사 회장, 이는 분명 백독문 고유의 회충독입니다."

"군역사, 목영동. 이래도 할 말이 있느냐!"

사덕의가 사람들 앞에서 캐물었다.

군역사의 주먹에서 우두둑 소리가 났다. 북려국에 돌아간 후 또 한바탕 시달릴 것은 뻔했지만, 지금 이 순간 그의 최대 관심사는 저 시체, 그리고 그 안에 우글거리는 독회충이었다.

누가 독을 썼든 회충독은 필시 백독문에서 흘러나온 것이었다. 배후의 주모자는 대관절 누구이기에 백독문까지 손을 뻗을 수 있었을까!

이 일을 사부가 알면 더욱더 귀찮아질 터였다!

"군역사!"

갑자기 사덕의가 버럭 소리를 질러 군역사를 깊은 생각에서 끌어냈다.

"목영동과 결탁해 우리 약성을 어떻게 하려던 것이냐?"

군역사는 패배자였지만 패배자다운 낭패함은 전혀 보이지 않고 여전히 오만방자하고 패기 넘치게 물었다.

"본 왕과 목영동이 일찍부터 교분이 있었다 한들 어떠냐? 본 왕은 너희 약성의 내부 싸움에는 관심 없다. 마지막으로 묻겠다. 북려국이 설산을 혼수 삼아 목령아에게 구혼했는데 허락하겠느냐 거절하겠느냐?"

허락한다!

이것이 장내에 있는 약성의 무수한 자제들의 공통된 바람이었다. 하지만 누가 감히 입 밖에 낼 수 있을까?

사덕의도 설산에는 군침이 돌았지만 목영동을 철저하게 쓰러뜨리기 위해서는 아픔을 참아야 했다.

"우리 약성은 결코 독문毒門의 사람과 결탁하지 않는다. 오늘부터 감히 약성에 한 걸음이라도 발을 들이면 우리도 체면 차리지 않을 것이다!"

사덕의는 분노에 차서 말했다.

출입금지령이었다!

출입금지령을 내리려면 반드시 장로회 모두가 동의해야 하는데, 사덕의는 누구의 의견도 묻지 않고 혼자 판결을 내렸다.

그러나 장내에 있던 장로 중 감히 누구도 반대 의견을 내지 못했다.

일이 이렇게까지 커졌고 연심부인마저 아무 말 없는데 감히 누가 나서려고 할까?

"사덕의, 감히!"

군역사는 노기충천했다.

"꺼져라!"

사덕의는 한 발도 물러서지 않았다.

이런 와중에 군역사가 무슨 수로 남아 있을 수 있을까? 그는 가소로운 듯이 콧방귀를 뀌며 옆에 놓인 선물 상자를 힘껏 걷어찬 다음 소매를 떨치고 나가면서 오만하기 짝이 없는 말을 남겼다.

"오냐, 약성이 본 왕에게 부탁할 일이 생기면 그때 두고 봐라!"

채 3년도 안 되는 시간 동안 의성에 출입금지 당하고 약성에도 출입금지 당한 사람은 군역사가 유일무이했다. 이번에 북려국에 돌아가면 아마 북려국 황제도 다시는 그를 용서하지 않을 것이다.

물론 군역사도 당장 북려국에 돌아가지 않고 우선 백독문을 찾았는데, 이는 나중 이야기였다.

군역사가 떠나자 목영동의 심문이 시작되었다.

"목영동, 너는 군역사와 결탁해 목령아의 죄를 사하려 계략을 꾸몄고, 제 이익만 도모하다 약성의 명성과 앞길을 망칠 뻔했다. 본 회장이 네 음모와 야심을 간파하지 않았다면 약성은 백독문 손에 들어가 상상할 수 없는 결말을 맞이했을 것이다!"

사덕의는 화난 목소리로 꾸짖었다.

군역사가 방금 두 사람의 교분을 인정한 마당에 목영동이 무슨 말을 할 수 있을까.

그는 일세를 풍미했고 그의 손 아래 목씨 집안은 전에 없이 높은 지위에 올랐다. 아주 조금만 더, 딱 이 일만 더 성공했더라면, 1년 안에 목씨 집안은 약성의 수장이 될 수 있었다.

하지만 아쉽게도 너무 서둘렀고 너무 부주의했던 탓에 철저하게 패하고 말았다!

성공해도 목령아 덕, 패배해도 목령아 탓이라고, 그는 못된 것을 갈가리 찢어 버리고 싶어 미칠 지경이었다. 지금까지도 그 못된 것이 대체 어디서부터 어긋났기에 천녕국 태후 생신 연회에서 용비야 편에 섰는지 알 수가 없었다.

그 일만 없었다면 벌써 목령아를 북려국 태자에게 시집보내 군역사와 훨씬 돈독한 사이가 되었을 것이다.

원망은 원망일 뿐, 지금 그가 할 수 있는 것은 무력하게 연심부인을 쳐다보며 도움을 청하는 것뿐이었다.

연심부인도 본래는 신분을 내려놓고 의성 장로회 이름으로 목영동의 용서를 청할 생각이었는데, 사덕의가 백독문을 물고 늘어지는 통에 나서기가 난처했다.

비록 의성에서 제법 영향력 있는 그녀지만, 백독문은 원장 어른의 금기여서 함부로 손댈 수 없었다.

목영동의 실의에 빠진 눈빛을 보자 연심부인은 동생으로서 몹시 돕고 싶었지만 시선을 피할 수밖에 없었다.

연심부인이 시선을 돌리자 목영동은 완전히 체념했다!

그는 고개를 숙이고 말없이 입을 다물었다.

사덕의에게 은혜를 베풀어 달라 빌고 싶지는 않았다. 적에게 애걸하면 동정을 받지도 못하고 존중은 더더욱 받지 못한 채 웃음거리만 될 뿐임을 잘 알았다.

적의 사정을 봐주면 언젠가 자신이 패배자가 될 수도 있다는 이치를, 사덕의도 알고 있었다.

"여봐라, 목영동을 가두고 판결을 기다리게 해라! 목씨 집안의 시합 출전 자격을 모조리 취소한다. 장로회가 정식으로 판결을 내리기 전까지 목씨 집안 사람은 누구든 약성에서 한 발짝도 벗어날 수 없다!"

사덕의가 큰 소리로 말했다.

장내에 있던 목씨 집안 사람들은 모두 고개를 푹 숙였고, 다른 집안 사람들은 아무도 나서서 도우려 하지 않았다. 왕공은 용비야와 한운석을 흘끗 바라보았으나 두 사람이 꿈쩍도 않고 있는 것을 보자 역시 아무 표정도 드러내지 않았다.

각 집안의 실력을 겨루는 무대인 시약대회에서 음모술수와 암투가 뒤섞인 장면이 연출되자 관중석에 있던 사람들은 모두 탄식했다.

그 탄식 속에 목영동이 끌려 나갔다.

사람들은 여전히 충격에 빠져 있었지만 약성의 형세에는 큰 변화가 생겼다. 목씨 집안이 무너졌으니 이번 시약대회는 물론 앞으로도 왕씨와 사씨 두 집안이 서로의 유일한 적수가 될 터였다.

약성의 일인자 자리를 차지하기 위한 싸움이 점점 격렬해질 것은 의심할 바 없었다.

탄식도 탄식이지만 사람들 모두 저마다 깊은 생각에 잠겼다. 그때, 사덕의가 큰소리치며 말했다.

"여봐라, 다시 무대를 마련해 시약대회를 속행해라!"

이렇게 큰일이 벌어졌는데 쉬지도 않고 곧바로 시합을 하겠다고?

한운석도 시약대회가 내일로 연기될 줄 알았는데, 지금 보니 사씨 집안은 단숨에 몰아붙여 대회에서 위세를 싹쓸이하려고 단단히 준비하고 온 모양이었다.

목씨 집안 사람은 거의 물러갔으나 연심부인은 여전히 당당했다. 그녀는 아무 일도 없었던 양 자리로 돌아가 차를 홀짝이며 시합을 구경할 태도를 취했다.

이를 본 한운석은 속으로 감탄했다. 가능하면 연심부인이 떠나기 전에 찾아가 몇 가지 물어볼 수 있는 시간이 있었으면 싶었다.

사람들이 차분해지고 시합이 곧 시작되려는데도 구양영락은 기어코 용비야 옆에 남아 본래 자리로 돌아가려 하지 않았다.

"약귀 대인, 대인이 보시기에는 왕씨네 넷째 공자가 우승할 것 같습니까?"

그가 웃는 얼굴로 속삭였다.

용비야는 대답하지 않았다.

"약귀 대인, 약성은 왜 대인을 심사관으로 청하지 않았을까요? 이 방면의 권위자이신데 말입니다."

구양영락이 또 물었다.

용비야는 대답하지 않았다.

"하하하, 약성의 그 어떤 집안도 약귀 대인의 상대가 못 되지요."

구양영락이 말하며 용비야 쪽으로 몸을 돌리더니 무척이나 진지하게 말했다.

"약귀 대인, 운공상인협회와 협력하는 것을 진지하게 고민해 보십시오. 어떤 조건이든 이 몸에게 말씀만 하시면 반드시 온 힘을 다해 들어드리겠습니다."

용비야는……, 그래도 말이 없었다!

그때 왕씨 집안 넷째 공자 왕서진이 다시 무대에 올랐고 그제야 구양영락도 무대를 보느라 용비야에게 귀찮게 구는 것을 관뒀다.

시약대회는 본래도 중요했지만 목씨 집안이 무너진 지금은 더욱더 중요해졌다.

이 시합부터 왕씨와 사씨 집안의 정식 대결이 시작되기 때문이었다!

우승하면 장로회의 땅과 약 창고의 재료를 마음대로 점용할 수 있는 자격이라는 꽤 가치 있는 상을 받게 되는 것은 말할 것도 없고, 민심에 미치는 영향도 무척 컸다.

10년에 한 번 있는 시약대회가 끝나면 곧바로 장로회 장로와 집사 선발이 있었다. 사덕의는 아직 은퇴할 나이가 아니니 당연히 물러날 리 없지만, 장로회 칠대 장로 중 몇 사람이 은퇴할 때가 된 데다 목씨 집안이 처벌을 받으면 그 집안 사람들도 장로회에서 퇴출당할 것이니 장로 자리든 집사 자리든 결원이 생길 것이다.

결원이 생기면 새 사람을 선발해야 하고, 선발을 하려면 민심의 향방을 고려해야 했다.

왕씨 집안을 선택하느냐 사씨 집안을 선택하느냐 하는 문제에 있어서라면, 약술을 가장 우선하고 약술로 말하는 이 약성에서는 후생들이 무척이나 중요한 역할을 했다. 천재가 난 집안, 인재가 있는 집안, 젊고 유망한 약제사가 많은 집안이 곧 약성의 장래 일인자였다.

지난날 목씨 집안이 그토록 많은 지지를 받은 것도 혹자는 선을 잘 댄 덕분이라 말하기도 했지만, 사실은 바로 목령아의 존재 덕분이었다.

지금도 똑같았다.

오늘 왕씨와 사씨 집안 중에서 시약대회 우승자가 나오면 일인자 자리를 놓고 싸우는 대결에서 기선을 제압할 수 있었다.

시합이 시작되자 장내에 긴장감이 감돌고 모두가 진지하게 관람했다.

왕씨 집안의 최고 인재인 왕서진은 과연 사람들을 실망시키지 않았다. 그는 장장 두 시진 동안 거의 모든 참여자를 물리쳤는데, 그중에는 사씨 집안의 이름난 자제도 있었다.

결국 사씨 집안에서 사붕謝鵬이라는 어린 제자가 나섰다. 겨우 열 살로, 오늘 참가자 중 가장 어린 참가자였다.

아이가 나타나자 사람들은 깜짝 놀랐다. 시작 전에도 목씨 집안과 사씨 집안에서 무서운 인물을 숨겨 놓고 왕씨네 넷째 공자를 상대할 것으로 추측한 이들이 적지 않았다.

각 집안에는 참가 정원이 정해져 있어서 남다른 실력이 있지 않고서야 이렇게 어린아이를 내보낼 리 없었다.

왕서진을 크게 믿고 있는 한운석과 용비야도 관심을 보였다.

시약대회 (5) 패배 시인

왕서진과 사붕의 시합이 눈앞으로 다가왔다. 지금 두 사람은 각각 무대 좌우 양쪽에 서서 눈을 가린 채 제약 탁자를 등지고 있었다.

약성의 시약대회는 늘 공평하기로 유명했고, 가능한 한 속임수를 쓸 여지가 없도록 시합 환경을 구성했다.

참가자 양쪽은 장로회가 제공한 약재를 받아 무대 위에서 약을 만들어야 했다. 장로회가 제공하는 약재도 임의로 선정하므로 참가자가 속임수를 쓰려 하거나 장로회에서 수작을 부리려 해도 불가능했다.

물론 아무리 규칙이 공평해도 피할 수 없는 게 한 가지 있었다. 바로 운이었다.

각 명가의 자제들은 시합에 나서기 전에 집안에서 가장 뛰어난 약제사에게 공개되지 않은 최고의 약방문을 몰래 듣는데, 만에 하나 이 약방문에 필요한 약재가 장로회가 제공한 약재 목록에 있으면 운이 좋다고 할 수 있었다.

이 최고의 약방문이 여러 약제사가 1, 2년에 걸쳐 공동으로 연구해 낸 것이라면, 젊은 시합 참가자들의 경험이나 솜씨로 짧은 시간 안에 그 약방문을 파악하는 것은 절대 불가능했다.

제약 탁자가 깨끗이 치워지고 동자가 약재가 든 커다란 광주리 하나를 운반해 왔다.

"왕씨 집안과 사씨 집안은 상대의 약재를 고르십시오."

진행자가 큰 소리로 말했다.

시합에 참여한 집안이 각각 장로회가 제공한 커다란 광주리에서 서른 가지 약재를 골라 상대방에게 제공하는 순서였다. 여기가 무척 중요한 부분이었다. 상대방이 어떤 약을 만들 수 있는지, 어떤 약을 만들 수 없는지 직접 영향을 미칠 수 있기 때문이었다!

진행자의 말이 떨어지자 왕씨 집안 가주와 사씨 집안 가주는 동시에 일어섰다.

장내 분위기가 순식간에 긴장되고, 모두가 목을 쭉 빼고 바라보았다.

두 가주는 속도가 빨라 금세 서른 가지 약재를 골라 진행자에게 건넸다. 진행자는 일일이 기록한 다음 왕공이 선택한 약재를 사봉의 제약 탁자에 놓고, 사 가주가 선택한 약재를 왕서진의 제약 탁자에 놓았다.

약재 목록은 무대에 놓인 커다랗고 흰 널판에 적어 관람객 모두가 볼 수 있게 했지만 왕서진과 사봉은 볼 수 없었다.

약재가 공표되자 장내는 한층 조용해졌다. 이 자리에 온 사람들은 모두 의약계에 몸담은 사람들이라 많건 적건 아는 것이 있어서 저마다 저 약재로 뭘 만들 수 있을까 생각에 잠겼다. 확실히 어려웠다.

왕공이 사봉에게 골라 준 약재 서른 개 중 적어도 스무 개는 함께 쓸 수 없는 것이었다. 약성이 상충하기 때문에 약효에 영향을 미치기 때문이었다. 사붕은 남은 열 개로만 약을 만들거나 다른 약물을 이용해 상충하는 약성을 제거하는 법을 고안해 내야 했다.

사 가주가 왕서진에게 골라 준 약재 서른 개는 완전히 반대였다. 약재 중 스무 개는 반드시 함께 써야 해서 상대방이 그중 하나만 알아내도 나머지 열아홉 개를 맞힐 수 있었다. 왕서진은 기본적으로 남은 약재 열 개만 쓸 수밖에 없었다.

약재가 적을수록 상대방이 쉽게 맞힐 수 있는 건 당연했다.

한운석은 진지하게 살피더니 뭔가 깨달은 듯 눈을 살짝 찌푸렸고, 용비야와 구양영락은 뭐가 뭔지 전혀 알아보지 못했다.

진행자가 '시작'이라고 외침에 따라 왕서진과 사붕은 동시에 돌아서서 앞에 놓인 서른 가지 약재를 보았다.

왕서진은 휙 둘러본 후 결심을 내렸는지 곧바로 붓을 들고 종이에 약방문 초안을 써 내려갔다. 반면 사붕은 아무것도 하지 않고 약재만 바라보고 있었다.

장내에는 정적이 감돌았고 시간이 조금씩 흘렀다. 시합 시간은 향 하나가 탈 시간, 즉 30분 정도였고 그 안에 약을 만들지 못하면 서로 시험할 필요도 없이 패배였다.

약을 시험하는 시합이라지만 그러려면 일단 약을 만드는 실력이 있어야 하므로 확실히 진짜 실력을 가릴 수 있는 시합이었다.

무림 고수의 대결이 그렇듯, 쌍방 모두 큰 움직임이 없어도 대결은 벌써 시작되었고 사람들이 볼 수 있는 시합 과정은 고작 한두 번의 움직임에 불과했다.

금세 향이 반이나 타들어갔다. 왕서진은 여전히 종이 위에서 붓을 놀리고 있었고 사붕은 여전히 약을 응시하고 있었다.

이 상황에서는 왕서진이 약간 우세해 보였다. 장로회 좌석 쪽에서 귓속말이 오갔다.

"누가 이기겠느냐?"

용비야가 참지 못하고 소리 죽여 말했다. 어젯밤 왕공과 이야기할 때는 왕서진이 일부러 패배해 목씨 집안과 사씨 집안 사람이 죽기 살기로 싸우게 만들기로 했는데, 뜻밖에도 목씨 집안이 참가 자격을 박탈당하고 말았다.

이 상황에서는 왕서진이 반드시 이겨야 했다! 그렇지 않으면 이번에는 정말 사씨 집안에만 좋은 일을 해 준 셈이었다.

"약간 복잡해요⋯⋯. 좀 더 두고 봐요."

한운석의 말이 떨어지기 무섭게 왕서진이 갑자기 붓을 멈췄다. 순간 관객들은 모두 긴장했고, 장로회 쪽도 귓속말을 멈추고 진지한 얼굴로 바라보았다.

분명 왕서진이 약방문을 다 만들어 낸 것이다!

왕서진은 눈보다 하얀 옷을 입어 동작 하나하나에서 무시할 수 없는 학자 냄새가 났다. 그는 태연자약하게 진행자에게 약방문을 넘기고 약을 짓기 시작했다.

두 제약 탁자 사이에는 조그마한 병풍이 놓여 있어 사붕은 왕서진의 탁자를 볼 수 없지만, 그가 움직이는 소리는 들을 수 있었다. 뜻밖에도 열 살짜리 어린아이는 전혀 동요하지 않고 여전히 약재를 마주한 채 생각에 잠겨 있었다.

솔직히 그 태도에 장내의 적잖은 어른들이 탄복을 금치 못했다.

눈 깜짝할 사이에 지나간 목령아와 고칠찰의 대결과는 달리 왕서진이 약을 짓는 과정은 대강 눈에 보였다. 물론 대강에 불과했고, 왕서진은 금세 엄지손가락만 한 환약을 하나 만들어 진행자에게 주었다.

그때까지도 사붕은 여전히 움직임이 없었다. 향은 이제 거의 끝까지 타들어간 상태였다!

설마 왕공이 골라준 약재가 너무 어려웠던 걸까?

고요한 회의장 안이 점점 술렁거렸고, 장로들은 다시금 귓속말을 시작했다. 왕공은 수염을 쓰다듬으며 기다렸고 사 가주 역시 초조해하지 않고 입가에 웃음을 머금었다.

의견이 분분했지만, 그래도 사람들은 끝판왕인 사붕이 약도 짓지 못해 자꾸만 시간만 보낸다고는 생각지는 않았다. 아마도 일단 시작하면 모두가 깜짝 놀랄 장면을 연출할 것이다.

그런데!

사붕은 내내 생각에 잠긴 채 내내 꼼짝도 하지 않았다. 향불이 거의 끝까지 타들어가 꺼질락 말락 하는데도 그는 움직이지 않았다.

설령 지금부터 약방문을 쓴다 해도 늦은 상태였다. 남은 시간은 너무 부족했다!

어떻게 이럴 수가 있지? 사씨 집안에서 내놓은 끝판왕이 맞아? 왕씨 집안이 이렇게 순조롭게 승리하는 건가?

장내가 점점 소란스러워졌고, 사람들은 믿을 수 없는 표정이 되었다. 장로회와 귀빈들 사이에서도 논의가 불붙었다.

장로회 사람들은 왕공이 선택한 약재에 나름대로 생각이 있었다. 비록 저 서른 개 약재들은 배합하기가 까다롭긴 하지만 그래도 약 하나 만들어 내지 못할 정도는 아니었다!

사붕은 대체 어떻게 된 것일까?

"속임수가 있느냐?"

용비야가 나지막하게 물었다.

"이상해요⋯⋯."

한운석이 중얼거렸다.

이제 그들 두 사람은 장내의 모든 이들과 함께 무대에 놓인 향을 응시하며 불이 꺼지기를 기다렸다.

뜻밖에도 침묵에 빠져있던 사붕이 별안간 두 손을 높이 쳐들었다. 모두가 깜짝 놀라 그쪽으로 시선을 던졌지만 사붕의 동작은 너무나 빨라서 그림자가 몇 번 쉭쉭 스치다가 멈추자 어느새 완전한 환약 한 알이 손바닥에 놓여 있었다.

이건⋯⋯. 목령아보다 더 빠르고 약귀 대인에 견줄 만한 속도였다!

세상에!

웅성웅성하던 회의장은 단숨에 조용해졌고, 모두가 서로를 바라보며 믿을 수 없는 표정을 지었다. 저 정도 솜씨를 익히기란 절대로 쉽지 않았다. 사덕의와 사 가주는 서로를 바라보며 흐뭇하게 웃었다.

사씨 집안의 끝판왕이라면 움직이는 순간 반드시 모두를 깜짝 놀라게 해야 했다!

왕공은 사붕이 남긴 약재를 보자 뭔가 깨달은 듯 찬 숨을 들이켰다.

사붕은 그제야 붓을 들고 약방문을 써서 환약과 함께 진행자에게 넘겼다. 진행자는 약방문을 보자 하마터면 약을 떨어뜨릴 뻔 했다.

사붕, 그는 대체 무슨 약을 지었을까?

두 사람 사이를 가렸던 병풍이 치워지고 두 사람이 마주 보았다. 왕서진이 다가가 품위 있게 읍을 했지만 뜻밖에도 사붕은 눈썹을 치키며 그를 흘낏 보더니 무시했다.

"어린 아이가 무례하구나!"

"눈속임이나 하는 주제에 어디서 건방을 떠느냐?"

"넷째 도령, 젖도 안 뗀 어린아이니 그러려니 하시오……."

무대 아래에서 왕씨 집안 사람들이 씩씩거리며 불평했지만 왕서진은 아무 말 없이 태연자약하게 자리로 돌아갔다. 그런데 사붕이 냉소를 터트렸다.

"나는 내 손에 패한 사람에게는 인사를 받은 적이 없어요. 저 사람은 자격이 없다고요!"

어리디 어린 나이에 젠체하는 것이 제법이었다. 이 말에 왕공마저 불쾌한 듯 눈썹을 찡그렸다.

왕서진이 아무리 점잖다 해도 이런 말을 듣자 민망하지 않을 수 없었다. 그가 차갑게 말했다.

"승부는 아직 가려지지 않았는데 큰소리를 치는구나!"

"어디 내기할래요?"

사붕이 큰 소리로 물었다.

왕서진이 대답하기도 전에 그가 다시 말했다.

"만약 당신이 지면 날 할아버지라고 불러요!"

이 말에 장내는 순식간에 웃음바다가 되었다. 무대 아래에 있던 사씨 집안의 누군가가 외쳤다.

"붕아, 그러면 왕 가주께서 너를 아버지라 불러야 하지 않느냐?"

쾅!

왕공이 탁자를 힘껏 내리치며 잔뜩 화난 얼굴로 물었다.

"사 장로, 시합을 계속할 생각입니까, 아닙니까?"

멀지 않은 곳에서 구양영락이 껄껄 웃음을 터트렸다.

"약귀 대인, 대인도 어렸을 때 저 녀석처럼 오만방자하지 않았습니까? 아직 승부도 나지 않았는데 저러니 만에 하나 진짜 이기기라도 하면 대인조차 안중에 없겠군요."

용비야는 시종일관 구양영락을 무시했다. 왕공이 참지 못하는 걸 보면 상황이 좋지 않다는 것을 알 수 있었다.

"물론 계속할 것이오. 계속하지 않으면 무슨 수로 승부를 가리겠소?"

비록 내기는 하지 않았지만, 사덕의 말 속에는 비웃음이 가득했다!

진행자가 왕서진의 약을 사붕에게 주고 사붕의 약은 왕서진에게 주었다. 그리고 약방문 두 장은 장로회에게 전달했다.

일순 무대 위와 아래가 모두 긴장했다. 장로회의 각 장로가 돌아가며 약방문을 살폈는데 하나같이 괴상하고 엄숙한 표정이었다.

그리고 무대 위에서는 진짜 약 시험 대결이 시작되었다. 왕서진은 진지하게 약을 시험했다. 그는 무게를 가늠하고, 색을 살피고, 냄새를 맡고, 맛을 보고, 약을 썰거나 으스러뜨리거나 물에 녹여 여러 가지 형태로 만들어 반복적으로 살피면서 그 결과를 기록했다.

기록해야 할 정보는 무척 많았다. 환약에 포함된 약재 종류와 각각의 분량, 배합한 순서, 물의 양, 반죽한 힘, 그리고 약효 등이었다.

왕서진은 진지하게 집중했고, 주변에서 일어나는 일은 무시했다. 하지만 사람들의 관심은 그가 아니라 사붕에게 쏠려 있었다.

사붕은 환약을 조금 떼어내 입에 넣고 아작아작 씹으면서 알아낸 것을 써 내려갔는데, 여전히 무심하고 편안한 태도였다.

약을 시험하는 시간 역시 향 하나 타는 동안이었다. 이번에는 사붕이 아주 빨리 약방문을 내놓았고, 왕서진은 한참 걸렸다. 처음에는 순조롭게 써내려 갔지만 뒤로 가자 자꾸만 썼다 지웠다 하며 결정을 내리지 못했다.

시간은 그를 기다려 주지 않았다. 왕서진은 점점 마음이 급해져 몇 번이나 고개를 들어 향을 쳐다보았다. 몹시 초조하고 긴장한 모양이었다.

하필이면 그때 장로회가 이미 사붕이 써낸 약방문을 다 살폈는데 왕서진이 미리 제출한 것과 꼭 같았다.

"사붕의 약방문은 틀린 데가 없습니다!"

진행자가 큰 소리로 선포했다.

왕서진은 더욱 초조해져 또다시 몇 번 써 내려가더니 결국 포기했다.

"제가 졌습니다!"

이 말에 장내가 시끌시끌해졌다. 비록 남은 시간이 많지 않았지만 왕서진이 이렇게 쉽사리 패배를 인정할 정도는 아니었다! 패배를 인정하는 것과 패배하는 것은 다른 문제였다!

어떻게 된 걸까?

시약대회 (6) 속임수

왕서진이 패배를 인정한다고?

왕공은 속으로 깜짝 놀랐고, 뒤에 앉은 진왕 전하가 어떻게 생각할지 걱정되기 시작했다. 왕서진은 진왕과 그가 상의해서 발탁한 중요한 인재인데 이렇게 패배를 인정할 수는 없었다.

제한 시간까지 노력했다면 지더라도 할 말이 없지만 시간이 되지도 않았는데 패배를 인정한 것은 뜻밖이었다.

저런 사람을 진왕이 쓰려고 할까?

그때 용비야는 왕서진을 차갑게 응시하며 적잖이 분노하고 있었다.

장내는 시끌시끌했고 이해할 수 없어 하는 사람도 많았다. 사붕 저 어린아이의 능력은 놀랍기 그지없지만 왕서진의 태도는 실망스러웠다.

이번 시합은 그 과정을 예상한 사람도 없었지만 결과가 이렇게 되리라고 예상한 사람 역시 없었다.

사덕의가 일어나자 장내가 조용해졌다. 아무리 뜻밖이어도 눈앞에 펼쳐진 것은 모두 사실이었고 사씨 집안의 승리였다.

사덕의는 기분이 아주 좋아 성큼성큼 무대 위로 올라갔다.

"왕씨 집안에서 패배를 인정했으니 오늘의 시합은 여기서 끝내겠소이다. 이번 시약대회는 사씨 집안 사붕의……."

뜻밖에도 그 말이 끝나기 전, 한운석이 벌떡 일어나 외쳤다.

"기다리세요!"

아마도…….

아마도 한운석의 목소리가 쩌렁쩌렁했기 때문인지 일순 장내의 모든 이들이 일제히 그녀 쪽을 바라보았다.

저 여자가 뭘 하려는 걸까?

"진왕비, 무슨……, 말을 하려는 것이오?"

사덕의가 차갑게 물었다. 승부는 이미 정해졌는데 일개 외부인인 한운석이 끼어들 수는 없었다.

뜻밖에도 한운석은 큰 소리로 깔깔 웃었다.

"본 왕비에겐 할 말이 아주 많아요. 그중 어떤 것을 듣고 싶은가요?"

다른 사람은 물론이고 용비야조차 이 여자가 어쩌려는지 몰라 의아했다.

"한운석, 시약대회를 방해하면 본 회장이 가만있지 않겠소!"

사덕의가 사납게 꾸짖었다.

"방해라고요? 본 왕비는 단지 공평한 시합을 보고자 할 뿐인데 방해라니요? 대체 누가 시약대회를 방해하는지, 사 회장께서도 속으로는 잘 아실 거예요!"

한운석의 낭랑하고 힘찬 목소리가 조용한 대회장에 울렸다. 갑작스러운 지적에 사람들은 너나 할 것 없이 어리둥절했다.

사 가주가 참지 못하고 일어나 화난 목소리로 외쳤다.

"한운석, 우리 약성 사람을 함부로 모욕할 수는 없소. 할 말이 있으면 똑똑히 밝히되, 그렇지 못하면 오늘 이곳을 떠날 생각은 마시오!"

"좋아요!"

한운석은 자리를 떠나 무대로 올라갔고, 용비야는 무슨 영문인지 모르면서도 바짝 뒤따랐다.

모두의 시선이 두 사람을 쫓았다. 다들 대체 무슨 일이 벌어졌는지 알지 못해 멍한 얼굴이었다.

한운석은 무대에 오른 뒤 약재 광주리를 가져와 남은 약재를 하나씩 꺼내 일일이 이름을 적었다.

"백출, 전갈, 천궁, 결명, 연천홍連天紅, 자라紫羅, 뽕잎……."

하나하나 이름을 읊어 내려가니 모두 쉰세 가지였다.

"이 약재들은 장로회에서 제공한 것인가요? 사 회장께서 확인하셨나요?"

그녀가 진지하게 물었다.

"대체 뭘 하려는 것이오?"

사덕의가 화난 소리로 물었다.

"그런가요, 아닌가요?"

한운석이 다시 물었다.

사덕의는 대답하지 않고 차갑게 내뱉었다.

"여봐라, 소란을 피우는 이 여자를 쫓아내라!"

"사 회장, 찔리는 데가 있나 보죠?"

한운석이 물었다.

"말로는 듣지 않는군. 어서 쫓아내지 않고 뭣들 하느냐!"

사덕의는 화가 나서 얼굴이 푸르뎅뎅해졌지만 한운석의 다음 말은 그 푸르뎅뎅한 색을 완전히 시퍼렇게 만들었다.

"장로회가 제공한 약재에 문제가 있어요. 사봉은 속임수를 쓴 거예요!"

그 말이 떨어지자 마치 불벼락이 쏟아진 것처럼 장내의 모든 사람이 놀라 눈을 휘둥그레 떴다.

정말……, 그런 일이 있었다고?

"허튼소리, 말도 안 되는 소리다! 여봐라, 당장 이 여자를 끌어내라! 감히 우리 시약대회를 방해하고 장로회를 모욕하다니! 흥, 우리 약성은 약귀당과 공존할 수 없다!"

사덕의는 노발대발해서 두서없이 소리쳤다.

왕공이 복잡한 눈빛을 띠더니 황급히 일어섰다.

"사 회장, 진왕비께서 이상한 점을 발견한 것 같으니 우선 끝까지 들어 보시지요."

사 가주도 벌떡 일어나 황급히 반문하며 몰아붙였다.

"이상한 점이라니? 그게 무슨 뜻이오? 방금 시합은 모두가 지켜보았고, 왕 가주 당신도 그 눈으로 똑똑히 지켜보았는데 무슨 이상이 있었소? 흥, 일개 독의 주제에 약리를 알면 얼마나 안다고? 우리도 알아차리지 못한 것을 저 여자가 무슨 수로 알 수 있단 말이오? 분명히 요망한 말로 사람들을 홀리려는 것이겠지!"

사 가주의 말이 떨어지기 무섭게 사덕의가 눈짓을 보냈고 시위 여럿이 다가왔다. 그러나 용비야가 발을 한 번 구르자 강력하고 힘찬 기운이 솟구치며 다가온 시위는 모조리 벌렁 넘어지고 말았다.

이를 본 사람들은 깜짝 놀랐고, 구양영락은 숫제 제자리에서 펄쩍 뛰었다. 세상에나, 약귀 대인은 일단 말로 하고 그게 안 되면 무력을 쓰는 사람 아니었나? 언제부터 일단 무력부터 쓰게 됐을까? 더군다나 저렇게 힘이 셀 줄이야!

저만한 내공이면 분명히 운공대륙 고수 목록 중 상위 5위권에 드는 수준이었다.

구양영락은 앞으로 고칠찰과 교분을 틀 때는 반드시 조심 또 조심해야겠다고, 용비야를 대할 때처럼 신중함을 제일로 삼아야겠다고 스스로 다짐했다.

때로는 무력을 쓰는 것이 무력을 피하는 가장 좋은 방법이기도 했다.

용비야의 발길 한 번에 시위들은 차마 무대 위로 올라오지 못했고, 사덕의와 사 가주도 감히 그들을 부르지 못했다.

물론 이들 부자의 태도는 여전히 강경했다.

"한운석, 고칠찰. 약성이 약귀당의 체면을 봐주었는데 어찌 이렇게 무례할 수 있느냐!"

사 가주가 노한 소리로 외쳤다.

"호호호, 양심이 찔리긴 찔리나 봐요. 어쩜 이렇게 반응이 뜨거울까? 그러다 몸 상하겠어요."

한운석은 차갑게 비웃었다.

"방금 시합은 눈 있는 사람이면 모두 보았다. 지금 우리 약성

장로회의 권위에 도전하고, 우리 약성 가주들의 능력을 의심하는 것이냐! 이 늙은이는 양심에 찔릴 일이 없다만, 이처럼 약성의 위엄을 업신여기는 것을 좌시할 수 없다!"

사덕의가 사납게 질책했다. 공감을 불러일으켜 모두가 일치단결해서 대항하게 할 의도였지만, 뜻밖에도 한운석은 대놓고 몰아붙였다.

"본 왕비가 묻고 싶군요. 이렇게 어마어마한 허점이 있는데 아무도 알아차리지 못했다니 우습기 짝이 없는 일이에요!"

이렇게 말한 그녀는 왕공을 돌아보며 비웃듯이 말했다.

"왕 가주, 당신의 약술은 다른 가주들보다 훨씬 높고 여러 장로와 비견될 정도라고 들었는데, 이것도 알아보지 못하고 아드님이 패배를 시인하게 하다니 뜻밖이에요. 후훗, 왕씨 집안의 체면이 두 부자 덕분에 말이 아니게 됐군요."

멀지 않은 곳에 앉아 한운석과 왕씨 집안이 무슨 수작을 부리는 게 아닌가 의심하던 구양영락은 그 말을 듣자 곧 그 생각을 바꿨다.

저 여자는 순전히 사씨 집안에 복수하기 위해 나선 것이다.

왕공은 진왕비가 일부러 이런 말을 한 줄 알고 분노에 찬 얼굴로 따졌다.

"진왕비, 무슨 말인지 똑똑히 밝히지 않으면 설사 장로회가 용서한다 해도 우리 왕씨 집안은 쉽게 용서하지 않을 것이오! 대체 무슨 허점이 있는지 어디 말해 보시오!"

초조해진 사덕의가 만류하려는 찰나 연심부인도 일어나서

파격적으로 한운석 편을 들어 차갑게 말했다.

"사 회장이 찔리는 데가 없으면 일단 진왕비의 말을 들어봐도 상관없지 않겠소? 본 장로는 의성을 대표해 시합을 관전하러 왔지 장난질을 보러온 것이 아니니, 돌아가서 상부에 정확하게 보고할 의무가 있소. 오늘 이 일을 명확히 밝히지 않는다면, 후후. 앞으로 약성은 의성에 초청장을 보내지 않아도 되오."

목영동의 일에는 끼어들지 못했지만 시약대회 일이라면 연심부인이 나설 자격이 있었다. 누가 뭐라 해도 시약대회의 우승자는 의성에서도 특별히 주목하기 때문이었다.

사덕의는 부득불 태도를 누그러뜨렸다.

"좋소. 그렇다면 진왕비, 명확히 말해 보시오. 단, 미리 말해 두지만 명확히 밝히지 못한다면 본 회장도 결코 사정을 봐주지 않을 것이오!"

설령 한운석이 실마리를 찾았다 해도 상관없었다. 비록 독술이 뛰어난 그녀라지만 이 자리에 있는 약재는 모두 정상이니 숨겨진 빈틈을 명확히 밝혀내리라곤 생각지 않았기 때문이었다.

한운석은 콧방귀를 꼈다.

"우선 사붕이 써낸 약방문을 보여 주시죠."

사덕의가 대범하게 약방문을 내주자 한운석은 큰 소리로 읽었다. 약방문을 들은 사람들은 왕서진이 왜 패배를 시인했는지 알 수 있었다.

장내에 있는 사람 대부분이 약방문을 이해할 수 없었기 때문이었다. 약방문이 있다 한들 약을 지어낼 수도 없을 뿐더러 약효가 무엇인지는 더더욱 알 수 없었다.

이런 약방문으로 만든 환약이니, 왕서진이 알아맞히지 못한 것도 이상하지 않았다.

가장 충격 받은 사람은 왕공이었다. 그 역시 알아볼 수 없었다.

"호호, 약방문을 공개하기도 전에 서둘러 승부를 선포하다니요. 너무 경솔한 게 아닌가요, 사 회장? 아니면 이 약방문이 너무 흔해서 공개할 필요가 없다고 생각했나요?"

한운석이 비웃듯이 물었다.

사덕의는 중요한 부분은 쏙 빼고 대답했다.

"왕씨네 넷째 공자가 이미 패배를 시인했소. 시합 규칙에 따라 한쪽이 패배를 시인하면 자연히 다른 쪽의 승리요. 본 회장이 승부를 선포한 것이 어디가 잘못되었단 말이오?"

"아……. 보아하니 사 회장께선 이 약방문을 흔한 것으로 생각했군요."

한운석이 말하며 무대 아래를 돌아보았다.

"여러분, 어떻게 생각하시죠?"

장내는 조용했다. 이곳에 올 만한 사람이라면 영리한 자들일 테니 자연히 짚이는 곳이 있었다.

이런 약방문은 최고의 약방문에 속하는데, 사봉 저 아이가 아무리 천부적인 재능이 있어도 결코 향 하나가 탈 시간 안에 지어낼 수는 없었다. 이는 분명히 사전에 누군가 사봉에게 가르쳐 줬다는 뜻이었다.

다만 약재는 장로회가 제공한 데다 수십 가지 종류 중에서 왕공이 서른 개를 골라 사붕에게 주었으니, 이 상황에서 속임수를 쓰기란 기본적으로 불가능했다.

하지만 단순히 운이 좋다고 할 수도 없었다.

"이 약방문은……, 허허, 이 늙은이가 평생 연구해도 의미를 알 수 없을 것 같구려!"

왕공의 자조에 장내에 폭소가 터졌다. 사덕의는 민망해져 일부러 화를 내며 꾸짖었다.

"사 가주, 이 어찌 된 일인가?"

사 가주가 감히 이 약방문을 쓴 것은 최악의 수였다. 약방문이 공개되지 않았다면 제일 좋았겠지만 공개될 경우 적절한 대책을 마련해두어야 했다.

"사붕, 이게 어찌 된 일이냐?"

그는 사붕에게 떠넘겼다.

"그…… 그건 작년에 약재 창고에 있던 사람이 가르쳐 줬어요."

오만방자하던 철부지는 삽시간에 괴롭힘을 당한 어린아이로 변해 억울한 얼굴로 덧붙였다.

"시약대회에 다른 사람이 준 약방문을 쓰면 안 된다는 규칙은 없잖아요. 이렇게 오래된 약방문을 왕서진이 본적이 없다면, 견식이 얕은 자기 잘못이라고요."

누가 들어도 분통이 터질 말이었지만, 뜻밖에도 사 가주는 낯짝 두껍게 말했다.

"그렇다면 우리 사씨 집안의 운이 좋았구나. 마침 장로회가 제공한 약재로 그 약을 만들 수 있었으니까. 허허, 왕비마마, 그것까지 우리 집안을 탓할 수는 없지 않겠습니까? 약재 서른 개는 왕 가주가 고르셨는데, 왕 가주가 우리 사씨 집안이 속임수를 쓰도록 도왔을 리는 없지 않습니까?"

장내에 있던 사람들은 사씨 집안이 속임수를 썼다는 걸 확신했지만, 증거가 없으니 어떤 식으로 속임수를 썼는지 알아낼 수가 없었다.

한운석은 고운 손가락으로 방금 광주리에서 꺼낸 약재들을 하나하나 쓰다듬으며 차갑게 말했다.

"사 회장, 이 광주리 안에 있던 쉰 세 가지 약재는 대체 어떻게 고른 건가요? 누가 골랐죠?"

사덕의의 안색이 싹 변했다. 설마 한운석이…….

시약대회 (7) 적발

한운석이 광주리 안의 약재에 주목하자 그러잖아도 양심이 찔리던 사덕의는 마침내 겁을 먹었다. 사붕이 저지른 속임수의 관건은 바로 저 약재들에 있었다. 설마 한운석이 정말 뭔가 발견했을까?

하지만 사덕의는 겉으로는 여전히 차분한 척 떳떳하게 대답했다.

"당연히 장로회에서 고른 것이오."

"장로회의 누군가요? 어떻게 골랐죠?"

한운석이 캐물었다.

그때 사장로와 칠장로가 일어났다. 두 사람 다 왕씨 집안 사람이었다.

"그 약재는 사 회장께서 제공한 약재 목록 중에 고른 것입니다. 여섯 장로가 함께 총 쉰 세 개를 골랐습니다."

사장로가 사실대로 대답했다.

약성 장로회에는 장로 자리가 일곱 있는데 사덕의가 수장이고 나머지 여섯은 왕씨, 사씨, 목씨가 각각 둘씩 차지하고 있었다. 따라서 장로회에서는 사씨 집안의 세력이 컸다.

"처음의 약재 목록은요? 보여 줄 용기가 있나요?"

한운석이 다시 물었다.

어느새 다시 첫 줄의 귀빈석으로 돌아온 구양영락이 웃으며 말했다.

"왕비마마, 사 회장께서 약재 목록에 장난을 치셨다고 의심하는 건 아니시겠지요? 그게 가능할까요?"

그때쯤 무대 아래에서도 쑥덕임이 적지 않게 일고 있었다. 약재 목록은 여러 사람이 거듭해서 선별하므로 약재 목록에 손을 쓰려면 참여한 모두를 매수해야 했고, 이는 원천적으로 불가능한 일이었다.

그런데 진왕비는 왜 저렇게 자신만만할까?

사건의 진상은 대체 무엇일까? 그야말로 시합 결과보다 더 기대되는 일이었다!

한운석은 구양영락을 소 닭 보듯 싹 무시하고, 사덕의에게 한 번 더 물었다.

"그 목록을 보여 줄 용기가 있나요?"

사덕의는 원한으로 눈동자를 번쩍이며 곧바로 약재 목록을 꺼내 주었다. 아무리 그래도 저 여자가 그것까지 알아차렸을 리는 없다고 생각했다!

한운석은 목록을 쓱 훑어보았다. 목록에는 모두 예순 가지 약재가 쓰여 있어서 여섯 장로가 고른 쉰 세 가지를 빼면 일곱 가지가 더 있었다.

"나머지 일곱 가지 약재를 제공해 주실 장로가 계신가요? 본 왕비가 반드시 크게 사례하겠어요."

한운석이 큰 소리로 말했다.

"그 약재들은 시합용으로 나오지 않았지만 똑같이 준비해 두었으니 금방 드릴 수 있습니다. 여봐라, 남은 약재를 가져오 너라."

칠장로가 입을 열었다.

한운석은 일곱 가지 약재를 받은 후 조금 전처럼 일일이 제약 탁자 위에 꺼내 놓았다. 지금까지도 사람들은 그녀가 대체 뭘 하려는지 알 수 없었지만, 사 가주는 이미 공황에 빠져 자꾸만 사덕의에게 눈짓했다. 사덕의는 감정을 억누르고 아무 말 하지 않았다.

"본 왕비를 대신해 이 중에서 아무 것이나 열 가지를 골라 주 실 분 있으신가요?"

한운석이 다시 물었다.

"내가 하겠다!"

연심부인이 성큼성큼 걸어 나왔다.

목씨 집안과 적대하는 사이지만, 지금은 한운석도 연심부인 을 배척하지 않고 마음대로 골라 보라는 듯이 시원스럽게 손을 내밀었다.

연심부인은 사람들이 보는 앞에서 재빨리 열 개를 골라냈다.

"본 왕비 대신 약을 지어주실 약제사는 계신가요?"

한운석이 또 물었다.

"이 늙은이가 하겠소!"

왕공이 손을 들었지만 한운석은 웃으며 말했다.

"의심을 살 수 있으니 왕 가주께서는 피하시는 게 좋겠어요."

진왕비가 일부러 이런 말을 한다는 것을 아는 왕공은 울지도 웃지도 못하는 심정이었지만 물러설 수밖에 없었다.

왕공이 물러나자 놀랍게도 무대 아래에 있던 사람들이 저마다 손을 들며 안달했다.

"진왕비, 내가 하리다! 나는 성남 이씨 집안 사람이고 왕씨나 사씨와는 아무 관련이 없소."

"제가 하겠습니다! 방금 왕씨네 넷째 공자 손에 패한 사람입니다!"

"저요, 저요! 왕비마마, 저 좀……."

어린아이까지 무대에 올라오고 싶어 하자 한운석은 무척 기뻐했다. 그녀는 주위를 쭉 둘러보다가 마침내 사 가주에게 시선을 던졌다.

"사 가주, 역시 가주께서 하시는 게 좋겠군요."

"무……, 무슨 약을 만들라는 것이오?"

사 가주는 몹시 긴장했다.

"사붕이 쓴 약방문에 따라 만들면 돼요. 왜요, 못하시겠어요?"

한운석이 웃으며 물었다.

사 가주의 얼굴이 다시 한 번 하얗게 질렸다. 그는 마음속의 당황스러움을 억누르고 연심부인이 고른 열 가지 약재를 가리키며 화난 소리로 물었다.

"이 약재들은 약방문과는 완전히 다른데 어떻게 만들란 말이오?"

"아무렇게나 하세요."

한운석은 무심하게 말했다.

아무렇게나?

이 여자가 뭘 하려는 걸까?

장내의 사람들은 또다시 어리둥절했다. 답답해진 누군가가 참지 못하고 외쳤다.

"진왕비, 대체 무슨 말을 하고 싶은 겁니까? 사람들을 놀리는 건 그만하십시오! 모두의 시간을 낭비하고 있지 않습니까."

"사 가주께서 이해를 못 하시니 역시 본 왕비가 직접 하죠."

한운석은 그렇게 말하며 손수 약을 만들기 시작했다. 약을 만드는 데는 중요 요소가 두 가지 있는데 하나는 약재의 종류이고 하나는 약재의 분량과 비율이었다.

한운석은 연심부인이 고른 열 가지 약재에서 아무것이나 골라 사붕이 쓴 약방문의 분량과 비율에 맞춰 배합했다.

이를 본 사람들은 감히 아무것도 하지 못했다. 솔직히 그녀가 사붕이 속임수를 썼다는 것을 어떻게 증명하려는지 도무지 알 수가 없어서였다.

한운석은 사붕처럼 빠르지 않고 동작이 느릿느릿했지만, 그 느린 동작 덕분에 장내의 모든 사람이 그녀가 약을 만드는 동안 아무 수작도 부리지 않았다는 것을 똑똑히 볼 수 있었다.

향이 반 정도 탈 시간이 흐르자 마침내 환약 한 알이 만들어졌고 이상한 사실이 드러났다. 이 환약은 색이나 크기, 냄새, 그리고 무게까지 사붕이 만든 약과 완전히 똑같아서 마치 똑같은 거푸집에서 찍어 낸 것 같았다!

이렇게 되자 모두가 깜짝 놀랐다!

한운석은 다시 한 번 사람을 불러 예순 가지 약재 중에서 열 개를 고르게 한 다음 사붕의 약방문에 적힌 비율에 따라 배합했는데, 이번에도 완전히 똑같은 모양의 환약이 만들어졌다!

이제 한운석이 설명하지 않아도 진상이 훤히 밝혀졌다.

"육십재六十齋! 육십재다!"

사장로가 제일 먼저 탁자를 내리치며 일어나 사정없이 성토했다.

"사덕의, 그래도 할 말이 있소! 장로회의 수장이라는 자가 어떻게 스스로 속임수를 쓸 수 있단 말이오!"

이른바 '육십재'란 바로 실전된 지 오래인 신기한 약방문으로 예순 가지 약재로 이루어져 있었다. 이 예순 가지 약재 중에 아무 것이나 열 개를 고른 뒤 약재에 무관하게 일정한 비율에 따라 배합하면 결과적으로 완전히 똑같은 약을 만들 수 있었다.

무릇 약을 배운 사람이면 누구나 '육십재'의 존재를 알기는 하지만 약방문이 실전된 지 오래여서 그 예순 가지 약재가 무엇인지 아는 사람이 없었다.

이제 한운석의 시연으로 그 진상이 백일하에 드러난 셈이었다.

사덕의가 건넨 목록은 바로 '육십재'의 약방문이었고, 그래서 그중에서 아무리 선별하고 여러 사람 손을 거친다 해도 사붕의 탁자에 올라가는 약재가 열 개 이상이기만 하면 육십재의 약을 만들 수 있었다.

이번 시약대회에는 사건이 끊임없이 벌어지고 놀라운 일이 자꾸만 이어져, 관객들은 거듭거듭 충격을 받았다. 그렇지만 이번 사건이야말로 가장 충격적이었다.

사씨 집안에 육십재 약방문이 있다는 것도 놀랍고, 그걸로 속임수를 썼다는 것은 더욱더 놀라웠다. 지금껏 목씨 집안에 영합해 온 사씨 집안이 깊숙이도 칼날을 숨기고 있었던 것이다!

"증거가 명확한데, 사 회장, 더 할 말이 있습니까?"

왕공이 화난 목소리로 물었다.

이제 누구의 승리고 누구의 패배인지는 중요하지 않았다. 사덕의가 이렇게 비열한 수작을 부렸으니 사붕이 시약대회에서 제명될 것은 분명했고 사덕의는 당연하게 회장직에서 물러나야 했다.

본래 왕공은 계획을 수정하고 적잖은 심혈을 기울여 사씨 집안을 상대해야 할 것으로 생각했는데, 뜻밖에도 진왕비가 육십재를 밝혀낸 덕분에 결국 왕씨 집안이 어부지리로 가장 큰 이득을 얻게 되었다!

무대 아래에서 탄식이 흘러나왔다. 귀빈석의 손님들은 약성에서 이런 불미스러운 일이 일어났다는 것을 믿을 수 없는 듯 서로를 바라보았다.

방금 목씨 집안이 무너지던 장면이 다시 한 번 펼쳐졌다. 장내에 있는 사씨 집안 사람들은 입도 벙긋하지 못했고 감히 고개를 드는 사람도 없었다.

하지만 사덕의는 놀랍게도 가슴을 펴고 고개를 들며 당당하게도 사장로와 왕공을 차갑게 훑어보며 코웃음 쳤다.

"그것이 무슨 증거란 말이오? 두 분, 이 늙은이가 일부러 그 예순 가지 약재를 고른 것을 직접 봤소?"

아니…….

한순간 사람들은 사덕의가 무슨 뜻으로 이런 말을 하는지 이해하지 못했다.

하지만 한운석은 즉시 알아차리고 냉소를 지으며 반문했다.

"아니, 사 회장. 그러니까 어쩌다가 우연히 저 예순 가지 약재를 골랐을 뿐, 저 약재가 육십재 약방문인 줄은 몰랐다는 말씀인가요?"

"바로 그렇소!"

사덕의는 추호의 망설임도 없이 대답했다. 낭랑하고 힘 있는 목소리였다.

"우리 사씨 집안의 운이 좋았던 것이지 속임수가 아니오!"

그 말이 떨어지자 왕씨 집안 사람들과 그 옹호자들이 벌떼같이 일어났다.

"사덕의, 나이를 먹을 거면 곱게 잡수시오!"

"늙으면 낯가죽이 두꺼워진다더니 오늘 보니 정말 그렇군. 참 대단하오! 정말로 탄복했소!"

"장로회를 해산하라! 그렇지 않으면 약성이 위험해진다!"

항의 소리가 점점 커졌고, 누군가 무대를 향해 돌멩이를 던지자 곧이어 여러 사람이 따라했다. 사씨 집안 사람들이 즉시 반항했고 사씨 집안을 옹호하는 이들도 도왔다.

무대 위의 싸움이 아직 끝나지 않았는데 무대 아래에 있는 사람들마저 싸움을 벌이자 장내는 혼란에 빠지고 사태는 걷잡을 수 없는 지경에 이르렀다.

장로회의 장로와 집사들이 애써 사태를 수습해보려 했지만 아무 소용이 없었고, 무대 위에서는 왕씨와 사씨 두 집안 사람들이 입씨름을 벌였다.

완전히 엉망이었다!

사덕의가 저렇게 뻔뻔하게 나오는 것은 한운석도 뜻밖이었다. 용비야의 보호를 받아 한쪽으로 피한 그녀는 아수라장이 된 회의장을 바라보며 경악에 빠졌다.

시공을 초월하기 전에 신문에서 보았던, 어느 나라에서 서로 권력을 차지하려고 의회 회의장에서 치고받고 싸웠다는 기사가 얼핏 떠올랐다. 지금 약성의 저 권세가들이 딱 그 모습 아닐까?

"전하, 어쩌죠?"

한운석이 나지막이 물었다.

용비야도 상황이 이렇게까지 될 줄은 몰랐지만, 그래도 걱정하지 않고 재미난 듯이 말했다.

"네가 벌인 일이니 네가 수습해라."

용비야가 농담까지 할 만큼 기분이 좋아 보이자 한운석은 너무 걱정하지 않아도 된다는 것을 알았다.

과연 오래지 않아 떠들썩하던 회의장이 순식간에 조용해졌다. 약재 숲 깊숙한 곳에서부터 변화무쌍하면서도 아득한 피리 소리가 들려왔기 때문이었다.

약왕 노인 손종孫鐘이 나타난 것이었다!

손종은 약재 숲에 은거한 세외 고인으로, 약재 숲의 진정한 소유자였다. 그의 약술은 아무도 뛰어넘지 못했고, 약성의 모든 집안이 그에게 존경을 표하며 언젠가 그 의발衣鉢(불교에서 승려의 가사와 바리때를 말하며, 스승이 제자에게 기술을 전수하는 의미로 사용됨)을 이어받을 수 있기를 희망했다.

그는 약성을 다스릴 실력을 갖췄으나 속세의 일에 끼어든 적이 없고, 약재 숲에 은거한 채 수년간 모습을 드러내지 않았다. 지난번 독 연못 물이 사라졌을 때도 장로회에 사람을 보내 묻기만 하고 직접 나서지 않았다.

그런데 오늘은 놀랍게도 그가 직접 온 것이다.

피리 소리가 점점 가까워지자 사람들은 차례차례 소리 나는 쪽을 바라보았다. 백발이 창창한 노인이 바퀴 달린 의자에 앉아 있고 그 옆으로 동자 네 명이 피리를 불며 따르고 있었다.

사람들이 우르르 길을 비켜주고 무대 위의 왕씨와 사씨 집안 사람들도 모두 침묵에 빠져 기다렸지만, 약왕 노인은 그들을 거들떠보지도 않고 옆에 있는 한운석을 바라보며 물었다.

"진왕비, 어떻게 육십재를 알아보았지?"

시약대회 (8) 약왕

약왕 노인이 이렇게 묻자 사람들은 그제야 그 질문을 떠올렸다.

진왕비는 멀리 앉아 있었고 사전에 약재 목록에 무엇이 있는지도 몰랐는데 어째서 사씨 집안이 속임수를 썼다고 확신했을까?

지나친 신기묘산 아닐까?

사람들은 모두 한운석을 바라보며 그 대답을 기다렸다. 그러나 한운석은 놀라지 않고 태연하게 대응했다.

"약왕 어른, 저는 본래 육십재 약방문을 잘 압니다. 왕 가주가 사붕에게 골라준 열 가지 약재를 보자마자 의심했고, 왕 넷째 공자가 쉽사리 패배를 인정하자 약재에 문제가 있다는 것을 알았지요."

"약재 열 개만 보고 육십재인 것을 확신했다고?"

약왕 노인은 분명히 믿지 않는 눈치였다.

하지만 한운석은 생긋 웃었다.

"약왕 노인, 저는 확신한 게 아닙니다. 단지……, 열에 일곱 쯤 자신이 있어 도박을 해 본 것뿐이랍니다. 제가 건 쪽이 맞았고요. 그렇지 않나요?"

한운석이 육십재를 알아차린 것은 당연히 해독시스템의 도움 덕분이었다. 해독시스템의 약재 분석 능력은 약학계의 그 어떤 천재보다 뛰어났다. 물론 해독시스템에 육십재의 기록이 있다는 전제하에.

육십재는 유명한 약방문이었다. 만약 개인이 만들고 혼자 보관하던 약방문이었다면 해독시스템이 깨뜨리지 못했을 것이다.

"약재 열 가지만 보고 열에 일곱의 자신이 있었다?"

약왕 노인은 믿을 수 없었다.

한운석이 다가가 무대에 놓인 약재를 일정 비율로 골라냈다.

"약왕 노인, 육십재의 약리는 터놓고 말해 비율 문제입니다. 서로 억제하고 중화하고 강화해 대융합의 효과에 이르는 것이지요. 왕 가주가 사봉에게 골라 준 열 가지 약재를 보고 의심이 들었지만, 사봉이 쓰고 남은 약재 비율을 보고 사용한 약재의 비율을 미뤄 짐작할 수 있었기에 열에 일곱쯤 자신이 생긴 겁니다!"

물론 해독시스템의 처리 흐름이지만 그렇게 말하지는 않았다. 그래도 그녀가 약방문의 요점을 짚어내자 약왕 노인은 곧 이해했다.

그가 갑자기 크게 웃음을 터트렸다.

"육십재는 바로 이 늙은이가 만든 약방문이다. 이 늙은이가 살아 있는 동안 그 약방문을 이해하는 후생을 만나게 될 줄은 정말 몰랐다. 이생의 유일한 바람을 이룬 셈이구나, 하하하!"

이 말에 사람들은 모두 놀라 눈이 휘둥그레졌고 한운석 역시 충격 받았다. 육십재를 만든 사람이 저 노인이라고는 전혀 짐작하지 못했던 것이다.

그러나 약왕 노인이 다음으로 꺼낸 말은 사람들을 더욱더 충격에 빠뜨렸다.

　"진왕비, 너를 제자로 거두고 싶은데 어떠냐?"

　한운석은 까무러칠 듯이 놀랐다. 알다시피 약왕 노인은 약성의 영혼이자 약성의 진정한 지배자로, 수많은 사람이 꿈에서도 그의 문하에 들어가기를 바랐으나 모두 문전박대 당했다. 약왕 노인은 제자를 거둔 적이 없기 때문이었다.

　그녀는 무의식적으로 용비야를 바라보았다. 용비야 역시 놀랐지만 곧 그녀에게 안심하라는 눈빛을 보냈다.

　용비야가 볼 때 이는 영광이고, 한운석은 이 영광을 누릴 자격이 있었다!

　그녀의 천부적인 재능과 능력은 둘째 치고, 약귀당의 약재를 정가에 팔아 백성들의 복지를 도모한 것만으로도 약학계에서 가장 큰 영광을 누릴 만했다.

　"진왕비……, 싫으냐?"

　약왕 노인이 흥미로운 목소리로 물었다.

　"아닙니다!"

　한운석은 정신을 차리고 곧바로 무릎을 꿇었다.

　"사부님, 제자의 절을 받아 주시지요! 앞으로는 운석이라고 불러 주세요."

　이 좋은 일을 그녀라고 왜 마다할까? 약왕의 지지가 있으면 약성에서 처리하기 어려운 일이란 없었다.

　"하하하! 좋다, 좋아!"

약왕 노인은 크게 기뻐하며 성큼성큼 다가와 손수 한운석을 부축해 일으켰다.

비록 나이는 많지만 일거수일투족이 비범하고, 곳곳에서 높은 자리에 있는 사람다운 풍모와 위엄이 흘렀다.

용비야를 제외하고 그 자리에 있던 모든 사람은 무대 위아래, 남녀노소를 막론하고 하나같이 얼이 빠져 한참 동안 정신을 차리지 못했다.

약왕 노인이 외부인을 제자로 삼다니 설마……, 꿈은 아니겠지?

가장 충격 받은 사람은 사덕의였다. 그는 꼼짝도 하지 않고 서 있다가 한운석이 쳐다보자 그제야 정신이 들어 무의식적으로 뒷걸음질 치다 넘어질 뻔했다.

"사부님, 이렇게 오셨으니 왕씨 집안을 위해 정의를 밝혀 주시지요."

한운석이 진지하게 말했다.

약왕 노인도 남몰래 시약대회를 주시하던 터라 상황을 모두 알고 있었다. 그가 입을 열려는 순간 뜻밖에도 사덕의가 먼저 억울하다고 외쳤다.

"노선배님, 저는 한 번도 육십재를 본 적이 없습니다. 설령 알았다 해도 감히 장로회에서 주최하는 대회에서 육십재를 이용해 속임수를 쓸 만큼 간이 크지 않습니다! 이 일은 순전히 우리 사씨 집안의 운이고 공교로운 우연입니다. 왕비마마가 이렇게 모함하면 저로서는 황하에 뛰어들어도 누명을 씻을 도리가 없습니다! 부디 살펴 주십시오!"

쇳덩이 같은 사실이 눈앞에 있는데 어떻게 저런 변명을 할까? 막다른 곳에 몰린 사덕의로서는 궁한 대로 뭐든 할 수밖에 없었다.

"우연? 호호호, 사 회장도 모르는 육십재 약방문을 하필이면 사씨 집안의 어린아이가 알았다는 말인가요?"

한운석은 냉소를 금치 못했다.

그러자 사덕의도 말문이 막혀, 눈앞이 깜깜해지며 혼절할 뻔했다. 그는 희뿌예진 시선으로 무대 아래에 앉은 구양영락을 바라보았지만 구양영락은 그의 시선을 피했다.

육십재, 그리고 회충독은 모두 구양영락이 준 것이었다. 사덕의도 바보가 아닌 이상 장로회 수장으로서 스스로 시약대회를 망치면 어떤 결과를 가져올지 무척 잘 알고 있었다. 하지만 육십재를 보는 순간 목숨을 걸고 해 보기로 했던 것이다.

그 자신도 본 적이 없는 육십재 같은 신비한 약방문을, 약성의 그 누가 알아볼 수 있을까? 심지어 고칠찰도 경계하지 않았다. 그런데 한 치의 실수도 없던 그 계획이 한운석, 저 독의의 손에 사람들 앞에서 까발려지고 약왕 노인까지 끌어들이게 될 줄이야.

이런 결과는 사덕의도 별수 없이 인정해야 했다.

성패成敗는 한순간이었고, 결과는 사씨 집안의 패배였다!

약왕 노인은 사덕의를 날카롭게 바라보며 화난 소리로 말했다.

226

"약성의 체면이 다 깎였건만 그래도 감히 억울하다는 말을 입에 담느냐? 이 늙은이 생각에는 응당 중벌을 내려, 본보기로 삼아 기풍을 바로잡고 다른 이들이 경계하도록 해야 할 것이다!"

약왕 노인은 당연히 어떤 명령도 내리지 않겠지만, 이렇게 말한 이상 누가 감히 사씨 집안을 편들며, 누가 감히 사씨 집안을 위해 하소연할까?

사장로가 즉시 명령을 내렸다.

"여봐라, 사덕의를 감옥에 가두고 심문을 받게 해라! 오늘 시합은 모두 무효요! 장로회가 재정비되면 다시 날짜를 정해 거행할 것이오. 목씨, 사씨 두 집안이 이처럼 큰 잘못을 저질러 우리 약성의 위엄에 해를 입히고 명성을 망쳤으니, 장로회에서 반드시 중벌을 내려 여러분과 세상 사람들 앞에 분명히 밝히겠소!"

장로회 칠대 장로 중 사덕의가 낙마하고 이장로와 삼장로는 목씨 집안 사람이라 일찌감치 퇴출당했으니 이제 상황을 주재할 사람은 왕씨 집안 사람인 사장로였다.

말을 마친 그는 약왕 노인과 한운석에게 공손하게 읍을 했다.

"존경하는 노선배님과 왕비마마께서는 다시 왕림하시어 심사관으로서 후생들을 위해 대회를 주재해 주십시오."

"말씀대로 따르지요."

한운석이 곧바로 대답했다.

약왕 노인은 이런 속세의 일에는 관심이 없었지만, 한운석도 허락한 마당이니 잠시 망설인 끝에 놀랍게도 고개를 끄덕여 받아들였다.

사장로는 기쁨을 감추지 못했다.

"감사합니다, 노선배님. 감사합니다, 왕비마마. 두 분께서 꺼리지 않으신다면 장로회에 오셔서……."

초청하는 말이 끝나기도 전에 약왕 노인이 손을 들어 됐다며 거절을 표했다.

"운석, 너는 이 늙은이를 따라오너라."

이렇게 말한 그는 돌아서서 떠났고 한운석도 머뭇거리지 않고 허둥지둥 쫓아갔다. 용비야는 왕공에게 눈짓한 다음 곧 뒤를 쫓았다.

그들이 모두 멀리 사라진 후에도 장내의 사람들은 제자리에 못 박힌 듯 서 있었다. 아직도 방금 벌어진 모든 일을 차마 믿지 못하는 이들이 적지 않았다.

구양영락도 내내 멍한 눈으로 그들이 사라진 쪽을 바라보았다.

육십재 한 첩이 사씨 집안을 통째로 무너뜨렸을 뿐만 아니라 한운석을 약왕의 제자로 만들어 주었다. 이게 남 좋은 일만 해 준 게 아니면 뭘까?

사실 저 육십재는 그가 거금을 들여 한 수집가에게서 얻어 낸 것이었다. 이번 일은 아마 그가 지금껏 해 온 장사 중 가장 손해 본 장사일 것이다.

약재 숲은 끝없이 넓었고 장로회가 개발한 구역은 일부분에 불과했다. 개발되지 않은 드넓은 땅은 모두 약왕 노인이 지배하고 있었다.

약왕 노인은 한운석을 데리고 계속해서 깊이깊이 들어갔다. 빽빽한 숲을 통과하자 약재가 울창하게 자라는 밭이 눈앞에 나타났다. 밭에는 초라하고 작은 원락이 한 채 있었는데, 이곳이 바로 약왕 노인이 사는 약려藥廬였다.

안으로 들어가기 전에 약왕 노인은 용비야를 흘끗 돌아보며 담담하게 말했다.

"너는 밖에서 기다려라."

진왕 전하에겐 처음으로 당해 보는 문전박대였다!

한운석을 쳐다본 그는 그녀가 고개를 끄덕이는 것을 보고 그러기로 했다. 약왕 노인은 한운석에게 하고 싶은 말이 있는 게 분명했다.

용비야는 장장 반 시진을 기다렸지만 한운석은 나올 기미가 없었다. 그가 더는 참지 못하고 문을 두드리려는 순간 문이 벌컥 열렸다.

나온 사람은 한운석이었다. 용비야가 방 안을 살펴보니 약왕 노인은 가부좌를 틀고 앉아 진지하게 책을 읽고 있었다. 마치 아무 일도 없었던 사람 같았다.

"어떻게 된 거냐?"

용비야가 의아하게 물었다.

한운석은 생긋 웃었다.

"논의는 끝났어요, 가요."

이게 끝이라고? 이 여자는 기분이 좋아 보였다. 그들은 무슨 논의를 했을까?

한운석과 함께 약려에서 멀리 벗어나자 마침내 용비야가 참지 못하고 그녀를 붙잡아 세웠다.

"어떻게 된 거냐?"

"약왕 노인은 평생 익히신 것을 모두 내게 전수해 주시겠다고 했어요……."

기뻐해야 할 일인데 용비야는 기뻐하지 않았고, 한운석이 말을 끝내기도 전에 다급히 말을 잘랐다.

"조건은?"

약왕 같은 세외 고인은 쉽사리 제자를 받지 않았고 더욱이 쉽사리 학문을 전수하지도 않았다. 그가 그처럼 한운석을 높이 평가했다면 분명 요구 수준도 높았을 것이다.

"약려에서 10년 동안 머물래요."

한운석은 웃으며 말했다.

"그……."

놀랍게도 용비야는 살짝 긴장했다.

"그러겠다고 했어요. 영남군에 돌아가서 짐을 챙기고 약귀당 일을 마무리한 뒤 다시 올 거예요."

한운석은 진지하게 말한 다음 덧붙였다.

"용비야, 목령아 일은 당신에게 맡길게요. 고북월과 고칠소가 있으니 약귀당 쪽은 안심할 수 있어요. 앞으로 나는 여기서 살 테니 무슨 일이 있으면 언제든 찾아오면 돼요."

그녀는 아무렇지 않게 말을 이었지만 용비야는 완전히 당황했다. 그는 영원히 놓지 않겠다는 듯이, 잡은 그녀의 손에 점점 더 힘을 주었다.

마침내 그가 울적하게 물었다.

"한운석, 본 왕을 두고 갈 수 있겠느냐?"

한운석은 아무 잘못 없다는 얼굴로 그를 바라보았다. 사실은 계속 놀려주고 싶었지만 저 진지한 눈빛을 보자 계속할 수가 없었다.

이 남자가 진지해지면 꼭 고집부리는 아이 같아서, 갑자기 마음이 아팠다. 그녀가 중얼거리듯 말했다.

"거짓말이에요. 용비야, 내가 어떻게 당신을 떠날 수 있겠어요?"

그녀는 방 안에서 약왕 노인과 많고도 많은 이야기를 했다. 약왕 노인은 그녀에게 점점 더 호감을 느껴 끝내 요구사항을 고집했고 그녀도 한 발짝도 양보하지 않고 거절했다.

결국 약왕 노인이 물러섰다. 그는 한운석에게 약상자 하나를 선물했고, 언제든 생각이 바뀌면 돌아오라며 길을 열어 두었다.

그제야 속았음을 깨달은 용비야의 표정에 한운석은 푸하하 웃음을 터트렸다. 즐거워서 웃음을 그칠 수가 없었다.

용비야를 놀리는 솜씨가 갈수록 좋아지고 있었다. 이 여자가 정말 이 남자 앞에서 한없이 작아지고 색녀처럼 푹 빠졌던 한운석이 맞을까?

갑자기 용비야가 한 손을 번쩍 들어 커다란 검은 장포로 한운석을 휘감았다. 곧이어 장포 속에서 듣기만 해도 얼굴이 빨개지고 심장이 두근거리는 '쪽쪽' 소리가 들려왔다.

용비야는 한운석을 호되게 벌했다. 입맞춤으로……

대대로 충성을 바치겠습니다

용비야가 한운석을 혼내 주고 있을 때, 고칠소는 약성에서 벌어진 경천동지할 일을 전혀 모른 채 여전히 감옥 안에 웅크리고 있었다.

고칠소가 함께 있자 목령아는 날짜 세는 것마저 잊었다. 아마 평생 감옥에 갇혀 있고픈 심정일 것이다.

고칠소는 한운석과 있으면 늘 입씨름하고 수다를 떨었지만, 사실은 말하는 것을 좋아하는 사람이 아니었다. 목령아와 며칠을 갇혀 있는 동안 목령아가 먼저 말을 걸지 않으면 그는 늘 침묵하며, 자거나 아니면 하늘을 보았다.

한 번은 목령아가 말을 걸지 않자 놀랍게도 온종일 하늘을 보며 지냈다. 목령아는 정말 이해할 수가 없었다. 칠 오라버니를 그렇게 오래 알고 지냈는데, 알고 보니 자신이 그를 조금도 이해하지 못하고 있었다는 생각이 문득 들었다.

그렇게 웃고 떠들기를 좋아하던 사람이 온종일 넋을 놓고 있다니.

그날 이후 목령아는 다시는 침묵하지 않았다. 말을 하지 않는 칠 오라버니가 너무 낯설어서, 두려울 만큼 낯설어서였다.

그때 감옥 바깥에 소란한 움직임이 있어서 고칠소는 진지하게 귀를 기울였다.

"약귀 대인, 한 가지 여쭤 봐도 될까요?"

목령아가 조심스럽게 물었다.

고칠소가 못 들은 척하자 목령아는 잠깐 망설이다가 다시 말했다.

"약귀 대인, 예전에……, 왜 의성에서 쫓겨나셨어요?"

그 말에 고칠소가 즉시 돌아보았다. 번쩍이는 눈동자에 소름 끼치는 증오가 드러나 있었다.

"그런 걸 왜 묻느냐?"

그가 칠 오라버니라는 것을 알기 때문인지, 그 눈빛이 아무리 흉포해도 목령아는 겁먹지 않고 말을 이었다.

"의성에서 쫓겨났을 때 아주 어렸다고 들었는데, 맞아요?"

한운석이 그의 비밀을 알려 준 후, 그녀는 모든 방법을 동원해 약귀 대인의 모든 것을 수소문했다. 하지만 애석하게도 의약계에 떠도는 것은 온통 소문에 불과해서, 아무리 애써도 약귀 대인이 왜 쫓겨났는지 알아낼 수 없었다.

갑자기 고칠소가 바짝 다가서며 달갑지 않은 투로 말했다.

"꼬마, 명심해라……."

그가 말을 멈추고 한참 동안 가만히 있자 목령아가 중얼거리듯 물었다.

"뭘요?"

뜻밖에도 그는 음침한 목소리로 대답했다.

"이 어르신의 일은 너와 상관없다! 약귀당에 들어오더라도 이 어르신을 귀찮게 하지 않는 것이 좋아!"

목령아의 심장이 마치 무언가에 꽉 깨물린 것처럼 무척이나 아파 왔다!

그녀는 그가 누군지 모르는 척하지만, 그는 그녀가 누군지 알고 있었다! 그는 그녀가 칠 오라버니를 좋아한다는 걸 알고 있었다!

이건, 정말이지 철저한 거절이었다!

목령아가 한참 동안 대답이 없자 고칠소는 다시 험악하게 물었다.

"명심했지?"

목령아는 분명히 울고 싶었지만 겉으로는 가소롭다는 듯 차갑게 코웃음 쳤다.

"흥, 당신이 뭐 대단하다고요? 이 낭자께서 당신을 귀찮게 할 일 없어요! 당신 나이쯤 되면 분명히 내 약술이 당신보다 더 뛰어날 거예요! 어디……, 두고 봐요!"

그녀는 이렇게 말하며 도도하게 턱을 들고 돌아섰다. 그제야 예전의 그 귀하고 오만하고 함부로 대할 수 없는 목씨네 아홉째 소저다웠다.

고칠소는 그녀를 한참 바라보다가 짧게 내뱉었다.

"흥!"

그렇게 해서 두 사람은 다시 침묵에 빠졌다. 목령아는 마음이 아프면서도 한편으로는 연기를 참 잘해서 칠 오라버니가 의심할 일은 없겠다며 몰래 자신을 칭찬했다.

한참 지난 뒤 그녀는 흘끔흘끔 그를 살피며 속으로 중얼거렸다.

'흥, 칠 오라버니, 나빠요. 여기서 영원히 나가지 못하게 저주할 거예요!'

그러나 목령아가 그런 생각을 하자마자 감옥 문이 끼익 소리를 내며 열렸다.

목령아는 순간 멍해졌다. 그녀는 뭔가 깨달은 듯 고칠소 쪽을 홱 돌아보았지만 애석하게도 이미 늦어서 고칠소는 사라지고 없었다.

그녀가 다시 급히 문 쪽을 살폈더니, 옥졸이 깨끗한 솜이불 한 채와 김이 모락모락 나는 따뜻한 밥을 들고 들어오는 게 보였다.

어떻게 된 일일까? 여태껏 추운 날씨에 짚더미만 던져 주고 식은 밥만 제공하며 그녀를 괴롭힌 이들이었다. 그런데 지금은 왜 갑자기 솜이불에 따뜻한 밥까지 가져왔을까.

하지만 목령아는 깊이 생각할 틈이 없었다. 방 안을 샅샅이 살폈지만 칠 오라버니가 보이지 않자 그녀는 퍼뜩 생각난 듯 위를 올려다보았다. 까만 그림자 하나가 번쩍하며 문 쪽으로 사라졌다.

나쁜 사람, 처음 왔을 때는 왜 달아나지 않느냐고 묻더니 달아날 때는 말 한마디 없이 가 버려? 지금쯤이면 시약대회는 끝나고도 남았을 텐데 조금 더 있다가 가면 어디 덧나?

억울함, 실망, 괴로움이 한꺼번에 솟구치자 목령아는 얼굴을 가리고 와 울음을 터트렸다. 덕분에 옥졸은 화들짝 놀랐다.

이 옥졸은 왕공의 사람이었다. 사씨와 목씨 두 집안이 무너지자 왕공은 기뻐하면서도 제일 먼저 약재 숲 감옥의 옥졸과 수비병을 싹 바꾸고 사람을 더 보내 목영동과 사덕의를 감시하게 했다.

본래 자상한 성품인 데다 진왕비가 목령아를 중요시하는 것을 아는 왕공은 옥졸에게 목령아를 소홀함 없이 잘 대해 주라고 일렀다.

옥졸은 진상을 모른 채 왕공이 인재를 아끼는 줄로만 여겼다. 본래는 이불과 음식을 가져다주러 온 것뿐이지만 목령아가 서럽게 울자 그도 참지 못하고 달랬다.

"목 소저, 너무 슬퍼 마십시오. 사씨 집안은 무너지고 사 회장님도 이곳에 갇히셨습니다. 왕 가주께서 소저를 높이 보고 계시니 말만 잘 들으면 홀대하지는 않으실 겁니다."

목령아는 울음을 뚝 그쳤다.

"뭐라고요? 사씨 집안이 무너졌다고요?"

한운석과 용비야가 온 걸까? 그들이 사씨 집안의 꼬투리를 잡은 걸까? 사씨 집안이 무너졌다면, 그녀도 곧 나갈 수 있다는 뜻일까?

"누가 이겼어요? 대체 어떻게 된 거예요?"

그녀가 다급히 물었다.

옥졸은 있었던 일을 이야기해 준 다음 또 달랬다.

"목 소저, 장로회에서 독에 관해 심문하면 모두 아버지 탓으로 미루십시오. 지금 장로회에서 왕씨 집안의 힘이면 소저를 보호하기가 어렵지 않습니다."

목령아는 바닥에 주저앉더니 한참만에야 냉소를 터뜨렸다.

"모두……, 당해도 싸!"

아버지와 사덕의가 자신을 북국국에 시집보내 설산과 바꾸려 했다니 어떻게 그럴 수가? 대체 그녀 자신을 뭐라고 생각한 걸까? 아무렇게나 바꿀 수 있는 물건이라고 생각했을까?

그녀의 차가운 웃음소리는 고요한 감옥 안에서 유난히도 처량하게 울렸다. 한운석이 있어서 다행이야. 그렇지 않았으면 일생을 망쳤을 거야.

목령아의 이상한 태도를 보자 옥졸은 감히 오래 머물지 못하고 허겁지겁 밖으로 나가 문을 잠갔다.

고칠소가 없는 감옥은 소리 없는 세상처럼 고요했다. 마침 천창에서 들어온 빛다발이 바닥에 주저앉은 목령아를 비췄다.

고개를 숙인 그녀의 왜소한 몸은 유난히 고독하고 처량해 보였다.

고칠소는 약재 숲을 벗어나자마자 곧바로 한운석과 만나기로 했던 객잔으로 달려갔지만, 애석하게도 아무도 없었다.

그때 한운석과 용비야는 비밀통로를 통해 막 왕씨 집에 도착했다. 어느새 검은 장포를 벗고 흰 바탕에 금색으로 가장자리를 두른 옷으로 갈아입은 용비야에게서 존귀한 기질이 돋보였다.

한운석은 여전히 곱고 탈속하고 기질도 남달랐지만, 평소처럼 시원시원하고 소탈한 느낌은 별로 나지 않았다. 왜냐하면,

그녀가 꼭 내숭을 떨거나 수줍어하는 사람처럼 내내 고개를 숙이고 있었기 때문이었다.

이런 진왕비의 모습이 왕공은 너무 의아했다. 진왕 전하가 처음으로 진왕비를 왕씨 저택에 데려왔던 날을, 왕공은 아직도 생생하게 기억했다. 진왕 전하 곁에 여자가 있는 것은 그날이 처음이었기 때문이었다.

당시 왕비마마는 비록 진왕 전하에게 무척 공손했지만, 내내 고개를 숙이고 있었던 것은 아니었다.

왕공은 잠시 망설이다가 걱정스럽게 물었다.

"왕비마마, 괜…… 찮으십니까?"

"괜찮아요."

한운석은 담담하게 대답했지만 그래도 고개를 들지 않았다.

왕공은 의아한 듯 용비야를 바라보았지만 용비야는 무표정한 얼굴로 차갑게 물었다.

"일은 모두 처리했소?"

진왕의 태도에 왕공도 왕비마마에게 별문제가 없다는 것을 알고 더 묻지 않았다.

"모두 적절히 처리했습니다. 감옥 쪽은 이미 손에 넣었고, 목령아에게도 소홀히 하지 말라고 일러두었습니다."

왕공이 진지하게 대답했다.

"안심하십시오, 전하. 이번에 이 늙은이는 결코 사씨와 목씨에게 재기할 기회를 주지 않을 것입니다."

사덕의가 사씨 집안을 도와 속임수를 썼으니, 사씨 집안은 그 잘못을 당사자인 사덕의와 사붕 두 사람에게 죄다 덮어씌우고 집안을 지키려 할 것이다. 하지만 어쨌든 사씨 집안에 그런 전과가 있는 한 앞으로 그들은 약성의 그 어떤 시합이든 다시는 참가할 수 없었다.

사씨 집안의 실력은 본래도 평범했는데 장로회 회장이었던 사덕의마저 감옥에 갇혔으니 영원히 재기할 수 없다는 것은 의심할 바 없는 사실이었다.

목씨 집안은 백독문과 결탁한 죄만으로도 사형을 선고받기에 충분했고, 목씨 집안 사람들은 다시는 장로회에 발을 들일 수 없었다.

용비야는 그런 것에는 관심 없었다. 왕씨 집안과 사씨, 목씨 집안은 수년간 암투를 벌였는데 이제 왕공이 기회를 손에 넣었으니 당연히 깨끗이 처리할 터였다. 그가 가장 관심을 보인 것은 다른 일이었다.

"사덕의는 자백했소?"

용비야가 따로 말하지는 않았지만, 떠나기 전에 한 눈짓이 어떤 의미인지 왕공도 짐작했다. 진왕 전하가 가장 알고 싶어 하는 것은 바로 누가 사덕의에게 회충독과 육십재를 제공했느냐였다. 사덕의가 감옥에 갇힌 이상 핍박해서 진실을 털어놓게 하기는 쉬웠다.

왕공은 소리 죽여 이름을 말했다.

"구양영락입니다."

"과연 그자였군!"

240

용비야도 구양영락이 쉬운 상대가 아니라는 것을 알고 있었지만, 회충독과 육십재를 얻을 만큼 발이 넓을 줄은 생각지 못한 일이었다. 회충독과 육십재 모두 평범한 물건이 아니었다.

무슨 수로 육십재를 얻었는지는 차치하더라도 회충독이라니.

군역사의 것을 이용해 군역사를 골탕 먹일 수 있었던 것은 구양영락이 백독문 내부에도 인맥에 닿아 있다는 말이었다.

용비야는 차를 마시며 잠시 말이 없다가 다시 물었다.

"1년 안에 약성과 운공상인협회의 협력을 중단해야 하오. 그럴 마음이……, 있소?"

알다시피 일단 운공상인협회와의 모든 협력 사업을 중단하면 약성은 큰 수입원을 잃게 되어 있었다. 더욱이 진왕 전하의 말은 약귀당이 점차 운공상인협회 약재상들을 대신해 운공대륙의 약재 시장을 장악하겠다는 의미가 분명했다. 약귀당이 정한 약재 가격이라면, 약성은 아예 이윤을 남길 수가 없었다!

사씨 집안과 목씨 집안이 무너졌으니, 앞으로 1년간 왕씨 집안은 차츰차츰 약성의 대권을 손에 넣어 약성의 수장이 될 수 있었다. 그 1년간 왕씨 집안이 약성 장로회와 약성 각 집안에 압박을 가해 운공상인협회와의 협력을 중단하게 한다면 모두가 손해를 볼 것이고, 아마도 민심을 잃어 수장 자리를 공고히 하기가 어려워질 것이다.

용비야가 입 밖에 낸 '마음'이라는 단어는 실로 의미심장했다.

그러나 왕공은 추호의 망설임도 없이 일어나 두 손으로 공손하게 차를 올리며 충성을 표했다.

"별말씀을 다 하십니다, 진왕 전하! 이 일에 왕씨 집안은 전력을 다할 것입니다!"

용비야는 고개를 끄덕이며 두 손으로 찻잔을 받았다.

왕공은 양손이 비자 곧바로 한쪽 무릎을 꿇고 공손히 읍했다.

"진왕 전하, 오늘부터 약성 왕씨 집안은 딴 마음을 품지 않고 대대로 충성을 바침으로써 지지해 주신 전하의 은혜에 보답하고자 합니다."

왕공은 진왕 전하와 나이를 넘어선 친구 사이였고 진왕이 품은 야심을 누구보다 잘 알고 있었다. 그런 이와는 친구가 되기보다는 주인으로 받들어 모시는 편이 나았다. 하물며 한운석이 약왕 노인의 제자가 되었으니 그들 부부가 마음만 먹으면 약성이 그들 차지가 되는 것은 시간문제였다.

용비야는 무척 만족해하며 찻잔을 한운석에게 건넸다.

"이 차는 왕비가 마셔야겠군."

그가 약성을 얻기 위해 꾸민 계략은 적어도 1년쯤 걸릴 일이었는데, 뜻밖에도 한운석이 큰 도움을 준 것이었다. 이 일에는 한운석의 공로가 가장 컸다!

한운석은 무의식중에 고개를 들었고 그제야 왕공도 볼 수 있었다.

조련 당한 진왕 전하

줄곧 고개 숙이고 있던 한운석이 무의식중에 고개를 들어 용비야를 바라보자, 왕공은 그제야 퉁퉁 부은 그녀의 입술을 볼 수 있었다. 부종이 심한 편이지만 입술 색이 평소보다 훨씬 빨개서 눈에 확 띄었다.

"왕비마마, 입이……, 어찌되신 겁니까?"

왕공이 급히 물었다.

한운석은 허둥지둥 입을 오므려 숨겼다. 고개를 숙이려니 이상하고 숙이지 않으려니 어색해서 차라리 쥐구멍이라도 있으면 들어가 숨고 싶었다!

어떻게 되긴, 용비야에게 호된 벌을 받았으니 그렇지!

한운석은 민망해서 뭐라고 대답해야 할지 몰랐으나, 공교롭게도 왕공은 친절한 성품인 데다 그쪽 방면으로는 생각지도 않아서 계속 물었다.

"왕비마마, 무슨 더러운 것이라도 만지셨습니까? 감염되신 것은 아닌지요?"

한운석이 대답하기도 전에 왕공은 저 입술로는 말하기도 힘들겠다고 생각했는지 계속 물었다.

"독벌에 쏘이셨습니까?"

아휴, 답답해!

당당한 천재 독의가 독벌에 쏘일 리 있어?

결국 왕공도 황당한 추측이라는 것을 깨달았는지 말을 바꿨다.

"나쁜 균에 감염되신 건 아닙니까?"

민망할 때는 침묵이 유일한 방법이었고, 한운석은 과감하게 침묵을 택했다.

그렇지만 용비야는 정말 악당이었다!

분명히 사실을 알면서, 분명히 자신이 원인을 제공했으면서, 그는 무슨 말이라도 해서 대신 민망함을 수습해 주려 하기는커녕 도리어 재미있는 듯이 빨개진 그녀의 입술을 감상했다.

한참 후에야 그가 말했다.

"됐다, 이 차는 본 왕이 대신 마시지."

한운석은 묵묵히 고개를 숙였다. 진왕 전하를 놀리면 분명한 대가를 치러야 한다는 것을 그녀도 마침내 깨달았다!

용비야가 다른 사람 일에 나 몰라라 하고 아무 소리 하지 않으면 정말 관심이 없는 것이지만, 한운석의 일에 저런 태도를 보이며 오히려 재미있어 하는 것은 요즘 말로 츤데레였다.

왕공은 아무래도 석연치 않았지만 진왕의 태도를 보자 결국 알았다는 듯이 입을 다물었다. 왕비마마의 입은 큰 문제없으리라 생각하고 화제를 돌렸다.

"내일, 장로회에서 정식으로 목영동과 사덕의를 심문할 것입니다. 오늘 밤 사장로와 칠장로, 몇몇 집사가 와서 이 늙은이와 함께 구체적인 내용을 논의하기로 했으니, 전하와 왕비마마께서도 남아서 주재해 주십시오."

용비야는 시원하게 대답했다.

"그 일은 약성 사람들끼리 상의하면 되오. 오늘 밤은……."

그는 눈동자에 복잡한 빛을 띠며 진지하게 말했다.

"오늘 밤은 급한 일이 있소. 어쩌면 목씨 집안은 생각처럼 쉽게 처벌하지 못할 수도 있소."

"연심부인 말씀이십니까?"

왕공 역시 그 여자가 걱정이었다.

용비야는 고개를 끄덕였다.

"우선 상의들 해 보시오."

왕공은 어느 정도 생각해 놓은 것이 있는지 웃으며 물었다.

"왕비마마, 약왕 노인께서 마마께 좋은 것을 주셨겠지요?"

"주셨어요."

한운석은 고개를 숙인 채 대답했다.

약왕 노인의 일은 용비야에게만 말할 수 있었다. 비록 약왕 노인이 그녀를 제자로 인정했고 돌아올 기회도 주었지만, 그녀는 자신이 영원히 그 조건을 받아들일 수 없다는 것을 알고 있었다. 그러니 사실상 그녀는 약왕 노인의 진정한 제자라고 할 수는 없고 그저 어느 정도 친분을 쌓은 사이에 불과했다.

약간의 친분과 제자라는 이름이면 의약계 전체가 두려워하기에 충분했다.

사실이 어떤지 이러쿵저러쿵해 봐야 득 될 게 없었다.

"아직 마마께 축하 인사도 올리지 못했군요. 왕비마마께서 약왕의 문하에 들어가시다니 그야말로 크나큰 행운입니다!"

왕공은 기뻐하며 말했다.

오래지 않아 용비야는 한운석과 함께 비밀통로를 통해 그곳을 떠났다. 정확하게는 '한운석과 함께'가 아니라 '한운석을 데리고'였다. 한운석이 꼭 잘못을 저지른 어린아이처럼 고개를 숙이고 용비야 뒤를 따라갔기 때문이었다.

가는 동안 용비야는 그녀의 손을 잡지 않았고, 그녀도 감히 다가가지 못했다.

비밀통로 출구에 이르자 비로소 용비야는 걸음을 멈추고 그녀를 기다렸다. 한운석이 고분고분 옆으로 와서 그의 손을 잡았다. 그녀는 이 남자가 비밀통로를 지나는 동안 자신을 등진 채 내내 웃었고 지금은 입꼬리가 아주 높이 올라가 있다는 것을 전혀 몰랐다.

그저 그가 꽁생원이라서 아직도 화가 난 줄만 알았다.

까만 장포에 휘감겨 그에게 입술을 빼앗긴 순간부터 그는 지독히도 사납고 폭풍우처럼 격렬해져 숫제 그녀를 집어삼키려는 것 같았다.

그녀가 거의 질식할 때쯤에야 겨우 놓아주었지만, 숨을 돌리기 무섭게 다시 계속했다. 그렇게 몇 번 벌을 받았더니 그녀의 입술은 이 모양이 되고 말았다.

벌도 벌이지만, 그는 내내 굳은 얼굴로 쉽게 입을 열거나 웃지 않았다. 한운석은 땅을 치며 후회했고 다시는 함부로 놀리지 않겠다고 속으로 맹세하기까지 했다.

그녀가 울적해하는 사이 뜻밖에도 용비야가 잡힌 손을 빼냈다.

그냥 장난이었는데 정말……, 그렇게까지 화가 났나?

한운석은 가슴이 철렁해서 다급히 물었다.

"용비야, 정말 화났어요? 난 그저……."

웬걸, 용비야는 커다란 손으로 그녀의 조그만 손을 잡고 손가락을 얽었다.

그는 그녀에게 이끌려가는 것보다 그녀를 이끌고 가는 것을 좋아했다.

이런 버릇을 아는 한운석은 그제야 자신이 오해했다는 것을 깨닫고, 아무 말 하지 않은 척 그의 손가락을 옥죄었다. 안도감이 가슴을 가득 채웠다.

용비야는 그래도 엄숙한 태도로 말 한마디 없었고, 두 사람은 객잔으로 가는 내내 침묵했다.

그런데 거의 객잔에 도착할 무렵 용비야가 불쑥 말했다.

"한운석, 본 왕이 내린 벌이 부족했느냐? 그래서 본 왕이 정말 화가 나지 않았다고 생각한 것이냐?"

방금 그녀는 '정말 화났어요?'라고 물었는데, 그 말인즉 그전까지 그가 거짓으로 화낸 줄 알았다는 뜻이었다. 정말 화를 내며 다시 한 번 호되게 혼내 주어야 할까?

마침내 한운석이 고개를 들고 울적하기 짝이 없는 얼굴로 용비야를 응시했다.

"충분했어요!"

그렇게 실컷 득을 보고도 저렇게 뻔뻔하게 말하는 사람이 세상에 어디 있담!

용비야도 결국 참지 못하고 시원하게 웃음을 터트렸다. 그런 그에게 눈을 흘기고 사납게 노려보는 것 말고, 한운석이 또 뭘 할 수 있을까?

그는 벌이랍시고 강제 입맞춤을 했는데, 혹시 그녀도 강제 입맞춤으로 벌을 줘야 할까?

모질게 마음먹은 한운석은 놀랍게도 발끝을 세워 용비야의 목에 팔을 감아 잡아 누른 뒤 그의 육감적인 입술에 힘껏 입맞춤했다.

용비야는 얼어붙었다…….

이 여자가 먼저 부딪쳐 온 것이 처음은 아니지만 이런 적극적인 행동에는 전혀 저항할 수가 없었다.

모든 것을 손에 쥐고 웬만한 일에 놀라지 않는 이 남자도, 지금만큼은 통제력을 모두 잃고 말았다. 그 자신에 대한 것까지 포함해서.

사실 한운석은 단순히 입맞춤만 했을 뿐 안으로 공략해 들어가지도 않았는데, 그는 벌써 넋이 나가 그녀가 하는 대로 가만히 있었다.

"용비야, 아직도 화났어요?"

그의 입술에 입을 댄 채 그녀가 소리 죽여 물었다.

"화를……, 낸 게 아니다."

그는 무척 솔직했다.

"일부러 날 괴롭혔군요!"

그녀가 질책했다.

"그게…….."

놀랍게도 그는 솔직하게 묵인했다.

"나쁜 사람!"

한운석이 욕하며 물러나려는데, 용비야의 커다란 손이 그녀의 뒷머리를 눌러 다시 한 번 가까이 밀착시켰다.

이번에 그는 지극히 부드러웠고 그녀 역시 반항하지 않았다.

이 입맞춤은 섬세하게 이어지고 물처럼 부드러웠으며 서로가 진심으로 원했다. 폭풍우 같은 입맞춤은 일종의 흥취요, 이처럼 평화롭고 부드러운 입맞춤은 일종의 향락이어서 둘 다 그들을 무아지경에 빠뜨리기 충분했다.

마지막으로 용비야가 한운석의 미간에 살며시 입술을 누르면서 이 부드러움을 끝냈다. 한운석은 못내 아쉬워하며 그의 목을 놓아주었다.

시선이 마주치자 그녀는 우습기도 하고 부끄럽기도 했고, 그는 우습기도 하고 기가 막히기도 했다. 그가 그녀의 허리를 감쌌다.

"가자."

그녀는 조금 전 솔직하게 털어놓던 그의 모습을 곱씹었다. 곱씹고 또 곱씹다 보니 문득 한 가지 비밀을 알 수 있었다. 이제 보니 나쁜 남자를 착하게 만드는 법은 무척이나 간단했다!

여기까지 생각하자 한운석은 참지 못하고 폭소를 터트렸다.

"왜 웃느냐?"

그때쯤 용비야는 이미 착한 남자 상태가 아니었다.

"기분이 좋아서요!"

그녀는 시원시원하게 대답했지만 그 비밀은 몰래 머리에 새겼다. 용비야, 다음번에 또 괴롭히면 나도 가만 안 있어!

객잔으로 돌아가는 길에 한운석은 면사 가리개를 하나 샀다. 부은 입술을 가렸더니 드디어 정상적으로 고개를 들 수 있었다.

그들이 객잔의 방문 앞에 도착해보니 당리와 초서풍이 지키고 있었다.

"전하, 고칠소와 연심부인이 안에 있습니다."

초서풍이 나지막이 보고했다.

고칠소는 벌써 기다린 지 오래였고, 연심부인은 조금 전에 도착한 참이었다.

용비야는 이미 연심부인이 목영동 일로 찾아올 줄 짐작하고 있었다. 하지만 고칠소라면, 시약대회가 끝난 지금은 그에게 볼 일이 없었다.

시약대회를 다시 열 때 누구를 초대할 것인지는, 자연히 왕공이 용비야에게 물어볼 터였다.

안으로 들어가자 용비야가 채 입을 열기도 전에 까만 장포를 걸친 고칠소가 먼저 물었다.

"독누이, 왜 입을 가렸어?"

"풍한 기운이 있어서 바람을 피하려고."

한운석은 복면을 올려 코까지 덮었다.

연심부인도 일어섰는데 예전에 비하면 고자세는 눈에 띄게 줄어 있었다. 아무래도 부탁하러 온 처지고, 한운석이 약왕의 제자가 된 덕분에 의약계에서의 위치가 예전 같지 않아서였다.

"진왕 전하, 왕비마마. 이 몸은 중요한 일을 상의하러 왔으니 가능하다면……."

연심부인은 드러내 놓고 말하지 않았지만, 누가 봐도 고칠소를 나가 있게 해 달라는 뜻이 분명했다.

그런데 고칠소는 보란 듯이 자리에 앉으며 냉소를 지었다.

"목영동을 살려 달라고 부탁하러 온 게 뻔한데 중요한 일은 무슨?"

연심부인은 깜짝 놀랐다. 설마 고칠찰 이놈이 뭔가 알고 있는 건가? 혹시 한운석도 이미 지난 일을 알고 있는 게 아닐까?

목영동은 한운석이 벙어리 노파를 데려갔다고 했지만, 벙어리 노파가 아는 일은 많지 않았다.

당시 벙어리 노파와 목심은 서신을 주고받았으나 벙어리 노파는 글을 몰라 다른 하녀에게 읽어 달라고 부탁했고 그 때문에 목영동에게 발각되었다. 비록 목심이 벙어리 노파에게 많은 이야기를 했지만 실종된 후로 연심부인에게 연락한 일은 벙어리 노파도 몰랐다.

목영동조차 알지 못하는 일이었다. 목심은 이미 죽었으니 목심이 바로 천녕국 도성에 살던 천심부인이고, 독종 종주 후계자의 아이를 가진 채 한종안에게 시집갔다는 것을 아는 사람은 연심부인뿐이었다.

한종안을 의학원 이사 자리에 앉히기 위해 목심은 누군가에게 부탁해 연심부인에게 밀서를 보냈고, 그 덕에 그녀도 목심의 행방을 조사한 끝에 이름을 바꾸고 한씨 집안에 시집간 것을 알게 된 것이었다.

한운석과 용비야도 자리에 앉았다. 고칠소는 아는 일이 제법 많아서 한운석도 그가 함께 있는 것을 개의치 않았고, 용비야는 자신이 싫어해도 소용없다는 것을 알고 있었다.

고칠소는 어려서부터 약성에서 자랐으니 그보다 더 많은 것을 알고 있었다.

목심이 독종과 연을 맺은 일과 한운석의 생부가 대체 어떤 사람인지에 관해서는 어쩌면 고칠소가 물어보는 편이 연심부인의 거짓말을 방지하는 데 도움이 될지 몰랐다.

서진 황족의 핏줄 문제는 벙어리 노파가 죽고 영족 사람은 여태 움직임이 없기에 용비야도 아직은 걱정하지 않았다.

한운석과 용비야의 이런 태도와 고칠찰의 가소로운 눈빛을 대하자 평소 웬만한 일에 흔들리지 않고 항상 침착한 연심부인도 약간 긴장했다.

오늘은 거짓말을 하고 싶어도 쉽지 않겠다는 생각이 들었다.

"연심부인, 말씀하세요."

한운석은 여전히 정중했다.

연심부인은 망설였지만 잠시였을 뿐, 상황이 상황이니만큼 과감하게 사실을 말하기로 했다. 어쨌든 지금은 아무리 큰 대가를 치르더라도 반드시 목영동을 구하고 목씨 집안을 지켜야 했다!

우습군, 친척 행세

장로회가 내일 목영동과 사덕의를 심문할 터라 연심부인에게는 망설일 시간이 없었다.

그녀는 시원하게 단도직입적으로 말했다.

"한운석, 네 어머니 천심부인은 바로 목씨 집안 넷째 소저 목심이고, 네 몸에는 목씨 집안의 피가 반 흐르고 있다. 핏줄을 봐서라도 목씨 집안을 무너뜨려선 안 된다."

연심부인은 이 말을 하면 한운석과 다른 이들이 깜짝 놀랄 줄 알았지만, 뜻밖에도 그들은 하나같이 태연하고 반응도 없었다.

사실 진짜 태연한 사람은 용비야와 고칠소였고, 한운석은 그래도 약간 놀랐다.

비록 벙어리 노파에게서 확실한 답을 듣지는 못했지만, 그녀는 줄곧 목심이 천심부인이라고 믿어 왔다. 오늘 그 믿음을 확인한 것이었다. 그렇다면 그녀와 목령아 그 아이는 사촌 자매가 되는 셈이었다. 어쩐지 그 아이에게는 도통 모질게 굴 수가 없더라니.

"모두들……, 이미 알고 있었소? 벙어리 노파의 독을 해독했소? 벙어리 노파가 다 말했소?"

연심부인이 믿을 수 없는 얼굴로 물었다.

해약 이야기가 나오자 고칠소는 아무래도 심장이 욱신거려 안타까운 듯 한운석을 바라보았다. 하지만 어쩔 도리가 없었다. 그와 용비야가 결투한 후 한운석은 다시는 그 이야기를 묻지 않았다.

설마하니 평생 그 누명을 짊어지고 가야 하는 걸까? 고칠소는 정말 유감스러웠다.

한운석은 당연히 벙어리 노파의 생사를 연심부인에게 밝히지 않았다.

그녀는 연심부인보다 더 직설적으로 말했다.

"지난날 어머니께서 당신에게 한종안을 이사 자리에 올려달라고 부탁하셨는데, 그 대가로 뭘 주셨죠?"

연심부인은 눈동자에 경계의 빛을 떠올리며 물었다.

"너는……, 뭘 더 알고 있지?"

"왜요, 속이기라도 할 생각인가요? 나도 적지 않게 알고 있으니 거짓말할 생각이면……. 후훗, 조심해야 할 거예요."

사실 한운석이 아는 것은 천심부인과 연심부인이 자매이고, 천심부인이 연심부인에게 한종안 일로 도움을 청한 것뿐이었다. 그 밖의 일은 잘 몰랐다. 하지만 위협적인 그녀의 얼굴은 연심부인을 정말로 겁먹게 했다.

용비야의 가르침 덕에 한운석의 대응 능력이 꽤 좋아진 덕분이었다.

"모두 말해 줄 수 있다. 네 친아버지가 누군지도 말해 줄 수 있어. 목씨 집안만 지켜 준다면 말이다."

마침내 연심부인이 속내를 털어놓았다.

이미 짐작은 했지만, 그래도 한운석은 '친아버지'라는 말을 듣는 순간 흥분했고 심지어 약간 긴장하기도 했다.

그러나 그녀는 여전히 마음을 가라앉히고 영리하게 물었다.

"연심부인, 목씨 집안을 지켜 달라니, 어느 정도까지 지켜 달라는 거죠?"

놀라지 않고 태연자약한 한운석의 태도에 연심부인은 복잡한 눈빛을 떠올렸다. 한운석이 흡족해할 만한 조건을 제시하지 않으면 아마도 이번 거래는 순조롭게 진행되지 못할 것이다.

물론 연심부인도 호락호락한 사람은 아니었다. 그녀는 잠시 망설인 끝에 떠볼 요량으로 물었다.

"당연히 목영동의 죄를 모두 사하고 목씨 집안도 변함없이 유지하는 것이다."

한운석은 큰 소리로 웃음을 터트렸다.

"연심부인, 본 왕비의 능력을 너무 과대평가하는군요! 약성이 내가 하자는 대로 할 수 있는 곳도 아니지만, 설사 그렇다 해도 목영동이 백독문과 결탁한 증거가 명확하고 모두가 목격했는데 그 죄를 사한다고 하면 누가 따르겠어요? 또 당신네 의성에는 뭐라고 하고요?"

"네가 약속만 하면 의성 쪽은 내게 방법이 있다."

연심부인은 확신했다.

"보아하니……, 연심부인께서는 의성에서 아주 힘이 있으신 모양이군요!"

한운석이 웃으며 말했다.

연심부인은 그 비웃음을 무시하고 다시 말했다.

"한운석, 너희 약귀당은 줄곧 목령아를 원하지 않았느냐? 이렇게 하자. 회충독 문제는 사씨 집안에 전가하고, 목영동과 군역사의 계약도 사씨 집안이 꾸민 일로 만들어 사씨와 군역사가 결탁해 목영동에게 죄를 뒤집어씌웠다고 하는 것이다. 목영동은 딸을 보호하고자 하는 마음이 간절하고 일시적인 욕심으로……."

그 말이 끝나기 전에 한운석이 차갑게 잘랐다.

"연심부인, 왕씨 집안 사람과 약성 사람 전부가 바보인 줄 아나요?"

연심부인은 무척 당연하게 말했다.

"한운석, 너는 이제 약왕의 제자. 네가 나서서 말하면 모른 척해 주지 않을 사람이 어디 있겠느냐?"

"그렇다면 이 한운석을 바보라고 생각하는군요? 당신이 아는 그깟 비밀을 목영동의 목숨과 바꾸겠다고요?"

한운석은 몹시 가소로운 듯이 말했다. 사실 그녀도 속으로는 무척 궁금해서 어서 빨리 연심부인이 비밀을 털어놓기를 바랐다.

연심부인은 연신 고개를 저었다.

"한운석, 목영동은 누가 뭐라 해도 네 외숙이다. 위험에 빠진 것을 보고도 모른 척할 수는 없다!"

"그러려면 목영동이 얼마나 가치가 있는지 봐야겠죠!"

한운석은 냉소를 지었다. 친척이라는 패를 들이미시겠다? 소용없어!

"뭐라고! 그렇게 무정할 수가!"

연심부인이 분개하며 꾸짖었다.

한운석은 큰 소리로 웃었다.

"무정? 당신들은 진상을 훤히 알고 있어요. 어머니가 난산으로 고생하실 때 당신들은 어디 있었죠? 내가 한씨 집안에서 갖은 고생을 하는 동안에는 또 어디 있었죠? 내가 의학원에서 당신에게 어머니 이야기를 물었을 때도 딱 잘라 모른다고 하지 않았나요? 그런데 이제 와서 친척이라고요? 너무 늦었다고 생각하지 않아요?"

"오해다! 목영동은 천심부인이 바로 목심이라는 것을 전혀 모른다. 그래서 줄곧 벙어리 노파를 가두고 네 어머니가 찾아오기를 기다렸던 거야! 벙어리 노파가 말해 주지 않았느냐?"

연심부인은 해명하면서 떠보았다.

한운석은 대답하지 않고 가소로운 듯 콧방귀만 꼈다.

연심부인은 그녀가 무슨 생각을 하는지 몰라 계속 친척임을 내세웠다.

"당시 네 어머니는 널 가졌을 때 네 아버지가 다른 여자와 관계를 맺는 것을 목격하고 떠나기로 결심했고, 천녕국에 도착해서 이름을 바꾸고 한종안에게 시집갔다. 그날 이후 목영동은 네 어머니의 행방을 몰랐지. 네 어머니는 한종안을 돕기 위해 먼저 내게 연락했는데, 그렇지 않았다면 나도 그 사실을 몰랐을 것이다."

연심부인은 그렇게 말하며 일부러 몇 번이나 한숨을 쉬었다.

"운석, 그동안 나는 홀로 그 비밀을 지켰다. 나라고 너를 모르는 척하고 싶었겠느냐. 하지만 아는 척하는 순간 분명히 네 아버지가 찾아올 것이다. 네 어머니가 독종을 떠나 한종안에게 시집가기로 한 것은 너를 독종에서 멀리 떼 놓아 평온한 삶을 보내도록 하기 위해서였다!"

한운석의 무거운 얼굴을 보자 연심부인은 속으로 기뻐하며 해명을 이어갔다.

"내가 네 외숙에게 알리지 않은 것은 그가 목씨 집안의 명예를 위해 너를 가만두지 않을 것 같아서였다. 네 외숙을 탓할 일이 아니야. 한 가문의 가주로서, 그는 가족의 영광과 앞날을 다른 모든 것보다 우선할 수밖에 없다. 벙어리 노파를 가두고 네 어머니를 유인한 것도 만부득이했던 게지!"

연심부인은 여기서 멈추고 한운석의 반응을 기다렸지만, 한운석은 굳은 얼굴로 그녀를 바라볼 뿐 입을 열 기미가 없었다.

방 안은 조용했다. 진실이 무엇인지 아는 용비야는 아무 말 없이 연심부인이 한운석의 친아버지 신분을 말하기를 기다렸다. 고칠소는 누구보다 털털하게 자신과는 전혀 상관없는 일인 양 앙상한 손가락으로 장난을 치고 있었다. 그는 이미 이 모든 것에 관심을 버린 상태였다.

한운석의 생부가 누구건, 그녀가 독녀이건 아니건, 그 자신만 좋다면 한운석은 그냥 한운석일 뿐이었다.

침묵의 대치가 이어졌다. 단순히 인내심만이 아니라 뱃심도 함께 겨루는 순간이었다. 그토록 많은 해명을 늘어놓은 연심부인은 알아차리지 못하는 사이 주도권을 잃었다. 침묵이 길어질수록 그녀는 불안했다.

결국 불안감을 누르지 못한 그녀가 다시 입을 열었다.

"운석, 네 어머니가 살아 있었다면 분명히 목씨 집안이 이렇게 무너지는 것을 두고 보지 못했을 것이다. 목씨 집안이 오늘이 자리까지 오른 것은 조상들이 대대로 심혈을 쏟아부은 덕분이야!"

한운석이 탄식하며 드디어 입을 열었다.

"연심부인, 우리가 친척이라는 것을 말해 주러 왔다면 그만 돌아가시죠."

그 말이 연심부인의 인내심을 완전히 박살 내다시피 했다. 마침내 그녀도 화가 치밀어 차갑게 말했다.

"한운석, 나는 이미 해야 할 말을 다 했다. 뭘 더 바라느냐?"

"내 아버지가 독종의 누구죠?"

한운석이 차갑게 물었다.

"모른다! 그 일은 벙어리 노파도 모르는데 나와 목영동이 알 것 같으냐?"

연심부인이 반문했다.

한운석은 고개를 끄덕였다.

"믿겠어요. 돌아가세요."

연심부인은 순간 반응하지 못했다.

"무……, 무슨 말이냐?"

"당신은 쓸데없는 말만 한참 늘어놓았고, 그중에 내가 알고 싶은 것은 한마디도 없었어요. 여기서 시간 낭비하기보단 직접 왕씨 저택을 찾아가 왕 가주에게 비는 편이 나을 거예요. 혹시 돌이킬 여지가 있을지도 모르죠."

한운석이 놀리다시피 말하자 연심부인은 탁자를 힘껏 내리치며 일어나 나가려고 했다. 그런데 그녀가 문 앞에 이르렀는데도 한운석은 잡을 기미가 없었다.

연심부인은 속이 터져 죽을 것 같았다. 한운석 저것은 나이도 어린데 어째서 의학원의 노인네들보다 더 까다로운 걸까?

결국 그녀가 다시 돌아섰다.

돌아서는 연심부인을 보자 조마조마하던 한운석의 심장도 제자리를 찾았다. 이 담판에서 이긴 것이다.

"한운석, 지난날 네 어머니가 내게 도움을 청했을 때 준 것이 있다. 어쩌면 그것이 네 친아버지가 누군지 알려 줄지도 모르지."

연심부인이 마침내 최대 판돈을 내놓았다.

이것이야말로 진짜 값어치 있는 소식이었다. 용비야와 고칠소도 고개를 들어 바라보았고, 한운석도 무척 의외여서 속으로 깜짝 놀랐다.

연심부인은 본래 이 이야기를 하지 않을 생각이었다. 그 물건은 보통 값나가는 게 아니어서, 숨겨 두었다가 언젠가 늙고 약해져 의학원에 발붙이고 살기 어려울 때 원장에게 뇌물로 쓸 계획이었다. 애초에 목심을 돕고 비밀을 지키겠다고 약속한 것도 그 물건이 탐나서였다.

하지만 한운석에게 이렇게 몰린 지금은 내놓을 수밖에 없었다.

"어떤 물건이죠? 우선 꺼내서 보여 주세요."

한운석이 물었다.

연심부인은 당장 협조적으로 나오지 않고 차갑게 말했다.

"목영동이 목씨 집안으로 돌아오기만 하면 알아서 보내 주겠다."

"물건을 보기도 전에 믿으리라 생각해요?"

한운석이 물었다.

연심부인은 의미심장하게 용비야를 바라보며 웃음을 띤 채 말했다.

"독종의 미접몽을 얻는 자가 천하를 얻는다는 말, 진왕 전하께서는 당연히 아시겠지요?"

한운석은 깜짝 놀랐다. 설마 이 여자의 손에 미접몽이 있다는 걸까?

"미접몽을 가지고 있는가?"

용비야는 놀라지 않았다.

"아닙니다."

연심부인은 싱긋 웃고는 다시 말했다.

"하지만 만년혈옥萬年血玉이 있습니다. 만년혈옥이 있으면 미접몽의 비밀을 깰 수 있다는 것은 모르시겠지요?"

이번에는 용비야도 놀랐다. 그는 미인혈이 미접몽을 깨뜨린다는 것만 알았지, 만년혈옥은 들어본 적 없었다. 보아하니 모비도 당시에는 정확히 알아내지 못했던 모양이었다. 그들이 미인혈을 얻고도 여전히 미접몽의 비밀을 깨뜨리지 못한 것도 당연했다.

"천심부인이 준 것이 만년혈옥이라고?"

드디어 고칠소도 말을 꺼냈다.

"그렇다! 약귀 대인도 들어본 적 있는 모양이군?"

연심부인이 말했다.

"만년혈옥은 제왕곡帝王谷에 있는 만년고시萬年古屍의 입에서 채취한 것인데, 독종에서는 보물 중 보물이라 대대로 종주에게만 전해지지."

고칠소는 웃으며 한운석을 바라보았다.

"이 어르신이 널 독누이라고 불렀는데 커다란 실수였군! 네 몸에 흐르는 피의 반이 독종의 직계 피라니! 네 아버지는 틀림없이 독종의 종주야!"

고칠소는 썩 내키지 않았지만 한마디 덧붙였다.

"너는 진짜 독녀였어……."

한운석은 고칠소의 말투가 어딘지 이상하다는 것을 느꼈지만 알아낸 진실에 놀라 깊이 신경 쓰지 못했다.

남자, 손바닥을 마주쳐 맹세하다

약귀가 이렇게 말하자 연심부인도 설명하지 않았다. 최대 판돈을 꺼내 놓은 후 그녀의 태도는 자연스레 강경해졌다.

"한운석, 그 물건은 네 아버지가 네 어머니에게 준 혼약의 증표다. 이처럼 중요한 물건이라면 뭐니 뭐니 해도 목씨 집안을 살릴 가치는 있겠지. 내일 심문을 기대하마!"

연심부인은 말을 마친 뒤 뒤도 돌아보지 않고 나갔다.

그녀는 무척 자신이 있었다. 설사 한운석이 그 물건을 귀하게 여기지 않더라도 용비야는 포기하지 않을 것이다. 무릇 천하에 야망이 있는 남자라면 미접몽과 관련한 것을 결코 놓칠 리 없었다.

한운석과 용비야는 서로를 바라보았다. 이런 상황에서 미접몽에 관한 실마리를 얻다니 뜻밖이었다. 그 때문에 한운석은 당장은 자신의 출신을 곰곰이 음미해 볼 틈이 없었다.

미접몽이 그들 손에 있는 데다 미인혈까지 만들었으니, 만년혈옥을 손에 넣으면 미접몽 속에 숨겨진 비밀을 파헤칠 수 있을까?

여기까지 생각하자 한운석은 흥분했다. 솔직히 해독시스템조차 다루지 못하는 물건을 오랫동안 뭉개고 있는 것이 견딜 수가 없었다.

"이상하군……."

갑자기 고칠소가 중얼거리며 혼잣말했다.

한운석과 용비야가 일제히 돌아보며 똑같은 생각을 했다. 미접몽에 관해, 이자는 얼마나 알고 있을까?

"뭐가 이상해?"

한운석이 물었다.

고칠소는 복면을 벗고 진지하게 물었다.

"너희 어머니가 그 중요한 물건을 가져갔는데 너희 아버지가 찾지도 않고 가만히 있었을까? 찾지 못한 걸까 아니면 이미 세상을 떠나 찾을 수가 없었던 걸까?"

그는 이렇게 말하고 다시 중얼거렸다.

"요 몇 년간 독종에 관해 아무 소식이 없었는데, 죽어 버린 건 아니겠지?"

연심부인이 방금 한 말에 따르면 연심부인도 그 신비한 독종 종주의 행방을 알지 못했다.

한운석은 갑자기 천심부인의 죽음이 떠올랐다. 그건 순수한 사고였을까 아니면 그 종주와 무슨 관계가 있을까? 만약 관계가 있다면, 그 종주가 그녀를 살려 줘 놓고 여태 찾아오지 않을 까닭이 있을까?

이런 생각이 들자 이 일에 대한 한운석의 마음속 저울은 처음으로 기울었다. 천심부인이 사고로 인해 난산으로 죽었다는 쪽이었다.

미접몽이 독종과 관계있다고 늘 생각해 온 용비야는 벙어리 노파에게 진상을 알아내자 다시 적잖은 사람을 보내 독종 잔당의 행방을 조사했으나 아직 아무 소식이 없었다.

10여 년 전만 해도 잔당이 활약했던 독종의 금지에서조차 아무것도 발견하지 못했다. 더욱이 그의 모비가 당시 독종에게서 미접몽을 훔쳤는데도 독종은 여태 움직임이 없었다.

용비야는 이것저것 모두 고려해 본 끝에 한운석과 거의 비슷한 생각에 도달했다.

"어쩌면 영원히 찾아오지 않을지도 모른다."

"흥, 영원히 찾아오지 않으면 딱 좋지. 설사 온다 해도 우리가 겁낼 것도 없어!"

고칠소가 차갑게 말했다.

'우리'라는 말에 한운석은 기분이 좋았지만, 용비야는 의심스럽게 그를 훑어보며 무척 가소로워했다.

"만년혈옥은 사실 아무것도 아니야. 미접몽이야말로 진짠데 누가 가지고 있는지 모르겠군."

고칠소가 조용히 혼잣말했다.

한운석과 용비야는 서로를 흘끗 바라보았다. 한운석이 입을 열었다.

"약귀 노인네, 만년혈옥을 얻으면 미접몽을 깨뜨릴 수 있어?"

고칠소는 대답하지 않고 용비야를 바라보았다.

"넌 일찌감치 미접몽을 노리고 있었지?"

"허튼소리!"

용비야가 차갑게 말했다.

"그러니까 너도 답을 알고 싶잖아?"

고칠소가 흥미로운 듯이 물었다.

"계속 허튼소리 할 생각이면 나가라!"

용비야는 늘 인내심이 없었지만 고칠소에게는 특히 그랬다.

고칠소는 늘 인내심이 강했지만 용비야 앞에서는 특히 그랬다. 그는 나가지도 않고 숫제 탁자 위에 앉았다.

"용비야, 이 어르신을 도와 의학원을 무너뜨리겠다고 약속하면 내가 아는 것을 모두 말해 주지!"

벌써 두 번째로 하는 요구였다. 용비야는 가소로워하며 물었다.

"복수냐?"

고칠소가 의성을 집어삼키려는 야심이 없다는 것은 그도 알아차렸다.

"상관없잖아!"

고칠소가 으르렁댔다.

"약귀 노인네, 의학원이 대체 널 어떻게 한 거야?"

한운석도 궁금했다.

상처를 건드릴 때마다 그는 상대가 누구든 화를 냈으나, 유독 한운석에게는 웃으며 말했다.

"너하곤 상관없어. 착하지, 앞으로는 묻지 마."

용비야는 한운석을 잡아당겨 뒤에 숨기며 고칠소를 향해 차갑게 말했다.

"약속은 할 수 있다. 네가 기다리지 못할까 봐 걱정이군!"

의성을 손에 넣기란 쉽지 않았다. 용비야의 계획에서 의성은 마지막 부분이자 가장 어려운 부분이었다.

그는 미접몽에 숨겨진 비밀이 의성과 관계가 있을지 모른다고 어렴풋이 추측하고 있었고, 그래서 지금껏 한운석을 재촉하지 않았다.

"하하하, 네가 해내기만 한다면 기다릴 수 있어!"

고칠소가 오만하게 말했다.

싫어하는 상대지만 그래도 용비야는 고칠소의 패기가 꽤 마음에 들었다.

"좋다. 본 왕이 약속하마!"

고칠소가 손바닥을 내밀자 용비야는 의아했다.

"뭐냐?"

"손바닥을 마주쳐 맹세하는 거야. 이 고칠소는 반드시 전력을 다해 네가 미접몽을 깨뜨리는 것을 돕는다. 용비야 너는 반드시 전력을 다해 내 복수를 돕는다! 어기는 자는……."

고칠소가 이렇게 말하며 의미심장하게 한운석을 흘끗 바라보자 한운석은 등골이 오싹했다. 저 무시무시한 눈빛이라니, 뭘 하려는 거야?

"어기는 자는 뭐냐?"

용비야가 물었다.

고칠소가 가까이 다가섰다.

"어기는 자는 한운석과 원수가 되어 영원히 잘 지낼 수 없다!"

용비야는 가슴이 철렁해 곧바로 대답하지 못했다. 고칠소가 사악하게 물었다.

"왜, 못하겠어?"

용비야는 대답하지 않고 물러나더니 고칠소의 손바닥을 세 번 때렸다.

"그렇게 하지!"

"뭘 어떻게 하자는 거예요?"

한운석이 급히 물었다.

고칠소는 화제를 돌렸다.

"독누이, 미접몽은 네가 가지고 있지?"

만년혈옥에는 관심을 보이던 그들이 그가 미접몽의 행방에 대한 이야기를 꺼냈을 때 별 관심을 보이지 않았으니 알아차리지 못하는 게 이상하지 않을까?

한운석은 함부로 대답하지 못했지만, 용비야는 대범하게 인정했다.

"그렇다! 게다가 미인혈도 만들었다."

맹세를 한 이상 언젠가는 고칠소가 알아야 할 일이니 계속 속여서 좋을 것이 없었다.

"미인혈!"

도리어 고칠소가 까무러칠 듯이 놀랐다.

"용비야, 너 정말 많이 알고 있구나!"

"아직 방금 그 질문에 대답하지 않았다."

용비야가 지적했다.

"하하, 미접몽을 깨뜨리는 데 필요한 건 아홉 가지야. 만독지금萬毒之金, 만독지목萬毒之木, 만독지수萬毒之水, 만독지화萬毒之火, 만독지토萬毒之土에 사람의 피, 시체의 피, 짐승의 피, 그리고……."

"그리고 뭐야?"

한운석이 다급히 물었다.

고칠소는 눈동자에 비애를 떠올렸지만 웃으면서 말했다.

"아홉 번째는……, 나도 몰라. 앞의 여덟 가지를 얻기도 쉽지 않으니 천천히 조사해 봐야지."

만독지금, 만독지목, 만독지수, 만독지화, 만독지토…….

한운석은 무척 놀랐다. 비록 모두 독이지만 한 번도 들어본 적 없었고, 해독시스템의 방대한 데이터에도 기록이 없어 감지해 낼 수 없었다. 여태껏 분석해 내지 못한 것도 당연했다.

"그게 다 무엇이냐?"

전문가인 한운석도 어리둥절한데 용비야는 말할 것도 없어서 눈을 찡그리며 물었다.

"앞의 다섯 가지는 오행지독五行至毒이라고 하는데 자연적으로 만들어져서 금목수화토金木水火土(오행의 다섯 가지 원소), 즉 쇠, 나무, 물, 불, 흙 다섯 가지 형태로 세상에 존재해. 세상 만물 중에 오직 이 오행지독만 미접몽과 반응하지."

고칠소의 말이 떨어지자 한운석은 흠칫 놀라더니 허둥지둥 진료 주머니에서 독수가 든 도자기 병을 꺼냈다. 뚜껑을 열자 고칠소는 몹시 기괴한 극독의 냄새를 맡을 수 있었다.

"그건……."

그가 의아한 듯이 물었다. 독이 있다는 건 알 수 있지만 냄새로는 무슨 독인지 알 수 없었다.

"미접몽과 미인혈, 그리고……. 약재 숲에 있던 독 연못 물을 섞은 거야!"

한운석이 진지하게 말했다.

지난번 암시장에서 시험이나 해 볼까 하고 미접몽과 미인혈 조금을 독 연못 물에 넣었더니 미접몽의 부식성이 줄어든 것이 확실히 느껴졌다.

"이걸 반응한 거라고 볼 수 있을까?"

그녀가 진지하게 물었다.

고칠소는 크게 기뻐했다.

"그래! 이제 보니 독 연못 안에 있던 물이 바로 만독지수였군! 독누이, 그거 어디서 났어? 그 연못은 싹 말라 버렸잖아?"

용비야도 궁금하던 차였다. 그 역시 당시 독 연못 물이 순식간에 사라지는 것을 직접 목격한 사람이었다.

"그게……. 그러니까 그때 연못가에서 조금 빼돌렸어."

한운석은 시선을 피했다.

"그랬기에 망정이지 아니면 영원히 이걸 찾아내지 못했을 거야."

이 두 사람 앞에서 거짓말을 하는 건 세상에서 가장 어려운 일이라는 걸 알지만, 이 두 사람이 세상 누구보다 그녀를 믿는다는 것은 그녀 자신도 몰랐다.

당시 독 연못 근처에서 싸움이 벌어졌고 워낙 혼란스러웠던 터라 용비야는 한운석이 연못 물을 건드렸는지 어쨌는지 잘 기억하지 못했고, 그 부분은 별로 깊이 생각하지 않았다.

"만독지토는 독종 금지의 독초 창고에 있어. 듣기로는 그 흙에서 자라난 독초는 미접몽과 독성이 아주 비슷하대. 그건 찾기 어렵지 않아."

고칠소가 진지하게 말했다.

한운석은 웃어야 할지 울어야 할지 알 수가 없었다. 지난번 그녀와 용비야는 천신만고 끝에 독초 창고에 들어갔다가 연구해 보려고 독난초를 하나 캐어 왔지만, 난초가 자라던 곳의 흙은 놓쳤던 것이다…….

"확실히 어렵지는 않겠네……."

그녀가 중얼거렸다.

하지만 용비야는 이렇게 물었다.

"고칠소, 그런 이야기는 어디서 들었느냐?"

고칠소는 눈썹을 세우고 그를 바라보았다.

"말해 줄 수 없어."

용비야도 미접몽이 어디서 났는지 알려 주지 않고서는, 왜 그런 것까지 묻는데? 물론 그는 용비야가 어디서 미접몽을 얻었는지 관심 없었다. 한운석 외에는 의학원을 무너뜨리는 일에만 관심이 있을 뿐이었다.

한운석은 온통 아홉 가지 물건에만 정신이 팔려 있었다. 그녀가 중얼중얼 혼잣말을 했다.

"사람의 피란 당연히 미인혈이고, 시체의 피란 만년혈옥이겠지."

만년혈옥은 제왕곡에 있는 만년고시의 입에서 채취한 것으로, 시체의 피가 옥돌 속에서 굳어 만들어진 것이었다.

고칠소가 고개를 끄덕였다.

"짐승의 피는 네 꼬맹이의 이빨에 있는 독혈이야. 그 독은 그렇게 빨리 얻을 수 없겠지."

지금쯤 꼬맹이는 고북월의 품에 웅크려 잠들어 있을 것이다. 지난번 한운석이 한 번 피를 뽑은 후로 녀석은 아직 회복되지 않았다. 한운석이 일부러 몸보신 해 주지 않아서가 아니라, 녀석의 특수한 피는 독초를 먹으면서 긴 시간에 걸쳐 천천히 만들어지기 때문이었다.

"사람과 시체와 짐승의 피 모두 독이니 아홉 번째 것도……, 독이겠지? 사람, 시체, 짐승……."

한운석은 의아한 듯 고칠소를 바라보았다.

"그밖에 또 무슨 젠장맞을 게 있담?"

고칠소는 헛기침을 몇 번 했다.

"내가 어떻게 알아? 천천히 조사해야지!"

용비야는 복잡한 눈빛을 띠더니 한운석이 계속 물으려고 하자 즉시 화제를 돌렸다.

"우선 만년혈옥부터 손에 넣고 이야기하지."

연심부인이 이처럼 큰 판돈을 걸어 놓고 뒤돌아보지 않고 떠났으니, 이제 그들은 어떻게 대응해야 할까?

증거 하나 확보

최대 판돈까지 내놓았으니 연심부인도 다시는 쉽사리 물러서지 않을 것이다. 하지만 어렵사리 목씨 집안을 밟아 뭉갠 한운석과 용비야도 쉽게 양보할 수는 없었다.

"령아부터 구해 내야 하는데, 조금 성가시게 되었군요."

한운석은 눈썹을 찌푸렸다. 연심부인만 상대하는 것이라면 문제없지만, 겹으로 중죄를 뒤집어쓴 목령아가 끼어 있어서 아무래도 손쓰기가 까다로웠다.

고칠소는 가소로운 듯이 웃으며 일어나 문 쪽으로 걸어갔다.

"기다려. 이 어르신이 가서 이야기하고 올게."

한운석은 생각할 필요도 없이 고칠소가 가서 무슨 이야기를 하려는지 알았다. 의학원에서의 추문을 폭로하겠다고 협박하려는 게 분명했다.

그녀가 막으려는데, 용비야가 아무런 느닷없이 발을 쓱 뻗는 바람에 고칠소는 그만 걸려 넘어질 뻔했다.

"잊지 마라. 잃을 게 없는 사람은 두려울 게 없다!"

목씨 집안은 이제 달아날 곳이 없었다. 연심부인이 그들을 찾아온 것은 마지막으로 지푸라기라도 잡아 보기 위해서였다. 쥐도 몰리면 고양이를 문다고, 그들이 계속 몰아붙이면 연심부인의 성격상 한운석의 출신을 폭로할지도 모르고, 그렇게 되면 양쪽 다 손해였다.

아버지가 독종의 직계라는 소식이 퍼지면 한운석은 된통 혼이 나기에 충분했다.

"용비야, 왕공에게 말해 심문을 며칠 미루는 게 어때요?"

한운석이 진지하게 물었다. 이 일은 좀 더 시간을 두고 생각해 보아야 했다.

그런데 용비야가 대답하기도 전에 초서풍이 찾아와 왕씨 집안에서 방금 온 소식을 전했다.

"왕비마마, 사덕의가 두 분을 만나 이야기하고 싶다 합니다. 두 분이 흥미를 느낄 물건을 가지고 있다더군요."

용비야는 무슨 생각을 했는지 눈을 빛냈다.

"마차를 준비해라!"

한운석과 용비야, 고칠소 세 사람이 동시에 사덕의 앞에 나타났을 때 사덕의는 고개를 갸웃했다. 진왕 전하는 시약대회에 초청받지 않았는데 어떻게 이렇게 빨리 왔을까?

물론 지금은 그것까지 신경 쓸 틈이 없었다. 이처럼 큰 타격을 입고, 또 왕씨 집안 사람에게 사사로이 심문을 한 번 당하고 나자 노익장을 자랑하던 사덕의도 곧 죽을 노인네처럼 힘이 빠지고 노쇠해 보였다.

이제 그의 유일한 희망은, 바로 어떻게든 노력해서 사씨 집안을 구제하는 것이었다.

오랫동안 장로회 회장 자리에 있었던 그는 이런 때는 아무것도 꺼리지 말아야 한다는 것을 잘 알고 있어서 시원시원하게 본론을 꺼냈다.

"왕비마마, 이 늙은이에게 목령아와 백독문이 아무런 관계가 없다는 증거가 있소. 한 가지만 약속해 준다면 당장 그 증거를 내놓겠소."

"구양영락 말인가요?"

한운석도 목령아와 관련된 일이란 건 알았지만, 증거가 있다는 말은 뜻밖이었다.

사덕의는 고개를 끄덕였다. 회충독을 구양영락이 줬다고 자백하는 것과 구양영락이 줬다는 실질적인 증거를 내놓는 것은 큰 차이였다.

한운석은 무척 기뻐했다. 그야말로 목마른 사람에게 물 내민 격이나 마찬가지였다! 그녀는 대충 어떻게 연심부인을 상대할지 갈피가 잡혔다. 그녀가 진지하게 물었다.

"본 왕비가 무슨 약속을 해 주기를 바라죠?"

"왕비마마, 목령아의 일로 이 늙은이를 원망하는 것은 아오. 그 일은 이 늙은이 혼자의 뜻이니 부디 사씨 집안에 원한을 품지는 말아 주시오."

사덕의의 말투가 심각해졌다.

"사씨 집안 남녀노소 삼백여 명은 대부분 아무 잘못이 없으니 부디 빠져나갈 길을 마련해 주시오. 시합에 참가할 자격을 영원히 박탈하면 그들의 일생은 끝장이오!"

아직 심문은 진행하지 않았지만, 사씨 집안이 시합에서 속임수를 썼으니 사장로는 사씨 집안 사람의 시합 참가 자격을 영원히 박탈하려고 할 것이다. 약성에는 시약대회뿐 아니라 크고 작은 시합이 많았다. 약성의 자제들이 의학계에서 두각을 드러내고, 더 많은 배움의 기회를 얻으려면 이 시합에서 재주를 보이는 것이 그 첫걸음이었다.

만약 이런 시합에 참가할 자격까지 없어진다면 아무리 재능이 뛰어나고 아무리 노력해도 두각을 드러내 보이기 어려웠다.

"사 어른, 사씨 집안이 참가 자격을 뺏기는 진짜 원인은 당신도 잘 알 거예요. 내게 부탁해도 소용없어요."

한운석이 담담하게 말했다.

그 일은 목령아와 관계도 없고, 또 모두가 보는 앞에서 들통났는데 그 누가 보호할 수 있을까?

"왕비마마, 그 일 외에는 사씨 집안을 죽이든 살리든 모두 원하는 대로 하시오! 사씨 집안 자제는 삼대 명가 중에서도 가장 성실하고 열심히 배움에 임해 왔소. 한밤중에 일어나서 온종일 약방에 들어앉아 공부하면서, 5년이고 10년이고 똑같은 나날을 보내오. 그들은 아무 죄가 없소!"

사덕의는 애통함을 금치 못했다.

한운석 뒤에 우뚝 선 용비야와 고칠소는 둘 다 냉소를 지은 채 전혀 동요하지 않았다.

한운석이 다가가 사덕의 앞자리에 앉았다. 그녀는 사덕의의 눈을 가만히 들여다보며 말했다.

"사 어른, 사씨 집안 자제들이 한밤중에 일어난다고 했는데, 그럼 왕씨 집안 자제들이 한밤중에야 겨우 자러 간다는 것은 알고 있나요? 사씨 집안 자제들이 성실하고 열심히 배움에 임한다지만, 그간 두각을 드러낸 왕씨나 목씨, 그 밖의 다른 집안 자제들 가운데 송곳으로 허벅지를 찌르며 열심히 공부하지 않은 사람이 과연 있을까요? 세상의 학문 중에 가장 익히기 어렵고, 조금이라도 대충해서는 안 되는 것이 의학과 약학이에요! 인명이 달린 이 학문에 어떻게 속임수 같은 일을 용납할 수 있겠어요? 만약 오늘 사붕 같은 어린아이가 우승해 명성을 날렸다면, 훗날 얼마나 많은 환자를 그르치게 되었을까요?"

운공대륙 의약계는 본래 깨끗한 곳은 아니었다. 특히 거대한 상업 이익이 존재하는 약학계가 그랬다. 요 몇 년 약학계는 이른바 약의 대가들을 수많이 떠받들어 올렸고, 그 약의 대가들은 이른바 특효 약재를 수없이 치켜세우며 값을 올려 이득을 취했다. 그건 별문제가 아니지만 환자의 병세를 악화시킨 것은 큰 문제였다.

사붕은 어리디 어린 나이에 속임수를 써서 이기고도 전혀 양심의 가책을 느끼지 않았고 성품도 오만방자해서, 자라면 분명히 큰 해악이 될 터였다!

한운석이 엄숙한 태도로 한 자 한 자 따지자, 그 차갑고 날카로운 눈빛을 본 사덕의는 부끄러움에 고개를 숙이고 반박할 말을 찾지 못했다.

오랜 침묵이 흘렀고 사덕의는 말이 없었다. 한운석은 복잡한 눈빛을 지으며 담담하게 말했다.

"그 벌을 취소하는 것은 불가능해요. 하지만……."

이 말에 사덕의가 고개를 번쩍 들고 희망에 찬 눈빛으로 바라보았다.

"하지만 사씨 집안에 잘못을 고칠 의지가 충분히 있다면, 벌을 낮춰 줄 수 있을지도 몰라요. 무기한을 유기한으로 바꾸는 거죠."

한운석이 말을 이었다.

"몇 년 말이오?"

사덕의가 황급히 물었다.

한운석은 잠시 망설이다가 '10년'을 대답으로 내놓았다.

10년이면 사씨 집안에 충분히 제동을 걸 수 있고, 사씨 집안의 무고한 자제들이 억울한 피해를 보는 것도 피할 수 있었다.

사덕의는 연심부인보다 훨씬 세상물정을 잘 알아서 즉시 독약 한 첩을 내놓았다.

"왕비마마, 본래 옥졸이던 진가陳嘉와 이휘李煒가 증명할 수 있소. 이 독약은 바로 구양영락에게서 나온 것이오."

이렇게 하면 사씨 집안은 목령아에게 누명을 씌웠다는 오명을 얻게 되지만, 시합 참가 자격 박탈을 10년으로 제한할 수 있다면 그럴 만한 가치가 있었다.

한운석은 무척 기뻐했다. 이것만 있으면 목령아를 보호할 수 있으니 마음 놓고 연심부인과 논의할 수 있었다!

그들이 감옥을 나섰을 때는 이미 날이 밝은 후였다.

장로회는 정오 전에 심문을 시작할 것이고, 감옥은 연심부인이 묵는 곳에서 멀지 않았다. 하지만 한운석은 서둘러 그녀를 찾아가지 않고 목령아를 보러 갔다.

목령아가 갇힌 감옥 밖에 도착하자 용비야는 아무 말 하지 않고 가슴 앞에 팔짱을 낀 채 벽에 기대 눈을 감았다.

"안 들어가려고?"

한운석이 물은 쪽은 고칠소였다.

고칠소는 눈을 가늘게 떴다.

"저 안에 한참 있어 줬으면 됐잖아?"

그가 무사히 다시 나타난 것을 보면, 며칠간 이 감옥에 하릴 없이 갇혀 있었음을 짐작할 수 있었다. 한운석은 깔깔 웃으며 혼자 들어갔다.

오만하고 조롱기 가득 찬 웃음인데도, 고칠소는 그 웃음소리에 더할 나위 없이 기분이 좋아져 콧노래를 흥얼거리며 나뭇가지 위로 뛰어올라 앉아서 기다렸다.

용비야는 한쪽 눈을 살짝 뜨고 쳐다봤지만 곧 가만히 눈을 감았다.

한운석은 목령아를 깜짝 놀래 줄 요량으로 일부러 소리 내지 않고 다가가 손수 감옥 문을 열었다. 그런데 웬걸, 문이 열렸는데도 목령아는 꼼짝도 하지 않고 문을 등진 채 차가운 바닥에 앉아 있었다. 어둠 속에 들어앉은 외로운 뒷모습이 유난히 작고 가냘파 보였다.

한운석은 표현할 길 없는 안타까움을 느꼈고 심장이 약간 막히는 것 같았지만, 드러내지는 않았다.

그녀는 나른하게 문에 기대 놀리듯이 말했다.

"고작 며칠 갇혀 있었는데 이 꼴이라니, 정말 곱게만 자랐군!"

목령아는 흠칫 놀라 즉시 고개를 돌렸다.

"한운석!"

한운석은 한쪽에 놓인 손도 대지 않은 식판에 눈길을 주며 코웃음 쳤다.

"널 구해 주러 온 건 아니니 오해하지 마. 조건이 있어."

그렇지만 목령아의 생각은 앞서 들은 말에 머물러 있었다. 그녀가 화난 소리로 말했다.

"너나 곱게 자랐겠지! 난 그냥 움직이기 귀찮은 것뿐이야!"

그녀는 그렇게 해명하며 허둥지둥 머리와 옷가지를 다듬고 얼굴을 닦았다. 기민하고 커다란 눈동자가 형형하게 빛이 나기 시작했다.

속으로는 웃으면서도 한운석은 여전히 오만한 태도로 그녀를 굽어보았다.

"몇 가지 질문에 대답하면 누명을 벗겨 줄게. 어때?"

"뭐든 물어봐!"

목령아는 호탕했다.

그렇지만 한운석의 첫 번째 질문은 그녀를 깜짝 놀라게 했다. 한운석은 이렇게 물었다.

"목씨 집안에 비방祕方이 있지?"

"어쩌려고?"

목령아도 진지해졌다.

비방이란, 그 이름에서 알 수 있듯 공개하지 않은 약방문이었다. 가족 내 절정의 약제사들이 공동으로 연구한 것으로, 완제품으로만 판매하고 약방문은 공개하지 않았다. 이런 약방문은 일반적으로 몹시 희귀한 약재를 약간 넣기 때문에 시험해서는 알아내기가 어려웠다.

이는 무척이나 중요해서 약학 명가의 보물 중 보물이자, 그들이 의약계에서 발붙이고 살 수 있게 해 주는 가장 큰 저력이기도 했다.

"대중에게 공개해. 그게 목씨 집안이 응당 받아야 할 벌이야."

한운석은 솔직했고 추호도 숨기지 않았다. 그런데 뜻밖에도 목령아는 전혀 개의치 않고 한운석이 묻지도 않은 것까지 대답했다.

"목씨 집안에는 스물다섯 개 비방이 있는데 그중 스무 가지는 공개적으로 판매하고 나머지 다섯 가지는 예비용으로 남겨뒀어. 목씨 집안 약초밭은 공개된 것과 숨겨 놓은 것 크고 작은 것을 다 합치면 딱 삼천 묘畝(토지의 면적 단위. 1묘는 약 667제곱미터)야."

한운석이 물으려는 것도 그 두 가지뿐이었다. 그녀가 웃으며 말했다.

"기다려 봐. 날이 어두워지기 전에 반드시 자유를 되찾게 될 테니까!"

한운석이 찾아와 이렇게 물었다면, 절대로 목씨 집안을 쉽게 놓아주지 않을 것이다.

목령아는 말없이 있다가 한운석이 감옥 문을 닫은 후에야 비로소 참았던 숨을 내쉬었다. 목씨 집안의 비방을 털어놓아도 죄책감이 들기는커녕 속이 시원했다. 집안을 배신하는 일이지만 그래도 잘못하지는 않았다는 생각이었다! 그녀의 마음속에서 자유를 되찾은 후의 새로운 시작을 향한 기대가 희미하게 번져나갔다.

한운석이 감옥에서 나오자 용비야가 바로 다가왔다.

"알아냈느냐?"

자신이 뭘 하려는지 용비야를 속일 수 없다는 것을 잘 아는 한운석은 웃으며 고개를 끄덕였다. 하지만 고칠소는 어리둥절했다.

"뭘 물었는데?"

용비야가 경멸하는 시선을 던지자 고칠소는 즉시 호기심을 억누르고 다시는 묻지 않았다.

솔직히 그가 영리하지 못한 것이 아니라, 단순하게 생각하는 것에 너무 익숙해졌기 때문이었다. 그는 좋으면 좋다, 싫으면 싫다, 호불호가 분명하고, 은혜는 보답하고 원한은 갚는 등 시원시원했고, 너무 깊이 생각하는 것을 좋아하지도 않는 데다 생각하기도 귀찮아했다.

만사가 준비되자 한운석 일행은 마침내 연심부인과 담판을 지으러 갔다.

만년혈옥을 얻기 위해, 한운석은 정말 목영동을 놓아 줄까?

최악의 결말은 누구

한운석의 예상대로 연심부인은 막다른 골목에 이르자 승부수를 던졌다. 너무 강경하게 나와서 몇 마디 나누는 동안 한 치도 양보할 뜻을 보이지 않았다. 이제 장로회 공개 심판까지 얼마 남지 않았다.

"어쨌든 목씨 집안이 독문과 결탁했다는 죄명은 반드시 벗어야 한다!"

연심부인이 가장 집착하는 부분이었다. 이 죄명을 벗지 못하면, 의성에서 목씨 집안을 돕기는커녕 제 몸 하나 보전하기 어려울 것이다.

의학원은 원래부터 독문 사람을 적대시해 왔는데, 거기에다 군역사는 고를 다룰 줄도 알았다. 이 일에 대해 의성은 꽤 오랫동안 암암리에 조사해 왔다. 독술은 의성의 금기이며, 독술 중에서도 고를 길러내는 것은 금기 중의 금기였다!

"연심부인, 억지를 부려도 정도껏 부려요. 목영동이 독문과 결탁했다는 사실을 군역사도 그 자리에서 시인했는데, 어떻게 죄명을 씻는다는 말인가요? 어디, 방법이 있으면 좀 알려 주시죠!"

한운석의 질문에 짜증이 섞였다.

"사씨 집안에 덮어씌워라. 군역사가 사씨 집안과 결탁해서 고의로 목씨 집안 이름에 먹칠을 한 것이라고! 목영동은 딸을 아끼는 마음에 그런 것이다."

연심부인은 차갑게 말을 이었다.

"더구나 그 회충독도 본디 사씨 집안의 모함이 아니냐!"

한운석은 이미 생각을 다 해 두었으면서도 도리어 망설이는 척하며 잠시 머뭇거리다가 답했다.

"좋아요. 목씨 집안이 독문과 결탁했다는 죄명을 벗겨드리죠. 하지만 장로회 재판은 공개재판이잖아요. 목씨 집안이 죄를 벗으려면 최소한 성의 표시는 해야지, 안 그러면 누가 믿고 따르겠어요?"

한운석은 특별히 강조하며 덧붙였다.

"의성 장로회도 분명 이 일에 큰 관심을 보일 텐데요. 약성 사람은 만만하게 볼지 몰라도, 의성 장로회를 그리 호락호락하게 여기진 않겠죠?"

연심부인이 부원장과 원장, 두 사람과 모두 깊은 사이라고는 하나 구체적인 사정은 알 수 없다. 고칠소도 그저 부원장과 그녀가 심상찮은 사이라고 했을 뿐이다. 한 여인이 일인자와 이인자 두 사람과 동시에 관계를 맺었을 가능성은 아주 희박하다. 한운석은 연심부인이 원장에게 이미 버려졌을지도 모른다고 생각했다.

그래서 의성에서 큰 권세를 누리지 못하는 연심부인이 목씨 집안이라는 뒷배를 꽉 붙들고 있으려는 것이다.

연심부인은 망설이는 눈빛을 띤 채, 한동안 대답이 없었다.

담판을 지을 때 가장 피해야 할 일이 바로 이 망설임이다. 한운석은 연심부인의 약점이 과연 의성에 있음을 알아챘다. 한운석은 진지하게 말했다.

"목씨 집안에서 충분한 성의를 보이지 않으면 사람들을 설득하기 어렵죠. 약성에서 죄명을 씻는다고 한들, 의성 쪽에서는 반기지 않을 거예요."

결국 연심부인이 한발 물러섰다.

"어떻게 성의를 보여야겠느냐?"

"모든 비방秘方은 의학원에, 모든 약초밭은 장로회에 바치세요."

한운석의 말이 떨어지자마자 연심부인의 얼굴이 시꺼메졌다.

"그게 다 사라지면, 목씨 집안에게 남는 게 없지 않느냐?"

"연심부인 당신과 목영동이 있죠. 그리고 목씨 집안 제자 수백 명과 목령까지 있는걸요. 남는 게 없어요? 내놓지 않아도 장로회 재판 이후에는 목씨 집안의 약초밭은 다 봉쇄될 거예요. 그러니 그냥 주는 게 아니라 장로회 재판 전에 먼저 나와 바치면서, 목영동에게 자발적으로 잘못을 인정하게 하는 거죠! 이 정도는 해야 성의니까요!"

매섭게 내려치는 한운석의 말투는 반박할 여지를 전혀 남겨 주지 않았다. 그 거센 기세에 연심부인마저 얼어붙어 버렸다.

한운석은 하늘을 보고 시간을 헤아린 뒤 차갑게 말했다.

"한 시진 후에 공개 재판이 시작돼요. 목씨 집안에 가장 좋은 방법을 알려드렸으니, 생각해 보세요."

초췌한 얼굴에 표정까지 무거워진 연심부인은 창밖을 바라보다 결국 그 말을 따르기로 했다. 목씨 집안에는 아직 공개되지 않은 비방과 약초밭이 있으니, 완전히 빈털터리 신세는 아니다.

그녀는 소매에서 늘 몸에 지니고 다니는 비단 상자를 꺼냈다.

"이것이다."

한운석이 열어 보니, 안에는 엄지 크기만 한 타원형의 핏빛 옥석 하나만 있을 뿐이었다. 반짝거리는 투명한 보석 속에 선명한 핏발이 서 있어, 말로 형용할 수 없는 신비로운 기운을 뿜어내고 있었다.

해독시스템에서도 독 경보가 울리지 않았다. 딥 스캔 기능을 켠 후에야 독소가 탐지되었다. 다만, 전에 본 만독지수, 만독지토와 마찬가지로 독이 있다는 사실만 알려 줄 뿐 구체적으로 어떤 독인지는 알 수 없었다.

그녀는 신중한 태도로 고칠소에게 건네며 말했다.

"검사해 봐."

고칠소는 이 물건을 아주 잘 알고 있다. 그는 이리저리 살펴본 후 고개를 끄덕였다. 진품이 확실했다.

"이제 장로회에 가도 되겠지?"

거래를 마친 후에야 연심부인은 시간이 얼마 남지 않았음을 깨달았다.

이들은 공개 재판 전에 장로회 쪽으로 발길을 돌렸다. 한운석과 용비야는 왕씨 집안과의 관계를 전혀 드러내지 않았다. 한운석은 약왕 제자의 신분을 내세우며, 연심부인 앞에서 왕공과 다른 두 장로와 교섭하는 척했다.

당연히 교섭은 성공이었다.

공개 재판까지 향 하나가 탈 시간 정도 남았을 때, 목영동이 자진해서 입장을 밝혔다. 의학원 의원들이 병을 치료하는 데 쓰도록 목씨 집안의 모든 비방을 대가 없이 의학원에 바치겠으며, 목씨 집안 이름으로 된 모든 약초밭을 약성 장로회가 사용하도록 바치겠다는 것이었다. 목씨 집안은 이러한 성의 표현으로 의학계 각계 인사들에게 사과의 뜻을 보였다. 또 목영동은 개인적으로 사과 서신을 써서, 자신이 딸을 지키려는 마음이 과하였고 일순간의 욕심에 혹하여 군역사와 결탁하였음을 인정했다. 하지만 회충독은 인정하지 않았다. 목령아는 독술을 할 줄 모르고, 목씨 집안은 최근에서야 군역사와 왕래를 했을 뿐, 그전에는 전혀 교분이 없었다는 것이다.

목영동은 사과의 뜻을 전하면서도 억울함을 호소하며, 장로회에서 목씨 집안에게 공정한 판결을 내려주기를 바랐다.

이 일은 약성에 적잖은 소동을 불러 일으켰다. 장로회는 재판 시간을 뒤로 미루어 오후가 되어서야 공개 재판이 진행되었다.

그런데 재판 결과는 약성, 의성, 심지어 운공대륙 전체를 뒤흔들었다. 구양영락이 사씨 집안과 결탁한 사실이 명명백백히 밝혀졌기 때문이다! 바로 사덕의가 한운석에게 준 회충독이 그 증거요, 그 두 옥졸이 증인이었다.

구양영락이 운공대륙 최대 약재상인만큼 약성 삼대 명가와 결탁했다는 것은 사실 별로 놀라운 소식이 아니어서, 영리한 사람이라면 누구나 알고 있었다. 그런데 이런 증거들이 드러나자, 이제는 미련한 자들도 구양영락의 회충독이 어디서 온 것인지 묻게 되었다!

장로회는 사씨 집안이 구양영락과 손잡고 목령아를 모함한 죄만 추궁했을 뿐, 구양영락의 회충독이 어디에서 온 것인지는 따지지 않았다. 추궁하지 않았기 때문에 사람들은 무한한 상상의 나래를 펼쳤다.

누구는 구양영락과 군역사가 결탁해서 목씨와 사씨 두 집안을 갖고 논 것이라 했다.

누구는 구양영락과 군역사가 결탁했는데, 중간에 이익분배에 문제가 생겨 다 같이 망하는 결과를 낳은 것이라 했다.

누구는 구양영락과 군역사가 결탁은 했지만, 둘 다 목령아를 좋아해 연적이 되면서 결국 틀어진 것이라고 했다.

여러 가지 추측이 난무했지만, 전제는 하나였다. 바로 구양영락이 백독문 문주와 결탁했다는 사실!

사씨 집안은 벌로 약초밭 천 묘를 뺏겼고, 장로회 직임을 맡은 자는 다 파면되었다. 사씨 집안 제자는 앞으로 10년간 약성의 모든 시합에 참가할 수 없고, 10년간 장로회 어떤 직무 후보에도 오를 수 없다. 사덕의와 사붕은 평생 감옥에 갇힌 신세가 되었다.

목영동은 잘못을 뉘우치는 모습을 보인 데다가 충분한 성의 표현을 한 덕에 반년간 감옥살이를 하는 데 그쳤다. 장로회에

직임을 맡았던 목씨 집안 사람들은 모조리 파면되었으나, 후보에 오를 권리는 빼앗지 않았다. 그리고 목령아는 군역사와 결탁했다는 죄명을 깨끗이 씻었다. 태후의 생신 연회에서 일어났던 그 일에 대해서는 한운석이 부탁한 덕분에 장로회는 공전公田에서 하루 노동하는 정도로만 벌을 주기로 했다.

목령아의 처벌에 대해 약성 사람들은 전혀 이의가 없었다. 전에 한운석의 약귀당과 약성은 대립 관계였지만 지금 한운석은 약왕의 제자가 되었다. 지위고하를 막론하고 약성의 모든 사람이 그녀의 비위를 맞추고 두려워해야 했다.

태후의 생신 연회에서 목령아는 제멋대로 진왕과 한운석 편에 섰는데, 이제 보니 약성을 도와 제대로 줄을 선 셈이었다. 그러니 누가 감히 그녀를 비난할 수 있을까?

한운석이 감옥에서 나오는 목령아를 맞으러 갔을 때, 연심부인은 목영동을 만나러 갔다. 목령아와 연심부인이 스쳐 지나가는 순간, 연심부인은 그녀에게 눈짓을 보내며 개인적으로 만나고 싶다는 뜻을 비쳤다.

한운석이 그리도 중요하게 생각하는 아이니, 어쩌면 저 아이가 약귀당에서 목씨 집안을 위해 뭔가 해 줄 수 있을지도 모른다. 그런데, 목령아는 무표정한 얼굴로 눈 한 번 돌리지 않고 턱을 높이 쳐들고는 그대로 가 버렸다.

목령아와 한운석의 깊은 친분을 알 리 없었던 연심부인은 분노에 가득 차 그대로 목영동에게 달려갔다.

상황을 전해 들은 목영동도 이해가 되지 않았다. 그는 목령아와 한운석이 서로 친분이 있다는 것만 알 뿐, 두 사람의 우정이 얼마나 깊은지는 모르고 있었다.

남매는 목씨 집안이 이제 빈털터리가 되었으나, 다행히 몰래 숨겨 둔 재산이 있어 다행이라는 이야기를 나누었다.

"반년 동안은 잠시 몸을 사리고 있자. 우선 그 아이들을 시험해 보기 위해서기도 하지만, 몸을 사리는 시늉이라도 해서 사람들의 의심을 피해야 해. 내가 옥에서 나가기만 하면 다시 큰 계획을 도모하자. 다섯 개의 비방이 남아 있고, 성 남쪽에는 많은 수확량을 자랑하는 수백 묘의 약초밭이 있다. 우리 목씨 집안 제자들 능력이면, 재기하는 것도 식은 죽 먹기지!"

목영동은 자신만만하게 말했다.

연심부인은 고개를 끄덕였다. 그녀도 자신이 있었기 때문에 한운석의 말을 따른 것이었다.

그런데 남매가 이런 상의를 하는 이때, 장로회에서 사람을 보내 목영동에게 청구서에 서명하게 했다. 목씨 집안이 헌상할 모든 비방과 약초밭이 적힌 청구서였다.

목영동이 슬쩍 보고 바로 서명하려는데, 늘 신중한 연심부인이 하나하나 따지며 살펴봤다. 그런데 마지막 부분에 가 보니 목록에 좀 전에 말한 다섯 가지 비방과 성 남쪽 약초밭이 적혀 있는 게 아닌가.

연심부인에게는 청천벽력 같은 일이었다. 벼락에 맞은 듯 아무런 말도 나오지 않았고, 손이 바들바들 떨려 청구서를 떨어뜨리고 말았다.

"왜 그러느냐?"

황급히 주워 자세히 살펴보는 목영동의 눈에 익숙한 글자가 들어왔다. 순간, 목영동의 노성이 울려 퍼졌다.

"목령아!"

소리가 떨어지기 무섭게 그는 피를 토하고 바로 혼절하고 말았다.

멍하니 정신 줄을 놓은 연심부인은 부축할 겨를도 없었다. 비방에 대해 이리도 잘 아는 자라니, 목령아가 아니면 누굴까?

목씨 집안은 이제 정말 빈털터리가 되었다. 약제사가 있으면 뭐 하나, 그 재능을 발휘할 곳이 없을 텐데. 약성 어디에서 목씨 집안의 약제사를 쓸까? 목씨 집안에 장로회 직무 선거에 출마할 권리가 있다고 해도, 누가 목씨 집안 사람을 선택할까?

목씨 집안의 죄는 사씨 집안만큼 중하지는 않으나, 사씨 집안보다 더 비참한 결말을 맞았다!

혼절한 목영동을 바라보며, 연심부인은 너무나 후회스러웠다. 한운석 같은 천한 계집을 건드린 것을 후회하는 게 아니다. 당초 만년혈옥에 현혹되어 목심을 돕는 게 아니었다. 그때 목심의 행방을 목영동에게 알렸다면, 한운석은 지금까지 살아 있지 못했을 텐데!

하지만 어쩌나. 후회한들 이제는 돌이킬 수 없었다!

목씨 집안 남매가 이런 처참한 지경이 되었으나 그래도 가장 비참한 건 아니었다. 최악은 구양영락의 몫이었다. 재판 결과를 들은 그는 걸음아 날 살려라 장로회가 지정한 거처에서 도망쳤다.

　구양영락은 안전한 곳까지 도망친 후에야 겨우 한숨을 돌릴 수 있었다. 우아하고 준수하던 얼굴은 이미 악독한 표정으로 변해 있었다.

또 나타난 독눈물

"한운석, 용비야, 두고 보자!"

구양영락은 하늘을 향해 고개를 쳐들고 소리를 내질렀지만, 마음속에 쌓인 분노는 가실 줄 몰랐다. 늘 감정을 잘 억제하고, 신나게 놀 줄도 알고 당당하게 질 줄도 아는 그였다. 그런데 이번에는, 정말이지 처참한 패배에 견디기 힘들었다!

백독문과 얽힌 이상, 무슨 수로 운공대륙 주요 세력들과 거래를 할 수 있을까! 가장 돈이 되는 약재 사업부터 불가능해질 것이고, 그 밖의 성가신 일도 속속 들이닥칠 것이 분명했다.

자신 한 명 때문에 운공상인협회 전체가 망하게 생겼다. 운공상인협회가 그 혼자만의 것도 아닌데, 정말이지 책임을 감당할 수가 없다.

구양영락이 어찌해야 할지 골머리를 앓고 있는 이때, 복면에 푸른 옷을 입은 여인 몇 명이 그 앞으로 날아왔다. 바로 운공상인협회 고위층의 하인, 청의노青衣奴였다.

그중 우두머리인 청의노가 공손하게 인사를 하며 말했다.

"락 공자, 주인께서 정靜 소저를 보내셨으니…… 돌아가시지요."

구양영락은 불안한 눈썹을 추키며 뭔가 말을 하려다가 관둔 채, 결국 청의노들과 함께 떠났다.

얼마 지나지 않아 한운석 일행에게 왕공으로부터 소식이 전해졌다. 운공상인협회는 구양영락을 대리회장직에서 파면했고, 구양영정歐陽寧靜이라는 여인을 집행회장으로 보내 장로회에 사과하면서 향후 3년 동안 운공상인협회와 약성의 협력에서 이 할의 이익을 양보하겠다고 밝혔다.

"동작 한 번 빠른데!"

고칠소가 차갑게 웃으며 말했다. 이들은 막 감옥에서 나와 객잔으로 돌아온 참이었다.

"구양영락이 대리회장이라? 웃기고 있네!"

말 그대로 대리회장이란 이름만 회장일 뿐이니 책임을 지지 않았고, 집행회장이야 말로 진정한 책임자였다. 지금까지 운공상인협회 회장이었던 구양영락이 잘못을 범하는 순간 대리회장이 되었다?

왜, 아예 계약직이었다고 하지!

성에 차지 않았지만 약성이 단기간 내 운공상인협회와의 협력을 거절할 수 없다는 것쯤은 한운석도 알고 있었다. 약성과 운공상인협회가 거래를 해 온 지 수십 년이다. 그 속에 얼기설기 얽혀 있는 이익관계란 참으로 복잡했다. 단번에 관계를 끊어 버리면 약성도 그 손실을 감당할 수 없다. 용비야가 왕공에게 제시한 1년이라는 시간은 이미 충분히 가혹한 조건이었다.

이번에 구양영락에게 매운맛을 보여 준 것만으로도 한운석은 아주 기뻤다.

"구양영정? 역시 운공상인협회는 그자 하나의 것이 아니었군."

용비야의 입가에 조소가 내비쳤다. 두말할 것 없이 이번에 운공상인협회를 조사할 돌파구가 생긴 것이다.

고칠소는 구양영락에게 전혀 관심이 없었다. 그의 관심은 오직 미접몽에 있었다. 어서 미접몽에 대해 알아내서 용비야가 의성에 손을 쓰게끔 재촉하고 싶었다.

"독누이, 만년혈옥을 꺼내 보지 않고 뭘 하고 있어?"

고칠소가 서둘러 재촉했다.

한운석과 용비야가 깜빡했을 리가. 용비야는 초서풍과 당리를 문밖에서 지키게 하고 손수 문을 닫았다. 한운석은 유리병 여러 개를 꺼냈다. 미접몽 한 병, 미인혈 한 병, 만독지수 한 병, 미접몽과 미인혈을 혼합해서 만든 미인루 몇 방울, 미접몽과 만독지수를 혼합해서 만든 독수, 미인루와 만독지수의 혼합물, 그리고 미접몽, 미인혈, 만독지수의 혼합물이었다.

이 분야를 전혀 모르는 용비야가 보기에는 정리도 안 되어 있고 어수선해서 귀찮아 보이기만 했다. 하지만 고칠소는 한눈에 이 물건들을 알아보았다.

그는 작은 유리 접시를 꺼내 병 속 내용물을 하나씩 쏟아냈다. 그제야 한운석은 뭔가 색다른 점을 발견했다. 미접몽과 만독지수의 혼합물 속에 눈물방울 같은 물방울이 흐릿하게 형체를 띠고 있는데, 미인루와 아주 비슷한 모양이었다.

지난번 암시장에서 이 두 가지를 혼합한 이후에는 독성만 주시하고 형태에는 주의를 기울이지 않았다. 그녀는 황급히 다른 혼합물들을 자세히 살펴보았지만, 색다른 형태는 발견되지 않앞다. 그런데 고칠소도 같은 행동을 보였다.

두 사람은 거의 동시에 관찰을 마치고 약속이라도 한 듯 눈을 마주쳤다. 그리고 한운석은 만년혈옥을 깨끗한 도자기 그릇에 놓은 후 그 위에 미접몽을 조금 떨어뜨렸다.

한 방울이 떨어지자 놀라운 일이 벌어졌다. 미접몽이 닿자 견고한 옥석이 치지직 소리와 함께 하얀 연기를 뿜으며 부식되었다. 흰 연기가 사라지자 엄지 크기만 했던 핏빛 옥석은 부식되어 작고 작은 붉은 형체가 되었는데, 크기와 모양이 모두 눈물방울 같았다.

만독지수, 미인혈, 만년혈옥을 미접몽과 섞으니 놀랍게도 모두 같은 형태에 독성은 미접몽과 비슷하나 부식성은 그만큼 강하지 못한 혼합물이 나왔다.

한운석은 얼른 세 개의 독눈물을 한데 모아 보았으나, 거부반응이든 화합반응이든, 그 어떤 반응도 일어나지 않았다.

"설마 독눈물 아홉 개를 한데 모아야 답을 알 수 있는 것일까?"

한운석이 미심쩍은 얼굴로 질문했다.

만독지수, 미인혈, 만년혈옥과 미접몽을 혼합했을 때 결과는 동일했다. 그렇다면 남은 여섯 가지의 극독 역시 독눈물로 변할 것이다.

"생각해 봐야 쓸모없어. 다 찾으면 알게 되겠지."

고칠소는 한운석을 도와 정리하면서 기분이 좋은지 큭큭 웃어 댔다. 맞는 말이다. 이런 일들은 아무리 생각을 해 봤자 쓸데없다. 물건을 다 찾기 전까지는 알 수 없는 일이다.

고칠소는 잠깐 사이에 물건들을 다 정리했다. 독눈물 세 개는 유리병 하나에 넣고, 남은 혼합액 병들 속에서 미접몽을 조금씩 분리해 낸 후 한데 모아 두었다.

말끔하게 정리하는 고칠소를 보던 한운석은 문득 그런 생각이 들었다. 백리명향과 소소옥을 조수로 두는 것보다 고칠소가 훨씬 더 쓸모 있는걸.

물론 한운석은 이런 생각을 감히 용비야에게 알릴 용기는 없었다. 그녀는 몰랐지만, 곁에서 줄곧 입을 다물고 지켜보고 있는 용비야의 얼굴색은 그다지 좋지 않았다.

문외한인 그로서는 그녀와 고칠소 간의 묵계가 있는 것이 전혀 마음에 들지 않았다!

한운석은 유리병 두 개를 받아 진료 주머니에 넣고 나니 모든 일을 마친 듯 홀가분한 기분이 들었다.

"고마워!"

"이런, 이런, 뭘 그리 예의를 차리시나?"

고칠소가 웃으며 답했다.

한운석은 눈을 흘기며 생각했다. 역시 이 녀석과는 진지할 수가 없어.

"독누이, 약성에는 별다른 일도 없으니 이제 의성으로 가자!"

고칠소는 어서 독종의 독초 창고에 가서 만독지토를 찾고 싶어 안달이 났다.

하지만 한운석이 대답을 하기도 전에 곁에서 줄곧 보고 있던 용비야가 차가운 목소리로 말했다.

"너 혼자 가라. 본 왕은 약성에 아직 일이 남았다."

고칠소는 나오는 대로 대답했다.

"같이 가자고 한 적 없는데."

용비야는 급격히 차가워진 눈빛으로 한운석을 바라봤다.

사실 한운석도 거절할 생각이었다. 약성에서 아직 처리할 일도 남았고, 약성과 약귀당의 협력안에 대해서도 더 상의를 해야 했기 때문이다. 게다가 반드시 직접 목령아를 약귀당에 데려다 놔야 마음이 놓일 것 같았다. 그런데 지금은 용비야와 고칠소 사이에 끼이는 바람에, 순간 무슨 말을 해야 할 지 몰랐다.

이 두 사람, 나를 사이에 두고 양쪽에서 지금 뭘 하자는 거야?

"미접몽에 대해서는 두 사람이 상의해요. 난 밥이나 먹으러 가야겠어요, 배가 고파서⋯⋯."

한운석은 용비야가 주의를 기울이지 않는 틈을 타 슬쩍 문밖으로 빠져나갔다.

반 시진 후, 한운석은 간식을 실컷 먹고 두 사람을 위해 따로 챙겨오기까지 했다. 그런데 문 앞에는 고칠소가 쭈그려 앉아 있고, 용비야는 방 안에서 차를 마시고 있는 게 아닌가.

사실 반 시진 동안 고칠소와 용비야는 딱 한마디 대화만 나눴다. 그것도 용비야의 말이었다.

"네가 가지 않아도 상관없다. 본 왕은 급할 게 없으니."

그 말에 고칠소는 짜증이 나서 문 앞에 웅크리고 앉은 것이다.

"뭐하는 거야?"

한운석이 의아해하며 물었다.

너랑 인사하려고 기다렸지, 이 바보!

고칠소는 말없이 그녀의 손에 든 음식들을 모조리 뺏어 들고 문 앞에 앉아 냠냠 짭짭 맛나게 먹어 치웠다. 두 접시를 다 비웠더니 배가 아주 든든해 만족스러웠다.

고칠소는 그제야 몸을 일으키며 말했다.

"독누이, 내가 좋은 소식 가져다줄게!"

그는 멋있게 손을 흔들며 뒤도 돌아보지 않고 가 버렸다.

한운석은 울지도 웃지도 못한 채 바라만 보다가 참지 못하고 따라가며 말했다.

"그 물건은 독종의 지하미궁에 있어. 절벽으로 통하는 비밀통로가 있는데, 절벽에는 독난초가 가득해."

사실 한운석은 약성 일을 다 처리할 때까지 고칠소가 기다렸다가 또 함께 가기를 바랐다. 하지만 아마도 용비야는 가지 않을 것이다. 어쨌든 그 지역은 더 이상 위험하지 않으니 용비야는 사람을 보내는데 그치겠지.

고칠소가 가는 것도 나쁘지 않아. 독성에 대해 잘 아는 자니, 만독지토를 가져올 수 있을 거야.

"그리고 그 비밀통로는 용비야가 커다란 돌로 막아서 열기 어려울 거야. 지난번에 갔을 때는 서주국 초씨 집안 사람을 만났으니 조심해야 해."

한운석이 또 한 번 일깨워 주었다.

"바보, 칠 오라버니는 어려서부터 그 산림에서 자랐어. 내가 모르는 곳이 있을까?"

고칠소에게는 필요 없는 충고였지만 한운석의 말은 그의 마음을 따뜻하게 했고, 요사한 미소도 따스한 햇볕처럼 온화해졌다.

"간다!"

고칠소는 멋있게 검은 두건을 덮어쓰고 기쁜 마음으로 떠났다.

용비야와 한운석이든, 고칠소 자신이든 모두 이번 독종 금지행에 별 신경을 쓰지 않았으나 사실 고칠소의 이번 행차는 그리 순조롭지 않았는데⋯⋯.

고칠소가 가고 한운석이 뒤돌아보니, 언제 왔는지 용비야가 그녀 뒤에 서서 조용히 바라보고 있었다.

뭐 잘못한 것도 없는데, 한운석은 그의 눈빛에 갑자기 마음이 찔렸다.

이건 내 성격 문제가 아니야, 다 용비야가 너무 무섭게 쳐다봐서라고!

겁나는 마음을 무시하려고 노력하면서, 한운석은 웃는 얼굴로 다가갔다.

"함께 식사하러 가요."

"이미 점원에게 내오라고 일렀다."

용비야가 담담하게 말했다.

한운석은 이 '쪼잔한' 인간이 그리 쉽게 놓아주지 않을 거라 생각했는데, 웬걸, 아무 말 없이 방으로 들어가는 게 아닌가. 그녀도 그를 따라 곁에 앉았고, 두 사람 사이에 침묵이 흘렀다.

용비야에게 괴롭힘 당하는 게 익숙해진 걸까. 한운석은 갑자기 '관대'하게 구는 그의 모습이 불편했다.

사실 용비야는 말이 별로 없어서 두 사람 사이의 침묵은 흔한 일이었다. 하지만 이번에는 한운석도 참기 어려웠다. 아무래도 용비야가 뭔가 좀 이상했다.

그런데 한운석이 나서서 말하려는 순간, 점원이 음식을 내왔다.

상 한가득 차려진 요리에 한운석은 눈이 휘둥그레졌다. 칠채탕 하나에 당면, 배추요리, 갈비, 감자볶음, 계란요리, 삼선 볶음, 계화어, 연근, 새우, 닭요리까지 열 가지 요리 모두 식초의 시큼한 맛이 나는 양념으로 버무려 놓았다!

한운석은 먹기도 전에 상 위에 가득한 식초 향에 사레들렸다. 이건 먹을 수가 없어!

자신이 만들었던 식초 간식은 이것들에 비하면 약과로구나!

용비야는 그녀를 힐끗 쳐다본 후 젓가락을 건넸다.

진왕 전하와 함께 식사를

용비야가 건네는 젓가락을 바라보면서 한운석은 눈만 깜박깜박할 뿐, 움직이지 않았다.

한운석은 주저하며 젓가락을 받지 못했고, 용비야도 재촉하지 않았다.

이제 막 나온 열 가지 요리와 탕 하나. 모락모락 나는 김에서는 온통 시큼한 냄새를 풍기고 있어 들이마시는 공기에도 시큼한 맛이 느껴졌다.

"식기 전에 먹거라."

용비야는 아무 일도 없는 것처럼 담담하게 말했다.

"방금 아래층에서 먹은 간식으로 배가 불러서……. 전하 혼자 드시지요."

한운석은 아양을 떨며 말했다.

예전에는 늘 그를 전하라고 불렀고, 따지거나 화가 났을 때만 성까지 붙여 이름을 불렀다. 그런데 요즘에는 뭔가 속에 켕기는 것이 생기면 도리어 존대하며 '전하'라고 부르게 됐다.

"본 왕 혼자 먹으라고?"

용비야는 흥미로운 듯이 물었다.

한운석은 뭔가 제 발 저린 듯한 미소만 지을 뿐 대답을 하지 못했다.

"정말 안 먹겠느냐?"

용비야가 다시 물었다. 담담한 말투였지만, 그 위협적인 느낌은 방 안을 가득 채운 식초 냄새 못지않았다.

한운석은 거의 울기 일보 직전이었다. 식초 간식은 겉보기에는 멀쩡해서 먹은 후에야 그 맛을 알 수 있기 때문에 몰래 꾸민 음모라고 할 수 있다. 그런데 이 인간은 지금 아예 한 상을 차려놨다. 눈에 보이는 것은 물론 코로 그 냄새까지 확인시켜 주니, 이건 그냥 대놓고 당해 보라는 거잖아. 속 터지게 만드는 음모와 달리 지금 그는 분명하게 자신의 뜻을 알려 주고 있다. 본 왕은 아주 언짢아!

한운석이 대답하지 않자, 용비야도 더는 강요하지 않은 채 조용히 젓가락을 거둬들였다. 그리고 작은 그릇에 시고 매운 향의 칠채탕을 담아 느긋하게 맛을 보았다.

이대로 놓아주는 것일까?

한운석은 쓸데없는 생각을 한 것 같아 고개를 숙인 채 젓가락을 들었다.

한운석은 과자는 달콤한 맛을, 요리는 음식 본연의 맛을 잘 살리는 광동요리를 좋아했다. 지금 신맛으로 가득한 요리들을 보니 대체 이 중에서 뭘 먹어야 할지 몰랐다. 우선은 제일 가까이 있는 새콤한 양념의 닭요리부터 집어 보았다.

이 닭요리는 용비야가 전에 조 할멈에게 만들어 주라고 한 닭국과 달리, 닭고기를 채 썰어 기름에 볶은 요리로, 신맛만 생각하지 않으면 꽤 괜찮아 보였다.

용비야는 그 모습을 힐끗 보며 이마를 찌푸리면서도 아무 말도 하지 않았다.

고기 한 점을 들어 쿵쿵 냄새를 맡아 본 한운석은 하마터면 구역질이 날 뻔했다. 말로 표현할 수 없을 만큼 짙은 신맛이었다.

다시 그 모습을 바라보는 용비야의 잘생긴 눈썹은 더욱 일그러졌지만, 여전히 아무 소리도 내지 않았다.

한운석은 이미 울상이 되었다. 먹고 싶지 않은 마음이야 하늘 같았지만, 억지로라도 닭고기 한 점을 입으로 가져갔다.

막 입에 넣었을 때만 해도 참을 만했다. 처음에는 혀의 미뢰들만 반응하나 했더니, 씹기 시작한 순간부터 이제는 이마저 반기를 들었다.

자극적이기 그지없는 신맛과 짠맛 때문에 한운석은 씹을수록 속이 울렁거렸다. 상한 음식인 것만 같았다. 단번에 삼키고 싶은 마음은 굴뚝같았으나, 넘어가지 않는 게 문제였다. 목구멍까지 갔다가 그 향을 견디지 못하고 다시 위로 올라오는 상황이 몇 번이고 이어졌다.

밥과 함께 먹으면 넘어가겠지 싶어 둘러보다가 한운석은 문득 깨달았다. 상 위에는 요리 열 가지와 탕 하나만 있을 뿐 밥이 없는 게 아닌가!

밥 없이 요리만?

으앙…….

바로 이때, 그녀의 머릿속은 한 가지 생각뿐이었다. 토하고 싶은 것도, 울고 싶다는 것도 아니다. 바로……. 진왕 전하, 신첩이 잘못했어요!

억울한 눈빛으로 용비야를 바라보는데 이때 용비야 역시 그녀를 보고 있었다. 그의 안색은 아주 좋지 못했다.

한운석은 자기 잘못을 인정하며 조용히 고개를 떨구었다. 그런데 갑자기 용비야가 노한 목소리로 외치는 게 아닌가!

"미련한 여인 같으니! 뱉지 않고 뭐 하는 게냐!"

한운석은 대사령을 받은 것만 같아 얼른 입에 든 것을 뱉었다. 그에게 말을 하려는 찰나 용비야는 벌써 따뜻한 물을 그녀에게 가져다주며 차갑게 명령했다.

"입을 헹궈라!"

심각한 분위기에 용비야의 표정은 아주 살벌했지만, 그를 바라보는 한운석은 순간 웃음이 나왔다. 입은 시큼시큼해도 마음은 꿀사탕이라도 들어간 것처럼 달콤했다.

"네."

한운석은 명령대로 고분고분하게 입을 헹궜다.

용비야는 시종일관 찡그린 얼굴로 감독하듯 그녀를 지켜보았다. 한운석이 완전히 입을 헹구고 나자, 그는 탕을 한 그릇 떠서 여전히 냉랭한 말투로 명했다.

"마셔라."

한운석은 하라는 대로 할 뿐이었다. 그런데 한입 먹는 순간, 한운석은 반짝이는 눈빛으로 용비야를 바라보았다.

세상에, 정말 맛있잖아?

한운석은 그제야 탕 속을 자세히 들여다보았다. 투명한 탕

국물 속에는 게살, 계란, 발채發菜, 팽이버섯, 두부, 향장香腸과 무, 이 일곱 가지 식재료가 그 색을 고스란히 드러내고 있었다.

한입 더 먹어 보니 개운한 목 넘김에 진한 국물 맛이 느껴졌다. 후추의 매콤함이 가미되긴 했지만 그리 짙지 않아 일곱 가지 식재료의 신선한 맛을 전혀 방해하지 않았다. 새콤함 속에 살짝 드러나는 매콤함이 신선함을 가리지 않은 것이다.

어쩌면 그리도 맛있는지, 한 번 시작하니 멈출 수가 없었다.

용비야는 제자리로 돌아가 조용히 먹던 탕을 계속 먹었다. 한운석은 그제야 깨달았다. 왜 용비야가 이 탕을 먹고 있다는 걸 몰랐지? 저 사람이 먹는 걸 따라 먹으면 되는데, 왜 하필 시큼한 닭요리를 골랐을까?

너무 바보 같은 자신의 모습에 울고 싶을 지경이었다!

한운석은 용비야를 바라보며 할 말을 찾을 수 없었다.

용비야는 그녀를 향해 눈을 치켜뜨고 차갑게 말했다.

"식기 전에 먹지 않고 뭘 하느냐?"

한운석은 아무런 말없이 그를 바라보기만 했다. 좀 전까지만 해도 나오던 새콤달콤한 웃음이 이번에는 나오지 않았다.

마음 가득한 설렘 때문에!

"뭘 멍하니 있는 것이냐? 어서 마시지 않고?"

용비야가 언짢은 말투로 물었다. 날이 이리도 추운데, 국물이 뜨거울 때 마셔야 하거늘.

한운석은 여전히 아무런 말없이 그를 바라보기만 했다.

그녀의 어리석은 모습은 충분히 봤다. 용비야가 무거운 표정으로 한마디 하려는 찰나, 한운석이 갑자기 나섰다.

"용비야, 사랑해요!"

쿵!

용비야가 손에 든 그릇을 떨어뜨리는 바람에 상 위로 국물이 쏟아졌다. 그는 황급히 일어나더니 부자연스럽게 기침을 해 대며 불편한 분위기에서 벗어나려고 했다. 하지만 이번에는 상 위의 그릇이 쿵 소리를 내며 바닥에 떨어지며 고요함을 깨뜨리고 말았다.

한운석의 입꼬리가 올라갔다. 용비야는 당황한 나머지 계속해서 마른기침을 해 댔다. 물론 잠시뿐이고 재빨리 침착함을 되찾고는 자리에 앉았다.

한운석은 그를 바라보며 다시 고백했다.

"용비야, 사랑해요!"

놀리는 것처럼 보여도, 사실 그녀는 진지했다.

세상을 향한 그의 포부는 대륙 전체를 차지해야 할 정도로 컸지만, 그녀를 향한 그의 마음은 참 작고 사소했다. 탕 한 그릇, 장신구 하나, 몸짓 하나, 말 한마디.

"용비야, 정말 사랑해요."

그 깊은 눈동자를 들여다보며, 그녀는 그의 대답을 기다렸다.

그는 계속 엄숙한 분위기를 풍기다가 결국 그녀의 말에 답했다.

"본 왕은 이미 알고 있었다."

그는 말을 하면서 탕을 그녀 앞으로 갖다 주었다. 그녀의 입을 막을 속셈이 분명하다. 그 차가운 성격상 대놓고 하는 뜨거운 고백에 어찌 익숙하겠는가?

한운석이 더 밀어붙이면 또 실수를 할지도 모른다.

진왕에게 사랑고백 받는 게 어디 그리 쉬울까?

한운석은 그의 성격을 아주 잘 알고 있었다. 진짜 벌을 받고 있는 것도 아니라서 이미 속으로는 웃고 있었다. 너무 욕심 부리지는 말아야지.

그녀는 만족스러워하며 감미로운 칠채탕을 맛있게 먹었다.

곧 점원이 밥을 가지고 올라왔다. 밖에서 지키고 있던 초서풍과 당리는 방에서 흘러나오는 시큼한 냄새를 맡고 한참을 서로 바라보았다. 결국 당리가 먼저 입을 열었다.

"몇 달이나 된 거야?"

초서풍은 곰곰이 생각했다. 잠잘 시간도 모자랄 만큼 바쁘셨던 두 주인이 아이를 만들 틈은 없었던 것 같은데.

게다가 진왕 전하가 왕비마마를 얼마나 애지중지하시는데. 정말 회임이라도 하셨다면, 왕비마마가 이리저리 다니게 놔두실 리가?

"아닐 텐데요?"

초서풍이 진지하게 답했다.

"그럼 왜 저렇게 신 것만 먹어?"

당리가 영문을 알지 못해 물었다.

모르기는 초서풍도 마찬가지였다. 다시 기억을 더듬어가던 초서풍에게 한 가지 일이 떠올랐다. 그날 밤, 강남 매해에 갔을 때 진왕전하에게 매섭게 발길질을 당했었다.

"설마, 그날 밤인가?"

초서풍이 혼잣말로 중얼거렸다.

"언제?"

당리는 이해가 되지 않았다. 자신이 알기로는 용비야가 이렇게 빨리 아이를 가질 리가 없다. 한운석이라는 약점만으로도 충분히 걱정하기 바쁠 테니.

"그날이 아닐지도 모르죠. 매해에서 꽤 여러 날 머무셨는데."

초서풍은 또 혼자 중얼거렸다.

결국 두 사람은 한운석의 배 속 아기 문제를 논하다가 밥 먹으러 가는 일도 잊고 말았다.

방 안에 있는 한운석은 술과 밥을 배불리 먹은 뒤였고, 용비야도 방금 아무런 일이 없었던 것처럼 정상 상태로 돌아왔다.

하지만 한운석은 평생 이 새콤하고 매콤한 칠채탕의 맛을 잊지 못했고, 용비야는 그녀가 한 세 번의 고백을 잊지 않았다.

"내일 왕공과 함께 약성과 약귀당의 협력안을 논의하고, 초서풍이 목령아를 영남에 데려다주면, 우리……."

용비야는 잠시 말을 멈추었다가 진지하게 말했다.

"천산에 다녀오자!"

의외였다. 한운석은 용비야가 자신과 함께 영남으로 돌아갈 것으로 생각했다.

"천산에……, 무슨 일로요?"

의아해서 묻긴 했지만, 사실 꽤 오랫동안 궁금했다. 그녀의 생각이 맞는다면, 단목요는 아직 천산에 있을 것이다.

"약속하지 않았느냐? 지금이 딱 산에 오르기 좋은 계절이다. 더 늦어지면 내년에나 갈 수 있다."

용비야가 설명해 주었다.

천산산맥은 운공대륙 가장 서북쪽, 서주국과 의성의 서쪽 편에 위치해 있다. 산봉우리의 해발 고도가 아주 높아서 일곱 개 봉우리에는 만년설이 쌓여 있다. 겨울부터 봄까지는 눈이 제일 많이 쌓이는 시기라 오르내리기 쉽지 않다. 천산 제자라 해도 긴급한 일이 아니면 하산하지 않는다.

물론 한운석은 용비야와 내기를 해 그를 곤경에 빠뜨린 일을 기억하고 있었다.

"좋아요! 내일 바로 가요!"

그녀가 기뻐하며 답했다.

그녀는 많은 일에 대해서 캐묻거나 그에게 강요하지 않았다. 용비야가 천천히 그녀에게 알려 줄 마음만 있다면 충분했다.

이번에 천산에 가면 용비야의 사부님을 만나 뵐 수 있겠지.

용비야처럼 무공이 뛰어난 자를 가르친 분이니, 분명 존경할 만한 분일 거야. 한운석은 기대가 컸다.

한운석은 용비야에게 가까이 다가가 낮은 목소리로 말했다.

"용비야, 아무래도 나와 서진황족은 아무 관련이 없는 것 같아요."

내내 이 말이 하고 싶었지만 고칠소가 있다 보니 지금까지 말을 못 하고 미뤄 왔다.

그녀의 어머니는 약성 사람이고, 아버지는 독종 사람이다. 이는 서진과 아무런 관련이 없다. 아무래도 영족 그 사람은 꼬맹이 때문에 온 것 같다.

팔걸이 위에 얹힌 용비야의 손에 힘이 들어갔지만 한운석은 알아채지 못했다. 용비야는 과감하게 고개를 끄덕이며 대답했다.

"음!"

한운석은 탄식했다.

"아, 아쉬워요. 서진 세력이라도 있으면 당신에게 조금이라도 힘을 보탤 수 있잖아요!"

용비야는 가볍게 그녀의 앞머리를 어루만지며, 말할 수 없는 고백을 속으로 삼켰다.

'한운석, 본 왕이 동진 태자라는 사실을 알게 되어도, 네가 그렇게 생각할까?'

어쨌든 약성에서의 일이 일단락 지어졌다. 이날 밤, 두 사람은 한 침상에 누워 일찍 잠을 청하며 휴식을 취했다.

한운석은 용비야의 팔베개를 하고 누워 행복하게 잠이 들었다. 그녀가 어찌 알았으랴. 용비야가 밤새 해야 할 일을 생각하느라 한숨도 못 잤다는 것을.

그녀를 데리고 천산에 가기 위해서는 많은 준비를 해 놔야 했다.

다음 날, 이들은 왕공과 함께 약재 거래에 관해 많은 일을 논의했다. 한운석은 한 번 더 약재 숲으로 가서 약왕 노인에게 작별인사를 했다.

돌아오는 길에 한운석과 용비야는 독 연못도 살펴보았다.

이 독 연못을 이용해서 군역사를 함정에 빠뜨리려고 했었지만, 약성에서의 싸움이 이렇게 빨리 끝날 줄이야. 더군다나 이곳에서 미접몽에 대한 그 많은 비밀을 알게 될 줄은 예상치 못했다.

이번 약성행은 헛되지 않았다.

텅 빈 연못을 보며 용비야가 담담하게 말했다.

"그때 독 연못 물을 받아 놓은 게 다행이었다."

연못에 가득했던 물과 독초는 까닭 없이 사라졌다. 만약 한운석이 그때 독 연못 물을 받아 놓지 않았다면, 어디에 가서 만독지수를 찾았을까?

한운석은 몰래 웃음 지으며 대답을 하려다가, 갑자기 눈앞이 새까매지더니 혼절해 버렸다.

원래부터 있던 것이라니

혼절한 상태였지만 한운석의 의식은 뚜렷했기 때문에, 용비야가 그녀를 안고 다급한 목소리로 부르고 있는 것도 느낄 수 있었다.

다만 대답할 수도, 대답할 틈도 없었다.

맹렬하게 홍수가 밀려들어온 것이다. 본능적으로 피하려 했지만, 사방팔방 온통 물이라 도망칠 곳도 없었다. 독수였다. 설마, 독 연못에 문제라도 생긴 걸까?

갑자기 거대한 파도가 덮쳐와 한운석은 완전히 지각을 잃고 말았다. 마치 몇 달 동안 쌓인 피로가 폭발한 것처럼, 깊은 잠에 빠져 버렸다.

얼마나 오래 잠든 걸까. 그녀가 눈을 떴을 때, 더 이상 홍수는 보이지 않았다. 그녀의 의식이 해독시스템으로 들어가 보니 독 연못에 독초가 무성했고, 수많은 독초가 미친 듯이 자라고 있었다.

뭔가 이상한 냄새가 나서 한운석은 가까이 다가가 자세히 살펴보았다. 독 연못 속 많은 독초가 너무 많이 자란 나머지, 지금 캐내지 않으면 그대로 썩기 일보 직전이었다.

이 독 연못은 외부에서 집어넣은 것이기 때문에 그녀의 해독시스템과 완벽하게 하나가 될 수 없었다. 해독시스템은 이 약재들의 독성에 따른 해약을 배합할 수는 있어도, 이 안에서 인공지능을 활용한 채집과 저장은 불가능해 보였다. 그래서 그녀가 정기적으로 들어와서 채집해야 했다.

최근 너무 분주한 시간을 보낸 나머지 채집을 깜빡했더니, 해독시스템이 그녀를 혼절시켜서 강제로 끌고 들어온 것이다. 이야, 성깔 있는 시스템이네!

한운석은 별수 없다는 듯 웃고 말았다. 해독시스템은 그녀가 가져왔지만, 해독 공간의 개발과 다른 기능에 대해서 잘 아는 건 아니어서 천천히 알아갈 수밖에 없다. 그저 이 시스템이 아주 결정적인 순간에 그녀를 인사불성으로 만들지 않기를 바랄 뿐이었다.

만약 적과 치열하게 싸우고 있는데 갑자기 혼절하면 어쩌나. 상상만 해도 끔찍하다.

한운석이 자라난 독초들을 잘라 낸 후 하나씩 점검한 결과, 새로운 독초는 총 열 종으로, 각각의 수량도 열 개 이상이었다. 네 종에 대한 해약은 이미 배합되었고, 남은 여섯 종에 대한 해약은 연구 중이었다.

해독시스템에 보관된 약재들에 비하면 적은 숫자지만, 완전히 새로운 독약이 아닌가! 한운석 자신 외에는 누구도 해독할 수 없는 것이다.

한운석은 헤헤헤 웃음이 나왔다. 길 가다가 큰돈을 주운 것처럼, 아주 공으로 큰 수확을 얻었다. 이 독약들은 절대 함부로 쓰지 않을 것이다. 군역사 같은 독의 고수들에게 쓰도록 잘 남겨 둬야 하니까.

그녀에게 군역사는 이미 안중에도 없었다. 군역사가 세상 물정 모르고 덤비면, 다시 한 번 기회를 만들어 여러 가지 독 맛을 보여 줄 생각이었다. 물론, 어주도에서 독 안개를 펼쳤던 고수에게 더 흥미가 갔다. 언젠가 만나게 된다면, 독 쓰는 능력이야 그에 미치지 못해도 독성에 있어서는 절대 지지 않을 것이다.

독초들을 약 보관실에 넣어 둔 후, 한운석은 얼마 전 들여놓은 독눈물 세 개를 살펴보았다.

미인혈, 만년혈옥, 만독지수를 미접몽과 혼합해서 만든 것들이었다. 해독시스템은 미접몽의 독성을 검출하지 못하기 때문에 순수한 미접몽은 넣을 수 없었다. 하지만 미인혈, 만년혈옥, 만독지수의 독성은 검출할 수 있어서 혼합 후 만들어진 독눈물도 시스템 안에 넣을 수 있었다.

사실 이 시스템은 저장 기능도 성깔이 장난 아니다. 면사나 금침처럼 해독에 필요한 도구들은 가능하지만 독약, 해약과 무관한 것들은 모조리 진입 불가다. 그래서 미접몽은 늘 몸에 지니고 다닐 수밖에 없었다. 보물이나 돈도 이곳에 몰래 숨겨 두고 싶지만 그저 희망사항일 뿐이다.

보관실에서 나온 한운석은 자신도 모르게 멀지 않은 곳에 보이는 컴컴한 공간 쪽으로 향했다. 만독지토를 집어넣으면 이 공간이 또 업그레이드되어서 넓어질까? 지난번에 만독지수를 넣으니 업그레이드되었잖아?

이론적으로 따지면 현대에서 가져온 인공지능 시스템과 고

대의 독물 간에 어떤 연관성도 없다. 하지만 만독지수가 해독 공간의 새로운 영역을 개발한 건 사실이었다.

"이상해……."

혼잣말로 중얼거리기만 할 뿐, 그녀도 끝까지 따지고들 생각은 없었다. 어차피 자신은 알아낼 수 없는 부분이기 때문이다. 눈을 감고 이제 떠나려는 채비를 하는데, 이게 웬일인가, 아무리 애를 써도 나갈 수가 없다!

뭐지?

한운석은 깜짝 놀랐다. 지난번에 이런 통제 불능 상황이 발생했을 때는 그녀가 독 연못을 들여왔을 때였다. 그때는 너무 피곤한 상태였고, 해독시스템이 업그레이드를 했기 때문이기도 했다. 그런데 이번에는 아무 일도 없었잖아! 설마, 시스템이 먹통이 된 건 아니겠지.

갑자기 발아래 쪽이 심각하게 흔들리더니, 본디 평평하던 땅이 쩍하니 갈라져 세 치 정도 되는 균열이 발생했다. 하필 한운석이 밟고 서 있는 위치였다. 그녀는 황급히 비켜서서 그 속을 들여다보았다. 끝을 알 수 없을 정도로 깊은 균열이 해독 공간 전체를 반으로 나누어 버렸다. 한쪽은 기존 해독시스템의 수량 제한이 있는 약 보관실이었고, 다른 한쪽은 독 연못과 알 수 없는 컴컴한 공간이었다.

한운석이 말도 안 된다고 생각하고 있을 때, 약 보관실에 있던 독눈물 세 개가 대열을 맞추기라도 하듯이 약 보관실에서부터 나와 차례로 날아가더니 독 연못 상공에 멈춰 은은한 빛을 발했다.

좌우를 살피던 한운석의 시선은 결국 땅 위에 선명하게 갈라진 균열에서 멈췄다. 놀란 마음에 심장이 쿵쾅거렸다. 설마 이 거대한 해독 공간은 그녀의 해독시스템이 확장한 게 아니라, 원래부터 있던, 그러니까 원래 그 한씨 집안 대소저의 것일까?

한운석은 시집가는 가마로 타임 슬립 했던 때를 기억하고 있다. 이어받은 기억 속 한씨 집안 대소저는 죽지 않았어. 그녀의 영혼은 어디로 간 거지?

설마 영혼의 융합으로 지금 이 두 개의 시스템 공간이 생긴 건가? 그리고 두 공간이 서로 다른 시스템이기 때문에 독 연못에서 자란 독초를 해독시스템이 자동으로 채집해 보관할 수 없고, 그녀가 직접 약 보관실에 넣어야 하는 걸까?

이렇게 생각해 보니 모든 것이 분명해졌다.

한운석이 현대에서 가져온 인공지능 시스템에는 약재 저장 공간이 구비되어 있다. 확장 가능한 공간이지만 후속 개발을 하지 못해 더 넓힐 수 없었다.

그런데 한씨 집안 대소저가 가진 순수한 독 저장 공간이 그녀에 의해 무의식적으로 가동되면서 확장까지 이른 것이다.

해독시스템과 독 저장 공간은 완전히 융합되지는 않아도 서로 충돌하지도 않아 그녀의 몸에서 완벽한 공존을 이루었다.

과연 독종의 딸이로구나. 한씨 집안 대소저가 이리도 좋은 것을 갖고 있다니.

균열이 일어나 해독시스템과 독 저장 공간이 완전히 나누어지지 않았다면, 아마 영원히 영문을 알지 못했을 것이다.

이제 보니 이 균열은 시스템과 공간의 분열이 아니라 독 저장 공간이 완전히 가동되었다는 표지였다.

해독시스템은 독물 제어에 한계가 있다. 시스템에 기록이 없으면 분석할 수 없고, 저장도 불가능하다. 그럼 이 독 저장 공간은? 천하의 모든 독물을 저장할 수 있는 것일까? 아니면 역시 한계가 있으려나?

한운석은 눈을 감고 독 저장 공간만 따로 조종해 보려 했다. 그러자 소매에 넣어 두었던 미접몽을 소환할 수 있었다!

세상에, 지금까지 해독 공간에 미접몽을 넣을 방법이 없었는데! 이제 미접몽도 아까 독눈물 세 개와 함께 독 연못 상공에 멈추었다.

한운석은 한 번 더 시도해 보기로 했다. 이번에는 진료 주머니 속에 있는 일반 독약을 소환해 보았다. 그런데 이번에는 독 저장 공간에 소환이 안 되고 해독시스템으로만 들어가졌다.

한운석의 눈에 복잡한 빛이 어렸다. 여러 차례 시도해 본 결과, 만독지수, 미인혈, 심지어 독난초까지 미접몽과 관련된 것은 모두 독 저장 공간에 보관할 수 있음을 알게 되었다. 하지만 그와 무관한 것은 흔한 독약이든 희귀한 극독이든 절대 넣을 수 없었다!

한운석은 간담이 서늘해졌다. 이 독 저장 공간이 미접몽과 이렇게 긴밀하게 연결되어 있다니. 미접몽의 배후에는 대체 얼마나 많은 비밀이 숨겨져 있는 것일까!

미접몽을 얻은 자, 천하를 얻으리라. 이 말은 또 무슨 뜻일까? 독종의 피를 이어받은 그녀의 몸과 미접몽은 또 무슨 관계지? 설마 이 몸은 미접몽을 위해 태어난 것일까?

한운석은 생각에 생각을 거듭하다 보니 머리까지 아파 왔고, 곧 다시 정신을 잃었다.

독 저장 공간이 완전히 가동되면서 한운석의 체력이 꽤 많이 소모되었던 것이다. 그녀가 깨어났을 때는 꽤 오랜 시간이 지난 뒤였다.

정신이 들자마자 그녀의 눈에는 가장 익숙한 용비야의 얼굴이 보였다. 결벽증이 있어 늘 깔끔 떠는 그의 얼굴이 수염으로 거뭇거뭇해졌다. 하지만 지저분해 보이기는커녕 오히려 성숙한 남성미가 느껴졌다.

그저 한숨 푹 잔 것만 같은데 왜 이리 오랜만인 느낌이 드는 거지? 한운석은 멍하니 바라만 보다가 자신도 모르게 그의 얼굴을 어루만졌다. 까끌까끌한 수염의 감촉이 손에 느껴졌다.

"용비야, 수염이 났어요……."

그녀가 중얼거렸다.

용비야는 순간 멍해졌다가 곧 정신을 차리고 큰 소리로 외쳤다.

"고북월과 삼장로를 들라 하라!"

이 속 터지게 만드는 여자 같으니, 그녀는 장장 보름이나 의식불명 상태였다. 그는 아무 일도 하지 못하고 그녀의 곁만 지켰다. 그러니 수염이 자라지 않고 배기겠는가?

그녀가 혼절하자 그는 약성에서 하루를 머물렀다. 하지만 상황이 심상치 않자 과감하게 약귀당으로 돌아가 고북월을 찾았고, 동시에 의성에 사람을 보내 삼장로를 청했다.

두 사람이 문 앞에서 대답도 하기 전에 꼬맹이가 뛰어 들어가서 바로 침상 위로 올라가 찍찍거렸다.

"꺼져라!"

용비야는 손을 내저으며 꼬맹이를 한쪽으로 치워 버렸다. 꼬맹이는 억울해서 용비야에게 이빨을 드러냈다.

그렇다고 진짜로 깨물 배짱은 없었던 꼬맹이는 속으로 다짐했다. 앞으로 이 악당이 또 운석 엄마와 싸우면 과감하게 운석 엄마를 데려가 버릴 테야!

고북월과 삼장로가 얼른 안으로 들어왔다. 고북월의 발걸음은 삼장로보다 훨씬 빨랐다. 하지만 아무리 초조해도 가리개 앞에서 고북월은 걸음을 멈추고 말했다.

"왕비마마께서 정신이 드셨습니까? 정말 다행입니다!"

"어서 진맥을 하게 해 주십시오!"

삼장로가 그 뒤를 이어 나섰다.

"삼장로까지 오시다니, 나……, 어떻게 된 거죠?"

한운석은 찔리는 마음으로 물었다.

"보름 동안 혼수상태였다."

용비야가 눈썹을 찌푸린 채 언짢은 말투로 말했다.

"지난 두 번과 마찬가지로, 병증을 명확히 밝히지 못했다."

한운석은 더는 질문을 하지 않고 하라는 대로 손을 내밀었다. 삼장로는 오랫동안 진맥을 하더니 수염을 연신 어루만지며 말했다.

"아무래도…… 고 의원이 말한 대로입니다. 맥상을 보니 진왕비마마께서 심신이 피로하여 생긴 병입니다."

며칠 동안 그와 고북월은 계속해서 진왕비의 병세를 연구해 보았으나 명확한 진단을 내리지 못했다.

삼장로가 물러서자 이번에는 고북월이 진맥했다.

"왕비마마, 최근에 마음 쓰이는 일이 있으셨습니까?"

고북월의 낮고 감미로운 목소리는 사람의 마음을 편안하게 했다.

당연히 해독시스템 사건이 가장 마음 쓰이는 일이긴 했다.

한운석은 고개를 끄덕이며 답했다.

"며칠 동안 약성 일 때문에 골치가 아파서, 마음이 쓰이긴 했죠."

"너무 마음을 쓰신 게 아닌지요?"

고북월이 다시 물었다.

약성의 일은 그저 조금 신경을 쓴 것일 뿐, 마음까지 애태운 것은 아니었다. 하지만 두 의원과 영명하기 그지없는 용비야 앞에서 한운석은 좀 더 과장을 해야 했다.

"마음이 많이 쓰이다 뿐인가요. 계속 꿈까지 꾸는 통에 잠도 제대로 못 잤어요."

이 말에 고북월의 눈에 웃음기가 흘렀다. 아무래도 거짓말이 들킨 것 같은데……

북월의 총애

고북월의 웃음기 어린 눈빛은 금세 사라지고, 진지하고 평온한 말투가 이어졌다.

"소인이 보기에 왕비마마는 문제가 없으십니다. 갑작스럽게 오랜 기간 깨어나시지 못한 것은 다 마음의 피로가 지나치게 쌓인 탓이니 왕비마마께서는 마음을 편히 먹도록 하시지요."

용비야가 삼장로 쪽으로 고개를 돌렸다. 고북월의 진단에 더는 보탤 내용 없이 없다고 판단한 삼장로도 고개를 끄덕였다.

하지만 용비야는 마음이 놓이지 않았다.

"본 왕은 지금껏 신경을 많이 쓴다 하여 이렇게 오랫동안 깨어나지 못했다는 소리를 들어보지 못했다!"

"전하, 소인이 며칠 전 말씀드렸다시피 신경을 많이 쓰면 혼절할 수 있고, 혼수상태에 빠진 사례가 있습니다. 왕비마마처럼 이렇게 오랫동안 혼수상태인 경우는 특수사례로, 수면장애 증상에 해당합니다."

고북월의 설명을 듣자마자 삼장로도 생각이 난 듯 말했다

"생각났습니다. 아무 이유 없이 수년 동안 잠에 빠지는 병증이 확실히 존재합니다. 왕비마마는 이 병에 해당하지는 않으나, 유사한 부분이 있습니다."

어떤 위협에도 흔들림이 없던 진왕 전하는 그 한마디에 새하

얄게 질릴 정도로 놀라 다급하게 물었다.

"그런 괴병에 걸린 것은 아니겠지?"

"지금은 아닙니다. 다만 그런 병으로 발전하게 될지는 장담할 수 없습니다."

삼장로는 솔직하게 답했다.

용비야가 잘생긴 눈썹을 '내 천川' 자로 일그러뜨리며 버럭 소리를 질렀다.

"본 왕은 정확한 답을 원한다!"

아무리 그래도 의성이나 되는 삼장로에게 이렇게 고함을 치다니, 정말 어이없는 일이었다. 하지만 삼장로는 진왕비의 체면을 생각해 꾹 참았다.

그리고는 더는 말하지 않았다.

"아마……, 아닐 거예요."

한운석이 조심스레 말했다.

그런데 고북월이 정색을 하고 나설 줄이야.

"왕비마마, 절대 소홀해서는 안 될 일입니다. 지금 상황에서는 몸조리를 잘 하셔야 병세를 미연에 방지할 수 있습니다!"

용비야가 다급하게 물었다.

"어찌 해야 하느냐?"

고북월의 눈에 웃음기가 어렸지만, 용비야는 초조한 마음에 그 눈빛을 알아채지 못했다.

"걱정을 내려놓으시고, 몸을 편히 쉬시며, 마음 가는 대로 행하시고, 늘 즐겁게 지내시는 것이 마음을 보양하는 가장 좋은 약이지요. 전하께서 그래도 마음이 놓이지 않으시면, 별도로 보양식을 마련하시어, 매달 왕비마마의 원기를 보충해 주시면 기력이 회복되고 자연스레 마음의 회복으로 이어질 것입니다."

고북월은 끝에 한마디를 덧붙였다.

"병을 예방하기 위해서는 분노하거나 우울해하거나 상심하는 일이 있어서는 안 됩니다. 이것이 가장 중요한 부분이니 앞으로 모든 일에 왕비마마의 마음을 가장 우선으로 하여 주십시오."

삼장로에게도 별다른 방법이 없었고, 고북월의 말이 이치에 맞는다고 생각해 그 말에 동조했다.

"그 방법밖에 없습니다."

용비야는 한마디 한마디를 놓치지 않고 듣고는 말했다.

"적합한 약재가 있으면 목록을 작성하라."

"적합한 약재는 많으나 구하기 쉽지 않습니다. 약귀곡도 장담할 수 없습니다."

고북월의 대답에 용비야가 차갑게 말했다.

"다 작성하라. 본 왕이 약성 장로회에게 찾으라고 하겠다!"

그러자 고북월은 사양하지 않고, 진귀하기로 이름난 약재들을 쭉 적어 내려갔다. 그 내용을 본 삼장로는 고북월의 독함에 혀를 내둘렀다. 대부분이 세상에 하나뿐인 진품珍品들이 아닌가!

세상에 하나뿐이니, 먹고 나면 영원히 사라진다!

밖으로 나왔을 때 삼장로는 참지 못하고 입을 열었다.

"고 의원, 자네가 쓴 그 약재들은…… 부적절하지 않은가?"

"진귀한 것이기는 하나, 가장 따뜻한 약성을 갖고 있어 왕비마마에게 잘 맞습니다. 많이 복용하셔도 괜찮습니다."

고북월이 진지하게 답했다.

"이 늙은이의 뜻은 말이네⋯⋯."

삼장로는 목소리를 낮추며 말했다.

"지나친 게 아닌가?"

고북월은 삼장로가 반박할 수 없는 답을 내놓았다.

"삼장로님, 어떻게 해서든 왕비마마만 회복되시면, 진왕 전하는 별말이 없으실 겁니다."

방금 용비야가 자신에게 고함친 일을 떠올리며 삼장로는 고개를 끄덕였다.

"그렇군, 그래!"

고북월은 굳게 닫힌 방문을 돌아다보며 가볍게 웃음을 지었다. 자조적이면서도 어쩔 수 없다는 웃음이었다.

사랑을 주고 싶어도, 용비야의 손을 빌릴 수밖에 없구나.

고북월의 이 약방문이 약성 왕씨 집안에 전달되었을 때, 왕공은 하마터면 의자에서 넘어질 뻔했고, 장로회에 전해지자 사장로와 칠장로는 이 약방문을 받아 들고는 서로 마주보며 거의 울 지경이 되었다.

한운석은 방안에서 이 약방문을 보고 하마터면 눈물이 날 뻔했다. '삼시세끼 푹 곤 암탉'을 먹을 나날이 곧 올 것임을 실감했다.

고북월은 정말 모르고 이러는 걸까, 아니면 일부러 이러는 걸까? 의심이 들 수밖에 없었다.

"대체 무슨 걱정거리가 있었던 거냐? 계속?"

용비야의 이 한마디에 생각에 잠겨 있던 한운석이 퍼뜩 정신을 차렸다. 한운석은 억울하다는 듯 고개를 가로 저었다.

"너무 피곤해서 그렇죠."

"오늘부터는 약귀당에만 머무르고 아무 데도 가지 마라. 아무 일도 상관하지 말고."

용비야가 차갑게 말했다.

"그럼 너무 갑갑해서 우울해져요."

그리고는 한마디 덧붙였다.

"고북월이 우울하면 안 된다고……."

"대체 너는!"

용비야가 대답할 말을 찾지 못하자 한운석은 슬그머니 웃음이 나왔다. 고북월이 고의였든 아니었든 상관없었다. 어차피 그녀에겐 이득이니까.

한운석은 결국 참지 못하고 웃으며 말했다.

"용비야, 앞으로 날 화나게 하면 안 돼요. 결과가 아주…… 심각할 수 있어요."

그러나 용비야는 농담할 생각도 없이 냉랭하게 답했다.

"본 왕도 기억하고 있다!"

표정은 언짢아하면서도 용비야는 그녀를 와락 자신의 품 안으로 끌어 당겼다. 놓아주지 않을 것처럼 꽉 안고 있는 그는 한마디도 하지 않았지만, 한운석은 그의 두려움을 느낄 수 있었다.

용비야, 당신도 두려워할 줄 아는구나.

뒤늦은 만남에 너무 늦게 사랑을 깨달으면서 함께 보낸 시간도 고작 몇 년뿐이다. 이제 겨우 당신에게 가까워졌는데 내가 어떻게 깨어나지 않을 수 있겠어?

천산에 가려던 계획은 무산되었다. 한운석이 잠에 빠지면서 약귀당으로 다시 돌아왔기 때문이다. 오늘 당장 떠난다 해도, 대설로 오르는 길이 막히기 전에 도착하기는 힘들었다.

가게 된다면 빨라도 내년 여름이었다.

좀 울적하긴 했지만 한운석은 곧 좋게 생각하기로 했다. 겨우 몇 달인데 뭐. 이제 막 약성을 손에 넣었으니, 몇 달 동안 약귀당을 잘 보살펴야 했다.

독종의 금지 쪽에 가고 싶기는 했지만, 한운석은 그런 말을 꺼낼 엄두가 나지 않았다. 열흘에서 보름 정도 더 요양하지 않는다면 용비야는 절대 외출을 허락하지 않을 것이다.

왕비마마의 요양 명령이 떨어지자 조 할멈은 당장 그날부터 아궁이를 준비한 후 약재를 넣어 암탉을 삶기 시작했다. 백리명향도 바로 약귀당에서 돌아와 시중을 들었다.

다음 날, 용비야가 외출하자마자 조 할멈은 얼굴에 함박웃음을 띠고 닭국을 대령했다.

"왕비마마, 식기 전에 어서 드시지요."

한운석이 의식하기도 전에 백리명향이 이상한 낌새를 눈치채고 의아해하며 물었다.

"조 할멈……, 왜 웃고 있죠?"

조 할멈은 대답 없이 그저 웃기만 했다. 한운석은 뭔가 수상쩍은 느낌이 들었다.

"무슨 좋은 일이길래 그러나? 어디 내게도 좀 알려 주게, 같이 즐겁게."

조 할멈은 더 흥겨워하며 답했다.

"왕비마마, 회임하신 지 석 달이 되셨다면서 어찌 소인에게 일언반구도 없으셨습니까!"

백리명향이 놀라서 외쳤다.

"회임하셨다고?"

그 말을 듣자 한운석은 풉 하고 입 안 가득 있던 닭국을 뿜어 버렸다. 조 할멈의 얼굴은 닭국 범벅이 되었다.

"누가 그런 유언비어를 퍼뜨렸나?"

조 할멈은 놀라움을 금치 못하며 물었다.

"아닙니까?"

"누가 그러던가?"

호기심이 발동한 한운석이 물었다.

"초서풍이요!"

조 할멈은 얼른 다 불어 버렸다.

처음에는 호기심이었지만, 이름을 듣자 이제는 화가 나기 시작했다.

"초서풍에게 말한 건 누군가?"

"소인도……, 그것은 모릅니다."

조 할멈이 사실대로 말했다.

"게다가 석 달? 그 날짜는 어찌 셈했나?"

한운석은 노기 어린 목소리로 물었다.

"소……, 소인이 그 녀석을 데려오겠습니다."

조 할멈은 돌아서자마자 달리기 시작했다. 이런 유언비어를 퍼뜨린 책임은 실로 막중했다. 만에 하나 석 달 전 전하와 왕비마마 사이에 아무런 일이 없었다면, 만약 이 일이 전하의 귀에 들어가 오해라도 불거지면, 그럼 진짜 사달이 나는 것이다! 게다가 전하께서 외출하시기 전에 모든 하인들에게 신신당부를 하셨단 말이다. 무슨 일이 있어도 왕비마마가 화를 내시거나 울적해하시는 일이 있어서는 안 된다고. 조 할멈은 초서풍을 억지로 끌고 와서라도 사태를 분명히 해야겠다고 생각했다.

곧 초서풍이 도착했다. 오는 길에 조 할멈이 모든 상황을 말해 주었다. 그는 오고 싶지 않았지만 억지춘향으로 질질 끌려왔다. 진왕 전하의 명을 받아 비밀시위 중 누구도 왕비마마의 심기를 건드려서는 안 된다고 전한 건 자신이었다.

초서풍은 바닥에 머리를 납작 조아렸다. 20년 가까이 살면서 이런 최악의 상황을 맞기는 처음이었다.

"석 달?"

한운석이 눈썹을 치켜뜨며 물었다.

초서풍은 한마디도 하지 못했다.

"누가 그랬나?"

한운석이 다시 물었다.

당리라면 초서풍에게 덮어씌웠겠지만, 초서풍이 언감생심 당리를 어찌 모함하겠는가. 다만 묵묵히 인정할 뿐이었다.

"소인이…… 오해하였습니다."

"아무 근거 없는 오해라니, 게다가 석 달이라고? 왜 넉 달도 아니고 석 달인가?"

한운석의 질문에 다급해진 초서풍이 결국 나오는 대로 털어놓았다.

"넉 달 전이면 전하와 다투셨을 때 아닙니까! 그런데 어떻게……."

말이 끝나기도 전에 초서풍은 입을 딱 다물었다. 더 이상 말할 배짱은 없었다. 왕비마마와 전하가 말다툼을 하신 그 일에서 가장 재수가 없었던 것은 자신 아니었던가?

한운석은 용비야 앞에서나 미련하지, 다른 사람 앞에서는 누구보다도 영리했다. 그녀는 흥미로운 듯이 물었다.

"석 달 전이면 나와 전하가 강남 매해에 머물 때인데……."

말이 떨어지는 순간, 초서풍은 흠칫 놀라 두 다리에 힘이 빠져 영영 일어서지 못할 것 같았다!

만약 이 여인이 그날 밤, 전하께서 지붕에 계셨다는 사실을 알게 된다면…….

초서풍은 더는 생각할 수 없어 쿵 소리를 내며 바닥에 무릎을 꿇었다.

"왕비마마, 살려 주십시오. 소인이 허튼 생각을 하다니, 죽을죄를 졌습니다!"

"터무니없이 어째서 허튼 생각을 했지?"

한운석의 질문에 초서풍이 다급하게 답했다.

"전날 약성에서 두 분의 식사 자리에 식초 냄새가 가득한 시큼한 요리들이 오르는 것을 보고, 소인이 마마께서 회임하셔서 입맛이 없으신 줄 알고 오해하였습니다. 보통 석 달쯤에 가장 밥맛이 없다는 이야기를 들어서, 소인이 멋대로 짐작하였습니다."

그 말에 조 할멈과 백리명향은 웃음을 터뜨렸다.

"왕비마마, 용서해 주세요. 다 큰 사내가 이런 것까지 알기 어디 쉬운가요."

백리명향의 말에 조 할멈도 거들었다.

"왕비마마, 사실 이 녀석도 소인에게 몰래 귀띔해 준 것뿐이랍니다. 좋은 마음으로 그런 것이니 한 번만 용서해 주시지요."

한운석은 아무리 생각해도 뭔가 이상한 느낌이 들었다. 이때, 소소옥이 들어왔다.

"왕비마마, 목령아가 찾아왔어요."

초서풍에게 더는 따질 것이 없었던 한운석은 그대로 그를 보내주었다. 초서풍은 정말 다행이라고 가슴을 쓸어내리며 속으로 다짐했다. 앞으로 절대 이상한 생각도 안하고, 헛소리도 하지 않겠다고.

진짜 큰일 날 뻔했네!

목령아는 약성을 떠난 이후 줄곧 약귀당에 머물렀다. 그녀의 아버지와 연심부인이 이대로 포기하지 않을 것을 알고 있었지만, 두렵지 않았다. 목씨 집안이 처참하게 무너졌으니, 두 사람은 아마 당장은 그녀를 괴롭히지 못할 것이다.

들어오자마자 기력을 차린 한운석을 본 목령아는 별로 친절하지 않은 어조로 말했다.

"잠은 충분히 잤어?"

"무엄하다! 왕비마마를 뵙고도 예를 차리지 않다니?"

소소옥이 양손을 허리에 대고 짐짓 집사 행세를 했다.

목령아는 그녀의 말은 전혀 신경 쓰지도 않고 한운석 맞은편에 앉아 약 하나를 건넸다.

"선물이야. 자기 전에 먹으면 원기 회복에 도움이 될 거야."

"약귀당에 머물기로 한 이상, 이제는 언니라고 부르지 그래."

한운석은 무심하게 말을 건넸지만, 사실은 자신이 정말 그녀의 언니, 사촌언니라는 사실을 말해 주고 싶은 마음이 간절했다.

최악, 작위 박탈

출생의 비밀과 독종까지 연관되다 보니 한운석은 마음이 간절해도 말할 수 없었다.

목령아는 마음이 따뜻해졌지만 겉으로는 아닌 척 툴툴대며 말했다.

"네가 아니어도 언니는 많아!"

이렇게 말하면서도 자조적인 웃음이 흘러 나왔다. 언니가 많기는 하지. 하지만 진심으로 자신을 동생처럼 여기는 언니가 있을까?

목령아가 승낙하지 않을 걸 알았기에 한운석은 웃고 넘겼다. 하지만 소소옥은 그 모습이 마음에 들지 않아 화를 내며 꾸짖었다.

"건방지게, 감히 누구 앞이라고!"

목령아는 소소옥을 무시하듯 훑어보며 차갑게 말했다.

"건방진 아랫것이 말이 많구나!"

화가 치밀어 오른 소소옥이 대꾸하려는데 목령아가 꾸짖으며 나섰다.

"매일 밤 몰래 진열대에서 약을 배합하는 것을 내 모르는 줄 알아? 약귀당에는 약귀당의 규칙이 있는 법. 배우려는 마음은 알겠다만, 약을 배합할 때 쓰는 약재는 직접 돈 내고 사서 썼으면 좋겠어! 그리고 쓰고 남은 약은 도로 갖다 놓지 말고 버려 주겠니! 우리는 중고품이 아니라 최고급 약재만 사 두거든!"

꼬맹이 말고는 소소옥이 매일 밤 몰래 약 배합법을 배우고 있다는 사실을 아는 자가 없을 텐데. 모두가 보는 앞에서 목령아가 그 사실을 다 폭로하면서 굴욕감마저 안겨 주자, 소소옥은 부끄럽고 분한 나머지 얼굴이 시뻘겋게 달아올랐다.

"그……, 그런!"

하지만 아무리 화가 나도 그 말에 반박할 수 없었다. 목령아의 말은 사실이었고, 그녀에게는 소소옥을 꾸짖을 권리가 있었다. 진왕 전하가 약성에서 돌아온 후, 목령아를 약귀당의 약제사로 임명하며 모든 약재 관리를 맡겼기 때문이다.

"뭐? 약귀당에 계속 있고 싶으면 규칙을 잘 지키란 말이야. 그 벌로 앞으로 사흘 동안 약귀당에 출입 금지니 반성해! 또 한 번 밤에 진열대에 있는 게 눈에 띄면, 앞으로 약귀당에 한 발짝도 못 들어올 줄 알아!"

공적인 일로 사적인 원한을 푸는 목령아 때문에 소소옥은 억울해서 눈물이 날 것 같았다. 한편 한운석은 곁에서 재미있는 볼거리를 감상하며 국물 맛을 감상하고 있었다. 뛰는 놈 위에 나는 놈 있다더니, 지금이 딱 그 꼴이네! 제멋대로에 건방진 소소옥 저 아이는 한 번쯤 목령아에게 따끔하게 혼이 나야 했다.

백리명향이 주저하며 망설이다가 결국 입을 열었다.

"령아 낭자, 소옥도 다 배우고자 한 일이랍니다. 낮에는 틈이 나지 않아 밤에 시간을 내서 배우는 거죠. 진열대에서 약을 배합한 것도 약재를 낭비하고 싶지 않아서예요. 왕비마마 체면을 생각해서 한 번만 용서해 주시면 안 될까요?"

과연 백리명향은 지혜로웠다. 그녀의 말에 목령아는 왕비 체면을 생각할 수밖에 없었고, 한운석도 입을 열어야 했다.

"됐다, 됐어. 사흘간 출입금지 대신 이달 용돈을 약귀당 장방에 내도록 해."

한운석이 덤덤하게 말하자 목령아도 더는 추궁하지 않았다. 소소옥이 먼저 시비를 걸지만 않았어도 상대하지 않았을 것이다.

그렇게 언니 호칭 이야기가 끊어진 후, 한운석과 목령아는 더는 그 이야기를 꺼내지 않았다. 괜히 논쟁하며 불편해지는 것을 피하기 위해서였다.

사실 목령아는 그저 한운석을 만나러 왔을 뿐이었다. 그녀가 혼절한 이후 지금까지 용비야가 내내 곁을 지키고 있어서 감히 올 수 없었던 것이다.

무탈한 한운석의 모습을 확인한 목령아는 갈 준비를 했다.

그러자 한운석이 불러 세웠다.

"잠깐, 나도 약귀당에 가야 하니 같이 가자."

목령아는 말없이 한운석이 갈 준비를 다 마칠 때까지 기다렸다가 함께 떠났다.

사람들이 다 흩어지자 소소옥은 백리명향에게 다가가 콧방귀를 뀌었다.

"가식적인 호의 따위 필요 없거든요!"

백리명향은 미간을 찡그린 채 소소옥을 쳐다볼 뿐, 아무 변명도 하지 않았다. 소소옥보다 열 살은 많은 백리명향으로서는 철부지 어린애와 이것저것 따지는 것은 무의미했다. 소소옥이 어른이 되면 더는 소란을 피우지 않겠지.

백리명향이 가만히 자리를 뜨려는데, 소소옥이 불쑥 한마디를 내뱉었다.

"진왕 전하가 돌아오시니 왕비마마 곁에 들러붙는 건가요?"

그 말에 백리명향의 가슴이 쿵쾅거렸다. 뒤돌아보니 소소옥은 아직도 그녀를 노려보고 있었다. 그 모습에 백리명향은 저도 모르게 주먹에 꽉 힘이 들어갔다.

"왜, 아니라고 하려고요?"

소소옥이 가까이 다가왔다.

백리명향은 난생 처음으로 사람을 때리고 싶은 충동을 느꼈다. 하지만 그런 마음을 억누르고 몸을 돌려 가 버렸다.

분노와 모욕의 감정이 휘몰아쳤다. 그러나 마음 한구석이 찔렸기 때문에 당당하게 그 말을 부인할 수 없었다.

마음대로 되지 않는 것이 사람 마음 아니던가?

이번 생에 이 감정에서 벗어날 수 있을까?

한운석은 목령아와 함께 마차를 타고 약귀당으로 향했다. 가는 길에 두 사람은 내내 침묵으로 일관했다.

곧 내릴 때가 되자 목령아는 결국 참지 못하고 질문을 던졌다.

"그 사람……, 어디 갔어?"

그녀가 옥에서 나왔을 때, 칠 오라버니는 맞으러 나오지 않았다. 약귀당에 왔지만 여전히 그의 모습은 찾을 수 없었다.

용비야에게는 감히 물어볼 수 없었고, 한운석은 내내 혼수상태라 힘들게 보름을 기다렸다.

한운석이 못 들은 척 몸을 일으켜 마차에서 내리자, 목령아는 초조해졌다. 하지만 마음만 급할 뿐, 더는 묻지 못했다.

다행히 내리기 전, 한운석은 그녀의 질문에 답해주었다.

"일을 처리하러 갔어. 얼마 후면 돌아올 거야."

고칠소가 분명 독종 금지에 대해 잘 안다고 했고, 자신도 많은 것들을 일러두었으니 만독지토를 얻는 게 어렵진 않겠지.

그 말은 목령아의 마음에 봄꽃을 피우고 햇살을 비추었다. 목령아는 금방 업무에 집중하여 약귀당의 약 창고를 질서정연하게 정리하고, 먼저 나서서 약귀당의 약제사들을 지도했다.

한운석은 며칠 동안 고북월, 목령아와 함께 약귀당 분점을 내는 일에 관해 논의했다. 결국 석 달 안에 운공대륙 유명한 성시와 군현 곳곳에 약귀당 분점을 내기로 결정했다.

기존에 한 곳만 문을 연 것은 약재 공급의 한계 때문이었다. 하지만 지금 약귀당과 약성 관계를 생각하면, 약재 공급은 더 이상 걱정하지 않아도 되었다.

한운석은 약귀당 분점을 고급당과 일반당 두 종류로 나누자는 의견을 냈다. 고급당에서는 약귀당 약재와 상품 등급 약재만, 일반당에서는 약성의 약재만 판매하는 것이다. 그리고 3년 안에 운공대륙 약재 시장 전체를 주도하는 것을 목표로 세웠다.

목령아는 용비야가 왕씨 집안에게 1년 안에 약성과 운공상인협회의 모든 거래를 끊으라고 명한 것을 몰랐기에 진지하게 말했다.

"한운석, 3년 안에는 불가능해!"

고북월이 웃으며 답했다.

"약성의 약재 공급이 중단되지만 않는다면, 소인은 자신 있습니다."

"목령아, 그럼 우리 내기할까?"

한운석이 웃으며 말했다.

목령아도 바보는 아니었다. 한 번 당하지, 두 번 당할까. 그녀는 한운석에 대한 경계심을 늦출 수 없었다. 특히나 한운석이 '내기'라는 말을 할 때는 더더욱.

"고 의원이 자신 있으시다고 하니, 찬물을 끼얹지는 않겠어."

목령아가 마지못해 답했다.

정말이지 돈만 있으면 모든 일은 일사천리로 진행된다. 용비야의 엄청난 자금으로 땅을 사고, 가게를 마련해 내부를 꾸미는 등 한운석은 모든 일을 아주 순조롭게 처리했다.

한 달 동안 약귀당 분점 스무 곳이 문을 열었다. 그중 열 곳은 고급당, 열 곳은 일반당이었다. 한운석은 고급 분점에 회원제를 도입했고, 일반당에는 개업 기념 할인행사를 진행했다.

현대의 체인점 형식을 도입한 덕분에, 안 그래도 유명했던 약귀당의 인기는 더 치솟았다. 운공상인협회는 계속 약성에 사람을 보내 협력방안을 논의했고, 끊임없이 이익을 양보하면서 일부 약재 거래에서 전속계약을 맺기를 원했다.

전속계약이라 함은 약성과 운공상인협회가 계약하면 다른 사람과는 계약이 불가능하다는 뜻이었다.

약성이 이런 계약을 할 리 없었다. 장로회는 장로회 구성원이 아직 다 선출되지 않았다는 이유로 거절했다!

계속해서 물먹고 있는 운공상인협회도 구양영락에게 어떤 엄한 처벌을 내려야 할지 몰랐다. 어쨌든 이 시기에 구양영락은 마치 증발이라도 한 것처럼 감감무소식이었다.

군역사는 백독문에서 한 달 동안 조사한 끝에 구양영락의 첩자를 잡아냈다. 구양영락이 백독문에서 얼마나 많은 것을 알아냈는지에 대해서는 첩자가 혀를 깨물고 자결하는 바람에 알아내지 못했다.

군역사는 사부 백언청에게 이 일을 추궁 받으며 크게 혼이 났다. 게다가 북려국으로 돌아갔을 때는 북려국 황제가 만나 주지도 않았다. 의성과 약성 모두 출입이 금지된 상황에서, 북려국 황제가 아무리 그를 보호하고 싶어도 조정 문무대신과 황족 종친들의 반대 목소리에 맞설 수 없었다. 북려국은 강국이었으나 아무리 강해도 의성과 약성, 두 성에게 미움을 살 수는 없었다.

사부 백언청과 북려국 황제가 쌓아 온 정이 있고, 군역사가 지난 몇 년 동안 북려국에서 쌓아 온 세력이 있다. 이런 점을 고려해 볼 때, 군역사도 북려국 황족들이 자신을 완전히 외면하지는 못할 것을 알았다. 하지만 공개적으로 뭔가 보여 주긴 해야 했다. 군역사가 닷새 밤낮을 어서방 문 앞에서 무릎을 꿇고 기다리자, 북려국 황제가 결국 그를 만나 주었다.

어서방 안에서 두 사람이 무슨 이야기를 나누었는지 모르지만, 이후 북려국 황제는 군역사의 강왕 작위를 박탈하고 서민庶民으로 지위를 강등시킨다는 성지를 발표했다. 군역사가 북려국 황족과 더 이상 아무 관계가 없다고 선포한 것이다.

의성과 약성은 서로 힘을 합쳐 북려국 황족에게 압박을 가할 생각이었다. 그런데 이 소식이 전해지자 더는 나서지 않았다.

군역사는 별원에 오자마자 바로 백언청의 원락으로 향했다.

"사부님, 너무 분해서 참을 수가 없습니다!"

독약 배합에 집중하고 있던 백언청은 그를 거들떠보지도 않았다. 양녀인 백옥교가 웃으며 나섰다.

"한운석을 건드리지 말고 말이나 잘 돌보라고 했잖아요. 끝끝내 말을 안 듣더니, 당해도 싸요!"

백옥교는 나이는 어리지만 앞으로 미인이 될 재목이었다. 하지만 여색을 전혀 좋아하지 않는 군역사는 발길질을 날렸다. 백옥교는 피할 틈을 놓치는 바람에 그대로 날아가 버렸다.

"무엄하다!"

백언청이 노기 어린 목소리로 말했다.

순간 군역사는 떨며 더 이상 움직이지 않았다. 건방지고 제멋대로에 오만하기 그지없는 군역사지만, 사부 앞에만 서면 고분고분 말을 잘 듣고 온순해졌다.

북려국 황제가 그의 왕 작위를 뺏기까지 한 건 분명 사부님의 생각이라는 걸, 그도 알고 있었다.

백언청은 더 이상 말을 하지 않고 손에 든 독약을 다 배합한 후에야 돌아보며 싸늘하게 말했다.

"마장 일은 어찌되고 있느냐?"

"아직 손에 넣지 못했습니다."

"이 사부가 대체 몇 번을 말해야 말을 듣겠느냐?"

백언청이 정색을 하며 말했다.

"사부님, 용비야와 한운석은 약성을 손에 넣었습니다. 이대로 가만히 있을 수는 없습니다. 한운석이 독짐승을 갖고 있다는 사실을 폭로하시죠."

군역사가 불만에 차서 말했다.

"그 후에는?"

백언청이 물었다.

"그 후에 영족 그 녀석이 한운석을 보호한 일을 밝혀야죠. 한운석이 서진 황족의 후예가 아니라고 해도 그녀를 이용해 일곱 귀족을 끌어내는 겁니다!"

군역사는 처음부터 그럴 생각이었다. 당시 그의 할아버지가 서진 황족의 마지막 혈통이 화살에 맞아 죽는 것을 직접 목도했다. 그러니 서진 황족의 후예가 남아 있다는 것은 믿을 수 없다. 영족 그 녀석은 독짐승 때문에 한운석을 보호한 게 틀림없다.

한운석의 정체가 무엇이든, 이용할 가치가 있는 여인이다!

백언청은 긴 한숨을 내쉬며 물었다.

"사부의 말을 듣겠느냐?"

"사부님은 제 아버지나 마찬가지십니다. 아버지의 명령을 받들겠습니다!"

군역사가 진지하게 답했다.

"좋다. 그럼 한운석과 용비야의 일은 앞으로 사부 명령 없이는 함부로 나서지 마라. 만약 이 말을 어기면 이 사부는 너와……, 의절하겠다!"

백언청이 진지한 얼굴로 당부했다.

군역사는 믿을 수 없다는 표정으로 놀라 외쳤다.

"어째섭니까?"

그에게 해를 끼칠까

사부는 지금껏 여러 차례 한운석과 용비야를 건드리지 말라고 경고했었다. 하지만 이렇게 단호하게 나온 적은 처음이다.

군역사는 믿을 수 없다는 표정으로 백언청을 바라보며 대답을 기다렸다. 어째서?

백언청은 군역사의 질문을 듣지 못한 것인지, 오직 탁자 위에 놓인 독약 접시 하나 하나에 관심을 줄 뿐이었다.

군역사는 한참 기다리다가 한 번 더 묻고 싶었지만, 그러지 못했다. 그는 어려서부터 사부의 성격을 아주 잘 알고 있다. 물어 봤자 소용없었다. 군역사는 곧 고개를 숙이고 읍을 한 후 돌아갈 준비를 했다.

그런데, 그때서야 백언청이 입을 열어 무미건조하게 말했다.

"소사야……, 사부가 너에게 해를 끼치겠느냐?"

군역사가 홱 뒤를 돌아보았다. 사부는 여전히 온 정신을 집중해 독약을 만지고 있을 뿐, 군역사를 보고 있지 않았다. 그러나 군역사의 마음속에는 말로 할 수 없는 감정이 울컥 솟아났다. 사부가 자신의 아명을 불러주다니, 이게 얼마 만인가.

한참 서서 사부를 바라보는 그 모습은 제멋대로에 악랄하기 그지없는 강왕 전하가 아니었다. 그저 어르고 달래야 할 어린 아이처럼 보였다.

"사부님, 명을 받들겠습니다!"

군역사는 다시 한 번 공손히 손을 모으고 읍을 한 후 뒤돌아 밖으로 나갔다. 어려서부터 그는 사부의 말을 잘 들었다. 지금 그가 누리는 모든 것은 다 사부님 덕분이다. 그런 사부가 절대 그에게 해를 끼칠 리 없다.

용비야와 한운석의 좋은 날도 잠깐이다. 자신이 북려국을 완전히 손에 넣으면, 사부님이 뭔가 행동에 나서실 게 분명하다.

군역사가 떠나고 얼마 되지 않아서 백옥교가 수풀 속에서 기어 나와 백언청 곁으로 돌아왔다.

좀 전까지 사부가 만지던 독약들은 다 어디로 갔는지 보이지 않았다. 대신 요상한 기운의 혈액이 그 자리를 대신하고 있었다.

사부가 사형에게서 받은 혈액이 틀림없다. 사부는 분명 사형에게 특별할 것 없는 중독된 물고기의 피일 뿐이라고 하셨다. 그런데 요즘 사부가 핏속의 독과 씨름하고 계신 걸 한두 번 본 게 아니었다.

그녀가 북려국에 온 이후 사부가 사형에게 뭔가 숨기고 있음을 알아챘다.

의구심을 가지며 무심결에 고개를 돌리는 순간, 백언청의 매처럼 날카로운 눈빛과 마주치고 말았다. 백옥교는 황급히 물러서며 무릎을 꿇었다.

"사부님, 옥아는 아무것도 보지 못했습니다."

백옥교는 나이는 어리지만 본디 지혜롭고 영민한 데다가 백언청 곁에서 오랫동안 시중을 들다 보니 그 눈빛 하나만 봐도

344

속내를 알아챌 수 있었다.

백언청은 그녀를 한 번 보고는 아무 말이 없었다. 이런 무반응은 총명한 백옥교도 그 속을 짐작할 수 없게 했다.

그녀는 조용히 일어나 백언청과 마찬가지로 아무 일도 없던 것처럼 가만히 그 곁에서 기다렸다. 그저 속으로 자신도 모르게 기도가 나왔다.

'사부님, 사형은 사부님을 아버지처럼 생각해요. 그렇게 말 잘 듣는 사형을 절대 해치시면 안 돼요!'

북려국 강왕이 폐위되고 황족에서 쫓겨난 일로 조정에는 거센 광풍이 일었다. 권력다툼은 물론이요, 엎친 데 덮친 격으로 군역사 진영에 배반자들이 속출했다. 그러나 어리석은 자들이나 그런 분위기에 휩쓸릴 뿐, 정말 똑똑한 자들은 북려국 황제의 조치가 의성과 약성에게 보여 주기 위한 것에 불과함을 알고 있었다. 북려국에서 가장 중요한 마장과 설산이 여전히 군역사의 손에 있었기 때문이다.

용비야와 한운석이 약성을 손에 넣으면서 북려국 조정에 한바탕 광풍이 몰아쳤다는 사실은 운공대륙의 각종 세력들의 이야깃거리가 되었고 천안성과 서경성에 있는 자들까지도 깊은 관심을 기울였다.

천안성의 용천묵은 직접 남쪽으로 내려가고 싶은 마음이 굴뚝같았다. 진왕을 초청하여 함께 서경성과 서주국에 맞서자고 하고 싶었으나, 목 대장군과 목청무 모두 반대했다.

"폐하, 진왕은 오지 않을 것입니다."

목청무가 확신에 차서 말했다.

"오지 않는다면 올 방법을 생각해 봐야지!"

용천묵은 화난 목소리로 말을 이었다.

"이제 약성마저 진왕 손에 들어갔네. 운공대륙 남쪽 지역이 다 그의 손아귀에 있네. 지금 청하지 않으면, 언제까지 기다리란 말인가?"

이때, 내내 침묵으로 일관하던 목 대장군이 냉소적으로 말했다.

"폐하, 진왕이 올 생각이었다면 진작 왔을 겁니다. 무엇 하러 청하실 때까지 기다리겠습니까? 진왕에게 관심을 가지시기보다 서경성을 주시하시는 게 어떨는지요. 초 황후가 회임한 지 벌써 석 달이 되었다고 합니다."

초청가의 회임을 트집 잡는 것이 진왕을 움직이기보다 훨씬 수월했다. 목 대장군의 충고에 용천묵의 요동치던 마음이 그제야 가라앉았다.

천휘황제의 병세는 이미 가망이 없다. 초청가 황자만 낳지 않으면, 초씨 집안에게는 어떤 기회도 돌아가지 않을 것이다. 용천묵은 서경성에 있는 성년이 된 황자들은 전혀 신경 쓰지 않았다.

용천묵은 목 대장군을 진지하게 바라보며 낮은 목소리로 말했다.

"짐에게 생각이 있소!"

용천묵이 어떤 생각을 하고 있는지는 모르지만, 서경성에 있는 천휘황제의 병세는 나날이 심각해졌고, 초청가 배 속의 아기는 확실히 벌써 석 달째였다.

회임 사실을 안 순간, 초청가는 가장 먼저 아이의 친아버지를 죽일 생각이었다. 하지만 초천은이 막아섰다.

배 속의 아이가 아들이든 딸이든 상관없이, 그녀가 무조건 아들을 낳게 되도록 초천은은 만반의 준비를 해 놓았다. 하지만 그럼에도 천휘황제는 아직 죽어서는 안 됐다. 서경에 있는 네 명의 황자들이 모두 호시탐탐 황위를 노리고 있는 데다, 초천은보다 더 천휘황제의 죽음을 바라고 있기 때문이다!

출산 전에 천휘황제가 죽어 버리면, 태어나지도 않은 아이에게 황위가 돌아갈 가능성은 없다. 초청가는 천휘황제의 병세를 안정시키기 위해 갖은 방법을 쓸 뿐 아니라 황자들까지 경계해야 했다.

안 그래도 힘들게 버티고 있던 초청가의 귀에 한운석이 약성에서 이름을 날리고, 초청도 받지 않은 진왕 전하가 직접 약성에 한운석을 맞으러 갔다는 이야기가 들려 왔다. 초청가는 속에서 미친 듯이 타오르는 질투의 불길을 억누를 수 없었다.

나는 이렇게 지옥 같은 시간을 보내고 있는데, 한운석은 용비야와 손을 맞잡고 지내고 있다 이거지. 한운석보다 못한 게 뭐란 말인가. 나도 계속 노력해 왔는데, 왜 한운석을 따라갈 수 없는 거지?

인정할 수 없어! 다만 운이 조금 따라 주지 못해서, 기회를 놓쳐서 그럴 뿐이라고 믿었다.

초청가는 복수하고 싶은 마음에 미칠 것 같았다.

초천은이 자리를 비운 틈을 타, 초청가는 심복의 반대를 무릅쓰고 출궁하여 서경성 초씨 집안 별장에 아버지를 만나러 갔다.

서재에 들어서자마자 초청가는 무릎을 꿇고 간청했다.

"아버지, 제 부탁을 들어주세요. 그렇지 않으면 아이를 낳지 않겠어요!"

초 대장군은 뜻밖의 간청에 노하며 말했다.

"누가 너를 보내주더냐?"

뜻밖에도 초청가가 소매에서 비수를 꺼내 배에 갖다 댔다.

"아버지, 제 부탁을 들어주세요!"

초 대장군은 너무 놀라 어안이 벙벙했다. 좀 건방지고 오만하기는 해도 마음씨는 착한 딸이었다. 그랬던 딸이 배 속의 아이를 가지고 협박이라니, 이렇게 잔인할 줄이야.

초 대장군은 딸의 독하고 모진 모습을 걱정스럽게 바라보았다. 딸을 몰아세우다가 초씨 집안이 서경성에서 힘들게 쌓아 온 모든 것이 한 순간에 무너질까 봐 두려웠다.

"그래, 무슨 부탁이냐?"

초 대장군이 물었다.

"한운석을……, 없애 주세요."

초청가는 한 자 한 자 힘을 주어 말했다. 아버지와 오라버니가 천하에 뜻을 두고 있다는 사실은 알고 있다. 배 속의 아이가 황위를 계승하면, 진짜 수렴청정을 할 사람은 필시 아버지와 오라버니일 것이다. 그때 가서도 그녀는 여전히 꼭두각시에 불과할 테니, 미리 약속을 받아 놔야 한다.

초 대장군의 눈동자에 복잡한 빛이 스쳤다. 한운석에 대해서는 초 대장군도 다소 실망스러웠다. 큰 기대를 했건만!

"아버지, 약속해 주세요!"

초청가가 분에 차서 외쳤다.

"한운석은 용비야의 날개다. 안심해라. 초씨 집안이 진왕과 대적하는 날, 우선 그 날개부터 꺾을 테니!"

초 대장군은 확실하게 말했다.

"한운석과 관련된 모든 일은 다 제가 처리하겠어요!"

초청가의 요구는 아주 명확했다.

"너!"

초 대장군은 노하며 말했다.

"어디서 멋대로 나서는 게야!"

초청가는 아무 말 없이 비수를 움직였다. 옷이 찢어지기 시작하자 초 대장군은 놀라 바로 그녀에게 달려갔다. 그러나 그가 달려가는 순간, 초청가는 더 독하게 움직였다.

"약속하마!"

초 대장군은 거의 으르렁거리다시피 외쳤다. 한발이라도 늦으면 돌이킬 수 없는 일이 벌어질까 두려웠다.

"아버지, 불경을 범한 것을 용서하세요. 그리고 꼭 약속을 지켜 주세요."

초청가가 진지하게 말했다.

초 대장군은 딸이 미친 것이 아닐까 의심스러울 정도였다.

하지만 지금은 그녀의 말을 듣는 수밖에 다른 도리가 없었다. 용비야를 죽이지 않겠다고 맹세하라고 하지는 않았으니, 그나마 다행이었다. 딸이 진왕을 어떻게 생각하는지 그는 잘 알고 있었다.

아버지로부터 확실한 대답을 듣고 나서야 초청가는 만족할 수 있었다. 별원에서 나온 후, 그녀는 고개를 들어 서경성의 높고 파란 하늘을 바라보았다. 그리고 한 손으로 살짝 나온 배를 어루만지며 스스로 다짐했다. 조금만 더 견디자. 일곱 달만 견디면 끝나니까.

한편, 저 멀리 영남성에 있는 한운석은 먼 곳에서 자신을 향한 증오가 무섭도록 불타오르고 있다는 사실은 꿈에도 몰랐다. 내내 약귀당의 약재 일로만 바쁘게 지냈을 뿐, 늘 좋은 기분을 유지하고 있었다.

지난 번 혼절한 이후에는 성급하게 독 저장 공간에 들어가지 않았다. 정신적인 휴식을 충분히 취한 후 두세 번 정도 그 안으로 들어가 모든 것이 순조롭게 진행되고 있음을 확인했다. 그리고 드디어 꼬맹이를 목표로 삼았다.

이날 꼬맹이는 고북월 곁에서 고양이처럼 동그랗게 웅크리고 앉아 잠을 자고 있었다. 한운석은 한참 후에야 꼬맹이를 찾을 수 있었다.

그녀는 아무렇지 않은 척 다가가 꼬맹이를 안아 올렸다.

꼬맹이는 한쪽 눈을 살짝 떠서 눈앞에 운석 엄마를 확인하자, 바로 두 눈을 번쩍 뜨고 주변을 살펴보았다. 용 악당이 없는 것을 확인한 꼬맹이는 그제야 안심이 되었는지 운석 엄마의 품속으로 다정하게 파고 들어가 몸을 말고 잠이 들었다.

한운석은 꼬맹이를 살짝 어루만지며 무심결에 물었다.

"고 의원, 낮잠은 안 자나요?"

"익숙하지 않습니다."

고북월의 미소는 겨울날 따뜻한 햇살보다 더 따스했다. 그는 꼬맹이를 살짝 바라본 후 다시 말했다.

"오늘은 햇볕이 좋아 이 약재들을 다 말려야 합니다."

"아랫사람에게 맡기면 될 텐데. 높으신 의원께서 직접 하시려고요?"

한운석이 웃으며 말했다.

"아주 귀한 약재들이라 마음이 놓이지 않는군요."

고북월이 진지하게 말했다.

한운석은 자리를 벗어날 구실을 고심하다가 황급히 말했다.

"그럼 방해하지 않을게요."

한운석이 떠나자 고이 잠자던 꼬맹이가 바로 깨어났다. 그리고 고북월을 바라보며 댕그란 눈동자를 데구르르 굴렸다. 공자와 떨어지고 싶지 않다는 뜻이었다.

그렇지만 운석 엄마의 품을 거절하지 않았다. 용 아빠와 운석 엄마가 화해한 이후부터 운석 엄마 품에서 잠들지 못했다.

공자의 수척한 모습을 볼 수 없을 만큼 멀어지고 나서야 꼬맹이는 몸을 웅크리고 계속 잠을 잤다.

그러나 꼬맹이와 한운석은 전혀 모르고 있었다. 그들이 멀어진 순간, 고북월의 모습이 허공에서 사라진 것이다.

다시 모습을 드러냈을 때, 고북월은 이미 한운석을 따라 진왕부 운한각에 도착한 뒤였다. 그는 창밖에 서서 방 안의 모든 것을 눈에 담았지만, 한운석은 전혀 모르고 있었다.

보관 성공

한운석은 꼬맹이를 안고 서재에 앉아서 몇 번 심호흡을 한 뒤 천천히 눈을 감았다. 해독시스템은 살아 있는 것을 받아들이지 못해서 독 저장 공간을 이용했다.

전에 독 저장 공간에 독 연못 하나를 흡수했을 때, 그녀는 며칠 동안 혼절해 있었다. 이번에는 어떤 결과를 초래할지 모른다. 게다가 들어갈 수 있을지도 불확실하다. 어쨌든 꼬맹이는 생생하게 살아 있는 독 생명체가 아닌가.

잠시 마음을 가다듬은 후, 한운석은 곧 안으로 들어갔다. 눈을 감고 일반 독약을 대하던 것처럼 생각을 제어했다.

눈을 감자 방 안은 조용해졌다. 그런데 갑자기…… 잘 자던 꼬맹이가 벌떡 일어나 창밖을 바라보았다.

"왜 그래?"

의아해하며 꼬맹이를 쓰다듬던 한운석은 곧 꼬맹이가 창밖을 보고 있음을 발견했다.

설마 누가 있는 거야?

가슴이 철렁 내려앉았다. 한운석은 황급히 창문 쪽으로 가서 살펴보았지만 아무도 없었다. 꼬맹이를 창가에 내려놓아도 꼬맹이는 전혀 움직이지 않았다. 보아하니 한운석이 쓸데없는 생각을 한 듯했다. 진왕부 경비가 얼마나 삼엄한데, 특히나 그녀의 원락은 더했다. 외부인이 들어올 가능성은 거의 없다.

한운석은 창문을 다 닫고 꼬맹이를 안고 자리로 돌아왔다. 꼬맹이는 이미 잠에서 깼다.

방금 전에 공자 냄새를 맡고 본능적으로 반응했던 것이다. 하지만 공자가 숨는 것을 보고는 당연히 모르는 척해 주었다.

꼬맹이 마음 속 공자는 세상 누구보다 석 엄마에게 잘해 주는 사람이다. 심지어 용 아빠보다 더 잘해 준다. 그래서 공자가 왜 몰래 운석 엄마를 따라왔는지, 왜 운석 엄마를 훔쳐보고 있는지 모르지만, 아무것도 모르는 척했던 것이다.

사실 용 악당이 운석 엄마를 훔쳐보는 것도 아주 잘 알고 있었다. 아무것도 모르는 척하고 싶지 않지만, 그렇다고 다 아는 척할 용기도 안 났다.

쳇, 생각하니 짜증나네!

주변을 슥 돌아본 꼬맹이는 더더욱 잠을 잘 수 없었다. 대체 운석 엄마는 뭘 하는 거지? 어째서 잠깐 자고 일어나니 운한각 서재에 와 있고, 문과 창문은 왜 꼭꼭 닫아 놓은 거야?

꼬맹이는 어쩌다가 독을 배합하는 탁자 위에 놓인 번쩍거리는 도구들을 보게 되었다. 순간 갑자기 온몸이 떨려왔다. 도망쳐야 해!

운석 엄마는 분명 날 갖고 실험하려는 거야. 독니를 뽑아서 독혈을 채취하려는 거라고!

한운석은 도망치려고 발버둥치는 꼬맹이를 다급하게 붙들었다.

"착하지! 움직이지 마! 자……."

한 손으로 꼬맹이를 붙잡으면서 다른 한 손으로 어루만져 주었지만, 그녀가 그러면 그럴수록 꼬맹이는 더 심하게 몸부림쳤다.

"자, 착하지, 움직이지 말고! 아이참, 왜 이러지? 꼬맹아, 자, 이것 봐! 먹고 싶지?"

한운석은 아주 희귀한 독약을 거리낌 없이 내놓았다. 하지만 꼬맹이는 전혀 아랑곳하지 않고 계속 발버둥 쳤다.

조그만 몸에 걸맞지 않게 힘이 엄청났다. 게다가 두 손으로만 붙들고 있는 한운석과 달리 꼬맹이는 네 발을 모두 사용해 반항했다.

"찍찍찍……."

한운석은 필사적으로 꼬맹이를 붙잡기 위해 애썼다. 모르는 사람이 보면 인간과 짐승 간에 한바탕 싸움이 난 것처럼 보일 정도였다!

결국 한운석이 불같이 화를 냈다.

"꼬맹아, 당장 멈춰."

"찍!"

꼬맹이는 큰 울음소리를 한 번 낸 후, 한운석이 부주의한 틈을 놓치지 않고 그녀의 손에서 벗어나 바닥으로 뛰어 내렸다.

한운석은 깜짝 놀라 되는 대로 소리쳤다.

"꼬맹아, 당장 이리와!"

그 말을 하자마자 꼬맹이는 허공에서 사라져 버렸다.

한운석은 어리둥절해진 것도 잠시, 곧 정신을 차렸다. 그녀의 입가에 사악한 미소가 걸렸다. 성공이다!

소리치는 순간, 생각도 함께 움직이면서 꼬맹이를 독 저장 공간으로 들여놓은 것이다.

한운석은 바로 독 저장 공간으로 따라 들어갔다. 그곳에서 꼬맹이는 이제 막 독 연못에서 기어 올라와 물에 빠진 생쥐 신세가 된 상태였다.

한운석은 사람을 해독할 때는 아주 엄숙하고 진지하며 어떤 빈틈도 보이지 않지만, 실제로는 아주 장난기 많은 소녀였다. 그녀는 꼬맹이를 보면서 웃음이 터져 나올 것 같았지만 일부러 소리 내지 않았다.

꼬맹이는 좌우로 이리저리 살피다가 깜짝 놀라 온몸을 부르르 떨었다. 그러자 물에 젖어 축축하게 된 하얀 털이 순식간에 바짝 곤두서서 털이 복슬복슬하게 솟아오른 털 뭉치 같았다.

여긴 아주 익숙한 곳인데!

꼬맹이는 아주 오랜 세월 살아왔기 때문에 기억이 흐릿한 부분도 있었다. 하지만 이곳에 분명 와 본 적이 있다. 이곳은 독종 특유의 독 저장 공간이다. 모든 독종 제자들이 생각 속에 공간을 만들어 낼 수 있는 건 아니다. 그러나 어떤 이들은 행운을 타고나서, 태어나자마자 이런 보물을 지니고 다니며, 방법만 찾으면 가동할 수 있다.

물론 수행을 통해 만들어진 공간이든, 날 때부터 타고난 것이든 간에 독 저장 공간이 나타날 확률은 극히 드물다. 어떤 사람은 날 때부터 갖고 있으면서 평생 가동하지 못하거나 그 존재를 모르는 경우도 있다.

꼬맹이도 이렇게 오랜 세월 살아오면서 이곳에 들어온 게 겨우 두 번째였다.

첫 번째는 너무 오래 되어서 누구였는지 기억도 안 났다.

이제 운석 엄마가 그 조그만 진료 주머니에서 좋은 먹을 것들을 꺼내 줄 수 있었는지 까닭을 알게 되었다. 이런 어마어마한 비밀이 있었구나!

꼬맹이는 주변을 둘러보다가 갑자기 눈을 감았다. 의식을 통해 운석 엄마와 소통하려고 노력했지만, 아무리 애를 써도 운석 엄마를 찾을 수 없었다.

보아하니 운석 엄마의 이 공간은 이제 막 가동되어 아직 더 개선되어야 하나 보군.

꼬맹이는 약간 실망스러웠지만 동시에 희망이 생겼다. 언젠가는 독 저장 공간에만 들어오면 운석 엄마와 의식으로 서로 교류할 수 있는 날이 오겠지. 그럼 그때는 운석 엄마에게 아주 아주 많은 비밀을 알려 줄 수 있을 거야.

예를 들면 공자가 운석 엄마를 계속 좋아해 온 사실이나 용악당이 운석 엄마 몰래 못된 짓을 많이 하고 다닌다거나, 그리고 또 고칠소가 사실은 독고인이고, 꼬맹이 자신처럼 불사의 몸이라든가…….

그런 날이 오긴 할까? 얼마나 걸릴까? 꼬맹이도 알 수 없었다.

주변에 아무도 없는 것을 보자, 꼬맹이가 동글동글한 검은 눈동자를 번뜩였다. 일어나서 주변을 한 번 더 살펴보고 운석 엄마가 없음을 확인한 꼬맹이는 얼른 독 연못 속으로 뛰어 들어갔다.

한운석은 처음에는 영문을 몰랐다. 이 녀석, 설마 물에 뛰어들어 죽을 생각은 아니겠지. 하지만 곧 한운석은 사태를 파악했다.

"꼬맹아! 얼른 나와! 당장!"

한운석은 고함을 치면서 달려왔지만 이미 늦었다. 그 짧은 시간 동안 독 연못의 수위가 확연하게 줄어들었다.

이 공간에 있는 그 어떤 독보다도 맛난 만독지수를 꼬맹이가 놓칠 리가? 너무 집중해서 마시고 있는 건지, 아니면 못 들은 척하는 건지, 꼬맹이는 한운석이 여러 차례 불러도 나올 생각이 없었다.

궁하면 통한다고, 한운석은 의식을 이용해 꼬맹이를 독 연못 상공으로 빼낸 뒤 땅에 떨어뜨렸다.

꼬맹이는 완전히 해롱거리는 상태가 되어서는, 불룩할 정도로 가득 찬 배를 내밀며 트림을 한 후 바닥에 쓰러져 정신을 잃었다.

만독지수를 마시고 취한 게 아니라, 너무 배가 불러 쓰러진 것이다.

한운석은 한참 내려간 독 연못의 수위를 바라보며 속이 쓰렸다. 그녀는 꼬리를 잡아들고 꼬맹이를 여러 번 흔들며 말했다.

"일어나. 엄살 부리지 말고."

그런데 꼬맹이가 아무 반응이 없다.

설마 이 녀석, 갑자기 너무 많은 독을 먹어서 천천히 소화할 체력이 필요한 걸까? 그러니까……, 지금 체력을 회복하는 중이야?

이 녀석의 이빨 속에는 독짐승의 독이 들어 있다. 미접몽을 깨뜨리는 9대 독 중 하나다.

잠시 고민하던 한운석은 꼬맹이를 들어 호수에 던져 버렸다. 독짐승의 독에 비하면 이 독 연못 물은 아무것도 아니다. 독 연못에 취해 실컷 즐기게 해 주지 뭐.

한운석은 다시 세 개의 독눈물을 살펴본 후, 별다른 탈이 없음을 확인하고는 안심하고 떠났다.

눈을 뜨자마자 갑자기 서재 문이 열리는 바람에 한운석은 깜짝 놀랐다.

다름 아닌 용비야가 들어와 그녀를 향해 말했다.

"독종 쪽에 일이 터졌다!"

"고칠소에게 무슨 일이 생겼어요?"

한운석이 엉겁결에 말을 내뱉었다.

독종에 일이 터진 것과 고칠소에게 무슨 일이 생긴 것은 완전 다른 일 아닌가. 용비야의 눈에 노기가 살짝 스쳤지만 곧 사라졌다.

한운석이 다급하게 물었다.

"왜요? 무슨 일인데요?"

"누가 만독지토를 망가뜨리려고 하는 모양이다. 너무 긴급한 상황인데 막지 못할까 봐 걱정되니, 우리보고 속히 와 달라는군.”

용비야가 차갑게 말했다.

고칠소가 보낸 서신에는 딱 그 내용만 적혀 있었다. 용비야
로서는 그자가 본모습을 드러내기 싫어 못 막는다는 건지, 아
니면 상대가 너무 강하다는 건지는 알 수 없었다.

“초씨 집안일까요? 왜 만독지토를 망가뜨리려고 하죠? 뭔가
를 아는 걸까요?”

한운석의 머릿속은 의구심으로 가득 찼다. 떠오르는 상대는
초씨 집안뿐이었다. 지난 번 독초 창고의 지하미궁에서 초씨
집안 형제자매와 단목백엽을 만났었다.

“그런 말은 없었다. 짐을 챙겨 당장 출발하자.”

용비야는 아무런 짐작도 하지 않았다. 하지만 그는 오랜 기
간 초씨 집안을 지켜봐 왔다. 정말 초씨 집안 짓이라면, 이 기
회에 서주국을 한바탕 어지럽혀 주리라!

초씨 집안이 서경성에서 소란을 일으키는 걸 보니, 서주국
황실의 존재를 잊고 있는 게 틀림없다.

용비야와 한운석은 지체하지 않고 금방 짐을 다 챙긴 후, 업
무를 맡기고 그날 오후에 당장 출발했다. 한운석은 목령아에게
이 일을 알리지 않았다. 목령아는 약방에서 자기도 모르게 콧
노래까지 흥얼거리며 열심히 약을 조제하고 있었다. 칠 오라버
니가 위험에 처한 줄은 꿈에도 모른 채!

한운석과 용비야는 시간을 아끼기 위해 마차가 아니라 직접
말을 타고 떠났다.

한운석이 후문으로 나가자 초서풍이 준비한 말 세 필이 보였다. 용비야, 한운석, 초서풍이 한 명씩 타고 가면 딱 맞겠다 싶었다.

용비야가 말에 오르자 그녀도 말에 오르려 했다. 그런데 갑자기 지붕 위로부터 하얀 그림자가 날아와 말 등에 탁 올라타는 게 아닌가. 이 사람은 올라탄 후 뒤를 돌아보며 살짝 웃음을 지었다. 이 세상 사람이 아닌 것 같은 초탈한 분위기는 온 세상을 홀릴 것 같았다. 하지만 입을 열기만 하면 그 세상은 완전히 무너지니 참으로 안타까운 일이다.

"형수, 저쪽으로 안 가면 형이 화낼 거야."

당리가 헤헤거리며 웃었다. 이 말은 그의 것이었다.

한운석은 당리와 입씨름할 시간이 없어 바로 용비야를 바라보았다. 그제야 용비야의 말 위에 얹은 말 안장이 두 사람의 것임을 발견하고는 순순히 그쪽으로 갔다.

용비야는 무표정한 얼굴로 아무 말 없이 손을 내밀어 한운석을 끌어 올렸다. 그녀가 자리에 앉자 그의 커다란 손이 그녀의 허리를 감쌌다. 벗어날 수 없게…… 아주 단단히!

용비야가 그녀에게 내리는 벌이면서 동시에 그녀를 향한 보호조치였다. 말에 채찍을 휘두르자 마자 말은 쏜살같이 달리며 나는 듯이 질주했기 때문이다. 도저히 초서풍과 당리가 따라잡을 수 없는 속도였다. 두 사람은 뒤에서 묵묵히 따라가면서 혹시 말이 피곤해서 쓰러질 일에 대비해 몇 마리를 더 준비했다.

영남성에서 약성 독종의 금지까지는 아무리 빨라도 보름은 걸리는데! 제시간에 맞춰 고칠소를 지원할 수 있을까?

고칠소는 독종 금지에서 대체 어떤 인물을 만났고, 무슨 일이 벌어진 걸까?

용비야와 한운석이 떠나고 사흘이 지나자 고북월은 약귀당 분점에 가겠다며 영남 약귀당 본부를 떠났다. 그는 어디로 가는 것일까?

긴급사태, 떨어지기 직전

　독종 금지, 독초 창고 지하미궁.

　고칠소는 이미 만독지토를 손에 넣었다. 하지만 그가 떠나려
는 순간, 갑자기 비밀통로에서 거대한 불길이 그를 향해 돌진
해 오는 바람에 절벽 쪽으로 되돌아갈 수밖에 없었다.

　그의 살길을 없애려고 누가 고의로 불을 지른 게 틀림없다.
이 비밀통로에 불을 일으키는 기관은 초씨 집안 남매와 단목백
엽에 의해 한 번 발동되었으니 다시 타오를 리 없다. 게다가 불
기관이라면 절대 절벽 쪽이 아니라 비밀통로 쪽으로 타올라야
했다.

　절벽 쪽 만독지토는 불에 약하기 때문이다!

　타는 것도 물론 안 되지만, 주변 온도가 너무 높이 올라가면
만독지토의 독성이 약해지고, 심할 경우 독성이 모조리 사라질
수도 있다. 그렇게 되면 미접몽과 혼합해 독눈물로 만들 수 없
게 된다.

　인위적인 방화라면, 하필 그가 들어온 이후 불을 지른 거라
면, 목적은 분명하다. 누군가 그가 오기만을 기다리고 있었던
것이다. 직접 그를 막지는 못하고 불을 이용해 기습하다니, 목
적이 무엇인지 훤히 드러나지 않았는가. 그의 목숨은 물론 만
독지토를 없애려는 속셈이다.

고칠소는 즉시 매를 날려 용비야와 한운석에게 지원을 요청하는 서신을 보냈다.

그는 만독지토의 독성을 주시하는 한편, 불길에 대한 경계도 놓치지 않았다. 용비야가 제때 지원을 오지 못할 경우, 만독지토를 가지고 벼랑에서 뛰어내릴 준비도 다 해 놓고 있었다.

절벽 아래가 어떤 곳인지는 그도 모른다. 하지만 가만히 앉아서 만독지토가 없어지는 걸 지켜보는 것보다야 낫겠지.

과연 그가 지원을 요청한 날, 비밀통로 속 불길은 눈에 띄게 약해졌다. 불길이 약해지면서 비밀통로 절벽이 있는 산의 지표 온도도 낮아졌다.

용비야와 한운석은 그렇게 빨리 도착할 수는 없었다. 하지만 용비야는 의성에 매복시켜 둔 정예병사를 동원하여, 가장 빠른 속도로 독초 창고 지하미궁에 잠입하게 했다.

두 편으로 나뉜 인마가 비밀통로 밖에서 불꽃이 튀도록 치열한 싸움을 벌였다. 고칠소는 피 터지는 전투 상황을 어슴푸레 들으며 곧 끝이 나겠구나 생각했다. 그런데 웬걸, 교전은 장장 열흘간 이어졌다.

용비야가 보냈다면 그 수도 적지 않겠지만, 실력도 약할 리 없다. 대체 누가 불을 질렀을까. 초씨 집안일까? 초씨 집안이 이렇게 강했던가?

불길 속 타는 냄새가 코를 찌르는 중에 고칠소는 짙은 피비린내를 맡았다. 거센 불길이 타오르는 곳 너머에서 얼마나 처참한 상황이 벌어지는지 하늘만이 알 것이다!

며칠 전 겨우 약해진 불길이 요 며칠 사이에 점차 강해지더니, 불길에 싸인 돌벽까지 뜨겁게 달아올랐다. 돌이든 흙이든 절벽에 있는 모든 것이 손에 델 듯 뜨거워졌다.

"젠장!"

더없이 아름다운 고칠소의 얼굴이 일그러졌다. 그는 채취한 만독지토를 손에 꽉 쥐었다. 맹렬하게 타오르는 불길을 바라보는 그의 얼굴은 서릿발처럼 차가웠다.

이렇게 차갑고 엄숙한 그의 모습은 평소보다 훨씬 강인해 보였다. 요사스럽고 매혹적인 모습으로 낄낄거리며 웃기 좋아하는 그의 성격이 전혀 떠오르지 않았다. 그의 눈은 불길처럼 타올랐고, 진지한 모습은 두려움을 자아낼 정도였다!

만독지토는 독누이가 원하는 물건이고, 독누이가 그에게 가져다 달라고 부탁한 것이다. 어떻게 해서든 지켜내야 한다!

그는 망설임 없이 만독지토를 입에 물고 절벽 끝에 섰다.

가능하다면 불바다라도 뚫고 지나갔을 것이다. 하지만 그렇게 되면 불 속 온도 때문에 만독지토를 망치게 된다.

그는 하루를 더 기다렸다. 그래도 불길이 약해지지 않고 주변 온도가 내려가지 않는다면, 저 아래로 뛰어내릴 수밖에.

고칠소는 용비야와 한운석이 거의 다 왔다는 사실을 몰랐다!

길을 재촉하며 달려오는 동안에도 내내 긴급 상황에 대한 보고를 받았기 때문에 이곳 상황을 잘 알고 있었다. 보름이나 걸리는 길을 두 사람은 열흘 만에 오는 기염을 토했다. 당리와 초서풍은 저 멀리 뒤떨어져 그림자도 보이지 않았다.

막 도착했을 때 그들의 눈에는 자욱한 연기 속에서 정예병사들이 흑의에 복면을 한 자들과 싸우는 모습이 보였다. 한운석은 한눈에 흑의에 복면을 한 자들이 독인임을 알아챘다. 어쩐지, 용비야가 의성에 주둔시킨 정예병사들이 맞서지 못한 이유가 있었다.

용비야의 무공에 한운석의 독술이 더해져 두 사람은 빠르게 독인들을 처리했다.

독인의 시체를 살펴보던 용비야는 의외라는 듯 말했다.

"군역사의 사람인가?"

한운석은 그렇게 많은 생각을 할 겨를도 없이, 사람들에게 빨리 물을 떠 와서 불을 끄라고 시키기 바빴다.

독인이 모두 죽으니 불길 속에 연소하는 물질을 넣는 자도 없었다. 밀실은 다 흙과 돌만 있어서, 불길은 차차 잦아들어 결국 완전히 꺼졌다. 하지만 화재로 인한 연기는 아주 치명적이다. 화재로 죽는 사람들은 대부분 타 죽기보다 숨이 막혀 죽는다지 않는가?

그녀는 고칠소가 너무 염려되었다.

하지만 용비야는 고칠소를 별로 걱정하지 않았다. 그는 새로운 입마개를 물에 적셔 한운석에게 끼워 준 후에 계속 시체를 검사했다.

이 독인들이 왜 불을 질렀을까. 게다가 연소하는 물질을 그렇게 많이 준비하다니. 분명 불길이 며칠 동안 이어지도록 준비한 게 틀림없다.

고칠소는 서신에서 명확하게 설명하지 않았다. 대체 이게 만독지토를 망치는 일과 무슨 관련이 있단 말인가? 그는 뭔가 미심쩍은 데가 있는 듯했다.

"한운석……."

용비야가 입을 떼려는 순간, 갑자기 어둠 속에서 수많은 불화살이 맹렬하게 쏟아졌다.

복병이다!

용비야는 가장 먼저 한운석을 품에 안았다. 그런데 한운석을 보호하려다가 불화살이 그의 팔을 스치는 바람에 팔에 불이 붙었다.

한운석은 정신을 차릴 수가 없었다. 용비야는 그녀를 보호하면서 쏟아지는 불화살을 피해 벽 쪽에 가까이 붙었다. 벽에다 불이 붙은 팔을 한껏 눌러 겨우 불을 껐다.

"초씨 집안!"

"초씨 집안!"

용비야와 한운석은 거의 동시에 이 말을 내뱉었다. 초씨 집안에서 자체적으로 독인을 길러 냈든 아니면 군역사와 결탁했든, 어느 쪽도 전혀 예상 밖의 일은 아니었다.

하지만 이런 저런 생각을 할 겨를이 없었다. 살수들은 어두운 곳에 숨어 그 얼굴을 드러내지 않았고, 비처럼 쏟아지는 불화살이 사방팔방에서 날아들었다. 그 숫자는 더 많아지고 더 빡빡하게 날아와 막으려야 막을 수가 없었다.

어둠 속에 숨은 적과 달리 이들의 위치는 완전히 노출된 상태니, 완벽한 열세였다.

화살이 쏟아지는 가운데 정예병사들의 엄호 덕분에 용비야는 겨우 한운석을 보호할 수 있었다. 그 혼자였다면 대담하게 승부수를 던져 화상을 입는 한이 있어도 저 어둠 속에 숨어 있는 살수들을 죽이러 갔을 것이다.

하지만 한운석이 그의 품에 있는 한 그에게 모험은 불가했다.

얼마나 많은 살수가 숨어 있는 걸까. 저 어둠 속에 초천은도 숨어 있을까? 초천은의 궁술은 막을 길이 없다.

"용비야, 방어 대신 공격에 나서서 저 궁수들을 죽이세요."

오히려 한운석이 더 과감하게 나섰다.

무공은 몰라도 상황은 판단할 수 있었다. 지하미궁처럼 이렇게 좁은 곳에서 살수들에게 주도권을 빼앗긴 채 계속 방어만 하다 보면 결국 체력이 다 소진되고 만다.

그러니 중상을 입는 한이 있어도 이 방법밖에 없다.

그녀가 말하자마자 용비야는 패기 있게 그녀의 머리를 자신의 품속에 집어넣으며 차갑게 명령했다.

"잘 숨어 있거라!"

한운석이 벗어나려고 발버둥 치는데 용비야가 긴 채찍을 꺼내 들어 휙 하고 휘두르며 길을 내더니, 두 번째 비밀통로로 도망쳤다.

한운석은 순간 깜짝 놀랐다가 곧 크게 기뻐했다. 주변에 비밀통로가 네 개나 되는 데, 그걸 왜 잊고 있었지!

만약 그녀의 기억이 맞는다면, 이 두 번째 비밀통로에는 초씨 집안 남매와 단목백엽이 만났던 독거미가 있다. 그녀에게는 꼬맹이가 있으니 별문제가 되지 않는다.

불화살이 여전히 속속 날아들고 있지만, 저 협소한 바깥보다야 비밀통로에서 화살을 피하는 편이 훨씬 낫다. 그냥 쭉 앞으로 도망치면 되니까.

비밀통로는 아주 깊기 때문에 어둠 속에 숨어 있던 살수들이 이곳까지 쫓아오지만 않으면, 불화살에 맞을 확률은 현저히 낮아진다.

한운석은 다시 고개를 빼꼼히 들고 웃으며 말했다.

"전하, 초씨 집안 사람이면 절대로 들어올 엄두를 못 낼 거예요!"

이때 적잖은 불화살이 쒝 소리를 내며 스치고 지나갔다. 용비야는 다시 한 번 한운석의 머리를 품 안으로 누르며 언짢은 듯이 말했다.

"조심해라!"

깊은 곳까지 도망쳐 내려오자 불화살은 더 이상 쫓아오지 않았다. 그제야 용비야는 한운석을 풀어주며 말했다.

"조용히 기다려라."

그는 말을 마치자마자 바로 가 버렸다. 그 살수들은 아마도 그가 도망쳤다고 생각하겠지. 적과 맞설 때 그가 숨은 적이 있었던가? 그저 한운석을 이곳에 두고 홀로 나가 싸울 생각이었다.

한운석이 다급하게 용비야의 손을 붙들며 말하려는데, 용비야가 먼저 나섰다.

"본 왕이 데리러 올 때까지 기다려라!"

그는 말을 마치고 급하게 가 버렸다. 한운석은 울어야 할지 웃어야 할지 몰라서 아무 소리도 내지 못하고 있었다.

용비야는 금방 되돌아 왔다. 바로 빽빽하게 따라붙은 검은 독거미들과 함께.

용비야는 찡그린 얼굴로 한운석을 바라보았다. 그녀가 나설 때다.

평생 똑같은 표정으로 일관할 것 같은 그의 얼굴에 드디어 색다른 표정이 나타났다. 그 모습에 한운석은 참지 못하고 픕 하고 웃음을 터뜨렸다.

"방금 말해 주려고 했는데, 누가 그렇게 급하게 가래요?"

용비야는 아무 대꾸도 하지 않았다. 한운석은 진료 주머니에서 곤히 자고 있는 꼬맹이를 꺼내 거미 떼 쪽으로 던졌다.

꼬맹이가 땅에 떨어지기도 전에 새까만 독거미들은 깜짝 놀라 허둥거리며 사방팔방으로 도망쳐서 일순간에 모조리 사라지고 말았다.

꼬맹이는 아직 잠에서 깨어나지도 않았지만, 확실히 독초 창고의 통행증 역할을 톡톡히 했다!

독거미가 흩어진 후 용비야는 가려다 말고 고개를 돌려 그녀를 불렀다.

"한운석."

사실 한운석도 초조했다. 용비야가 어서 밖에 있는 저 궁수들을 처리해야 불을 다 끄고 고칠소를 구하지. 그녀가 간절한

마음을 담아 말했다

"올 때까지 여기서 가만히 기다리고 있을게요! 조심해요!"

그런데 용비야가 이런 말로 답할 줄이야.

"본 왕은 저들을 모조리 죽일 생각이라, 시간이 꽤 걸릴 것이다."

말을 마치고 돌아선 용비야는 곧 눈앞에서 사라졌다. 한운석이 쇠뇌를 쓰는 궁수들에게 둘러싸여 공격을 받았을 때, 용비야는 자리에 없었다. 오늘 같은 기회에 모조리 없애 버리지 않는다면 마음속에 남은 분노를 어찌 다 풀 수 있겠는가?

하지만 그는 말을 하지 않기 때문에 한운석이 그 생각을 읽을 수 없을 때가 많았다.

한운석은 의아했지만 쓸데없는 생각은 하지 않기로 했다. 그녀는 꼬맹이를 들어 올린 후 제자리에 앉아서 기다렸다.

그러나 그녀는 곧 심상치 않은 상황을 눈치챘다. 수많은 극독이 가까이 오고 있음을 느낀 것이다!

무슨 일이지?

그녀가 일어서자, 검은 치마를 두르고 복면을 한 노파가 그녀 앞에 나타났다. 해독시스템이 감지한 무수한 극독은 모두 노파 몸에 있는 것들이었다.

극독을 엄청나게 많이 지니고 있잖아!

해독시스템은 모든 사람들이 갖고 다니는 독약을 다 감지하는 건 아니다. 일정량 이상의 독약을 갖고 다닐 때, 위협이 될 수 있다고 느꼈을 때 주인에게 경고를 하는 것이다.

이 노파는 대체 누구지? 초씨 집안 사람인가? 보아하니 이곳에 있는 독거미도 두려워하지 않는 것 같았다.

한운석은 우선 꼬맹이를 소매에 숨기고 경계를 늦추지 않은 채 뒤로 한 걸음씩 물러났다.

"누구냐?"

"명을 받고 네 목숨을 가지러 왔다."

노파가 음산한 목소리로 말했다.

한운석은 망설임 없이 이화루우를 발사해 수많은 독침을 날렸다. 그런데 이 노파는 아주 쉽게 그 공격을 피할 뿐 아니라 독침에 들어 있는 독 가루의 독성을 없애 버렸다.

이제 보니 독술에 뛰어난 고수로구나!

한운석은 당장 삼십육계 줄행랑을 치려고 했다.

……그런데, 비밀통로 안쪽으로 가야 하나, 아니면 바깥쪽으로 가야 하나?

이보다 더 미련할 수 있을까

밖으로, 아니면 안으로? 할 수 있다면 사실 한운석은 도망치고 싶지 않았다!

하지만 도망치지 않으면 뭘 할 수 있지?

방금 꼬맹이를 들고 용비야를 도와 독거미를 흩을 때만 해도, 스스로 남의 발목 잡지 않는 꽤 쓸모 있는 존재라고 생각했는데. 지금은 순식간에 쓸모없는 존재로 전락했다.

무공을 할 줄 모르는 게 정말 사람을 미치게 만드는구나.

한운석은 비밀통로 안쪽 깊은 곳으로 전력 질주했다. 갑자기 밖으로 달려 나갔다가 용비야가 그녀를 못 보기라도 하면 그대로 화살에 맞아 죽는다. 안쪽으로 도망치면 아무리 무시무시한 독생물을 마주쳐도 꼬맹이가 있으니 두렵지 않았다.

그녀는 뛰면서도 계속 꼬맹이의 발을 잡아 당겼다. 깨워야 해. 하지만 너무 많이 먹은 꼬맹이는 깊은 잠에 빠진 나머지 주변에 무슨 일이 생겼는지 전혀 모르고 있었다.

뒤에 있던 흑의 노파는 바짝 따라붙으면서 몸을 몇 번 굴리더니 바로 한운석 앞에 떨어졌다. 한운석이 바로 독침을 날렸지만 흑의 노파는 얼른 피했다. 한운석은 즉시 방향을 바꿔 바깥쪽으로 내달렸고, 흑의 노파는 다시 그녀를 추격했다. 그런데 흑의 노파가 높이 뛰어오른 순간, 한운석이 갑자기 방향을 틀어 안쪽으로 뛰어갔다.

사람을 갖고 노는 건가!

"가만두지 않겠다!"

흑의 노파는 방향을 휙 돌려 한운석 앞에 착지한 뒤, 한 손으로 그녀의 목을 움켜쥐었다.

하지만 목을 틀어쥐기 직전에 한운석이 머리에서 비녀를 뽑아 상대 어깨에 내리 꽂았다.

예상치 못한 공격이었다. 무공도 모르는 계집의 동작이 이렇게 빠를 줄이야!

흑의 노파는 한운석에게 일장을 날린 후 자신의 어깨가 중독되었음을 발견하고 비명을 질렀다.

"비녀에 독을 썼구나!"

만약 한운석이 독 쓸 기회를 노렸다면 그녀의 눈을 속이지 못했을 것이다. 그렇지만 비녀 끝에 독을 묻혀 둘 줄이야. 아주 주의를 기울이지 않는 한 발견하기 어려웠다.

오랜 세월 독 수련을 해 왔건만, 이렇게 어린 계집의 수에 당할 줄이야. 천은 도련님의 말이 맞았다. 이 계집의 독술은 절대 만만하지 않아.

바닥에서 일어서는 한운석은 입가에 피를 머금고 있었다. 방금 일장을 맞고 난 후 오장육부가 다 아파 왔다. 하지만 그래도 끝까지 버티면서 차갑게 말했다.

"너무 늦게 알아챘군!"

"못된 계집, 해약을 내놓아라!"

흑의 노파가 한 걸음씩 가까이 다가왔다.

한운석도 더는 피하지 않고 냉소를 지으며 말했다.

"어디 와 보시지! 내 쪽으로 오면 주겠다."

그 말에 흑의 노파가 걸음을 멈췄다. 너무 가까이 다가서면 이 계집이 또 어떻게 독을 쓸 줄 알고. 지금 어깨에 무슨 독을 썼는지도 모르는 상황이었다. 그저 참기 힘들 정도로 간지러울 뿐이었다.

"왜, 해약이 필요 없나 보지?"

한운석이 눈썹을 올리며 물었다. 사실 따로 독을 쓰겠다는 생각이 있어서가 아니었다. 그저 허세를 부리며 용비야가 올 때까지 시간을 끌려는 것뿐이었다.

"해약을 던져라!"

흑의 노파가 가려움을 참으며 말했다.

한운석이 비웃으며 말했다.

"장난질에 장단을 맞춰 주니 내가 정말 무서워하는 줄 알았나 보지? 한 걸음만 더 오면, 네 어깨가 모조리 썩어 문드러질 거다!"

"썩어 문드러져?"

흑의 노파가 큰 소리로 웃어 댔다.

"못된 계집 같으니, 내가 해독은 못해도 독성은 잘 안다! 가려운 것뿐인데 어디서 누굴 협박해?"

한운석은 짜증이 나서 조용히 뒤로 물러섰다. 장신구에 쓸 수 있는 독은 한계가 있다. 모든 독이 장신구에 묻힌 상태로 오랫동안 보존되어 발각되지 않는 것은 아니다. 쓸 수 있는 것은 모두 치명적이지 않은 독이다.

한운석도 같은 독술사인지라 일반인보다 독술사가 독을 견뎌 내는 능력이 뛰어나다는 것을 잘 알고 있다. 상대는 이 독을 충분히 견딜 수 있을 것이다.

하지만 그럼에도 한운석의 허세는 계속 되었다. 그녀는 손가락을 까딱이며 도발하는 표정으로 말했다.

"와 보라니까, 진짜 어깨가 썩어 문드러지는지 해 보시지."

흑의 노파가 꺼려하며 가까이 다가오지 못하자 한운석은 속으로 고소해하고 있었다. 그런데 노파가 뒷짐 지고 있던 한 손을 천천히 들어 올리는데, 그 손에 흑단 쇠뇌가 들려 있었다!

"역시 초씨 집안 사람이었군!"

한운석이 분노에 차서 말했다.

"이곳에서 아주 오랫동안 너희를 기다려 왔다."

흑의 노파가 말하는 순간 화살이 날아갔다. 다행히 한운석이 본능적으로 피하면서 화살이 비켜갔다.

한쪽에 엎드린 그녀는 간담이 서늘하고 두려움이 밀려왔다. 비처럼 쏟아지는 화살을 피해 겨우 목숨을 구한 경험이 있는 그녀로서는 쇠뇌의 위력을 아주 잘 알고 있었다.

어쩌면 좋지?

흑의 노파의 쇠뇌는 어느새 그녀를 조준하고 있었다. 이제 곧 두 번째 화살이 날아올 것이다.

"잠깐!"

한운석이 다급하게 외쳤다.

흑의 노파가 코웃음을 치며 쇠뇌 기관을 단단히 잡아 쥐었다. 어떤 기회도 주지 않을 생각이었다.

"대체 날 죽이라고 한 게 누구냐! 누구인지 알아야 편안히 눈을 감지 않겠느냐!"

한운석이 물었다.

이런 순간에도 그녀는 여전히 용비야가 때맞춰 오기를 바라며 최대한 시간을 끌었다.

흑의 노파가 크게 웃으며 말했다.

"그분은…… 네가 죽어도 편치 못하기를 바라신다!"

"그자가 네게 뭘 주겠다고 했느냐, 내가 그 두 배를 주겠다!"

한운석이 정색을 하고 말했다.

흑의 노파는 동정하는 눈빛으로 한운석을 바라보기만 할 뿐, 대답해 주지 않았다. 쓸데없는 말은 하지 않을 생각인 것이다.

이미 시위에 오른 화살이 곧 날아들 준비를 마쳤다.

이 순간, 한운석은 머릿속이 하얘질 정도로 무서웠다. 생사의 기로에 선 게 한두 번도 아니지만, 이렇게 갑작스럽게 죽음이 찾아올 줄 몰랐다.

그녀의 머릿속에는 오직 한 사람, 용비야만 떠올랐다. 오늘 화살에 맞아 목숨을 잃으면, 용비야는 이제 어쩌지?

"죽어라!"

흑의 노파의 말이 떨어지자마자 화살이 쇅 하고 날아왔다. 그 공포스러운 소리에 한운석은 본능적으로 눈을 감았다.

그러나 아무리 기다려도 죽음은 그녀에게 다가오지 않았다.

어떻게 된 거지?

눈을 떴을 때, 그녀 주변에는 **빽빽**한 거미줄이 쳐져 있고, 그 위로 흑거미들이 가득 기어 다니고 있었다. 멀지 않은 곳에는 작은 화살이 거미줄에 걸려 허공에 매달린 채 옴짝달싹 못하고 있었다.

흑의 노파도 거미줄에 걸려 발버둥 치고 있었다.

한운석은 소매 안에 있는 꼬맹이를 만져 보았다. 어라, 이 녀석은 아직 자고 있는데! 설마 비밀통로의 흑거미들이 꼬맹이 체면을 봐서 나를 구했나?

흑의 노파는 비밀통로에 들어올 정도였으니 흑거미 따위는 두렵지 않았다. 무슨 독을 썼는지, 그녀는 곧 자신을 묶은 거미줄을 다 끊어 냈다.

한운석은 얼른 일어나 비밀통로 안쪽으로 뛰어갔다. 이 흑거미들이 노파를 좀 더 오래 붙잡아 둘 수 있기만을 바랄 뿐이었다.

이 비밀통로는 안쪽으로 들어갈수록 지형이 더욱 가파르게 높아졌고 나중에는 거의 산을 오르다시피 해야 했다. 꼭대기까지 올라오자 앞에 출구 하나가 보였다.

뒤돌아보니 흑의 노파는 아직 따라잡지 못했다. 한운석은 기뻐하며 숨 돌릴 틈도 없이 바로 밖으로 뛰어 나갔다. 그런데 그 순간 그녀는 헉 하고 숨이 막혔다. 첫 번째 비밀통로처럼, 이곳 출구도 절벽이었던 것이다!

이 절망스러운 상황에서 한운석의 눈에 갑자기 오른쪽 아래에 산에서 툭 튀어나온 절벽이 보였다. 멀지 않은 그 절벽 위에는 요사한 붉은색이 희미하게 모습을 드러내고 있었다.

"고칠소!"

한운석이 놀라 소리쳤다. 지하미궁의 다섯 개의 비밀통로 위치를 생각해 보면, 그녀가 본 곳은 분명 첫 번째 비밀통로의 끝에 있는 절벽일 것이다. 이곳 지세가 높지 않았으면, 발견하지 못했으리라!

그래도 거리가 꽤 되어서 고칠소가 뭘 하고 있는 건지는 확실히 알 수 없었다. 하지만 저 요사스러운 붉은색은 그가 틀림없다. 저 녀석, 머리 위에 또 다른 절벽이 있는 줄 모르고 있겠지.

"고칠소, 고칠소! 나 여기 있어!"

한운석은 목청을 높여 외쳤다. 하지만 목소리가 크지도 않았고, 불어오는 강한 바람 때문에 고칠소에게까지 그녀의 목소리가 닿지 못했다. 돌도 던져 보았지만 광풍에 저 멀리 날아갔다. 이화루우를 써서 금침도 쏴 보았다. 하지만 금침은 돌보다 가벼웠다. 강하게 쏘아 올렸으나 결국 바람의 소용돌이에 휩쓸려 완전히 사라졌다.

한운석은 뛰어내리고 싶을 정도로 다급했다.

그런데 이때, 비밀통로에서부터 화살이 쌩 하고 날아와 한운석을 스치고 지나갔다. 하마터면 그녀의 몸에 그대로 맞을 뻔했다.

흑의 노파가 온 것이다. 뒤로 물러나면 심연이 기다리고 있다. 한운석은 더 이상 갈 곳이 없었다.

흑의 노파는 화살을 더 이상 쏘지 않은 채, 한 걸음씩 비밀통로에서 걸어 나왔다. 손에 든 쇠뇌는 한운석을 조준하고 있었다.

"요상한 계집 같으니, 독거미들의 보호를 받아? 정체가 뭐냐?"

늙은 여인은 이해가 되지 않았다.

1년 넘게 지하미궁을 지키면서 겨우 이곳 독생물들에 대해 알게 되었지만, 그들을 통제할 수는 없었다. 이 독거미들은 어째서 이 계집을 지키는 거지?

설마, 이 계집과 독종이 무슨 관계가 있는 걸까?

"맞춰 보시지!"

한운석은 등이 온통 땀으로 뒤범벅이 될 정도였지만, 겉으로는 아주 태연한 척했다. 실낱 같은 희망이라도 있다면, 시간을 끌어야 했다.

용비야, 지금 오지 않으면 정말 날 못 보게 될 거야.

"시간을 끌고 싶으냐?"

과연 흑의 노파는 똑똑했다. 그녀는 웃으며 망설임 없이 활을 잡아당겼다.

이제는 피할 수 없음을 알게 된 한운석은 눈을 감기는커녕 오히려 두 눈을 부릅떴다.

이대로 죽는 것이 운명이라면, 이곳을 더 많이 눈에 담는 것도 좋겠지!

그런데, 그녀의 눈에 그가 들어왔다. 이곳에 그가 나타났어!

환상처럼, 갑자기 흑의 노파 뒤로 그가 나타났다. 그녀에게 가장 익숙한 얼굴, 얼음처럼 차가운 잘생긴 얼굴이 보인다. 그녀가 사랑해 마지않는 깊디깊은 눈도 보인다.

그가 검을 들어 올리자 흑의 노파도 뭔가 낌새를 눈치 채고 뒤돌아보았다. 하지만 이미 늦었다.

그의 검이 떨어지면서 검광이 번뜩였고, 활을 들고 있던 흑의 노파의 팔도 함께 떨어졌다. 바닥에 뒹구는 그녀의 팔뚝에서 핏줄기가 뿜어져 나왔다.

흑의 노파는 고통의 비명을 지르는 것도 잊은 채 멍하니 그를 바라보았다.

그는 더 차가운 눈빛으로 검을 아래쪽으로 거둬들이는가 싶더니 별안간 검을 매섭게 내리 꽂았다. 날카로운 검 끝은 그렇게 흑의 노파의 발바닥을 관통하며 땅 위로 꽂혔다.

"아악……."

흑의 노파는 자신이 독을 쓸 줄 안다는 사실도 잊은 채 비명을 내질렀다.

한운석은 심호흡을 했다. 놀라움과 기쁨, 그리고 두려움의 감정이 뒤섞였다. 눈앞에서 이 익숙하고도 익숙한 그 얼굴을 마주하니 울음이 터질 것만 같았다.

용비야, 결국 와 줬군요!

용비야는 그제야 한운석을 바라보았다. 한운석이 입을 열려는 순간, 갑자기 용비야가 화를 내며 말했다.

"한운석, 왜 그리 미련하게 구느냐? 왜 밖으로 뛰어나오지 않았지?"

그는 밖에 숨어 있던 궁수들을 모조리 해치우고 바로 그녀를 찾으러 왔다. 그런데 그녀는 사라지고 독거미 시체만 가득한 게 아닌가. 그대로 그녀를 찾으러 왔더니, 방금 그 모습을 보게 된 것이다.

이 여자는 하마터면 화살에 맞아 목숨을 잃을 뻔했다.

두려움과 분노 중 무엇이 더 큰지 모르겠다. 격노에 휩싸인 상황에서도 그의 등 뒤에 쥐고 있는 다른 한 손이 바들바들 떨리고 있었다.

한운석은 용비야의 소리에 깜짝 놀라 얼이 빠져서 꼼짝도 할 수 없었다.

"이리 오지 않고 뭘 하느냐!"

용비야가 다시 외쳤다. 이리 오라고 고함을 쳤으면서, 정작 그가 먼저 그녀에게 다가가고 있었다.

그런데 이때, 등 뒤에 있던 흑의 노파가 갑자기……

두 번째, 용서하지 않겠다

용비야가 한운석을 향해 다가가는 이때, 흑의 노파가 갑자기 손을 휙 내저었다.

"조심해요, 독이에요!"

그 말과 함께 한운석이 와락 달려들었다. 얼마나 동작이 빨랐던지, 용비야마저 깜짝 놀랄 정도였다. 그녀는 용비야의 등 뒤를 막아서면서 그대로 힘껏 그를 밀어 버렸다. 한운석의 힘에 용비야는 또 한 번 놀랐다.

사실 한운석과 함께 하면서 용비야는 독을 두려워한 적이 없었다. 한운석의 이런 민첩한 동작을 보면서 용비야는 다시 고민이 되었다.

이 여자는 무공도 그리 어렵지 않게 배우겠군.

한운석이 무공을 배우고 싶다고 했을 때 그는 그녀를 '타고난 폐물'이라며 거절했다. 그 이후 그녀는 줄곧 자신을 폐물이라 여겨 왔다. 만약 진실을 알게 된다면 이 여인은……

용비야가 딴 생각에 빠져 있을 때, 갑자기 한운석이 격렬하게 기침을 하기 시작했다.

그가 묻기도 전에 한운석은 진료 주머니에서 해약을 꺼냈다. 해약을 먹고 나니 기침이 멎었다.

역시 독약에 있어서는 용비야가 어떤 걱정도 할 필요가 없었다.

흑의 노파는 믿을 수 없다는 표정으로 한운석을 바라보았다.

"해……, 해약을 갖고 있어?"

한운석에게 뿌린 독은 다름아닌 '칠칠비산七七沸散'. 칠칠에 사십 구, 도합 마흔 아홉 가지의 독약을 제련하여 만든 가루다. 일단 흡입하면 반나절 안에 해약을 먹지 않을 경우 구할 방법이 없다.

어떻게 때마침 한운석이 그 해약을 갖고 있지?

한운석이 대답을 하려는데 용비야가 싸늘한 목소리가 들려왔다.

"한운석, 본 왕의 질문에 아직 답하지 않았다!"

그 말에 흑의 노파는 또 한 번 놀랐다.

진왕 전하는 그녀가 또 독을 쓸까 두렵지 않은 건가? 이렇게 철저히 무시하다니, 아무리 그래도 초씨 집안에서 손꼽는 독술사인데!

한운석은 용비야를 볼 염치가 없는 듯 고개를 푹 숙이고 있었다. 흑의 노파가 쇠뇌를 가진 줄 알았다면 절대 비밀통로 안쪽으로 도망치지 않았을 것이다.

원래는 도망치다가 정 안되면, 흑의 노파가 잡으러 가까이 다가왔을 때 독을 쓸 생각이었다. 흑의 노파가 멀리서도 사람을 죽일 수 있는 쇠뇌를 무기로 갖고 있을 줄 상상이나 했겠는가?

"본 왕의 질문에 대답하라."

용비야의 목소리에 노기가 충만했다.

뭐라고 대답해야 하지? 이미 일이 터진 마당에 많은 변명을 늘어놔 봤자 소용없을 것이다. 그녀가 대답을 하려는 찰나, 흑의 노파가 또 독을, 그것도 또 독 가루를 뿌리는 게 아닌가!

한운석이 얼른 손을 휘둘러 공기 중에 해약을 뿌리는 바람에 흑의 노파는 어안이 벙벙해졌다. 용비야는 그쪽으로 눈 하나 돌리지 않고, 오로지 한운석에게만 집중했다.

용비야가 지켜 주지 않으면 한운석의 독술이 아무리 대단해도 그 재능을 원하는 대로 맘껏 발휘할 수 없다. 또 한운석이 곁에서 보조하지 않으면, 용비야의 무공이 아무리 대단해도 독술 고수에게 걸리면 헤어 나올 수 없다. 과연 이 둘은 환상적인 찰떡궁합이었다.

분을 이기지 못한 흑의 노파는 동시에 다섯 가지 독을 썼다. 이번에는 한운석도 화가 나서 그 독약들을 정면으로 마주했다. 해약도 먹을 필요 없이 바로 해독시스템을 이용해 배독시킨 것이다.

한운석이 차갑게 내뱉었다.

"몸에 총 서른두 가지 독약을 지니고 있구나. 치명적인 독이 열다섯 가지요, 나머지 독성도 약하지는 않네. 모두 극독이로군."

그녀는 엄한 목소리로 경고를 이어갔다.

"또 독을 쓰기만 해 봐라. 가지고 있는 모든 극독을 단번에 네 입 속에 쏟아부어 줄 테니!"

감히 그녀 앞에서 용비야에게 독을 쓰다니, 죽고 싶어서 안달이 난 게지! 폐물처럼 보일 때도 있지만, 독약에 있어서는 누구도 그녀에게 맞설 수 없다.

흑의 노파는 너무 놀라 입을 다물 수 없었다. 한운석은 해약을 먹지 않았는데도 아무렇지 않았다. 노파는 더 이상 무슨 짓을 할 엄두가 나지 않았다. 서른두 가지 극독을 한꺼번에 복용하면 처참한 죽음을 맞이하게 된다. 아무래도 물러서는 게 낫겠다.

한운석은 탁기濁氣를 토해 낸 후에 다시 용비야를 향해 돌아섰다. 방금까지 위압적이고 패기 넘치던 모습은 어디로 사라졌는지, 용비야 앞에 서자 잔뜩 주눅이 들어 버렸다. 뒷짐 진 용비야의 손은 아직도 떨리고 있었다. 만약 한발이라도 늦었다면 어쩔 뻔했는가.

"말하라!"

용비야가 차갑게 말했다.

한운석은 얼이 빠져 사실대로 말했다.

"밖으로 나가면 더 빨리 죽게 될까 두려웠어요."

"너는!"

용비야는 기가 막혀서 말했다.

"본 왕을 과소평가한 것이냐?"

사실 한운석은 그의 발목을 잡을까 봐 더 두려웠다. 그의 주의를 산만하게 해 다치게 할까 두려웠던 것이다.

한운석이 설명하려는데 용비야는 화가 나서 외쳤다.

"한운석, 본 왕은 영원히 너를 용서치 않겠다!"

한운석은 그제야 그의 불 같은 분노 속에 두려움이 도사리고 있음을 느꼈다.

또 저 말이네. 영원히 용서치 않는다는 말이 벌써 두 번째다. 저러다가 정말 용서하지 않는 날이 오면 어쩌지?

그녀는 까닭 없이 마음이 아파 와 그를 끌어안았다. 한참 동안 그가 움직이지 않자 그녀가 낮은 목소리로 말했다.

"용비야, 화 풀어요. 내가 잘못했어요."

용비야는 이 미련한 여자가 죽을 만큼 미웠지만, 모든 분노를 탄식 하나로 풀었다. 그리고는 그녀를 꼭 감싸 안으며 말했다.

"다음은 없다."

용비야는 속으로 그녀에게 무공을 가르치지 않겠다고 다짐했다. 무공도 모르는 여인의 배짱이 이 정도인데, 무공이라도 배우고 나면 그의 반대방향으로 더 멀리 가 버리지 않겠는가?

다음은 없다. 이 말은 그녀가 아닌 바로 스스로에게 하는 말이었다.

흑의 노파는 서로 껴안고 있는 용비야와 한운석을 바라보았다. 기회를 봐서 공격하고 싶었지만, 아무리 생각해도 그럴 엄두가 나지 않았다. 팔 하나가 잘려 나가는 바람에 피는 철철 쏟아지고 있고, 발은 용비야의 검이 관통하여 바닥에 박혀 있다. 이런 상태에서 유일한 살길은 용서를 비는 것뿐이다. 그래서 용비야와 한운석이 충분히 안고 있도록 가만히 기다리고만 있었다.

결국 용비야가 먼저 한운석을 놓아주었다. 사실 한운석은 용비야보다 더 무서웠지만 속으로만 삼킬 뿐이었다. 무공을 익히고 싶은 마음은 더 간절해졌지만, 자신처럼 타고난 폐물의 자질을 보완할 방법을 몰랐다. 내년에 천산에 가서 무림지존인 검종 노인을 만나게 되면 물어볼 기회가 있을 지도 모르겠다.

용비야는 냉랭한 목소리로 흑의 노파를 심문하기 시작했다

"초씨 집안사람인가?"

"진왕 전하, 소인 목숨만 살려 주시면 뭐든 다 말씀드리겠습니다."

흑의 노파가 협상하려 들었다.

용비야는 차갑게 물었다.

"들은 게 없는데 본 왕이 어찌 네 가치를 판단하겠느냐?"

"초씨 집안이 독종 금지에 왜 온 것인지 궁금하실 테지요."

흑의 노파가 진지하게 말했다.

"좋다. 본 왕이 목숨만은 살려 주지."

용비야가 시원스럽게 약속하자, 흑의 노파가 기뻐하며 바로 모든 사실을 털어놓았다.

"저는 초씨 집안에서 양성한 독술사입니다. 1년 전, 명을 받고 이곳을 지키면서 함정을 파고 두 분이 오시기만을 기다렸습니다."

"초천은이 우리가 다시 올 줄 어떻게 알았지?"

한운석이 궁금해하며 물었다.

"만독지토 때문이지요. 1년 전, 은 도련님이 여러 독술사들을 데리고 와 비밀통로 끝에서 만독지토를 찾아내셨습니다. 돌을 쌓아 길을 막았지만 만독지토는 놓고 간 것을 발견하신 게

388

지요. 그래서 분명 다시 오실 거라 예상하셨습니다."

흑의 노파의 설명이 이어졌다.

사실 그것은 오해였다. 한운석 일행은 당시 그것이 만독지토 인줄 전혀 몰랐다. 알았다면 애초에 남겨 두지도 않고 다시 올 일도 없었을 것이다.

하지만 한운석은 그런 설명은 하지 않고 의심스러운 어조로 물었다.

"초천은이 만독지토를 알아?"

고칠소가 말해 주지 않았으면 한운석은 그 존재도 몰랐을 것 이다. 지금까지 읽은 어떤 독경에서도 그와 관련된 기록을 본 적이 없었다.

아마 운공대륙에만 있는 것 같은데.

흑의 노파는 고개를 가로저었다. 그녀도 그저 전해 듣기만 했을 뿐이다.

"잘 모릅니다. 아마도 무ㅉ 이모가 알려줬을 겁니다."

"무 이모? 그건 또 누구냐?"

용비야가 물었다.

"은 도련님이 데리고 있는 독술사 중 가장 뛰어난 자입니다."

흑의 여인이 사실대로 말했다.

한운석은 운공대륙 독술계와 관련된 기록에서 그 이름을 본 적이 있는 듯했다. 그런데 초천은 이 인간이 천녕국 내정에만 관여하는 게 아니라 독술계까지 손을 뻗쳤을 줄이야. 그 야망 과 배후가 심상찮은 인간이로군!

"불은 왜 지른 것이냐?"

용비야가 다시 물었다. 사실 이해되지 않는 부분이었다. 이곳에 매복하고 있었다면 굳이 불을 지를 필요는 없을 텐데.

흑의 노파가 침묵했다.

"당장 말하라!"

용비야는 그리 참을성이 많지 않았다.

"진왕 전하, 다 말씀드릴 테니 약속을 꼭 지키셔야 합니다."

흑의 노파는 두려워하며 말했다.

"본 왕은 절대 식언하지 않는다."

용비야가 차갑게 말했다.

흑의 노파는 그제야 안심하고 말을 이었다.

"불은 은 도련님이 지르신 겁니다! 고칠소가 들어왔을 때, 마침 은 도련님께서 계셨습니다. 불을 질러서 우선 고칠소의 퇴로를 막고, 그 다음에 두 분을 끌어들여서……."

그 말에 용비야가 갑자기 눈을 가늘게 뜨고 말했다.

"초천은이 아직도 지하미궁에 매복하고 있다고!"

방금 지하미궁의 모든 궁수들을 몰살했지만, 초천은은 보이지 않았다. 그런데 그가 매복하고 있었다니.

"이곳은 화공에 적합한 곳이라 진왕 전하도 조심하십시오."

목숨을 부지하기 위한 흑의 노파의 노력은 참으로 가상했다. 심지어 용비야에게 조심하라는 경고까지 날리다니.

용비야의 얼음장처럼 차가운 얼굴을 보자 두려움이 더욱 짙어진 그녀는 황급히 말을 덧붙였다.

"그리고 마지막으로 만독지토를 망가뜨리기 위해서였습니다. 무 이모가 암석과 지표 온도가 계속 고온 상태를 유지하면 만독지토의 독성이 점차 사라질 거라고 했습니다."

그런데 이 말이 떨어지자마자, 갑자기 비밀통로 안에서 화염이 솟구쳐 나왔다. 누군가가 불을 지른 것이다!

용비야는 놀라 한운석을 붙잡고 떠나려 했다. 그런데 밖의 누군가가 아주 특수한 연료를 사용했는지 불길은 단번에 거세졌고, 밀실은 협소하여 탈출할 방도가 없었다.

용비야의 계산이 틀릴 때가 있다니! 분명 한운석을 구하러 들어왔을 때 초천은이 밖에 있는 정예병사들을 다 쏘아 죽인 후 그들의 활로를 막기 위해 불을 지른 게 틀림없다.

놀란 것은 흑의 노파도 마찬가지였다. 불길이 밀려왔지만 그녀는 나갈 수가 없었다. 갑자기 용비야가 그녀의 발에 꽂힌 장검을 뽑아 단번에 그녀의 목숨을 취했다.

내 여자의 목숨을 위험에 빠뜨린다면, 신용을 저버리는 한이 있어도 수단 방법을 가리지 않고 가만두지 않으리라!

용비야는 더 활활 타오르는 불꽃을 보며 돌진해야 할지 말지 주저하고 있었다. 그런데 갑자기 한운석이 큰 소리로 외쳤다.

"고칠소가 뛰어내리려고 해요!"

용비야가 갑자기 등장하는 바람에 일순 고칠소의 일을 잊고 있었는데, 흑의 노파가 만독지토 이야기를 꺼내는 순간 고칠소가 떠오른 것이다.

"용비야, 고칠소가 저 아래 있어요. 만독지토도 함께요. 어서요! 붙잡아야 해요!"

한운석이 용비야의 팔을 잡아당겨 아래쪽을 보여 주었다.

그제야 용비야는 이 비밀통로들의 끝이 모두 하나의 심연으로 통한다는 사실을 깨달았다.

거리가 있어 잘 보이지는 않지만, 절벽 쪽에 붉은 형체가 금방이라도 막 떨어질 것처럼 매달린 게 보였다.

설마 저 녀석, 만독지토를 지키려는 건가? 이 생각이 머릿속을 스치는 순간 용비야는 고함을 내질렀다.

"고칠소!"

그렇지만 거센 강풍 때문에 목소리는 휙휙거리는 바람소리에 묻혔다.

이때, 고칠소는 정말 절벽에서 뛰어내릴 생각이었다. 만독지토를 입 안에 숨겼어도 뜨거운 불길의 영향을 피할 수는 없으니, 반드시 뛰어 내려야 한다. 그렇지 않으면 만독지토는 완전히 사라지고 만다.

"고칠소! 우리 여기 있어! 여길 좀 봐!"

한운석은 너무 다급해 울기 일보 직전이었다.

어쩔 수 없이 용비야는…….

그녀가 말했다. 널 두고 떠나지 않아

한운석도 뛰어내리는 쪽으로 마음이 기울었는데, 용비야가 뭘 어쩌겠는가?

그는 어쩔 수 없이 한운석을 안고 절벽을 박차며 고칠소가 있는 쪽을 향해 날아갔다.

절벽에 다가갈수록 뜨거운 열기가 밀려들어 견디기 힘들었다. 오랫동안 불이 꺼지지 않아 공기마저 뜨거워졌던 것이다. 하지만 두 사람은 그런 것 따위는 아랑곳하지 않았고, 한운석은 계속해서 독침을 날렸다. 두 사람이 점점 가까이 다가가자 고칠소도 위쪽에서 뭔가 움직임을 느꼈다. 그리고 용비야와 한운석이 나타난 것을 본 순간, 절세의 아름다움과 근엄하고 진지함이 동시에 묻어나던 고칠소의 얼굴에 온 천하가 반할 것 같은 눈부신 미소가 꽃처럼 활짝 피어났다.

아름다워라⋯⋯.

한운석은 속으로 감탄을 금하지 못했다. 분명 긴박한 상황인데도, 저 미소를 보자 갑자기 마음이 풀리고 기분이 좋아졌다.

물론 기분이 좋다고 진짜 목적을 잊을 리는 없다. 아직 발이 땅에 닿기도 전에 그녀는 독 저장 공간을 가동시켜 만독지토를 집어넣으려 했다. 좀 전에 거리가 멀지만 않았어도, 일찌감치 독 저장 공간에 만독지토를 집어넣었을 것이다.

어라, 그런데 독 저장 공간이 그녀의 지령을 거절하고, 해독 시스템에서는 경고를 날리는 게 아닌가. 이 토양의 독성이 너무 약한데 계속 약해지고 있어, 이미 최저치를 벗어난 것이다. 즉 이 토양의 독성은 거의 무시해도 될 수준으로 떨어졌다.

한운석이 놀라 외쳤다.

"용비야, 망했어요!"

물, 나무, 불, 흙, 쇠의 오행지독은 모두 유일한 것으로, 한 번 망가지면 완전히 없어진다! 하나라도 없으면 미접몽에 대해서 영원히 알아낼 수 없다!

한운석의 그 한마디에 고칠소가 갑자기 땅을 박차고 하늘 위로 솟아올라 위쪽 절벽으로 날아갔다.

대체 왜 저러는 거지?

용비야는 절벽에 착지하는 대신 다른 쪽 벼랑을 발로 박차면서 한운석을 안고 그를 쫓아갔다. 절벽 간의 높이 차이가 크고 심연에서 불어오는 강풍이 거세서, 내려가는 건 수월해도 올라가는 건 그리 쉽지 않았다.

용비야는 한운석을 안고 있는 데다 고칠소보다 한발 늦게 올라왔음에도 고칠소보다 먼저 절벽으로 돌아왔다. 고칠소가 고생고생하며 날아오르는 모습에서 두 사람의 무공 격차가 확연히 드러났다. 한운석이 보니 지난 번 내상을 입은 후 용비야의 무공이 꽤 정진한 듯했다.

"고칠소, 너……."

한운석이 질문을 던지려는 데, 고칠소가 바로 입에 든 작은 유리병을 뺄어 냈다. 그 속에는 만독지토가 들어 있었다.

"한운석, 어서, 빨리 미접몽을 꺼내!"

고칠소는 지금껏 살아오면서 이렇게 다급했던 적이 없었다.

해독시스템으로 검사할 필요도 없었다. 가까이에서 본 한운석은 단번에 만독지토의 독성이 아래쪽 절벽에 있던 것들보다는 강하지만, 그렇다고 크게 강력하지는 않음을 알 수 있었다.

다른 질문을 할 틈이 어디 있겠는가. 한운석은 즉시 미접몽을 꺼내 그 유리병 속으로 몇 방울을 집어넣었다.

순간 정적이 흘렀다. 세 사람은 긴장된 눈길로 유리병을 바라보며 결과를 기다렸다. 하지만 아무리 기다려도 병에 든 흙에서는 아무 반응이 없었다.

용비야와 한운석은 아무 말도 하지 못했고, 고칠소는 손까지 떨며 중얼거렸다.

"조금만……, 조금만 더 기다려 봐."

하지만 더 기다려도 만독지토는 아무 반응도 일으키지 않았다.

며칠 동안이나 불길을 견디며 붉게 달아오른 고칠소의 얼굴이 이젠 하얗게 질려 버렸다. 그는 미간을 찌푸리고 있는 한운석을 보고 해명하고 싶었지만 입이 떨어지지 않아 그저 바라만 보고 있었다.

한운석은 고칠소를 원망할 생각이 전혀 없었다. 그저 긴장을 늦추지 않고 만독지토의 독성 변화를 검사하는 데 열중하고 있었을 뿐이었다. 해독시스템은 독성이 다시 변화하고 있음을 감지했다. 그 말인 즉, 육안으로 보이지 않는 것일 뿐 아무 반응이 없는 것은 아니라는 뜻이다.

잠깐 생각해 보더니 한운석은 곧 미접몽을 다시 꺼내 들고, 아까 뿌린 양의 두 배 되는 양을 그 속에 집어넣었다.

그러자 만독지토가 즉각 치치직 하고 부식되는 듯한 소리를 냈다. 눈 깜짝할 사이에 과립 모양의 토양이 완전히 가루가 되었고, 가루는 점차 굳어지더니 작고 작은 눈물 형상으로 응고되었다.

용비야는 조용히 한숨을 돌렸고, 고칠소는 기뻐 어쩔 줄 몰라 한운석을 바라보며 외쳤다.

"독누이, 됐어!"

열흘 동안 타오르는 열기 속에서 말 그대로 타 들어갈 뻔했지만 이 모든 게 헛고생이 아니었다. 독누이를 실망시키지도 않았고, 용비야와의 약속도 지켰다.

"다 네 덕분이야! 입 속에 물고 있다니, 그런 생각을 할 줄이야."

한운석이 기뻐하며 말했다.

네 번째 독눈물을 잘 집어넣은 후, 한운석은 궁금해하며 물었다.

"좀 전에 진짜 뛰어내리려고 했어?"

"기다려도 안 오면 뛰어내릴 생각이었지. 안 그러면 만독지토를 못 지키잖아."

고칠소가 실실 웃으며 말했다.

한운석은 눈을 흘기며 야단치듯 말했다.

"목숨이 두 개야?"

용비야는 아무 말도 하지 않았다. 고칠소의 말이 진심이라는 것을 그는 알고 있었다. 목숨이 두 개라서가 아니었다.

말하는 도중에 갑자기 땅이며 주변 산세가 흔들리더니, 산 전체가 크게 요동치기 시작했다! 무슨 일이 벌어진 거지?

"저것 봐! 불이야!"

한운석의 놀라 외쳤다.

아래쪽 절벽에 있는 만독지토와 독난초가 불타오르더니 절벽 전체가 활활 타오르는 불덩이로 변했다.

저곳에 있던 만독지토의 독성은 아마 완전히 사라졌을 것이다. 본디 희귀한 것들이긴 하나 저절로 불타버리다니 참으로 설명하기 어려운 일이었다.

세 사람이 그 광경을 바라보고 있는데 갑자기 산 전체가 또 흔들렸다. 이번에는 잠깐 흔들리는 게 아니라, 지진처럼 계속해서 격렬한 진동이 이어졌다.

곧이어 아래쪽 절벽이 무너지면서 거대한 불덩이처럼 심연 아래로 빠져 버렸다.

세 사람은 뭔가 깨달은 듯, 동시에 서로를 바라보았다.

갑자기 발을 디디고 서 있던 바닥도 흔들리기 시작했다. 이 절벽도 곧 추락할 것 같았다. 가장 반응이 빠른 건 역시 용비야였다. 그는 한 손으로 한운석을 안고, 다른 한 손으로 검을 휘둘러 절벽에 세차게 박아 넣었다!

거의 동시에 절벽 전체가 산산조각 나면서 세 사람은 허공을 딛고 선 모양새가 되었다.

고칠소는 용비야보다 반 박자 늦게 반응했지만, 그래도 늦지 않게 비수를 꺼내 벽 쪽에다 박아 넣었다. 덕분에 용비야, 한운석 옆에 그도 걸려 있을 수 있었다.

아슬아슬했다!

두 절벽은 완전히 무너졌고, 비밀통로는 온통 불바다가 되어 발 디딜 곳 하나 없었다. 고칠소와 용비야의 실력이 아무리 좋다 해도 서 있을 곳 하나 없는 심연에서는 대책 없이 그저 이렇게 걸린 채로 버텨야 한다.

"지하미궁도 무너질 것 같아!"

고칠소가 말했다.

"그놈의 입방정!"

한운석이 그를 매섭게 노려보았다. 하지만 그녀 역시 같은 생각을 하고 있었다.

용비야가 갑자기 매섭고 싸늘한 휘파람을 불어 소식을 전할 매를 소환했다. 매는 그의 팔에 앉았다가 옷자락을 찢어 물고는 바로 날아갔다. 이제 당리와 초서풍이 도착할 때가 됐다. 용비야는 그저 당리와 초서풍이 올 때까지 버틸 수 있기만을 바랄 뿐이었다.

하지만 매가 날아가자 마자 고칠소의 비수가 두드득 소리를 내며 아래쪽으로 미끄러지는 게 아닌가!

고칠소도 놀랐지만, 용비야와 한운석도 그쪽을 바라보았다.

고칠소가 비수를 박아 넣은 벽쪽 돌들이 붕괴되고 있었다.

비수 길이가 검보다 짧다 보니 깊이 박히지 않아 고칠소의 무게를 견디지 못한 것이다.

"고칠소, 잡아!"

한운석은 일말의 망설임도 없이 손을 내밀었지만 고칠소는 주저했다. 그 사이 비수가 다시 미끄러졌다. 곧 완전히 떨어질 것 같아 한운석은 아예 고칠소의 팔목을 꽉 붙들고 놓아주지 않았다.

곧이어 고칠소의 비수가 미끄러졌지만, 고칠소는 얼른 칼을 다른 곳에 꽂았다. 그러나 꽂아 넣은 돌 벽이 또 무너지기 시작해 단단히 고정되지 않았다.

산 전체가 흔들리면서 크고 작은 돌들이 아래로 굴러 떨어졌다. 용비야가 검을 꽂은 곳에도 자갈들이 떨어져 내렸다. 다행히 장검이라 길이가 깊이 박혔으니 망정이지 아니었다면 끔찍한 결과를 맞았을 것이다.

고칠소는 아무리 찾아도 지지대 역할을 할 만한 곳을 찾지 못했다. 그의 무공 실력으로는 발을 디디지 않고 날아오를 수도 없다. 한운석이 그를 꽉 붙들고 있지 않았다면 벌써 저 아래로 떨어졌을 게 분명하다.

한운석은 스스로 자신이 다른 많은 남자들보다 힘이 꽤 세다고 생각했었다. 하지만 이번에 확실히 자신이 얼마나 무력한 존재인지 깨달았다. 이 팔 하나로는 고칠소의 무게를 견딜 수 없었다. 그녀는 손을 놓고 싶지 않았지만, 마음과 달리 자꾸만 손이 미끄러졌다.

"고칠소, 어서 꽉 잡아! 빨리!"

그녀가 다급하게 재촉해도 고칠소는 계속 비수를 꽂을 곳만 찾고 있었다.

"고칠소, 안 들려? 내 손을 잡으라고, 빨리! 이제 나 못 버텨!"

한운석은 화도 나고 초조해졌다. 이 녀석 머리가 어떻게 된 거 아냐? 절벽 표층에 있는 흙과 돌이 자꾸만 무너지고 있었기 때문에 그 짧은 비수로는 아무리 찔러도 깊이 박을 수가 없다. 한운석이 고칠소를 잡고 있는 것보다 힘 센 고칠소가 그녀를 잡는 게 훨씬 수월했다.

"고칠소, 어서! 내 말 안 들려? 너 목숨이 두 개냐고!"

한운석은 너무 다급해진 나머지 손까지 뻗어 그를 꼭 붙들었다.

이 모든 장면을 용비야는 눈에 담아두고 있었다. 한운석이 고칠소를 위해 쓰는 모든 힘은 사실 용비야가 뒤에서 받치고 있었기에 가능했다. 즉 그는 지금 한운석과 고칠소, 두 사람의 무게를 감당하고 있는 셈이다.

한 손으로는 검을 움켜쥐고 다른 한 손으로 한운석의 허리를 끌어안고 있는 용비야도 온 힘을 다해 버티는 중이었다. 다만 그저 묵묵히, 자신의 품에서 다른 사람의 목숨을 구하기 위해 발버둥치는 여자를 바라볼 뿐이었다.

결국 고칠소는 더 이상 지탱할 곳을 찾지 않고 비수를 던진 후 한운석을 올려다보았다. 그제야 한운석이 마음을 놓으며 말했다.

"어서 내 손 잡아, 나 이제 못 버텨!"

그런데, 고칠소의 대답은 예상 밖이었다.

"놔."

농담이 아니었다. 그는 아주 진지하게 말했다.

"독누이, 왜 갈수록 바보가 되는 거야? 내 손을 놓지 않으면 우리 셋 다 죽어!"

용비야의 장검은 기껏해야 두 사람의 무게를 감당할 수 있을 뿐이다. 자신까지 더해지면 아직은 미끄러지지 않아도 검은 곧 부러지고 말 것이다.

그걸 누가 몰라? 한운석은 화가 나서 소리쳤다.

"누구 보고 바보래? 네가 죽으면 누가 우리를 도와서 미접몽에 대해 알아내겠어? 어서 잡아, 어디서 대단한 척이야! 네가 죽는 건 내가 허락 못 해!"

용비야는 짙은 눈동자를 내리깔고는 여전히 아무 말도 하지 않았다.

고칠소는 어쩔 수 없이 웃으며 설득했다.

"독누이, 화내지 말고 그냥 손 놔."

어떻게 손을 놓겠는가. 한운석은 더 꽉 잡으며 화난 목소리로 물었다.

"고칠소, 나와 용비야를 어떻게 보는 거야? 함께하기로 한 이상, 널 두고 떠나지 않아! 잘 들어, 네가 지금 죽는다고 해도, 네 시신을 수습하기 위해서라도 안 놔!"

그 말에 용비야는 그제야 한운석의 속내를 깨닫고 눈을 떴고, 고칠소는 멍해졌다.

널 두고 떠나지 않아……. 어려서 어머니를 잃고, 열 살이 못되어 친부에게 버려졌으며, 성인이 되기도 전에 의학원에서 쫓겨났다. 그런 그가 스무 해 가까이를 살아오면서 처음 듣는 말이었다. 널 두고 절대 떠나지 않아.

한운석, 너의 그 한마디면 이 생은 족하다!

고칠소는 웃었다. 어린아이처럼 깨끗하고 맑은 웃음이었다.

그리고는 말했다.

"독누이, 손 놓지 그래. 사실 난……."

이상한 일, 불을 끈 자는 누구

고칠소의 말이 다 끝나기도 전에 용비야가 차갑게 말을 끊었다.

"고칠소, 아직 본 왕과 함께 의성 늙은이들을 처리하지 못한 이상, 죽기엔 아직 이르다!"

말이 떨어지자마자 용비야가 갑자기 박힌 검을 뽑아 올리며 그 힘으로 날아올랐다. 한운석을 안고 고칠소까지 끌어당기며 이번에는 위쪽 평평한 절벽에 다시 검을 세차게 꽂았다.

이 평평한 절벽은 흙이나 모래가 뒤섞이지 않은 튼튼한 돌로 이루어져 한 번 검을 꽂으니 강력하게 고정이 되었다. 고칠소는 기뻐하며 얼른 자신의 비수를 그 속에 꽂아 넣었다. 드디어 안정적으로 지탱할 곳을 찾아낸 셈이다.

그제야 한운석도 안도의 한숨을 내쉬며 손을 풀었다.

그녀는 용비야를 바라보며 낮은 목소리로 말했다.

"고생하셨어요."

차가운 표정의 용비야는 대답 없이 가만히 고개를 숙였다. 윤이 날 정도로 반짝이는 그의 턱이 그녀의 이마에 닿았다.

이, 이건 무슨 뜻이지?

아마도 그 뜻을 아는 사람은 용비야뿐일 것이다. 어쨌든 그 특유의 숨결에 둘러싸이자 한운석의 마음도 따스해졌다.

산신이 노하기라도 하듯, 산 전체가 계속 흔들렸다. 위에서 흙과 자갈들이 끊임없이 굴러 내려와 끝이 보이지 않는 심연 속으로 떨어졌다. 안전한 곳을 찾았다지만 잠시뿐이었다. 계속 무너져 내리다간 세 사람의 목숨이 달려 있는 이 돌벽마저 저 아래로 추락할 것이다.

유일하게 살 수 있는 통로에는 아직도 불이 활활 타고 있으니 그저 구원의 손길이 올 때까지 기다릴 수밖에 없었다. 하지만 초서풍과 당리가 먼저 올지, 아니면 이 커다란 바위가 먼저 떨어질지 누구도 장담할 수 없었다.

고칠소는 아래쪽 비밀통로 끝에 있는 불길을 주시하면서 뭔가 생각에 잠긴 듯했다. 용비야의 품속에 안겨 있는 한운석은 긴장되고 무서워야 마땅한 이런 상황 속에서도 까닭 없이 마음이 평온했다. 좋아하는 사람과 함께라면, 살고 죽는 것이 두렵지 않다는 말이 무슨 느낌인지 알 것 같았다. 먼 곳을 바라보는 용비야의 눈빛은 초점이 없는 듯, 무슨 생각을 하는지 알 수 없었다. 놀랍게도 생사의 기로에 놓인 세 사람 가운데 두려워하는 이는 아무도 없었다.

갑자기 고칠소가 외쳤다.

"저것 봐! 불이 꺼졌어!"

용비야와 한운석은 각자 생각에 잠긴 채 아무 일도 없다는 듯 고칠소의 말에 신경도 쓰지 않았다. 초서풍과 당리가 아무리 빨리 와도 이렇게 짧은 시간 만에 도착해서 불을 껐을 리가 없다.

고칠소 저 인간, 또 시시한 장난질이야.

"어서 봐! 불이, 불이 꺼졌다니까!"

흥분한 고칠소가 손을 뻗어 한운석의 소매를 잡아 당겼다. 방금까지 그렇게 오래 손을 잡고 있을 때는 아무 말도 않던 용비야가 이번에는 바로 싸늘하게 외쳤다.

"놔라!"

그러자 이번에는 갑자기 한운석이 놀라서 외쳤다.

"정말이네! 진짜 불이 꺼졌어요!"

용비야가 비밀통로 쪽을 바라보았다. 좀 전까지 활활 타오르고 있던 거센 불길이 정말 사라졌다! 어찌 된 일이지?

"고칠소, 가 봐라!"

"내가 가 볼게!"

용비야와 고칠소가 약속이라도 한 듯 동시에 입을 열었다. 용비야가 다리를 내밀자 고칠소는 전혀 망설이지 않고 그 다리를 발판으로 삼아 비밀 통로 쪽으로 날아갔다.

비밀통로 입구에 서서 보니 통로를 가득 채웠던 불길이 완전히 꺼진 상태였다. 용비야에게 큰 소리로 사실을 알리자, 용비야는 그제야 한운석을 안고 그쪽으로 날아왔다.

무사히 착지하고도 여전히 마음을 놓을 수 없었다. 갑작스럽게 불이 꺼지다니, 뭔가 수상한데?

하지만 뒤에 무슨 속임수가 숨겨져 있든, 지금으로서는 이 길만이 최선이다. 이곳에 서 있는 게 좀 전까지 심연 위에 대롱대롱 매달려 있던 느낌보다는 훨씬 안정적이니까. 지하미궁은 점점 더 심각하게 요동치며 금방이라도 완전히 무너질 것 같았다.

서로 상의를 하거나 다투는 일 없이, 용비야는 한운석의 뒤를 지키고 고칠소는 앞서서 길을 찾았다. 떨어지는 돌을 피하면서 빠르게 통과하는 동안 비밀통로 안에 자갈과 흙더미가 가득한 모습을 볼 수 있었다. 누군가가 돌과 흙더미를 덮어서 불을 끈 게 분명하다.

주변 환경을 잘 활용한 아주 현명한 방법이었다. 더군다나 물로 끈 게 아니라서 짙은 연기가 생기지 않았기 때문에, 연기가 사라질 때까지 기다릴 필요도 없이 바로 탈출할 수 있었다.

한운석은 불을 끈 자가 함정을 판 게 아니라 특별히 자신들을 도와준 것 같다는 느낌이 들었다. 만약 함정에 빠뜨릴 생각이었다면 이렇게 힘들게 할 필요 없이 그대로 심연에 빠뜨리면 끝날 일이었다.

물론 서둘러 도망쳐야 하는 상황이라 한운석도 여러 생각을 할 겨를은 없었다.

밖으로 빠져나가는 동안 지하미궁이 아주 심각하게 무너지고 있음을 발견했다. 비밀통로 출구에 다다를 무렵에는 비밀통로 절반이 무너진 상태였다. 다 붕괴되기 전에 나올 수 있었던 게 천만다행이었다.

그러나 두 번째 비밀통로에서 나왔을 때, 바깥 밀실입구가 커다란 바위로 막혀 있었다.

산은 흔들리고 땅은 요동치는 가운데 밀실에 있는 모든 것이 불안정했다. 모래며 돌덩이들이 계속 떨어지면서 이곳을 파

묻어 버릴 기세였다.

여기가 심연보다 더 죽음을 재촉하는 길 같은데!

"그녀를 지켜!"

용비야가 소리쳤다.

고칠소는 순간 정신을 차리지 못하다가 한운석의 곤란해하는 표정을 본 후에야 그 뜻을 알아챘다.

고칠소는 한운석의 뒤에 서서 즐거운 목소리로 답했다.

"걱정 마!"

용비야는 한운석을 놔두고 출구 위치를 찾아 두 손에 내공을 끌어 모은 후 세차게 내리쳤다. 그러자 앞을 가로막았던 거대한 바위가 부서져 가루가 되었다.

그 모습을 본 한운석과 고칠소는 찬 숨을 들이쉬며 서로 눈빛을 교환했다. 앞으로 웬만하면 이 인간의 성질은 건드리지 말자고 서로 다짐하는 듯했다.

바위 뒤에 작은 돌들이 쌓인 것을 본 용비야는 검을 세차게 내리쳤다. 그러자 검광과 칼날이 동시에 움직이며 돌 더미 위로 길고 긴 균열을 남겼다.

검기는 여전히 사라지지 않고 균열 속에서 하얀 빛을 드러낸 채 남아 있는 듯했다. 잠시 후, 검기가 빛을 뿜어내며 폭발하더니 모든 돌들이 흩어져 버렸다.

고칠소는 멍하니 그 모습을 바라보며 생각했다. 대체 내공이 얼마나 깊어야 이렇게 검기를 모을 수 있지? 지난 번 결투할 때보다 용비야의 내공이 훨씬 깊어졌다! 용비야가 채찍을 제일 잘 쓰는 줄 알았는데, 이제 보니 그의 검술도 무시무시했다. 이 인간이 제일 잘하는 건 검이야, 아니면 채찍이야?

고칠소가 멍하니 있는 사이, 용비야는 얼른 한운석을 빼내며 쏟아지는 돌 더미를 피했다. 용비야는 거의 사람 죽일 듯한 눈빛으로 고칠소를 매섭게 노려봤다. 한운석을 잘 지키라고 했더니, 지금 멍하니 서서 뭐 하는 거야.

고칠소는 민망해진 나머지 군소리 없이 용비야의 눈총을 순순히 받아 주었다.

그리고는 과감하게 앞으로 나서서 계속 길을 찾았다. 출구에서 나와 함정이 없음을 확인한 후에야 용비야와 한운석이 따라오게 했다.

계속 통로를 따라가다 보면 지하미궁의 출구로 이어진다. 하지만 이곳은 안쪽보다 더 심각하게 무너지고 있어서, 가는 길 내내 고칠소와 용비야는 길을 막는 돌더미를 끊임없이 치워야 했다.

하지만 이상하게도 가는 동안 그 어떤 함정도 매복도 마주치지 않았다. 이 사실이 더 수상해서 앞쪽에 경계를 늦출 수 없었다.

출구로 나가기 직전에 위험이 도사리고 있는 것 아닐까? 계속 위로 가야 했기 때문에 기습당하기 좋은 조건이었다.

용비야가 거대한 바위를 밀쳐내면서 자욱한 먼지가 일어나는 순간, 갑자기 앞에 두 사람의 형체가 나타났다.

"조심해라!"

용비야가 소리치면서 가장 먼저 한운석을 자신의 뒤쪽으로 숨겼다. 고칠소도 거의 동시에 용비야를 옆쪽으로 밀면서 몸으로 날아오는 화살을 막았다.

그들 앞에 선 두 사람은 바로 초천은과 흑의를 입은 중년 부인이었다.

용비야가 궁수들을 다 죽이고 바로 한운석을 찾으러 갔을 때, 초천은은 뒤에서 불을 지르며 용비야의 활로를 차단했다.

초천은은 용비야에게 늘 경계를 늦추지 않았다. 원래는 보름 내내 불길이 꺼지지 않게 해서 고칠소와 용비야를 죽인 후 이곳을 떠날 계획이었다. 그런데 그도 지하미궁의 붕괴는 예상치 못한 일이라 도망칠 수밖에 없었다.

하지만 여기까지 도망쳐 왔더니 앞에 거대한 바위가 길을 막는 바람에 아무리 힘을 써도 나가지 못하던 상황이었다. 용비야 무리가 탈출할 줄은 정말 꿈에도 몰랐다.

화살은 고칠소의 어깨에 명중했다. 초천은은 망설임 없이 바로 두 번째 화살을 날렸다. 그가 직접 쏘는 화살의 위력과 정확도는 앞서 만난 궁술 고수들의 열 배에 달했다.

두 번째 목표는 한운석이었다!

그는 고칠소를 전혀 신경 쓰지 않았다. 그의 최종목표는 용비야고, 용비야를 해치기 위해서는 당연히 그의 약점인 한운석을 노려야 한다.

초천은의 의도를 알아챈 용비야의 눈동자가 소름 끼칠 정도로 차갑게 변했다. 마침 잘 만났다, 초천은. 쌓이고 쌓인 원한을 여기서 함께 풀겠다!

그는 눈을 가늘게 뜨고 한운석을 향해 날아오는 화살을 주시했다. 화살이 눈앞으로 날아오자 한 치의 오차도 없이 맨손으로 화살을 낚아채더니, 전광석화 같은 속도로 초천은을 향해 도로 날려 버렸다.

초천은은 얼른 고개를 돌려 화살을 피했다. 하마터면 당할 뻔했다. 그의 눈동자에 놀란 기색이 역력했다. 드디어 용비야의 진정한 실력을 체감한 것이다.

흑단 활을 버리고 이번에는 흑의 부인에게서 길고 날카로운 화살을 건네받더니, 맨손으로 활을 당기는 동작을 하기 시작했다.

아주 천천히, 그렇지만 온 힘을 담아 활을 당기고 있었다. 활도, 활시위도 없이 오직 긴 화살만 손에 든 채로 진짜 활시위에 활을 얹는 것처럼, 당장이라도 곧 쏠 것 같은 느낌을 주었다.

한운석과 고칠소는 말도 안 되는 모습에 어리둥절해졌다. 활도 없이 저 긴 화살을 쏠 수 있단 말이야? 초천은이 잡고 있는 건 화살의 오늬 부분이다. 아무리 힘이 세다고 해도 절대 멀리 가지 못할 텐데!

이건 무슨 수작이지? 허세를 부리며 사람을 헷갈리게 만드는 건가?

그런데 용비야가 낮은 목소리로 정색을 하고 말했다.

"고칠소, 그녀를 잘 지켜라!"

이번에는 고칠소도 소홀히 할 수 없었다. 용비야 뒤에 있던 그는 한운석을 자신의 뒤로 보내며 이중 보호막을 쳤다.

한운석은 초천은 곁에 있는 그 흑의 부인을 싸늘하게 쳐다보며 낮게 말했다.

"용비야, 저 긴 화살의 화살촉에 극독이 묻어 있어요. 조금만 닿아도 치명적이니 조심해야 해요!"

그녀의 예상이 맞는다면, 이 흑의 부인이 바로 그 흑의 노파가 말했던 무 이모일 것이다.

용비야는 고개를 끄덕이며 허리에서 채찍을 꺼내 들었다.

어전술駅箭術이다!

초씨 집안을 오랫동안 조사해 오면서도 확신하지 못하고 있었는데, 초천은이 이곳에서 그 진면목을 드러낼 줄이야.

맨손으로 활시위를 당기는 궁술은 바로 일곱 귀족 중 하나인 유족의 비술로《칠귀족지七貴族志》에 상세하게 기록되어 있다.

활은 없지만 날카로운 화살의 폭발력은 절대 호락호락하지 않다.

초천은이 자신의 진짜 능력을 내보였으니, 상대를 완전히 없앨 각오를 했을 것이다. 두고 보시지, 진짜 사라지는 것이 누구일지!

갑자기 독화살이 피융 소리를 내며 파죽지세로 날아들었다.

화살 하나가 날아가자마자 초천은은 멈추지 않고 계속 활을 쐈다.

피융! 피융! 피융!

화살들은 더 맹렬한 기세로 날아들었고, 그 방향도 모두 제각각이었다. 상하좌우 할 것 없는 전방위 공격이었다!

분통함 이후의 반격 (1)

    교활한 초천은은 단번에 전방위 공격을 해 댔다. 협소한 공간에서 용비야는 뛰어난 검술과 채찍 실력을 제대로 발휘할 수 없었지만, 초천은이 맨손으로 어전술을 부리기에는 아주 유리했다.

    용비야는 채찍을 휘둘러 날아오는 화살들을 떨어뜨렸다. 이런 열세 상황에서 용비야는 반드시 기회를 잡아 초천은이 화살을 쏘지 못하게 막아야 했다. 하지만 초천은은 용비야에게 숨 돌릴 틈도 주지 않고 재빨리 두 번째 공격을 퍼부었다. 슉슉슉! 연이어 화살이 날아왔다. 하지만 채찍을 마음껏 휘두를 수 없었던 용비야는 계속 피할 수밖에 없었다.

    예전 같았으면 그도 주저 없이 자신의 몸을 방패 삼고, 화살 몇 대 맞는 것쯤 아랑곳하지 않으며 초천은에게 다가가 그대로 목숨을 빼앗았을 것이다. 하지만 방금 한운석이 말한 대로 초천은의 화살에는 극독이 묻어 있다. 조금만 닿아도 목숨이 위험하다.

    한운석이 알려 줄 정도의 독이라면 절대 단순한 독이 아니다. 한운석이 제때 해독할 수 있다고 해도 시간이 걸릴 것이다.

    그렇다고 이렇게 당하고만 있는 건 너무 분한 일이었다.

    용비야는 화살을 피하는 동시에 대응책을 생각했다. 하지만 안타깝게도 이번에는 너무 운이 나빴다. 계속 이렇게 방어만 하다 보면, 초천은이 채찍 휘두르는 수를 간파해 허점을 쉽게 찾아낼 것이다. 용비야는 혼자 싸우는 데 익숙해서 고칠소의 존재를 잊고 있었다. 아무리 부상을 당했어도 그는 만만찮은 실력자인데!

어깨에 화살을 맞은 고칠소는 한운석을 보호하는 한편, 좁고 긴 눈을 가느다랗게 뜬 채 흑의 부인 주변을 살피고 있었다. 손에 씨앗을 움켜쥔 채, 뿌릴 만한 적당한 토양을 찾는 중이었다.

한운석도 가만히 쉬고 있지 않았다. 그녀는 초천은을 주시하면서 소매 속의 이화루우침을 언제든 쏠 준비를 하고 있었다. 초천은을 죽이지는 못해도 독침 공격으로 그를 방해할 수는 있다.

고칠소가 적당한 토양을 찾기 전에 한운석이 먼저 나섰다. 그녀는 초천은의 다리를 향해 독침들을 날렸다.

허나 초천은이 그 공격을 모조리 피할 줄이야. 피하는 와중에도 손에 든 화살은 멈추지 않았고, 도리어 한운석 쪽을 향해 날아오기까지 했다.

초천은의 실력은 상상 이상이었다. 궁술뿐 아니라 무공까지 일류 수준이라니. 이런 상황에서 용비야는 제약 없이 마음껏 싸우고 싶은 마음이 간절했다. 하지만 공간이 너무 좁았다. 채찍이든 검이든 제대로 그 기량을 발휘할 수 없었다.

"진왕 전하와 진왕비, 두 분이 저 하나를 공격할 셈입니까?"

초천은이 비웃으며 말했다. 지난번 지하미궁에서 우연히 만났을 때는 정중하게 대했지만 이번에는 인정사정 봐주지 않을 생각이었다.

"틀렸어! 이쪽은 셋이야!"

고칠소가 건방지게 답하며 초천은을 향해 작은 씨앗 하나를 날렸다. 적합한 토양을 못 찾았으니, 초천은의 피와 살을 토양으로 삼지 뭐!

그런데!

초천은은 또 한 번 그 공격을 피했고, 손에 든 화살은 여전히 멈추지 않은 채 슉슉슉 소리를 내며 쉴 새 없이 날아왔다

용비야가 채찍을 한 번 휘두르자, 화살이 다 땅에 떨어졌다.

"초씨 집안 공자가 피하는 데 일가견이 있는 줄 몰랐군!"

"검종 노인이 가장 아끼는 제자의 최고 장기가 채찍인 줄 몰랐군요!"

초천은은 용비야의 말을 맞받아치면서도 속으로 탄복하고 있었다. 이렇게 오랫동안 유족의 어전술을 막아 낸 자는 용비야가 처음이었다.

두 사람의 싸움 형국은 한운석과 고칠소가 끼어들어도 변화가 없었다. 어떤 의미에서 보면 이 통로에서 초천은은 정말 혼자서 세 명의 적과 맞설 수 있는 능력을 가진 셈이다. 그렇지 않았다면 이리 쉽게 초씨 집안의 비술인 어전술을 드러내지 않았을 것이다!

한운석과 고칠소는 포기하지 않고 이번에는 흑의 부인을 공격 목표로 삼았다. 한 명은 독침 암기를, 다른 한 명은 씨앗을 사용해 함께 공격하기 시작했다.

그런데 흑의 부인도 손쉽게 공격을 피할 줄이야!

한운석이 놀라며 말했다.

"고칠소, 네가 나만큼 실력이 형편없는 거야, 아니면 저 여자가 너무 강한 거야?"

내 암기는 피한다고 해도, 최소한 고칠소의 공격은 먹혀야 하잖아.

고칠소는 위험한 기운을 감지한 듯 두 눈을 가늘게 뜨며 말했다.

"이 여자는……, 초천은보다 강해!"

이 말을 하자마자 고칠소는 얼른 한운석을 옆으로 밀쳤다. 날카로운 화살이 용비야의 방어를 뚫고 날아와 한운석 앞을 스치고 지나갔다. 위험했어!

놀란 용비야도 그제야 진정한 고수는 바로 이 흑의 부인임을 알아챘다.

"청가가 점찍은 남자가 얼마나 대단한지 자세히 살펴보려 했건만, 이제 보니……."

흑의 부인은 냉랭하고 오만한 표정을 짓더니 곧 맨손으로 시위 당기는 자세를 하며 화살 쏠 준비를 했다!

그녀의 오만하고 차가운 표정은 초청가와 너무나 비슷했다. 이 여자는 대체 누구지?

용비야는 짐작할 틈도 없었다. 그는 한운석 곁으로 뒷걸음치며 말했다.

"물러나라!"

초천은과 흑의 부인이 함께 웃기 시작했다. 어전술을 드러낸 이상 반드시 저들을 죽여야 한다! 두 사람은 망설임 없이 함께 화살 공격을 퍼부었다.

용비야는 물러설 틈도 없이 공격을 막기에 바빴다. 이번에는 좀 전의 두 배에 달하는 공격에 맞서야 했다!

첫 번째는 막아 냈다. 두 번째는 두 개의 화살이 그의 곁을 스치고 한운석에게로 날아갔으나, 다행히 고칠소가 막아 냈다. 세 번째 공격은 명중하지는 못했지만, 용비야의 얼굴에 맹렬한 기운이 스쳐 지나가면서 상처를 냈다.

정말이지 용비야 평생 가장 분통 터지는 순간이었다.

"먼저 가라!"

그가 화난 목소리로 외쳤다.

"안 돼요!"

"쓸데없는 생각 말고!"

한운석과 고칠소가 반발하는 이때, 초천은과 흑의 부인의 뒤쪽에서 갑자기 쿠르릉 하는 소리가 나더니 길을 막았던 바위가 붕괴됐다. 피어 오른 흙먼지가 차츰 가라앉자, 그 속에서 당리와 초서풍이 모습을 드러냈다.

구원병이다!

당리와 초서풍은 서신을 받자마자 번개처럼 달려왔다. 당리는 강력한 폭발력을 가진 암기를 적잖이 쓴 후에야 길을 가로막고 있던 바위를 부술 수 있었다. 그런데 그 뒤에 이런 장면이 나타날 줄이야.

모두 어리둥절했던 것도 잠시, 용비야가 먼저 채찍을 휘두르며 기선을 제압했다. 나설 기회를 놓친 초천은과 흑의 부인은 우선 몸을 피했고, 당리와 초서풍은 바로 공격에 가담했다.

하지만 또 생각지 못한 일이 발생했다.

위아래로 흔들리던 통로가 어찌된 셈인지 갑자기 좌우로 흔들리기 시작했다. 순식간에 그들이 서있던 바닥이 쩍 갈라지면서 그 깊이를 가늠할 수 없는 심연을 드러냈다.

누구도 예상 못한 상황이었다. 모두 아래로 떨어지는 가운데, 용비야는 무의식적으로 한운석을 바라보았다. 그러나 그의 눈앞은 캄캄하여 아무것도 보이지 않았다!

"한운석!"

큰 소리로 외쳤으나 대답은 들리지 않았다.

갈라진 땅 아래 심연은 칠흑 같은 어두움뿐이요, 온 세상이 흔들리면서 모든 사람이 아래로 떨어졌다. 한참 지난 후에야 고요함이 찾아왔다.

……대체 시간이 얼마나 흐른 걸까. 한운석은 눈을 번쩍 뜨며 정신을 차렸다. 그녀는 어두컴컴하고 수풀이 무성한 숲 속에 있었다. 독을 만들 수 있는 초목으로 이루어진 숲이었다.

갑자기 추락하던 그 순간, 그녀는 용비야의 외침을 들었다. 그러나 너무 빠르게 떨어지면서 중심을 잃는 바람에 머리로 피가 쏠리듯 고통스러워져서 용비야에게 대답할 수 없었고, 직후 그녀는 정신을 잃고 말았다.

이곳은 어디지? 떨어져 죽은 게 아니었어?

한운석은 얼른 일어나 몸을 살펴보았다. 상처 하나 없었다. 다행이라고 기뻐해야 마땅하나 지금은 무섭기만 했다.

대체 무슨 일이 벌어진 거지? 누가 날 구한 거야? 그 비밀통로의 불은 누가 끈 거고?

용비야, 그리고 다른 사람들은?

주변에 아무도 없고 초목만 무성한 것을 확인하자, 한운석은 온몸이 떨려왔다. 그녀는 서둘러 빛이 보이는 방향으로 걸음을 옮겼다. 하지만 뒤에서 하얀 그림자가 계속 그녀를 따라가고 있음을 알아채지 못했다.

곧 한운석은 둥근 모양의 큰 제단을 발견했다. 제단은 수풀에 둘러싸여 한 가운데 놓여 있었고, 비석 위로 담쟁이덩굴이 가득 엉겨 있어 장엄하고 신비로운 분위기를 풍겼다.

설마 이곳이 독종의 옛 제단인가?

독종은 의학원과 마찬가지로 유구한 역사를 가지고 있다. 대진제국 시절에는 그리 대단한 세력이 아니었으나, 대진제국 멸망 후 천하에 여러 세력들이 일어나면서 독종과 의학원도 강성해지기 시작했다.

한운석이 답답해하고 있는 이때, 뒤에서 갑자기 아주 익숙한 소리가 들렸다.

슝!

화살의 파공성!

한운석이 깜짝 놀라 뒤를 돌아보는 순간, 세차게 날아오던 화살들이 누군가 휘두르는 채찍에 맞아 땅에 떨어지고 말았다.

용비야는 한운석 곁으로 날아오자마자 거세게 그녀를 자신의 뒤로 숨겼다. 그와 동시에 고칠소, 초서풍, 당리가 모두 수풀 사이에서 날아와 그들 곁에 섰다.

어둠 속에서 어딘지도 모르는 이 숲으로 떨어졌을 때, 모두 함께 있는데 한운석만 보이지 않았다. 마침 이들이 주변에 있었고 화살 소리를 들었기에 망정이지, 그렇지 않았으면 정말 큰일 날 뻔했다.

용비야는 안색이 아주 좋지 못했지만 냉정을 잃지 않고 낮은 소리로 말했다.

"누가 구해 주었느냐?"

이들은 모두 경공을 사용해 착지했지만, 한운석은 무공을 할 줄 몰랐다. 떨어져 죽지 않고 목숨을 구했다는 건, 누군가 구해 주었다는 의미다.

"나도 몰라요. 정신을 잃었거든요."

한운석이 사실대로 답했다.

"불을 끈 녀석인가?"

고칠소가 의심스럽게 물었다.

말하는 사이 수풀 속에서 화살비가 쏟아져 나오면서 맹공이 이어졌다.

"죽고 싶구나!"

용비야는 채찍을 거두고 검을 뽑아 들어 날아올랐다. 통로에서 오랫동안 압박을 받다가 이제야 마음껏 공격할 수 있게 됐다.

유족 초씨 집안! 흥, 나라의 원한에 개인적인 복수까지, 지금까지 묵힌 원한을 오늘에야 다 풀겠구나!

그는 날아드는 화살을 향해 쏜살같이 달려들며 검을 휘둘렀다. 챙, 챙, 챙! 계속 화살들을 쳐내면서 점점 더 수풀에 가까워졌다.

결국 초천은은 견디지 못하고 수풀에서 하늘 높이 날아올랐고, 용비야는 바로 그를 추격했다.

초천은의 눈동자에 놀라는 기색이 스치더니, 곧장 화살들을 꺼내 숨을 죽이고 한꺼번에 화살들을 날렸다!

수많은 화살들이 동시에 쐑쐑 소리를 내며 날아오르자, 마치 우산처럼 하늘을 뒤덮었다. 용비야는 멈춰서 온 힘을 다해 칼을 휘둘렀고, 초천은은 전력을 다해 또 많은 화살을 꺼내 들었다.

공중에서 두 사람이 팽팽한 대결을 하는 것처럼 보였지만, 사실 협소한 통로와는 달리 이번에는 용비야가 우세했다. 그는 날아오는 화살에 대응하며 빠른 속도로 초천은을 추격했다.

초천은은 처음에는 천천히 후퇴하다가 용비야가 너무 가까이 추격하자 다급해진 나머지 빠르게 달아났다. 화살비와 챙챙 소리가 이어지는 가운데, 용비야는 초천은보다 훨씬 빠르게 움직였다.

일단 두 사람의 거리가 좁혀지자 초천은의 화살보다 용비야의 검이 우세해졌다.

한운석과 다른 이들은 조마조마한 마음으로 이 광경을 지켜

봤다. 마음속으로 용비야를 열심히 응원하고 있는데, 갑자기 검은 그림자가 초천은 뒤에 있던 수풀 사이에서 날아올라 모습을 드러냈다. 바로 흑의 부인이었다.

그녀는 나타나자마자 용비야에게 화살을 날렸다. 그걸 본 당리와 초서풍이 동시에 날아올라 공격 지원에 나섰고, 고칠소는 냉소를 지으며 조용히 씨앗을 뿌렸다.

당리와 초서풍이 연합하여 흑의 부인을 공격했다. 초서풍의 검술에 당리의 암기가 더해지자 흑의 부인은 초천은을 도울 틈 없이 이 둘의 공격에 맞서는데 전념해야 했다.

"다 큰 장정 여럿이서 한 명을 괴롭히며 암기까지 쓰다니, 비열하군!"

흑의 부인이 욕하며 외쳤다.

분통함 이후의 반격 (2)

　흑의 부인에게 초서풍은 별문제가 되지 않았다. 문제는 막으려야 막을 수 없는 당리의 암기였다. 암기만 아니어도 일찌감치 초천은을 도우러 갔을 것이다.

　"너같이 늙은 여자 하나 괴롭히는 게 뭐 어때서?"

　늘 입만 열면 분위기를 깨는 당리가 말과 동시에 괴이한 암기 두 가지를 펼쳤다. 흑의 부인은 하나는 피했으나 나머지는 피하지 못해 어깨에 비표를 맞고 말았다. 하지만 그녀는 버텨내면서 뒤로 물러서서 초천은과 마찬가지로 화살을 한 움큼 쥐고 쏘아 댔다. 그녀가 쏜 화살은 다 초천은보다 두 배의 위력을 갖고 있었다.

　초서풍도, 당리도 모두 화살을 막아 낼 수 없어 몸을 피했다.

　이때, 용비야가 초천은을 완전히 제압하여 머리를 향해 검을 내리치려 했다. 그 순간, 흑의 부인이 옆에서 화살을 쏘았다. 용비야는 급하게 몸을 피했지만 손안에 쥔 검은 멈춰지지 않았다. 다만 방향이 살짝 틀어져서 초천은의 머리카락 몇 가닥만 베었을 뿐이었다.

　용비야가 다시 검을 휘두르자 초천은이 다급하게 몸을 피했다. 흑의 부인이 또 화살을 쏘려는 순간, 갑자기 가시덩굴이 수풀 속에서 빠르게 솟구쳐 나와 흑의 부인의 양 손을 얽어매고 그녀가 쏘려던 화살까지 감아 버렸다.

"저게 뭐지?"

"가시덩굴?"

초서풍과 당리는 크게 놀랐고, 멀지 않은 곳에 있던 한운석도 뜻밖의 사태에 놀랐다. 고칠소는 입가에 사악한 미소를 머금은 채 말이 없었다. 드디어 적합한 토양을 찾아낸 것이다. 이런때에 계속해서 능력 발휘를 못하고 있어야 쓰나.

"무 이모!"

초천은이 대경실색하며 외쳤다.

역시 이 흑의 부인이 바로 그 노파가 말한 무 이모였다!

무 이모는 냉정을 잃지 않고 화난 목소리로 말했다.

"화살을 잘 잡고 있거라! 이런 얕은 수에 쓰러질 내가 아니다!"

말이 떨어지자마자 그녀의 두 손을 묶었던 가시덩굴과 화살을 얽어맸던 가시덩굴이 모두 시들어 버렸다.

가시덩굴이 시들어 떨어지자 무 이모는 화살을 한 움큼 들고다시 맨손으로 시위를 당기는 자세를 취하며 온 힘을 모아 용비야를 향해 쏠 준비를 했다.

"감히 이 몸의 가시덩굴을!"

고칠소가 분통을 터뜨리며 또 씨앗을 뿌렸다. 그러자 다시가시덩굴이 미친 듯이 자라나 수풀을 뚫고 나와 무 이모가 화살을 쏘기도 전에 그녀를 얽어맸다. 하지만 무 이모의 독술은 아주 뛰어났다. 가시덩굴이 덤벼드는 속도와 거의 맞먹는 빠르기로 독을 쓰는데, 어떻게 쓰는지 모습도 보이지 않았다.

가시덩굴은 그녀에게 닿기만 하면 시들었다. 고칠소는 믿을 수 없어 연이어 몇 개의 씨앗을 더 뿌렸고, 여러 개의 가시덩굴이 자라났다. 하지만 어느 것 하나도 무 이모를 묶지 못하고 독 때문에 죽어 버렸다.

고칠소가 얼마나 아끼는 씨앗인데!

고칠소의 술수를 일찌감치 파악한 무 이모는 차갑게 그를 흘기며 말했다.

"보잘것없는 재주를 어디 갖다 대느냐! 참으로 가소롭구나!"

고칠소가 이를 바득바득 갈며 어찌할 바를 몰라 하는 이때, 한운석이 낮은 목소리로 말했다.

"이봐, 계속해."

"이제 세 개밖에 안 남았어."

고칠소는 어쩔 수 없이 사실대로 털어놨다. 가시덩굴 씨앗은 쓰는 건 쉬워도 하나를 얻기까지는 많은 수고가 필요하단 말이야!

"하나면 돼. 나한테 줘 봐."

한운석이 냉소를 지으며 말했다.

고칠소가 의심스러운 눈길로 바라보자 한운석은 벌써 그에게 손을 내밀고 있었다.

"어서, 뭘 꾸물대고 있어?"

손을 내밀지 않아도 이 여자에게는 무엇이든 주고 싶은 고칠소였다. 그런 그녀가 손까지 내미는 데 어찌 거부하랴.

고칠소는 아무것도 묻지 않고 기쁜 마음으로 한운석에게 씨앗 하나를 주었다. 한운석은 잠시 손에 쥐고 씨앗을 만지작거리더니 곧 그에게 돌려주었다.

"자, 이제 다시 해 봐."

고칠소는 그녀의 말대로 얼른 씨앗을 던졌다. 곧 가시덩굴이 자라나 다시 무 이모를 향해 덤벼들었다.

무 이모는 그쪽은 완전히 무시한 채, 당리의 암기를 피하면서 초천은을 압박하는 용비야를 향해 활시위를 당기고 있었다. 그런데 이번에는 가시덩굴이 전혀 독에 영향을 받지 않고 그녀 뒤쪽으로 무섭게 기어 올라왔다.

무 이모는 놀라 자신도 모르게 뒤를 돌아보았다. 가시덩굴은 그녀의 등 뒤로 기어 올라와 빠르게 그녀를 옭아맸다.

분명 독을 썼는데, 그것도 좀 전에 쓴 독보다 몇 배나 강한 독성의 극독이었단 말이다.

어떻게 된 일이지?

믿을 수 없었던 무 이모는 다시 독을 썼지만, 가시덩굴은 시들기는커녕 오히려 더 무 이모를 조여 왔다.

결국 무 이모의 눈이 한운석에게로 향했다. 여기서 그녀의 극독을 해독할 수 있는 자는 한운석뿐이었다.

그녀는 묶인 상황에서도 여전히 도도하고 오만한 태도로 한운석에게 물었다.

"대체……, 어떻게 해독한 것이냐?"

한운석은 낮은 곳에 서 있었지만 그 기세는 무 이모 못지않았다. 그녀는 눈썹을 치키며 반문했다.

"어머, 아직 알아보지 못한 거냐?"

"너!"

무 이모는 격노했다. 독술계에서 원로급인 무 이모는 지금까지 이렇게 어린 후배에게 이런 모욕적인 대우를 받아본 적이 없었다.

"보아하니 정말 모르나 보군. 그런 실력으로 어떻게 다니나 몰라?"

한운석은 순식간에 화를 돋우는 능력이 탁월했다.

무 이모는 화가 치민 나머지 얼굴이 새파랗게 질렸다. 하지만 여전히 믿을 수가 없었다.

독을 쓴 건 한순간인데 한운석이 어떻게 그 짧은 시간 안에 해약을 배합할 수 있지? 게다가 이 독들은 무색무취인데, 한운석은 가시덩굴에 손도 갖다 대지 않았다! 무슨 독인지 어떻게 판별했지?

무 이모는 다시 독을 써 보았지만, 가시덩굴은 아무 반응이 없었다.

너무 놀란 나머지 소름이 돋을 정도였지만 인정할 수 없었다. 계속해서 열 가지 극독을 써 보았으나, 가시덩굴은 여전히 꼼짝도 하지 않고 그녀를 꽁꽁 묶고 있었다. 그 어떤 독을 써도 끄떡없을 것 같았다.

"말도 안 돼!"

노성을 지르며 분을 못이긴 무 이모는 홧김에 지니고 있는 극독을 다 써 버렸다. 무수한 종류의 극독이 한 번에 사용되었다.

하지만 결과는 그녀를 거의 무너지게 만들었고, 심지어 공포감마저 들었다. 가시덩굴은 여전히 아무 반응도 없었다!

최고 독술사 간의 대결을 곁에 있는 사람들이 어찌 이해할까?

무 이모가 이 짧은 시간 안에 얼마나 많은 독을 썼는지는, 그녀 자신과 한운석만이 알 뿐이었다. 한운석은 이미 배가 아플 정도로 깔깔 웃고 있었다.

고칠소는 아무리 봐도 이해가 되지 않아 몇 번이고 물어보았다.

"한운석, 대체 어떻게 한 거야?"

한운석은 대답하지 않았다. 사실 그녀는 일찌감치 무 이모가 갖고 있는 독을 다 분석해 놓고, 좀 전에 가시나무 씨앗을 받았을 때 그 속에 미리 해약을 주입했다. 즉 무 이모가 아무리 독을 써 봤자, 가지고 있던 독을 쓰는 이상 아무 소용이 없었다.

무 이모가 눈을 부라리자 한운석은 어쩔 수 없이 웃음을 멈추고 말했다.

"또 남은 독약이 있으면 계속해도 좋다!"

무 이모는 너무 놀라 할 말을 잃었다. 한운석, 무슨 뜻이냐? 설마 내가 가진 독을 다 써 본 걸 안단 말이야?

무 이모는 아무 말도 하지 않고 반복해서 그 독약들을 썼다. 독을 쓰지 않으면 가시덩굴에서 도저히 벗어날 수 없다.

"이모님, 좀 아껴 쓰지 그래. 다 극독인데 이렇게 낭비하면 너무 아깝잖아."

한운석이 웃으며 말했다.

무 이모는 비밀을 들킨 것 같아 부끄러움에 화를 냈다.

"못된 계집 같으니, 실력이 있으면 날 풀어라, 정정당당하게 겨루자!"

"내가 묶은 게 아니라서, 도저히 풀어 줄 실력이 안 되는군."

한운석은 사실대로 대답했다.

무 이모는 화가 나서 피를 토할 것 같았다. 게다가 하필 이때, 초천은이 갑자기 날아와 무 이모의 몸에 거칠게 부딪쳤다가 다시 튕겨져 나갔다. 걷어차여 날아온 것이 분명했다.

무 이모의 손발이 묶이자 초천은을 도와줄 자는 아무도 없었다. 그러니 용비야가 한껏 걷어차지 않고 배기겠는가?

초천은은 금방 철저하게 제압당하는 바람에 계속 이리저리 피하며 도망칠 수밖에 없었다. 그러다 결국 용비야에게 따라잡혀 발에 걷어차인 것이다.

이때 당리와 초서풍은 제자리로 돌아왔고, 고칠소도 나서지 않았다. 이들은 진왕이 얼마나 오랫동안 초천은을 끝장내려고 별렀는지 알고 있었기에, 하고 싶은 대로 처리하게 놔뒀다.

초천은은 입가에 피를 머금은 채, 무 이모가 있는 곳 근처까지 높이 올라와 있었다. 무 이모의 어전술은 그보다 훨씬 강했지만, 도와주고 싶어도 도울 수 없는 상황이라 그저 애타게 바라만 볼 뿐이었다.

초천은은 쉽게 패배를 인정하는 자가 아니었다. 그는 입가의 핏자국을 닦으며 한 번 더 용비야를 조준하여 화살 무더기를 날렸다.

용비야는 막지도 않고 그저 차가운 눈으로 바라보며 그가 화살 쏘기만을 기다리고 있었다. 차갑고 오만한 눈동자는 뼛속 깊이 초천은을 경멸하는 듯했다.

초천은은 분한 마음에 이를 꽉 물고 온 힘을 쏟았다. 손에 든 무수한 화살들은 너무 많은 힘을 받아 마치 살아 있는 듯 후들후들 떨고 있었다.

"용비야, 죽어라!"

드디어 초천은이 손을 놓자, 강력한 힘이 실린 화살 하나하나가 마치 살아 있는 것처럼 울부짖으며 용비야를 향해 날아들었다.

그러나 용비야는 전혀 미동도 하지 않았다. 다만 손에 든 그의 검만 움직일 뿐이었다. 챙챙 소리가 울려 퍼졌다. 수십 개의 화살이 가까이 날아왔을 때, 갑자기 용비야의 검이 움직였다. 그러자 검기가 무지개 모양으로 기울어져 내려오면서 단번에 모든 화살을 동강내 버렸다.

동시에 용비야는 그의 앞으로 날아가 발로 한껏 그를 걷어찼다. 발에 가슴을 맞은 초천은은 저 멀리 날아가 버렸다!

초천은이 아래로 떨어지기도 전에 용비야가 휙 하고 번개처럼 다시 그 앞으로 다가갔다.

초천은은 이해할 수 없었다. 발차기 한 번이면 자신을 바닥에 내리꽂을 수 있으면서 왜 이러는 걸까.

"용비야, 뭐 하는 짓이냐?"

"이런 짓이다!"

용비야는 말하면서 한 번 더 그를 발로 찼다. 초천은은 선혈을 뿜어내며 드디어 땅 위로 떨어지고 말았다.

그제야 용비야가 일부러 자신을 괴롭히고 있었음을 깨달았지만 때는 이미 늦었다. 일어나지도 못할 정도로 중상을 입었기 때문이다.

용비야는 깔끔한 공격을 하는 자였기에 보통 발차기 한 번에 다시는 못 일어나게 만들 수 있었다. 고칠소가 그 증인이었다.

그런 그가 연달아 세 번이나 발길질을 하다니, 과연 초천은에게 제대로 앙갚음을 해 주고 싶었던 게 분명하다.

용비야는 무표정한 얼굴로 땅에 떨어진 화살들을 주우며 한 걸음씩 걸어갔다.

용비야를 바라보는 초천은은 말도 나오지 않는 듯했다. 무 이모의 분노 어린 외침이 이어졌다.

"진왕, 이기면 충신이요, 지면 역적이라 했다. 죽이든 살리든 네 마음이지만, 질질 끄는 일은 그만해라!"

바보라도 용비야가 지금 질질 끌 생각이라는 걸 알아챌 것이다. 무 이모의 쓸데없는 말을 용비야는 완전히 무시했다.

지금 무 이모는 초천은을 보호하려고 시간을 끌고 있었다

"용비야, 우리를 풀어 주면 만독지토는 너희 것이다."

이들은 불을 질러 만독지토를 태우기 전에 일부를 따로 남겨 두었다. 만독지토 없이는 미접몽에 대해 알아낼 수 없기 때문이다.

용비야가 계속 그녀를 무시하자 고칠소가 참지 못하고 대답

했다.

"우린 아쉬울 게 없어. 댁이나 간직하셔."

얼마나 힘들게 만독지토를 지켜 냈는데. 다른 사람 것은 전혀 아쉽지 않았다.

"독종 지하미궁에 온 것은 다 미접몽 때문일 텐데. 우리를 풀어 주면, 미접몽의 행방을 알려 주겠다."

무 이모가 또 말했다.

용비야를 제외한 모든 사람은 웃음이 나왔다. 다만 겉으로 드러내진 못하고 속으로만 웃을 뿐이었다.

이제 용비야는 초천은 앞까지 갔다. 그런데 갑자기 무 이모의 몸에서 강력한 내공이 발산되면서 가시덩굴이 모조리 끊어졌다. 그녀는 곧 전광석화 같은 속도로 용비야를 향해 화살들을 쏘았다. 예상치 못한 공격에 용비야가 피하는 사이, 무 이모는 기회를 놓치지 않고 초천은을 데리고 도망치려 했다.

순간 고칠소, 당리, 초서풍이 모두 그녀의 앞에서, 용비야는 그 뒤에서 길을 막았다. 일촉즉발의 이 순간, 주변 숲 속에서 갑자기 바스락 바스락 움직이는 소리가 들려왔다.

곧이어 새까만 박쥐 떼가 숲에서부터 하늘을 뒤덮듯이 날아와 제단 위 상공을 둘러쌌다.

갑작스러운 사태에 다들 깜짝 놀라며 긴장했다. 보통 박쥐보다 크기가 훨씬 큰 것만 보아도 평범한 생물은 아니었다.

무 이모는 초천은을 부축하며 차갑게 말했다.

"용비야, 이건 흡혈 독박쥐다. 아주 위험한 것들이니, 살고 싶다면 손을 잡자."

그런데 이때, 한운석이 코웃음을 치며 나섰다.

"필요 없어!"

가서 전해

한운석의 입가에 피어 오른 비웃음이 무 이모는 아주 거슬렸으나 꾹 참았다. 어쨌든 지금은 생사의 기로에 놓였으니 그저 한운석의 무지함이라 치부하기로 했다.

흡혈 독박쥐 떼는 그 수가 점점 늘어나 천지를 뒤덮을 정도로 빽빽하게 모여들었다. 적잖은 독 생명체를 봐온 무 이모도 간담이 서늘해져 긴장을 늦출 수 없었다.

"한운석, 이 독박쥐들은 무리를 지어 생활하는 독 생명체다. 보면 모르겠느냐?"

무 이모의 질책이 이어졌다.

한운석이 왜 모르겠는가? 독박쥐 떼 공격까지 받아 본 그녀다. 다만 이번에 마주친 흡혈 독박쥐는 더 무시무시했다.

무리를 지어 생활하는 독 생명체는 공격할 때 큰 특징을 갖고 있다. 절대 쉽게 공격에 나서지 않는다는 점이다. 무리가 다 모이면 집단공격에 나서서 공격력이 분산되지 않고 아주 조직적으로 움직인다. 역할분담이 명확해 인간 군대가 대오를 맞추어 전투에 나서는 것과 비교해도 손색이 없다.

"알면 또 어쩌란 말이냐?"

한운석이 무시하듯 반문했다.

무 이모가 찌푸린 얼굴로 한운석을 바라보았다. 대체 무슨 말을 하는 거지. 알면 어쩌란 말이냐고?

대체 알아차렸다는 거야, 모른다는 거야?

무리 지어 움직이는 독 생명체에 맞서려면, 박쥐들이 줄 맞춰 대열을 정비하기 전에 어떻게든 도망쳐야 한다는 사실을 모른단 말인가? 일단 진형이 갖춰지면, 도망칠 수 없게 된다.

"한운석, 이 독 생명체들의 공격력이 얼마나 강력한지 모르는 게냐?"

무 이모의 노기 어린 말투 속에 초조함이 드러났다.

한운석은 전혀 아랑곳하지 않으며 위에 모여드는 박쥐들을 흘끗 쳐다본 후 답했다.

"아직 진을 치고 있군."

그 말에 무 이모는 헉 하고 찬 숨을 들이켰다. 이 계집, 다 알고 있었구나!

알면서 느긋하게 굴어? 죽고 싶은 건가?

무 이모는 노를 억누른 채 진지하고 엄숙한 말투로 말을 이었다.

"한운석, 포진이 끝나기 전에 서둘러 저들의 약점을 파악해서 함께 맞서야 살 수 있다. 모든 은원은 잠시 접어 두자. 이 괴이한 곳에서 탈출한 후 다시 결판을 내도 늦지 않다! 안심해라. 내 능력 정도면 네가 조금만 따라주면 살길을 찾는 건 어렵지 않다."

한운석은 무 이모가 스스로를 과대평가하는 건지, 아니면 자신을 과소평가하는 건지 정말 알 수 없었다.

한운석이 쌀쌀맞게 답했다.

"본 왕비가 마지막으로 말하지. 필요 없어!"

그 말이 떨어지자 용비야가 공격할 준비를 했다. 독술에 대해서 그는 한운석을 완전히 믿고 있었다.

초천은을 붙들고 있던 무 이모는 계속 뒷걸음질 치며 믿을 수 없다는 표정으로 말했다.

"못된 계집, 시건방지고 오만하기 그지없다는 이야기는 이미 들어 알고 있었지만, 이 정도로 세상물정 모를 줄은 몰랐다! 잘 들어라. 이 독초 창고에 있는 흡혈 독박쥐는 네가 지금까지 만난 어떤 독 생명체보다 몇 배는 강력하다. 네 예상을 훨씬 뛰어넘는 수준이야. 죽고 싶지 않으면 순순히 본 부인에게 협조해라. 그렇지 않으면 어떤 꼴로 죽게 될지 장담할 수 없다!"

한운석이 어떤 대단한 독 생명체를 만났더라? 꼬맹이도 포함시킬 수 있으려나?

용비야는 입꼬리를 올리며 비웃었고, 초서풍과 당리도 모두 웃고 있었다. 고칠소는 가슴을 두드리며 과장된 표정으로 말했다.

"아이고, 무서워라! 독누이, 어서 하자는 대로 해! 우리가 어떻게 죽을지 너무너무 궁금해!"

"네놈들!"

무 이모는 얼굴이 새빨개질 정도로 화를 냈다. 이제 박쥐 떼가 완전히 대열을 갖추고 공격할 준비가 된 것을 보자 그녀가 노기 어린 목소리로 외쳤다.

"후회할 것이다!"

한운석은 차갑게 그녀를 바라만 볼 뿐 아무 말도 없었다. 용비야가 갑자기 검을 휘두르자 무 이모는 몸을 피하며 어쩔 수 없이 자신의 패를 드러내 보일 수밖에 없었다.

"한운석, 지금은 체면을 따질 때가 아니다. 솔직히 말하지. 내 능력만으로 이 독박쥐들에 대항하는 건 불가능하다. 하물며 너는 어떻겠느냐? 우리는 반드시 힘을 합쳐야 한다. 더 늦으면 정말 큰일 난다! 잘 생각해 봐라!"

말하는 사이 용비야의 검이 그녀의 목을 겨냥했다. 무 이모의 무공도 쓸 만했으나, 거의 혼절 상태인 초천은을 잡고 있는 상태에서는 용비야의 상대가 될 수 없었다.

고칠소가 무 이모를 붙잡고, 초서풍이 초천은을 데려갔다. 그런데 이때, 제단 상공이 마치 까만 천을 덮어 버린 것처럼 새까맣게 변했다.

대열을 다 정비한 흡혈 독박쥐 떼가 곧 공격할 기세였다.

이 광경을 본 무 이모의 안색은 새하얗게 질렸다. 그녀는 다급한 나머지 거의 부르짖다시피 소리쳤다.

"한운석, 그만해! 너의 오만함이 모든 사람에게 해를 끼치는구나! 어서 날 놔줘라, 내게 방법이 있다! 어서, 어서 빨리, 내 말 듣고 있는 거냐!"

그녀를 바라보는 한운석은 일절 흔들림이 없었다. 눈동자에 동정심이 서렸다.

이때, 온 하늘에 가득 찬 박쥐들이 꿈틀꿈틀하기 시작했다.

무 이모는 점점 더 커지는 두려움에 초조해진 나머지 미칠 것 같았다.

"한운석, 이제 공격이 이어질 거다! 죽는 게 두렵지 않느냐! 제발 부탁이다! 나와 손을 잡자. 넌 엄호만 해 주면 된다. 내가 반드시 박쥐왕도 잡아내겠다!"

한운석은 그녀 앞에 선 채 여전히 미동도 없었다.

그런데 이때, 하늘에 몰려 있던 박쥐 중 한 무리가 먼저 공격에 나섰다. 수십 마리의 박쥐 떼가 화살 모양으로 대열을 맞추자, 곧 사방팔방에 있던 다른 무수한 박쥐 떼도 비슷한 모양으로 대형을 갖추어 덤벼들었다.

큰일이다. 진짜 큰일이야! 무 이모는 너무 놀라 얼이 빠질 정도였다. 죽고 싶지 않아. 비참하게 죽는 건 더 싫어! 그녀가 세차게 발악하자, 뜻밖에도 고칠소가 그녀를 놓아주었다.

여러 생각 할 겨를이 없었다. 그녀는 바로 화살을 뽑아 활시위에 얹었다. 하지만 그녀가 활을 쏘려는 순간, 서슬 퍼렇게 사나운 기세를 보이던, 아주 뛰어난 조직력을 갖춘 흡혈 독박쥐들이 뭔가에 깜짝 놀랐는지 갑자기 흩어졌다. 박쥐들은 모두 허둥대며 사방팔방 도망쳤고, 잠깐 사이에 아예 자취를 감춰 버렸다.

무 이모는 깜짝 놀랐다. 불가사의한 이 광경을 보면서도 믿을 수 없었다.

"이, 이게 어찌된 일이지?"

순간 뭔가 떠오른 듯, 무 이모는 한운석에게 고개를 홱 돌리며 말했다.

"네……, 네가……."

한운석에게 묻고 싶었지만 입이 떨어지지 않았다. 이 흡혈 독박쥐들을 한운석이 흩었으리라고는 믿을 수 없다.

하지만 한운석 말고 누가 있단 말인가? 흡혈 독박쥐는 일단 목표를 정하면 절대 흩어지는 법이 없다. 도망은 더 말할 것도 없다.

한운석은 아무것도 하지 않았다. 다만 깊이 잠든 꼬맹이를 안고 가볍게 어루만지고 있었을 뿐이다.

무 이모는 한운석이 들고 있는 작은 다람쥐를 보았지만 전혀 신경 쓰지 않았다. 이런 조그만 동물이 독종의 진귀한 독짐승일 것이라고는 짐작도 못했다.

무 이모는 한참을 멍하니 정신을 못 차리다가 겨우 조그만 목소리로 말했다.

"한운석, 정말 너냐?"

한운석은 대답도, 설명도 없이 눈썹만 치켜 뜬 채 무 이모를 바라보며 가볍게 웃기만 했다. 이를 본 무 이모는 방금 자신이 내뱉었던 말들이며 고칠소와 다른 이들의 비웃음이 떠올라, 얼굴이 새빨갛게 달아올랐다.

지난 반 평생을 살아오는 동안 얼굴이 달아오를 정도로 치욕적인 경험은 처음이었다! 진정 무지한 자, 참으로 오만했던 자는 바로 자신이었음을 처음으로 깨달았다.

그녀가 경계와 긴장으로 똘똘 뭉친 채 독생물을 대하는 동안, 한운석은 아주 쉽게 문제를 해결했다. 게다가 한운석이 어떻게 해결했는지도 자신은 전혀 모르고 있다!

무 이모는 수십 년간 힘들게 익혀 온 독술이 다 부질없다는 느낌이 들었다. 이렇게 한운석처럼 하찮은 계집에게 패배하다니.

참으로 치욕스럽구나!

묻기도 부끄러웠지만 무 이모는 연유를 알고 싶어 죽을 지경이었다.

"한운석, 어떻게 박쥐 떼를 흩었느냐? 그리고 방금 가시덩굴은 어떻게 해독했지? 말해라!"

고칠소도 알고 싶어 귀를 쫑긋 기울였다. 그러자 한운석이 정말 입을 열었다.

"말해 줘도 모를 텐데. 초청가의 친척이지? 어쩐지 그 여자처럼 무지하고 오만하더라니."

"네, 네가 감히!"

부끄러움과 분노가 동시에 치밀어 오른 무 이모는 손톱이 손바닥을 파고들 정도로 주먹을 꽉 쥐고 따귀를 치려고 했다. 하지만 그럴 기회는 없었다. 용비야가 그녀의 손을 잡고 거칠게 잡아당기더니 아예 팔을 분질러 놓았다.

그리고 차갑게 말했다.

"본 왕은 아직 너를 죽일 생각이 없다. 허나 그렇게 죽고 싶다면, 본 왕이 죽음보다 못한 삶이 무엇인지 알게 해 주지!"

무 이모는 너무 고통스러워 말도 나오지 않았다. 한쪽 팔은 늘어졌고, 다른 한 팔은 감히 움직일 엄두가 안 났다. 독을 쓸 기력이 남아 있다 해도 그럴 마음이 사라졌다. 방금 전에 가지고 있던 모든 독을 썼지만 가시덩굴은 끄떡도 하지 않았다. 지금 또 쓴다고 한들 웃음거리만 될 뿐이다.

한운석, 참으로 무시무시한 계집이었군! 그녀는 결국 고개를 숙이고 패배를 인정했다.

"무 이모, 초청가에게 가서 전해라. 그런 머리로는…… 내 지아비를 좋아할 자격이 없다고!"

갑자기 한운석의 목소리는 싸늘해지고 패기가 넘쳤으며, 도도한 눈빛은 여왕 같았다.

초서풍과 당리가 놀란 것은 두말할 것 없었다. 고칠소는 속이 쓰리기도 하고 유감스럽기도 했지만, 그녀의 말에 결국 픽 웃고 말았다. 이런 말은 운공대륙을 통틀어서 이 여자만 할 수 있지. 아주…… 마음에 들어.

용비야는 무표정인 것 같았지만, 실룩거리는 그의 입가는 속내를 숨기지 못했다. 늘 패기 있게 나서던 것은 자신인데, 이 여자가 갑자기 이렇게 나오니 갑자기 적응이 되지 않았다.

나이 지긋한 무 이모는 다시 한 번 한운석에게 놀라고 말았다. 그제야 왜 그녀의 조카딸이 그렇게 처참하게 패배했는지 깨달았다. 자기 자신도 그녀에게 지지 않았는가?

초천은과 무 이모를 제압하고 네 번째 독눈물을 거머쥐었다. 한운석 일행은 이번 독종 금지 행에서도 많은 성과를 거두었다.

지하미궁에서 이 숲으로 어떻게 떨어졌는지는 여전히 모르지만, 지하미궁에서 벗어난 것만은 분명했다. 이곳은 아마도 독초 창고에 있는 어느 숲일 테니, 쉽게 나갈 수 있다.

서둘러 이곳을 떠나는 게 급선무였다. 어쨌든 지하미궁이 무너지면서 큰 소란이 났으니, 의학원 사람들이라도 불러들이면 성가셔진다.

초천은과 무 이모를 붙잡고 떠나려는데, 갑자기 한운석이 넋이 나간 것처럼 걸음을 멈추었다.

방금 그 순간, 그녀는 영혼의 떨림 같은 것을 느꼈다. 순간 멍해져서 자신도 모르게 천천히 뒤돌아 독종 제단 중앙에 있는 몰자비沒字碑를 바라보았다.

아무것도 적혀 있지 않은 그 비석은 고풍스럽고 신비한 기운을 풍겼다. 절반은 풍화가 되어 거무스름해졌고, 절반은 푸른 이끼가 퍼져 있었다. 음침한 듯하면서도 생기가 넘쳐흐르는 것이, 마치 빛과 어둠, 생명과 죽음이 뒤엉켜 있는 듯했다.

한운석은 보이지 않는 신비로운 힘에 이끌리는 것 같았다. 이 순간 그녀의 머릿속은 텅 비어 아무 생각도 나지 않았고, 오로지 이 비석만 보였다. 마치 영혼이 빠져나간 듯했다.

용비야가 그녀의 손을 잡자 얼음장처럼 차가운 기운이 느껴졌다.

무슨 영문이지 모르지만, 뭔가 알 수 없는 두려움이 느껴진 용비야가 다급하게 물었다.

"한운석, 뭘 보고 있는 거냐?"

그제야 한운석은 정신을 차렸다. 방금 어떻게 된 건지 자신도 알 수 없었다.

"아, 아니에요, 그냥 둘러본 거예요. 가요."

용비야는 그녀의 손을 꽉 쥔 채 글자 없는 비석을 바라보았다. 불안한 기운이 엄습해 한순간도 이곳에 머무르고 싶지 않았다.

한바탕 길을 찾아 헤매다가 지금 있는 곳이 독초 창고의 두 산 사이에 있는 심연인 것을 깨달았다. 힘들게 다니면서 의학원에서 산을 순찰하러 온 자들까지 피하다가 결국 날이 저물어서야 의학성 안으로 돌아왔다.

그들은 의성에 오래 있을 생각이 없었기에, 잠시 휴식을 취한 후 바로 성을 빠져 나왔다. 성에서 나오자마자 용비야는 무이모를 풀어 주었다.

그리고 말했다.

"돌아가서 유족 족장에게 전해라. 본 왕이 아들을 잡고 있다고!"

유족?

한운석의 호기심이 발동했다.

불사불멸의 몸, 좋을까

유족.

한운석이 알기로 분명 대진제국의 일곱 귀족 중 하나다. 이 유족은 본디 서진 황족의 수호를 맡았으나 당시 대전란에서 갑자기 서진 황족을 배신하고 마지막 남은 황자를 죽인 자들로 알고 있다.

지난 번 영족의 그 백의 공자가 나타난 이후, 한운석은 자신과 서진 황족이 관계가 있지 않을까 의심했다. 그래서 지금까지 대진제국, 동진과 서진 두 황족, 일곱 귀족에 대한 사료를 모아왔다.

그러나 안타깝게도 대진제국의 사료는 거의 훼손되었고, 야사 기록도 너무 적었다. 한운석은 대부분 민간에서 떠도는 풍문 정도의 소식만 얻을 수 있었고, 그 진위 여부는 그녀 자신도 분별할 수 없었다.

하지만 연심부인에게서 자신의 친부 신분을 알게 된 후, 한운석은 서진 황족에 대해 별로 관심을 갖지 않았다.

영족의 그 백의 공자는 분명 꼬맹이 때문에 왔을 것이다. 정말 그녀가 서진 황족의 후예라면 백의 공자가 일찌감치 다 말해 주었겠지, 무엇 하러 계속 그녀를 속이겠는가?

한운석은 서주국의 초씨 집안이 유족 후손이라는 사실에 놀라고 있었다. 용비야는 어떻게 안 거지? 설마 그 어전술 때문에?

초천은이 그들 수중에 있고, 용비야는 또 이 비밀을 알았으니, 서주국 초씨 집안에게는 그야말로 큰일이었다.

대진제국은 이미 오래 전에 멸망했고, 동진과 서진 두 황족도 모두 멸족했지만 일곱 귀족의 후손은 아직도 남아 있다. 지금 운공대륙의 여러 나라와 세력들은 일곱 귀족에 대해 호감보다는 거리끼는 감정이 더 크다.

일곱 귀족의 존귀한 혈통, 백성들 마음속에 차지하는 지위, 특히나 상당한 집안 재산이며 탄탄한 세력, 강력한 야심 등 이 모든 점이 높은 자리에 있는 자들에게 경계심을 불러일으켰다. 충분한 패기와 배짱 없이는 감히 일곱 귀족을 자기 세력으로 끌어들일 엄두를 낼 수 없다. 도리어 그들을 없애 후환을 남기지 않으려 할 것이다.

한운석은 서주국 황제에게 절대 유족을 용납할 만한 배포, 기개, 배짱은 없을 것이라 확신했다.

보아하니 서주국에 곧 재미있는 구경거리가 생길 모양이다. 초청가의 배 속 아이가 세상에 나오기도 전에 초씨 집안은 서주국 황족이라는 뒷배를 잃을지도 모르겠다.

이전에 한운석은 초청가를 전혀 신경 쓰지 않았지만, 이번에는 왠지 기대가 되었다.

여인이란, 자신의 지아비를 연모하는 여인에게 관심이 가기 마련 아니겠는가?

444

"용비야, 설마……, 어전술을 아는 것이냐!"

무 이모가 한운석보다 더 놀라 외쳤다.

비록 그녀와 초천은은 상대를 없앨 생각을 하고 어전술을 펼쳤지만, 그것은 어전술에 관한 이야기가 새어나가 뜻있는 자가 초씨 집안의 비밀을 알게 되는 것을 피하기 위해서일 뿐이었다. 그런데 용비야가 뜻있는 자였을 줄이야. 그가 알아 버리다니.

일곱 귀족 가운데 영족의 영술은 모르는 이가 없다. 허나 영족도 영술 외에 다른 것들은 공개하지 않고 비밀에 부쳤다.

나머지 여섯 귀족도 각각 비기를 보유하고 있다. 하지만 그 당시에도 비밀이었으니 지금은 어떠하겠는가.

유족이 궁술에 능한 것은 익히 알려진 사실이다. 하지만 흔한 궁술일 뿐, 어전술은 한 번도 공개된 적이 없다!

용비야가 어떻게 알았지?

"돌아가고 싶지 않다면, 남아 있어도 상관없다."

용비야가 차갑게 말했다.

용비야는 무 이모를 보내 자신의 말을 전하며 초씨 집안에게 엄포를 줄 요량이었다.

초천은을 잡아 놨으니, 심문하여 알고 싶은 정보를 다 캐내고, 고요한 호수 같았던 서주국을 진흙탕처럼 흐리게 만들 수 있다.

처음부터 초씨 집안을 쉽게 놔줄 생각은 없었다. 게다가 이제 초씨 집안이 유족의 후손임을 알게 된 이상, 더더욱 쉽게 끝낼 수는 없다. 당시 유족과 영족이 서진 황족의 후손을 함께 수호했고, 지금은 삼 대째에 이르렀으니, 유족은 분명 영족의 상황을 잘 알고 있을 것이다.

서진 황족 후손에 대한 정보를 지키기 위해서든, 동진을 망하게 하고 멸족시킨 복수를 하기 위해서든, 영족과 유족은 절대 남겨 둘 수 없다!

무 이모는 더 오래 머물 용기는 없었지만 그래도 가시 박힌 말을 퍼부었다.

"용비야, 우리 초씨 집안이 유족의 후손임을 알았다면, 우리 유족이 얼마나 존귀하고 위엄 있는 존재인지도 알겠지. 너희 천녕 황실처럼 보잘것없는 세력이 도발할 수준이 아니다! 만일 천은의 목숨을 건드리기라도 하면, 우리 유족이 절대 가만두지 않을 것이야!"

그녀는 말을 마치고 훌쩍 떠났다.

용비야의 입가에 냉혹한 경멸의 감정이 서렸다. 유족이 존귀하고 위엄이 있어 감히 도발을 못해? 그럼 우리 동진 황족은?

유족 족장을 죽이기 전에 반드시 동진의 위엄 앞에 무릎 꿇리고 바닥에 엎드려 얼굴도 못 들게 만들리라!

"초서풍, 서주국 황실에 서신을 보내라. 천녕국 진왕이 다음 달 보름에 방문하겠다고."

용비야가 냉담하게 말했다.

초서풍은 즉각 명을 받고 떠났다.

그날 밤, 용비야 일행은 의성 밖의 한 별장에 머물렀고, 인사불성의 초천은은 비밀 감옥에 구금되었다.

휴식을 취해야 마땅했으나 아무도 잠들지 못했다.

당리는 정원에 술과 안주를 한상 차려 놓고, 모두의 놀란 가슴을 진정시켜 주기 위해 음식을 마련했다며 장난스레 말했다. 그러나 한운석과 용비야는 미적대며 나오지 않았다.

한운석은 방 안에서 용비야의 팔에 난 상처를 치료하고 있었다. 직전에 불화살에 맞아 난 상처를 용비야는 잊고 있었는데, 한운석은 내내 마음에 두고 있었다.

사실 이런 작은 상처는 금방 처치할 수 있었으나, 용비야 앞에서는 유독 공을 들이게 되는 그녀였다.

"아까 제단에서 왜 그랬느냐?"

용비야가 물었다.

"아무것도 아니에요. 그냥 너무 피곤해서 정신이 나갔었나 봐요."

한운석은 담담하게 말했다. 그녀 자신도 영문을 모르는 상황인데, 용비야에게 어떻게 설명할 수 있겠는가?

"어전술이 유족의 비기인 걸 어떻게 알았어요?"

이번에는 한운석이 물었다.

"경서에서 우연히 보았지. 활을 쓸 때부터 의심스러웠다."

용비야의 말도 완전 거짓은 아니었다.

"유족이 동진 황족을 멸한 가장 직접적인 원흉이라고 들었어요."

한운석이 담담하게 말했다.

용비야는 잠깐 침묵하더니 곧 화제를 바꾸었다.

"그날 불을 끈 건 대체 누구이겠느냐?"

"독종에 또 누가 있는 건 아니겠죠? 아니면 독종에 대해 아주 잘 아는 사람이거나요. 누군지는 몰라도 최소한 우리에게 적의는 없어 보여요."

한운석이 진지하게 말했다.

적의가 있었다면 아마 그들 모두 지하미궁에서 목숨을 잃었을 것이다.

용비야도 그 점에 동의하며 고개를 끄덕였다. 제단에서의 일에 대해 다시 물으려는데, 고칠소가 들어와 재촉했다.

"둘이 뭘 그리 꾸물대는 거야, 어서 나와서 술 마셔!"

일부러 그러는 게 틀림없었다. 고칠소가 재촉하고 또 재촉하며 계속 문을 두드리는 통에 두 사람은 어쩔 수 없이 문을 열고 나왔다.

한운석은 문을 열자마자 고칠소의 어깨에 하얀 면사가 아무렇게나 묶여 있는 것을 보고 의아해하며 물었다.

"의원을 불러 상처를 본다고 하지 않았어?"

"나하고 안 맞아!"

고칠소가 짜증을 내며 말했다.

한운석은 살짝 눈을 흘겼다. 화살에 맞은 상처를 제대로 싸매지는 않았지만, 약 처방만큼은 정확해 보였기에 걱정하지 않기로 했다. 어쨌든 세상에서 고칠소보다 약을 잘 쓰는 이는 없으니까.

용비야의 손을 슬쩍 본 고칠소의 눈동자에 우울함이 짙어졌다.

정원에 이르자 고칠소도 누가 불을 껐는지에 대한 질문을 던졌다. 하지만 아무리 오랫동안 이야기해도 결론이 나지 않았다.

결국 이 일은 이렇게 수수께끼로 남았다.

용비야는 한운석이 술 마시는 것을 허락하지 않았는데, 고칠소는 계속 한운석의 잔에 술을 채웠다.

"기분도 좋은데 좀 마셔."

웃는 것처럼 보이는 고칠소의 눈동자에는 집요함이 숨겨져 있었다.

"독누이, 너랑 술 마시는 거 처음이잖아!"

용비야는 한마디도 하지 않았다. 하지만 한운석은 그 눈빛만 봐도 마실 수 없다는 걸 알았다. 사실 그녀도 별로 마시고 싶지 않았다.

"한 잔도 안 받아 주면서 무슨 친구야?"

고칠소는 고집을 부리며 한운석 앞에 술잔을 건넸다.

"독누이……."

한운석은 처음에 거절했지만, 계속 실랑이가 이어지자 어쩔 수 없이 잔을 받아 주려 했다. 그런데 용비야가 그 잔을 받아 단번에 마셔 버렸다.

고칠소는 신이 났다. 한운석에게 어떻게 술을 강요하겠는가. 처음부터 그의 목표는 용비야였다.

"용비야, 대신 마셔 주는 거야. 대신 마실 때는 두 배로 가야지. 자, 두 잔 마셔."

고칠소는 갑자기 기분이 좋아져서 웃으며 말했다.

용비야는 여전히 말없이 술 두 잔을 금방 비웠다.

한운석은 고칠소에게 눈을 흘겼지만, 고칠소는 못 본 척했다. 오늘 밤 용비야의 주량을 시험해 볼 생각이다! 그는 곧이어 또 다른 이유를 들어가며 용비야에게 술을 권했다.

다 큰 사내대장부가 고집을 피우니 마치 사내아이 같았다.

곁에서 그 모습을 지켜보던 당리는 감히 끼어들지 못하고 묵묵히 독작으로 술잔을 비웠다. 너무 울적했다. 이게 무슨 놀란 가슴을 진정하는 자리야? 완전 술 대결하는 분위기잖아. 형의 기분이 좋기에 망정이지, 예전이었으면 고칠소 저 사리분별 못하는 녀석을 발로 뻥 날려 버렸을 것이다.

옆에서 보고 있던 한운석은 자신도 모르게 하품이 나왔다. 피곤해라! 그녀는 잠시 앉아 있다가 먼저 자리 들어갔다.

그녀가 떠나고 얼마 되지 않아 용비야도 일어나 인사도 없이 자리를 떴다. 고칠소는 더 이상 술을 권하지 않고 조용히 그를 따라갔다.

당리는 버려진 아이처럼 멍하니 그 자리에 앉아 있었다. 뭔가 좀 이상한데, 말로 표현이 안 되었다. 그저 계속 홀로 술을 부어라 마셔라 할 뿐이었다.

처음 다 같이 모여서 술을 마시는 건데, 좋게 마시면 안 되나?

용비야는 방으로 돌아가지 않고 한운석의 방이 있는 지붕으로 가볍게 뛰어 올랐다. 고칠소도 곧 그를 따라와 곁에 앉았다.

용비야는 그를 쳐다보지 않았다. 눈빛이 심각한 것이, 용비야는 잠들 생각이 없어 보였다.

고칠소는 연이어 하품을 몇 번 하다가 겨우 입을 열었다.

"고마워!"

그 말을 하기 위해 온 것이었다.

심연에서 그는 하마터면 한운석에게 불사의 비밀을 털어놓을 뻔했다.

용비야는 아무 말이 없었다.

고칠소는 잠시 앉아 있다가 곧 몸을 일으켰다. 그런데 그때 용비야가 입을 뗐다.

"그렇게 오랫동안 지켜 온 비밀을 왜 말하려 했느냐?"

"그녀가 울까 봐."

고칠소는 망설임 없이 대답했다.

"그럴까?"

용비야가 냉담하게 물었다.

"물론, 당연하지!"

다른 것은 몰라도 그 부분만큼은 자신 있는 고칠소였다.

용비야는 잠깐 침묵에 잠겼다가 곧 입을 열었다.

"고칠소, 불사불멸의 몸이…… 좋지 않느냐?"

그 말에 고칠소는 크게 웃기 시작했다.

"좋을까?"

"안 좋을 건 뭐지?"

용비야가 반문했다.

"크크, 용비야. 이 몸이 인간처럼 느껴져?"

자조적인 질문에 용비야가 대답이 없자 고칠소는 다시 물었다.

"용비야, 불사불멸의 몸이라는 사실이 알려지면, 천하에 이 몸의 목숨을 노리는 자가 얼마나 될 것 같아?"

다른 사람은 차치하고 의학원 그 늙은이들은 일단 이 비밀을 알게 되면 분명 온갖 방법을 동원하여 그를 붙잡으려 할 것이다. 그의 배를 가르고 몸을 갈기갈기 찢는 한이 있어도 끝까지 연구하려 들 것이다.

천하에 누가 불사불멸이 되고 싶지 않겠으며, 누가 그 원인을 알고 싶지 않겠는가?

"용비야, 언젠가 이 몸이 좋아하는 여자가 늙어서 죽게 되면, 이 몸은 어쩌지?"

고칠소가 또 물었다.

누군가를 좋아하게 되는 것도 쉽지 않은데, 겨우 마음을 준 이와 함께 늙어갈 수 없다면 참으로 고통스러울 것이다. 하지만 그에게 더 고통스러운 일은 그녀와 함께 죽을 자격도 없다는 것이다. 눈앞에서 그녀가 떠나가는 모습을 지켜봐야 하는 그 고통을 견뎌야 한다.

용비야는 완전히 침묵했다.

고칠소는 더 이상 말하지 않았다. 사실 이것들도 가장 고통스러운 일은 아니다. 그에게 가장 고통스러운 것은, 바로 걱정 근심 없던 어린아이에서 늙지도 죽지도 않는 괴물로 변해갔던 그 나날들이다.

어른이 되어서도 가끔 한밤중에 꿈이라도 꾸면 너무 놀라 온
몸에 땀이 흐를 정도니까…….

꿈에서 만난 소칠 (1)

고칠소 앞에서 용비야는 내내 침묵을 지키며 짙은 눈동자에 복잡한 심정을 드러냈다. 고칠소는 소리 없이 지붕에서 날아올랐다. 어두컴컴한 밤하늘을 수놓는 선홍빛 붉은 형체에서 처량한 비애가 느껴졌다. 그것은 고독함, 영생을 누리는 고독에서 나오는 처량한 비애였다.

잠이 오지 않는 밤이었다. 고칠소는 후원 고목의 큰 나뭇가지에 웅크리고 누워 어린 시절 꿈을 꾸었다…….

의학원 뒤쪽에는 높이 솟은 산봉우리들이 즐비했고 초목이 무성했다. 그날 밤, 맑고 깨끗한 울음소리가 독종 금지에 수십 년간 이어진 죽은 듯한 적막함을 깨뜨렸다.

의학원에서 가장 가까운 산골짜기에 있는 조그만 초가에서 한 사내아이가 태어났다.

산파도 없이 사내아이의 아버지가 직접 아이를 받았다. 의식 잃은 산모는 아이 얼굴 한 번 보지 못한 채 밖으로 내보내졌다. 엄마와 떨어진 갓난아이는 끊임없이 울며 누군가 달래 주기를 기다렸다.

그는 포대기에 싸인 아이를 안은 채, 살살 흔들고 어르면서 다정한 목소리로 달랬다.

"아가, 착하지……. 울지 마라, 착하지……."

그는 의성 명문집안 출신으로, 의학원 역사상 가장 재능이 뛰어난 제자였다. 원장 어른이 지정한 후계자이며, 의학원에서 가장 젊은 부원장인 그를 사람들은 고顧 부원장이라고 불렀다. 나이 서른에 혼인도 하지 않은 그에게 어떻게 이 아들이 생겼는지, 왜 이 아들이 필요한지는 오직 그 자신만 알고 있었다.

아이의 울음소리는 점점 더 커져갔고, 적막한 산 속에서 더욱 처량하게 울려 퍼졌다. 곧 청의를 입은 남자가 나타나 그의 손에서 아이를 받은 후 한참 살펴보더니 놀란 목소리로 말했다.

"무사하군요!"

아이가 아직 어미 배 속에 있을 때부터 두 사람은 태아에게 각종 실험을 진행했다. 특수한 침술로 자극시켜 태아를 병에 걸리게 한 후, 증세를 다 관찰하면 병을 치료하여 경과를 지켜보았다.

열 달이나 되는 임신 기간 동안 매달 한 번씩 실험을 진행하면서 임신 중에 걸리는 까다로운 한 질병을 해결하는 데 성공했고, 가장 효과적인 치료방식과 약 쓰는 방법을 연구해 냈다. 비록 한 종류뿐이었지만 의학계를 뒤흔들기에는 충분한 성과였다.

이로 인해 두 사람의 의품도 크게 상승했다. 한 사람은 단번에 2품이 올라가 의성醫聖이 되었고, 다른 한 사람은 1품 상승하여 의종醫宗이 되었다. 물론 아이의 어머니를 처리했기 때문에, 두 사람 외에는 누구도 그 잔인함을 알지 못했다.

"치료가 다 끝났으니 당연히 무사하지."

그는 아주 자신만만했다.

"고 부원장님, 아이가 배고파하는데 젖을 물려야 할까요, 아니면……."

남자의 말이 끝나기도 전에 고 부원장이 단호하게 말했다.

"약을 먹이게."

"아직 이렇게 어린데, 혹 잘못되기라도 하면……."

고 부원장이 다시 남자의 말을 중간에 잘랐다.

"어미 배 속에 있을 때부터 매일 약을 먹여도 살아남지 않았나? 잘못될 리가 있겠는가?"

그는 거의 미치광이 수준으로 의술에 깊이 빠져 있었는데, 그중에서도 인체의 병변에 대한 연구에 가장 미쳐 있었다. 그는 아주 오래 전 태아 시기부터 시작해 인간의 성장 단계별로 특성을 면밀히 파악해 병변 과정, 질병 저항 요소와 치료 방법 등을 연구하고 싶었다.

남자는 고 부원장의 말에 절대적으로 복종했기에, 즉시 미리 준비해 둔 탕약을 가져왔다. 한 사람은 아이를 안고 다른 사람이 숟가락으로 아이에게 약을 먹였다. 두 사람은 환자를 대하듯 세밀하고 신중하며 진지하게 아이를 대했다.

아이가 세상에 태어나 처음으로 먹은 것은 쓰디썼다.

단맛을 맛본 적이 없으니 아이는 쓴맛인지도 몰랐고, 세상에 수많은 종류의 맛 중에서도 가장 맛없는 것인 줄도 몰랐다. 아이는 입에 넣어 준 탕약을 본능적으로 쭉쭉 삼키며 아주 맛있게 먹었다. 잠시 후 만족스러울 만큼 먹었는지 더는 울지 않았다. 탕약이 묻은 입으로 아이는 자주 기분 좋은 달콤한 웃음을 지었고, 그 미소는 보는 이로 하여금 자신도 모르게 아이를 따라 웃음 짓게 만들었다.

어려서부터 아이의 웃음은 그렇게 아름다웠다.

"고 부원장님, 아이에게 이름을 지어주셔야지요?"

남자가 웃으며 말했다.

"오늘이 7월 7일이니, 소칠이라고 부르세."

고 부원장은 아명을 소칠이라고 지었다. 정식 이름은 필요치 않았다. 비밀스러운 존재로 남아야 했으니까.

그렇게 소칠은 3일 내내 약을 먹고도 아무 탈이 없었다. 하지만 나흘째 되던 날, 일이 터지고 말았다.

아이는 내내 울기만 하면서 먹은 약을 물과 함께 모조리 토했다. 엄마를 잃어버린 아이처럼 아무리 달래도 듣지 않았다.

고 부원장과 남자는 하루 종일 시달렸다. 소칠의 울음소리에 목석 같은 마음도 녹아내릴 것 같았다. 울다가 큰일이 나면 어쩌나 걱정스러웠다. 물론 그들은 이 특별한 아이가 죽게 될까, 갖은 애를 다 써서 얻어 낸 이 아이를 잃을까 걱정하고 있었다.

어쩔 수 없이 약 먹이기를 멈추고 유모를 불러들였다.

유모는 금세 소칠을 달랬다. 잠시 후 남자는 소칠의 맥상이 이상함을 발견했다.

"고 부원장님, 아이가 자랄 때까지 모든 실험을 멈춰야 합니다. 그렇지 않으면 지금까지 쌓아 온 모든 것이 수포로 돌아갈 겁니다."

고 부원장은 살며시 소칠의 얼굴을 어루만졌다. 연민과 사랑의 눈빛으로 바라보는 모습은 마치 자애로운 아버지 같았다.

소칠은 그의 보물이었다. 그것도 가장 미치도록 빠져 있는 보물이었다. 그러니 온 마음을 다해, 성심성의껏 사랑하는 것이 당연했다.

그가 말했다.

"다시 해 보세."

그리하여 이어지는 사흘 동안 젖과 약을 번갈아 가며 먹여 보았다. 소칠의 맥상은 더 엉망이 되었다. 고 부원장은 두려워진 나머지 즉시 약물 실험을 멈추고 정상적인 진료를 시작했다.

그는 밤낮으로 잠도 자지 않고 소칠을 품에 안은 채, 소칠이 자고 깨는 것과 울고 웃는 것을 모두 지켜보았다.

열흘 후, 소칠의 맥상이 드디어 정상으로 돌아왔다. 다만 이때부터 쉽사리 잠들지 못하고 한참을 달래야 겨우 잠드는 나쁜 버릇이 들고 말았다.

고 부원장은 매일 직접 아이를 안고 달랬다.

"칠이, 착하지……. 우리 착한 칠이……."

따뜻하고 자상한 그의 목소리를 들으며 소칠은 잠이 들었다. 자면서 입을 헤 벌리는 모습마저도 사랑스러웠다.

아기의 기억력은 짧았고, 원망을 모르기에 며칠 전에 있었던 고통은 쉽게 잊혀졌다.

고 부원장과 남자는 토론과 분석을 거친 끝에 우선 소칠이 여섯 살이 될 때까지 기다렸다가 다시 신성한 실험을 시작하자는 결론을 내렸다.

그렇게 소칠은 독종 금지에 있는 산림에 살게 되었다. 넉 달이 되었을 때는 유모도 사라졌다. 그의 기억 속에 그는 늘 아버지 아니면 능凌씨 성을 가진 남자와 늘 함께였다. 소칠은 그를 능 삼촌이라고 불렀다.

소칠은 자라면서 좋고 싫음이 분명해지기 시작했고, 독종 금지라는 이 신비로운 세상, 호기심과 놀라움이 가득한 이곳을 대담하게 탐험하기 시작했다.

그는 좋아하는 나무 하나를 발견하면 밤까지 아버지를 기다렸다가 말했다.

"아버지, 칠이는 온몸에 꽃을 가득 피우는 나무가 되고 싶어요."

높이 나는 새를 발견하면 밤에 아버지가 돌아올 때까지 기다렸다가 말했다.

"아버지, 칠이는 새가 되어 저 높은 산까지 날아가고 싶어요."

겨울이 되면 온 산에 가득하던 초목이 모두 말라 시들거나 죽는 것을 발견한 그는 아버지가 돌아오기를 기다렸다가 슬퍼하며 말했다.

"아버지, 칠이도 언젠가는 시들어 죽게 될까요?"

"시들고 죽은 것 같아도, 겨울이 지나고 봄이 오면 다시 살아난단다."

아버지는 그렇게 대답했다.

그러자 소칠은 기뻐하며 말했다.

"아버지, 칠이는 시들어 버리는 것도, 죽는 것도 싫어요."

그를 바라보는 아버지의 눈빛은 언제나 사랑으로 가득했다. 아버지는 그가 무엇을 물어보든 전혀 싫증 내지 않았다. 아버지는 소칠 삶의 전부였다.

소칠은 아주 아주 많은 질문을 했지만, 단 하나, 어머니에 대해서는 묻지 않았다.

세상과 단절한 채 사는 소칠에게 그 누구도 이 세상에 어머니라는 존재가 있음을 알려 주지 않았기 때문이었다.

소칠의 세상에는 아버지와 능 삼촌, 그리고 산과 들에 가득한 화초와 수목, 뛰고 날아다니는 짐승들뿐이었다.

소칠은 매우 똑똑해서 가르치는 것은 바로 익혔고, 한 번 본 것은 잊지 않았다. 아버지가 알려 준 모든 독초를 소칠은 하나도 빼먹지 않고 기억했다. 여섯 살이 되기도 전에 그는 산과 들에 가득한 독초를 다 분간할 수 있었다.

산야에서의 생활은 아주 자유로웠다. 소칠은 개구쟁이처럼 매일 지저분한 얼굴을 한 채 산 전체를 이리저리 뛰어다니며 장난치고 놀았다. 그 어떤 걱정과 근심도 없었다.

그러나 아무리 걱정과 근심이 없다고 해도, 밤이 되면 소칠은 꼭 누군가가 곁에 있어야 했고, 아버지가 안고 잠을 재워 주어야 했다.

"칠이, 착하지……. 우리 착한 칠이…… 착하구나……."

소칠은 6년 동안 이 말을 들으며 자랐다.

460

어느 날, 아버지가 점심 때 돌아왔다.

소칠이 아직 산과 들판을 이리저리 뛰어다니고 있는데 저 멀리서 아버지가 부는 피리 소리가 들렸다. 소칠은 너무 기뻐서 얼른 뛰어왔다.

"아버지!"

"어이쿠!"

아버지는 소칠을 아주 높이 안아 올렸다. 아버지가 겨드랑이를 간질이는 바람에 그는 킥킥거리며 웃어 댔다.

소칠과 한참을 정답게 장난을 친 후에야 아버지는 그를 내려놓았다. 소칠이 집에 들어서자 상다리가 휘어지게 음식들이 차려져 있었다. 모두 자신이 좋아하는 음식이었다.

그는 영문을 몰라 아버지를 바라보았다.

웃고 있던 아버지가 갑자기 심각한 얼굴로 말했다.

"칠아, 지금 이 음식들을 먹은 후 오늘밤부터는 매일 약만 먹어야 한다."

겨우 여섯 살인 소칠은 그 말을 알아듣지 못했다. 그저 한상 가득 차려 놓은 맛있는 음식에만 눈이 돌아갔다. 그는 기뻐하며 물었다.

"이거 다 칠이가 먹는 건가요?"

"칠아, 내일 아버지는 너를 의학원으로 데려갈 거야. 앞으로 다시는 나를 아버지라고 부르지 마라, 알겠니?"

소칠은 아무 말 없이 음식을 맛있게 먹어 치웠다.

아버지는 또 진지하게 말했다.

"칠아, 너는 괴병에 걸렸어. 아버지는 널 치료할 수 없고 능 삼촌만 널 낫게 할 수 있단다. 앞으로 너는 능 삼촌을 따라가야 해. 능 삼촌을 아버지라 부르고 삼촌 말을 잘 들어야 한다. 매일 약도 잘 먹고, 알겠니?"

소칠은 여전히 대답 없이 그저 입맛을 다시며 눈을 가늘게 뜨고는 먹고 싶은 맛난 음식을 찾고 있었다.

"칠아, 여기서 있었던 일은 누구에게도 말해서는 안 돼. 누가 무엇을 묻든, 다 모른다고 해야 한다. 알겠니."

아버지는 또 진지하게 당부했다.

소칠은 여전히 아버지 말은 귀에 들어오지 않았다. 그저 배가 남산만 해질 때까지 실컷 먹고 나서야 뒤돌아보며 순진하고 깨끗한 눈을 깜빡거리며 말했다.

"아버지, 칠이는 가기 싫어요."

"아버지는 칠이가 갔으면 좋겠구나."

아버지는 진지하게 말했다.

소칠은 망설이다가 잠시 후 다시 물었다.

"왜요?"

아버지가 대답했다.

"네가 크면 알게 된다."

소칠은 너무 괴로웠다.

"정말 가기 싫어요."

아버지는 갑자기 엄숙하게 말했다.

"네가 가지 않으면 영원히 아버지를 만날 수 없어."

소칠은 순간 멍해져서 조그만 목소리로 말했다.

"칠이는……, 병에 걸리지 않았어요."

"아버지를 다시 보고 싶으냐?"

소칠은 한참을 생각했다. 알 것 같으면서도 이해가 잘 안 되는 것도 같았다. 결국 소칠은 고개를 숙이고 말했다.

"칠이는 병이 났어요……."

그해 고 부원장은 의학원의 원장이 되어 대권을 손에 넣었고, 매일 몰아치는 업무 때문에 더 이상 매일 독종 금지로 올 수 없었다. 그해 능 장로는 장로회의 대장로가 되면서 의술 연구에 몰두할 시간이 많아졌다.

독종 금지는 오래 머물 수 있는 곳이 아니었다. 두 사람은 상의 끝에 소칠을 의학원에 데려오기로 결정했다. 양자라는 이름으로, 약초를 기른다는 명목을 내세워 소칠을 의학원 제자로 둔갑시켰다.

7월 초이렛날이었던 이날, 소칠은 능 대장로와 함께 의학원에 오게 되었다.

꿈에서 만난 소칠 (2)

소칠은 나이 여섯에 능 장로를 따라 의학원에 들어왔다. 그토록 많은 사람을 본 것도, 세상이 이렇게 시끄럽고 소란스럽다는 것을 안 것도, 하루 종일 웃지 않은 것도 모두 처음이었다.

능 장로와 함께 살게 된 첫날 밤, 탕약 한 그릇밖에 못 먹은 소칠은 배에서 꼬르륵 소리가 나서 잠을 이룰 수 없었다.

그는 몰래 능 장로를 찾아가 문을 두드렸다.

"능 장로님, 칠이 배고파요……."

"아버지라고 해야지."

능 장로는 문도 열지 않고 큰 소리로 그의 말을 바로잡았다.

소칠은 그렇게 부르고 싶지 않았고, 말대꾸도 하고 싶지 않았다. 아예 호칭을 생략해 버렸다.

"너무……, 너무 배고파요!"

능 장로는 호칭을 생략해 버린 게 불만스러웠는지, 한참 동안 답이 없었다. 소칠은 필사적으로 문을 두드렸다.

"배고파요!"

"소칠, 착하지. 잠들면 배고픔도 사라진다."

능 장로는 화내지 않고 그냥 무시했다.

"배고파서 잠이 안 와요."

소칠은 불쌍한 목소리로 말했다.

"그럼 가서 물을 마시렴. 네 아버지가 너에게 아무것도 먹이지 말라고 했다."

능 장로는 사실대로 말해 주었다.

소칠은 말없이 등불이 휘황찬란하게 빛나는 의학원을 바라보았다. 갑자기 어두컴컴하던 작은 초가집이 너무 그리웠다.

돌아서는 그에게 방문 너머 있던 능 장로가 나지막하게 말했다.

"음식을 훔쳐 먹으면 영원히 아버지를 못 볼 것이다."

"안 그래요!"

소칠은 화가 나서 사납게 대답했다.

방 안에서는 아무 대답도 없었다. 소칠은 한참을 뻗대며 서 있다가 방 안에서 아무런 기척도 없자 다급하게 문을 두드렸다.

"아버지는 언제 오나요?"

"폐관 수련에 들어가셨으니 한 달 후에나 오실 거다."

능 장로는 사실대로 대답했다.

소칠은 능 장로가 싫었지만 자리를 떠나지 않고 밤새도록 능 장로 방문 앞에 앉아 있었다. 아버지가 곁에서 달래 주지 않으니 잠을 이루기 어려웠다. 결국 자신도 모르게 어쩌어찌하다 겨우 잠이 들었다.

그는 꿈을 꾸었다. 꿈속에서는 귓가에 아버지의 따스한 목소리가 맴돌았다.

"칠이, 착하지……. 우리 착한 칠이……."

다음 날, 그는 하루 세끼 약만 먹었다. 매 끼니 식사는 오직 약 한 그릇뿐이었다. 약을 먹지 않으면 아버지를 볼 수 없다. 음식을 훔쳐 먹어도 아버지를 볼 수 없다.

여섯 살 된 아이가 아무리 똑똑하고 어른스러워도 위협을 견디긴 어렵다. 하지만 배고픔은 더 말할 것도 없다!

소칠은 이를 악물고 사흘 밤낮을 미련하게 버티다가 결국 나흘째 되던 날 견뎌 내지 못하고 능 장로 문 앞에서 혼절하고 말았다.

능 장로는 사실 시시각각 소칠의 움직임을 주시하고 있었다. 그가 정신을 잃자마자 바로 나와 맥을 짚어 보았다. 결과는 아주 만족스러웠다. 맥상은 그와 고 원장의 예측과 완전 일치했다.

다시 사흘 밤낮을 견뎠다. 이번만 잘 넘기면, 앞으로 몇 년 동안 이 아이는 정말 약만 먹게 될 것이다.

능 장로는 시간에 맞춰 소칠에게 약과 설탕물을 먹였다. 하루가 지나자 소칠은 몽롱한 상태에서 정신을 차렸다. 하마터면 능 장로를 아버지라고 부를 뻔했다. 소칠의 혀 끝에 '아버지'라는 단어가 맴돌았지만 다시 목 뒤로 삼켰다.

소칠의 중얼거림이 이어졌다.

"칠이는 착해요……. 칠이는 말 잘 들을 거예요……."

소칠은 곧 다시 혼수상태에 빠졌다. 그가 정신을 잃자마자 고 원장이 옆에서 나와 직접 그의 맥을 짚었다.

"잘 되고 있군."

고 원장이 낮은 목소리로 말하자 능 장로가 크게 기뻐했다.

"원장님, 안심하십시오. 여기서 절대 도망칠 수 없을 겁니다."

"이 아이는 도망치지 않아."

고 원장이 확신에 찬 어조로 말했다. 6년이라는 시간을 함께 보내면서 이 아이가 얼마나 자신을 의지하는지 잘 알고 있었다.

'다시는 아버지를 못 본다'는 말은 그를 위협하기에 충분했다.

이들은 계속 탕약과 설탕물을 번갈아 가며 먹였다. 이틀 후, 소칠이 갑자기 정신을 차렸다. 배 속이 뭔가 이상한데, 어디가 이상한 건지 말로 표현하기 힘들었다.

그는 멍하니 침상에 앉아 자신의 배를 어루만지며 중얼거렸다.

"배고파……."

이때 능 장로가 음식을 내왔다. 반찬 냄새가 방안을 가득 채웠다.

안 그래도 배고픈데 이제 음식 냄새까지 맡으니 배고파 죽을 것 같았다. 내온 음식들을 멀찍이 바라보며 계속 침만 꼴깍 삼키고 있었다.

하지만 묻지도, 달라고 하지도 못했다. 음식을 먹을 수 없다는 걸 잘 알고 있었으니까.

"소칠, 오늘은 먹어도 된다. 이리 오너라."

능 장로가 드디어 말을 했다.

배고파서 죽을 것 같으면서도, 소칠은 당장 달려가기는커녕 경계하면서 물었다.

"먹어도……, 아버지를 볼 수 있어요?"

"그럼!"

능 장로가 허허거리며 웃었다.

소칠은 너무 기뻐하며 더 이상 묻지 않았다. 능 장로가 맘을 돌릴까 두려워 얼른 달려들어 음식을 먹기 시작했다.

어른도 그렇게 오랫동안 굶다가 갑자기 폭음과 폭식을 하면 위장이 견디지 못한다. 하물며 여섯 살 어린아이는 말해 무엇하랴?

얼마 먹지도 못했는데 소칠의 위가 아파 왔다. 하지만 그는 계속 참아가며 게걸스럽게 음식을 먹었다. 다음에 또 언제 음식을 먹을 수 있을지 몰랐다.

많이 먹어서 배를 채워 놓으면, 그렇게 빨리 허기지진 않을 거라고 생각했다.

하지만 점점 위장이 견디기 힘들 정도로 아파 왔다. 배가 더 부룩한 것만 같고 속을 쥐어짜는 것만 같았다. 명치가 답답해져 다 토해내고 싶었지만 토할 수도 없었고 호흡도 힘들어졌다.

결국 그는 젓가락을 놓고 능 장로를 향해 도움을 청하는 눈빛을 보냈다. 정말…… 너무 괴로웠다!

능 장로는 차가운 표정으로 바라보며 기다릴 뿐, 전혀 움직이지 않았다.

소칠은 아무리 구역질을 해도 토할 수가 없자 갑자기 무서워졌다. 명치를 치고 배를 때리면서 고통스러움을 견디지 못해 울부짖었다.

"아버지! 어디 계세요, 아버지……! 엉엉……."

안 그래도 호흡이 곤란한 상황에서 울부짖기까지 하니 기의 흐름이 원활하지 못하게 되었고, 작은 얼굴은 갑갑함에 새빨개졌다. 토하면 좀 나아지기라도 할 것처럼, 두려운 마음에 계속 구역질을 해 댔다.

하지만 아무것도 토할 수 없었다.

일어서도 보고, 엎드려도 보고, 나중에는 온 바닥을 굴러다니며 고통스럽게 울부짖었다. 하얗고 보드라운 피부에 조각 같은 얼굴이 완전 일그러졌다.

결국 그는 능 장로의 발치로 굴러가 엉엉 울며 간절히 부탁했다.

"능 삼촌……. 칠이를 구해 주세요……. 능 삼촌, 너무 괴로워요……. 엉엉……."

능 장로가 뒤로 물러서자 소칠이 그에게로 기어 왔다. 능 장로는 또 뒤로 물러났고, 소칠은 버둥거리면서 그쪽으로 굴러갔다. 마치 마지막 남은 생명줄처럼, 능 장로의 신발을 붙들었다.

"흐, 흐흑……. 엉엉……."

하지만 능 장로는 소칠을 다른 쪽으로 걷어차 버렸다. 한쪽으로 굴러가 버린 소칠은 마지막 남은 기력까지 다 써 버려 죽은 듯이 땅에 엎드린 채 가는 호흡만 이어갔다.

울음도 나오지 않았다. 그저 조용히 흐느끼다가 본능적으로 한 단어를 내뱉었다.

"엄마……."

엄마란 무엇인가?

그는 모른다. 다만 아무것도 모르면서 본능적으로 어머니의 품에 안겨 보호 받고 싶었던, 갓 태어났던 그때 그 모습 같았다.

계속 작은 목소리로 중얼거리던 소칠은 자신도 모르는 사이에 잠이 들었다. 깨어나고 싶기도, 영원히 잠들고 싶기도 했다.

사흘 후, 소칠이 깨어났다.

하지만 그때부터 소칠은 다시는 음식을 먹지 못했다. 음식만 봐도 토하며 먹지 못했다. 나중에 배가 고파지면 먹고 싶은 마음은 들었지만, 그게 무엇이든 입에만 가져가도 바로 토해 버려 스스로도 제어할 수 없었다.

왜 그런지 이유를 알 수 없었다.

능 장로는 이것이 바로 그의 괴병이라고 했다.

소칠은 믿지 않았다. 하지만 아버지도 이를 괴병이라고 하자 믿게 되었다.

소칠은 약만 먹을 수 있었다. 이제는 하루에 세 번만 먹는 게 아니라 배만 고프면 마셨다. 아무리 쓴 약도 맛있게 먹으며 토하지 않았다.

소칠은 점점 약을 먹으면 무슨 종류인지도 알아맞혔다. 스승 없이 혼자서 수십 가지 약재의 약성을 분별하게 된 것이다. 그는 약술 공부를 시작했다. 가르쳐 주는 사람 하나 없었지만 스스로 서적을 참고해가며 익혔다. 자신의 몸에 직접 약을 써 보면서 각종 약재의 약성을 쉽게 파악했고, 심지어 약을 조제하고 약초도 재배하기 시작했다.

점점 나이가 들어가면서 소칠은 더 이상 아버지를 만나고 싶다고 고집부리지 않았다. 의학원 원장과 장로회 대장로라는 직함이 어떤 의미인지, 자신의 신분이 아버지의 앞날에 어떤 영향을 미칠지, 특수한 존재인 자신이 의학계에 어떤 공헌을 할 수 있는지 알게 되었다.

그는 몇 번 아버지를 만났다. 주변에 아무도 없을 때는 아버지라고 불러보기도 했지만, 외부인이 있을 때는 침묵으로 일관했다.

그는 더 이상 오직 아버지를 만나는 데만 급급해하지 않았다. 도리어 아버지를 돕고 싶었고, 의학원을 도와 더 많은 사람을 구하고 싶었다.

그렇게 어느덧 6년이라는 세월이 또 흘렀다.

6년 동안 그는 백여 가지의 새로운 약재를 재배했다. 약성의 그 어떤 가문보다 훨씬 큰 성과를 낸 것이다. 이 새로운 약재들은 수많은 사람을 질병의 고통으로부터, 심지어 죽음에서 벗어나게 해 주었다.

열두 살이 되던 해, 다시 7월 7일이 돌아왔다.

이날 능 장로는 그를 데리고 의술을 배우기 위한 폐관 수련에 들어갔다. 그런데 밀실에 들어가는 순간 능 장로는 사람을 불러 소칠을 묶기 시작했다.

"능 장로님, 뭐 하는 겁니까?"

열두 살이 된 소칠은 목소리는 앳될지 몰라도 그 기세는 살벌했다.

"칠아, 무례하게 굴지 마라."

익숙한 목소리가 들려왔다. 소칠이 고개를 돌리자 그곳에는 그의 아버지, 고 원장이 있었다.

그는 놀라움에 고개를 가로 저었다. 머릿속이 새하얗게 변해 아무 생각도 나지 않았다.

"아버지……."

고 원장은 그를 전혀 거들떠보지 않고 옆에 기다란 탁자로 다가가 검은색 탕국을 들고 왔다.

소칠은 곧바로 그것이 독인 줄 알아챘다. 하지만 무슨 독인지는 몰랐다.

"아버지……. 지, 지금 뭐 하시는 거예요?"

고 원장은 진지하게 그릇에 담긴 독약 냄새를 맡고는, 틀림없음을 확인하고 그에게 그릇을 건넸다.

"칠이, 착하지. 이걸 마셔라."

고원장은 소칠이 아직도 어수룩하고 아무것도 모르는 어린 아이라고 생각한 게 분명했다.

입을 다물고 죽을 듯이 아버지를 바라보는 소칠의 눈에 곧 눈물이 떨어질 듯했다.

어찌된 일인지 알 것 같으면서도 도저히 이해가 되지 않았다.

고 원장은 강요하지 않았다. 하지만 그에게서 독물을 건네받은 능 장로는 강요했다. 그는 강제로 소칠의 입을 벌려 철로 만든 대롱 모양의 물건을 그의 입에 끼워 넣었다. 그리고 독물을 부어 넣어 억지로 삼키게 했다.

이 독은 진정한 의미에서 독도 약도 아니었다. 바로 사람을 발병시키는 '약독藥毒'이었다.

한 시진도 안 되어 약독이 발작했다.

소칠의 온몸에 붉은 반점이 나타났고 견디기 힘들 정도로 피부가 가려웠으며, 고열에 시달리는 것처럼 온몸이 불에 덴 듯 뜨거웠다.

이것은 '나병 약독'이었다.

소칠은 결국 아버지와 능 장로가 무엇을 하려는지 깨달았다. 그는 눈에 눈물을 가득 머금은 채 아버지를 바라보며 끝내 말 한마디 하지 않았다.

안타깝게도, 그 눈에 눈물이 있든 말든 아버지는 전혀 개의치 않았다. 아버지는 오직 그의 신체 변화에만 신경 썼다.

이들은 사흘 동안 소칠에게 약을 주지 않고 증세 변화를 관찰했다. 고열이 내리자 가려움은 더 심해졌다. 이들은 긁어서 난 상처를 관찰하려고 소칠의 한쪽 팔을 풀어주었다.

제아무리 고집이 세도 산이 무너지듯 닥친 병을 당해 낼 수는 없었다. 소칠은 열 때문에 정신이 혼미해져 자신도 모르게 몸을 긁었고, 하루가 못 되어 팔이며 배가 온통 긁힌 상처로 범벅이 되어 보기에도 끔찍했다.

그제야 두 사람은 약을 쓰기 시작했다.

당시에는 나병을 확실하게 치료할 수 있는 약재가 없었기 때문에 소칠을 대상으로 생체실험을 한 것이었다.

한 번에 한 가지 약만 사용했고, 약을 쓴 후에는 이틀을 관찰했다. 그렇게 한 달 내내 실험을 거듭한 결과 결국 치료 효과가 가장 뛰어난 침술과 약방문을 찾아냈다.

겨우 열두 살이었던 소칠은 뼈만 남을 정도로 앙상해졌고, 몸은 성한 데 하나 없는 만신창이가 되어 시체와 다를 바 없었다.

열이 내리자 그는 천천히 고개를 들어, 예전의 그 여린 목소리로 불렀다.

"아버지……, 칠이를 죽여 주세요."

꿈에서 만난 소칠 (3)

죽여 달라고?

고 원장은 소칠이 무슨 말을 하는 건지 전혀 모르겠다는 듯 의아한 표정으로 물었다.

"다시 말해 보렴."

"아버지……, 저를 죽이세요……. 차라리 죽이세요……."

어린 아이의 애원은 심금을 울리기 마련이다. 그러나 안타깝게도 운공대륙 의학원의 최고 권위자이자, 매년 무수한 사람들의 목숨을 구한 천사 같은 이 두 사람은 사실 아무 감정도 느끼지 못하는 냉혈한들이었다.

고 원장은 말도 안 된다는 듯 웃기 시작했다.

"칠아, 아버지가 어떻게 너를 얻었는데 죽이겠느냐? 널 위해서 이 아버지가 얼마나 심혈을 기울이고 시간을 썼는지 알기나 하니? 지금 농담하는 거지, 그렇지? 물론 네가 많이 힘든 걸 안다. 하지만 너 하나 고통 받으면 수많은 환자들의 병이 낫고, 고통을 줄여 줄 수 있으며 생명도 구할 수 있어! 아버지는 네가 아주 자랑스럽단다!"

소칠은 말문이 막혔다. 자신이 가장 사랑하는 아버지, 일평생 유일했던 가족이 갑자기 너무나 낯설게 느껴졌다.

전에는 아무리 무서운 일이 닥쳐도 아버지라는 존재가 힘이 되었다. 그런데 소칠에게 가장 무서운 존재는 다름 아닌 자신의 아버지였다.

내내 눈가에 고여 맴돌던 눈물이 결국 참지 못하고 소리 없이 흘러내렸다.

소칠은 입술을 깨어 물며 울 엄두도 나지 않았다. 너무 무서워!

소칠이 우는 것을 보자마자 고 원장은 긴장한 나머지 황급히 그 눈물을 닦으며 말했다.

"칠이, 착하지……. 칠아, 울지 마라, 아버지가 여기 있잖니."

예전처럼 친절하고 자상한 아버지의 모습으로, 그는 손을 내밀어 조심스레 소칠의 눈물을 닦아 주었다.

"칠이, 착하지, 아버지 여기 있으니 울지 마라……. 아버지는 계속 네 곁에서, 떠나지 않을 거야."

그 말에 소칠은 갑자기 '으아앙!'하고 울음을 터뜨리며 대성통곡을 했다. 참으로 처량하기 짝이 없는 모습이었다.

가장 보고 싶었던 그 사람이 지금 가장 공포스러운 저주가 되어 버리다니, 고작 어린아이에 불과한 소칠은 그저 울 뿐이었다…….

아버지는 필요 없어! 이제 아버지 따위, 다시는 필요 없어.

하지만 이 말을 밖으로 내뱉을 수는 없었다. 아버지가 필요 없다니, 그럼 그에게 누가 있지?

소칠은 아주 오랫동안 눈물을 흘렸다.

옆에 있던 능 장로는 짜증이 날 정도였지만, 고 원장은 내내 인내심을 갖고 계속 아이를 위로했다.

고 원장의 인내심은 가히 병적이었다. 자신은 소칠을 충분히 위로할 수 있다고 굳게 믿는 모습이 마치 미친 사람 같았다.

하지만 그가 위로할수록 소칠은 더 두려워져 발버둥을 쳤다. 밀폐된 석실 안에 찢어질 듯 날카로운 울부짖음이 울려 퍼졌다.

갑자기 철썩 하는 소리와 함께 소칠이 울음을 뚝 그쳤다.

고 원장이 거세게 소칠의 따귀를 쳐올리며 목소리를 높였다.

"그만해!"

고 원장은 말하자마자 바로 능 대장로에게 계속 약독을 먹이라고 지시했다.

한 가지 약독만 실험하고 끝낼 이들이 아니었다. 그들이 준비한 약독은 최소한 백 가지에 달했다. 그들은 가장 만족스러운 결과를 얻을 때까지 소칠의 몸에 약독을 주입했다.

이후 2년이라는 긴 시간 동안, 소칠은 이 밀실에 갇혀 지내며 밤낮을 가리지 않고 병의 고통을 견뎌 냈다. 발병과 치료 과정이 수도 없이 반복되었다.

모두 치료법이 없는 심각한 질병들이었기에 그는 말로 형언할 수 없는 비인간적인 고통을 견뎌야 했다.

소칠도 처음에는 울었다. 하지만 점차 그의 맑고 투명한 눈망울에 눈물은 사라지고 오로지 증오만, 끝을 알 수 없는 증오만이 남았다.

2년 후, 운공대륙에 희귀한 역병이 돌았다. 의학원과 약성이 손잡고 함께 노력했지만 상황이 나아지기는커녕 더 심각해졌고, 운공대륙의 민심도 흉흉해졌다.

고 원장은 몇 가지 병을 가지고 추적 치료를 해 보았으나 별다른 성과를 거두지 못하자, 결국 다시 소칠을 찾았다.

이미 소칠의 몸은 일반인과는 완전히 달라졌다. 병독을 주입하면 병변이 빠르게 진행되었고, 병에 강한 몸이 되어 쉽게 죽을 리도 없었다.

하지만 이번만큼은 소칠도 거의 죽을 뻔했다! 그 증세는 어떤 환자보다 심각했다. 깊은 혼수상태에 빠진 듯, 고 원장과 능 대장로가 아무리 자극해도 반응하지 못했다.

"원장님, 소칠이 설마……."

능 대장로가 그 뒤에 '죽음'이라는 단어를 덧붙이려는 순간 고 원장의 분노 어린 눈빛에 입을 다물었다.

과거 소칠이 갓난아기였을 그때처럼, 고 원장은 두려움에 휩싸였다. 며칠 동안 잠도 자지 않고 쉴 새 없이 소칠의 곁을 지키며, 목숨을 구하기 위해 온갖 방법을 동원해서 치료했다. 하지만 이번에 소칠은 전혀 나아지지 않았다. 도리어…….

"숨이 끊어졌습니다!"

능 대장로가 소리쳤다.

고 원장은 자리에서 벌떡 일어났다. 사실 어젯밤에 이미 소칠의 맥상이 너무 약해진 것을 알고 있었다. 다만 인정할 수 없었을 뿐이었다.

그는 떨리는 손을 소칠의 코에 갖다 대어 호흡을 확인하고 싶었지만 도저히 할 수 없었다.

"원장님, 이 아이가 정말 숨을 쉬지 않습니다……."

넋이 나간 고 원장에 비해 능 장로는 아주 냉정하고 이성적이었다.

고 원장은 손을 늘어뜨리며 중얼거렸다.

"죽은 건가?"

"그렇습니다!"

능 장로는 사실 대로 대답했다.

고 원장은 털썩 주저앉았다. 정신이 나간 것처럼 멍하니 바닥만 바라보며 꼼짝도 하지 않았다.

능 대장로가 곁에 앉아 말했다.

"원장님, 죽은 이상 시체를 빨리 처리해야 합니다. 역병에 걸린 시체 아닙니까."

고 원장은 오랫동안 침묵하며 답이 없다가 조용히 과거 일을 이야기하기 시작했다.

"수많은 산모를 찾아가 시키는 대로 약만 잘 먹어 주면 큰돈을 주겠다고 해 보았지만, 모두 거절했지. 난 소칠의 어머니를 전혀 사랑하지 않았네. 하지만 소칠을 얻기 위해 어쩔 수 없이 그 밤을 함께 보냈지. 독종 금지에서 몇 년간 그렇게 무리를 해 가면서, 절박한 마음도 내려놓고 인내심을 갖고 소칠과 놀아 주었건만. 앞으로 소칠의 몸에서 많은 보상을 얻어 낼 계획이 있는데……."

능 대장로는 중간에 말을 끊지 않고 묵묵히 듣기만 했다. 고 원장은 계속 중얼거리며 쉬지 않고 과거를 추억했다. 밤이 깊고 날이 밝아올 때까지 이야기는 이어졌다.

두 사람은 책상다리를 하고 소칠을 뒤에 놔둔 채 바닥에 앉아 있었다.

어둠 속에서 두 사람은 과거의 추억에 푹 빠져 그 뒤에서 무슨 일이 벌어지는지 전혀 모르고 있었다. 뒤에 매달아 둔 소칠이 가늘고 좁은 두 눈동자를 번쩍 뜬 채……, 내내 듣고 있었던 것이다!

이미 호흡이 끊어졌고, 죽은 자의 맥상이 분명했다. 그런데 그는 멀쩡하게 살았고, 고통도 선명하게 느껴졌다.

대체 어떻게 된 건지 자신도 알 수 없었다. 사실 당연한 일이었다.

그는 본래 괴물이었다. 어미 배 속에서부터 괴물이었으니 당연한 일 아니겠는가?

당시 소칠의 나이는 이미 열 넷이었다. 여리고 순수했던 어린 아이의 모습은 점차 사라지고 소년의 기개가 드러나며 이목구비가 뚜렷해지면서 절세의 아름다움이 고개를 들기 시작했다. 특히 그의 좁고 아름다운 눈동자가 그러했다. 아슬아슬하게 실눈을 뜬 그의 눈동자는 지금 잔혹한 기운으로 가득했다. 마치 아름다운 독약처럼, 매혹적이고도 치명적이었다.

그는 어둠 속에서 십자 모양의 형틀에 매달린 상태였다. 죄수의 모습을 하고 있으면서도 도리어 저 높은 곳에서 내려다보며 복수의 칼을 가는 악마 같았다. 발아래 있는 저 두 늙은이를 내려다보는 그의 가늘고 좁은 눈빛에는 경멸이 가득했다.

계속 보고 있던 그의 피 묻은 입가에 갑자기 차갑고 사악한 미소가 걸렸다. 스스로를 향한 비웃음과 고통이 뒤섞인 웃음이었다.

지난 몇 년 동안 독종에서의 6년을 마음 속 추억으로 소중하게 간직했었다. 그렇게 그리워하던 과거의 시간이 알고 보니 모두 음모에 불과했다니, 차마 돌아볼 수 없을 정도로 괴로운 기억이 되다니!

그의 인생은 그저 다른 사람이 꾸며 놓은 음모에 불과했다.

여섯 살 때부터 지금까지 그는 고통으로 점철된 8년을 보냈다!

고운천顧雲天, 기다려라. 언젠가 나 같은 괴물을 낳은 걸 뼛속 깊이 후회하게 만들어 주겠다!

어려서부터 고운천은 그에게 독술을 가르쳤다. 대단하신 의학원 원장이 그에게 왜 독술을 가르쳤을까?

어려서부터 능 대장로와 함께 살면서 의학원에서 벌인 차마 눈 뜨고 볼 수 없는 끔찍한 수작들을 못 봤을 성 싶은가?

전에는 별로 중요하게 생각하지 않았지만, 이제 이 일들은 앞으로의 복수를 위한 판돈이 될 것이다.

언젠가 반드시, 고운천만이 아니라 자신을 낳고 기르고 망친 이 의학원을 파멸시키리라!

고 원장이 이야기를 하다가 잠들자, 능 대장로는 한숨을 내쉬며 몸을 일으켰다. 소칠의 시체를 처리하기 위해 사람까지 불러 놓았다. 그런데 이게 웬일인가. 아무렇게나 맥을 짚어 보다가 소칠의 맥상이 정상으로 회복된 것을 발견한 것이다.

"원장님!"

놀란 능 대장로의 비명소리가 밀실에 울려 퍼졌다.

고 원장이 막 잠에서 깨어나 몸을 일으키기도 전에 능 대장로가 소리쳤다.

"원장님, 소칠이 죽지 않았습니다! 살아 있어요!"

고 원장은 깜짝 놀라 벌떡 일어나서 황급히 소칠의 코에 손을 갖다 대고 호흡을 확인했다. 정말 숨을 쉬고 있었다. 얼른 맥을 짚어 보니 소칠의 맥상은 완전히 정상으로 돌아왔다. 여기서 말하는 정상은 소칠 특유의 맥상이 아니라, 일반인과 동일한 맥상으로 회복되었다는 뜻이었다!

그의 역병이 나았다! 그런데 밥 대신 약을 먹이면서 만들어 놓은 맥상은 사라지고 말았다.

어떻게 된 거지?

고 원장과 능 대장로는 서로 마주보며 놀라움을 금치 못했다.

두 사람은 얼른 소칠을 내린 후 번갈아 가며 자세히 살펴보았다.

"모든 것이 정상입니다……. 어떻게 이럴 수가……."

능 대장로는 너무 놀라서 뭐라고 해야 할 지 알 수 없었다.

고 원장은 이마를 찌푸린 채 엄숙한 표정으로 계속해서 '말도 안 돼'라는 말만 되풀이했다. 몇 번이고 반복해서 소칠의 맥상, 몸을 살펴보았다. 심지어 침술도 여러 번 써 보았다. 하지만 결과는 마찬가지였다.

침상 위에 누운 소년은 안색이 좀 창백하고 맥상이 허약한 것 외에는 평범한 사람과 전혀 다를 게 없었다.

만약 외모만 달랐다면 고 원장은 이 아이가 소칠이 아니라 다른 아이라고 의심했을 것이다.

"혼절한…… 것일까요?"

능 대장로가 조용히 물었다.

고 원장은 밤새 자신이 했던 말을 떠올리고는 바로 몸에 지닌 비수를 꺼내 들어 소칠을 찔러 죽이려 했다. 하지만 찌르기 직전에 그의 손이 멈추었다.

그가 말했던 것처럼, 너무 아까웠다. 어렵게 얻어 낸 이 아이를 버리는 건 너무 아까운 일이었다.

결국 그가 입을 뗐다.

"당분간…… 지켜보세."

이후 사흘 동안 두 사람은 쉬지 않고 소칠의 곁을 지켰지만, 소칠은 의식을 잃은 것 외에 모든 것이 정상이었다.

고 원장은 달갑지 않았고, 능 대장로는 안심할 수 없었다.

두 사람은 소칠을 깨우기 위해 각종 잔인한 방법을 사용하면서 소칠이 혹 기절한 척한 것은 아닌지 시험해 보았다.

가장 잔인한 방법은 소칠의 손톱 안에 금침을 찔러 넣는 것이었다. 열 손가락의 손톱 아래 모조리 금침을 찔러 넣어 보았지만 소칠은 전혀 움직이지도, 눈썹 하나 찌푸리지 않았다.

왜 아프지 않겠는가?

지난 8년 내내 아픔으로 고통 받아 왔던 그다. 아픔에 대한 두려움이 사라진 게 아니었다. 오히려 고통에 아주 민감해졌기 때문에 누구보다 아픈 게 무서웠다.

하지만 하늘을 뒤덮을 만큼 큰 증오 때문에 그는 참았다! 반드시 견뎌야 했다!

이렇게 잔혹한 형벌에도 소칠이 깨어나지 않자 고 원장과 능대장로는 결국 소칠이 정말 혼절했다고 믿게 되었다.

다만 소칠이 왜 죽었다가 되살아났는지, 왜 혼수상태로 깨어나지 않는지, 왜 정상으로 회복이 된 건지는 밤낮으로 고민해도 답이 나오지 않았다.

정신을 잃고 깨어나지 않는 소칠 앞에서 그들이 뭘 할 수 있겠는가? 버리자니 아깝고, 남겨 두자니 실험은커녕 오히려 위험한 존재가 되었다.

꿈에서 만난 소칠 (4)

정상으로 회복되었지만 아직은 혼수상태인 소칠을 어찌해야 할까?

능 대장로가 소칠을 데리고 의술을 배우기 위해 폐관 수련에 들어간 것은 의학원 사람들이 다 아는 사실이다. 벌써 2년이라는 시간이 흘러서 의학원에 적잖은 사람들이 소칠이 언제쯤 출관하는지 궁금해하던 참이었다.

소칠은 수많은 새로운 약초를 재배하여 의학계에 공헌을 한 기인이며 귀재였다. 의학계 사람 중 그를 모르는 이는 드물었고, 많은 사람이 관심을 갖고 있었다.

소칠을 죽이고 대외적으로는 그가 역병으로 목숨을 잃었다고 알리는 것이 가장 안전한 방법이었다. 다만 고 원장은 너무 아까웠다.

그의 마음속에는 일말의 기대가 남아 있었다. 소칠이 예전 그 몸으로 돌아와 계속해서 자신의 의학대업을 위해 힘써 줄 거라는 기대였다. 더군다나 소칠의 체질이 이렇게 급변한 원인을 밝히기 전까지는 쉽게 소칠을 죽일 수 없었다.

소칠을 살려 두는 것은 장구지책이 될 수 없었다. 만일 이 아이가 다른 사람 손에 들어간다면? 이 아이가 그날 밤 고 원장이 회상하는 것을 들었다면? 과거 모든 일을 알게 되었다면?

고 원장이 어찌할 바를 모르고 있는 이때, 소칠이 갑자기 눈을 떴다.

그의 눈빛은 예전처럼 맑고 순수했다. 그는 호기심 어린 눈빛으로 고 원장과 능 대장로를 바라볼 뿐, 말이 없었다.

"칠아……."

고 원장이 놀라움과 기쁨에 휩싸여 그를 불렀다.

"소칠, 왜……, 왜 그러느냐?"

능 대장로는 시치미를 떼고 물었다.

소칠은 두 사람을 한참 쳐다보다가 작은 목소리로 말했다.

"누……, 누구세요?"

고 원장과 능 대장로는 예상 못한 대답에 놀랐지만 곧 눈빛을 교환하고 냉정을 되찾았다.

그들은 독종 금지에서 보낸 6년간의 일을 쏙 빼고, 소칠이 버려진 아이인데 대장로가 양자로 삼았고, 천부적인 귀재이며, 타고난 특수체질 때문에 약을 먹으며 자라났고, 의학계에 새로운 약재를 많이 연구해 냈다고 말해 주었다.

소칠은 들으면서 순순히 고개를 끄덕였다. 이야기가 끝나자 그는 친근한 목소리로 능 대장로를 불렀다.

"아버지!"

능 대장로는 뜻밖의 아버지 소리에 놀랐다. 의학원에 들어온 이후, 소칠은 그를 아버지라고 부르기를 거부했다. 지난 8년 동안 한 번도 그렇게 부른 적이 없었다.

고 원장 역시 뜻밖이긴 마찬가지였다. 아버지라는 단어는 자신의 전유물이자, 소칠의 전부였다. 하지만 이곳에 2년간 갇혀 있으면서 소칠은 더 이상 그를 부르지 않게 되었다.

그런데 그 고집 센 아이가 지금 '아버지'라고 부른 것이다.

보아하니 정말 기억을 잃은 듯했다.

하지만 쉽게 믿을 고 원장과 능 대장로가 아니었다. 두 사람은 소칠을 내보내 원락에서 자유롭게 출입하도록 했다. 소칠은 도망치기는커녕 두 사람에게 먹을 것을 달라고 했다.

"아버지, 배고파요……."

그는 오로지 능 대장로만 볼 뿐, 고 원장은 신경도 쓰지 않았다.

"소칠, 너는 약만 먹을 수 있다."

능 대장로는 직접 탕약 한 그릇을 갖다 주었다. 소칠은 한입 먹자마자 다 뱉어 냈다.

"너무 써요! 안 마실래요."

소칠은 옆에 있던 과자를 보자마자 달려들어 우걱우걱 먹어 댔다. 그런데 이번에는 전혀 토하지 않았다.

완전히 보통 사람처럼, 음식에 대해 전혀 거부감이 없었다.

그 모습을 본 고 원장과 능 대장로는 너무 놀랐고, 표정은 복잡해졌다.

맛있게 과자를 씹어 대는 소칠은 속으로 눈물을 흘리고 있었다. 드디어 정상적으로 음식을 먹을 수 있게 되었구나, 드디어.

8년이다!

8년 내내 어떤 음식도 먹은 적이 없다. 오직 약뿐이었다.

아무도 몰랐지만 그는 지난 8년 동안 몰래 음식을 훔쳐 먹으려고 여러 번 시도해 보았다. 하지만 그럴 때마다 목으로 넘기지 못하고 다 토했기 때문에, 평생 다시는 음식을 못 먹는 줄 알았다.

고 원장과 능 대장로는 일생을 의술과 약재에만 미쳐 온 사람들이라 다른 쪽으로 간계를 부리는 데는 능하지 못했다. 결국 이런 소칠의 모습을 보자 더 이상 의심하지 않았다.

"이대로도 괜찮지요."

능 대장로가 낮은 목소리로 말했다.

"이대로라면 저 아이를 남겨 둘 수 있지."

고 원장이 한숨 돌리며 말했다.

능 대장로가 잠시 주저하더니 낮게 말했다.

"원장님, 제게 생각이 있습니다."

고 원장에 비해 능 대장로는 소칠에게 그리 광적인 집착을 보이지 않았고, 냉정함을 유지했다.

소칠의 기억이 계속 돌아오지 않을지, 소칠의 몸이 계속 정상 상태를 유지할지는 누구도 보장할 수 없다. 게다가 의학계에 소칠에게 관심 가지는 자가 아주 많으니 대책을 마련해 둬야 했다.

능 대장로는 곧 대외적으로 소칠이 폐관을 끝냈다고 발표했으나 기억상실에 대해서는 알리지 않았다. 어쨌든 소칠은 지난 8년 동안 그의 원락에서 지내며 외부인과 거의 교류하지 않았고, 친구도 없었다.

소칠의 기억상실 여부는 누구도 알아차리지 못했다.

그는 소칠을 자신의 원락으로 데리고 갔다. 이제 하루에 세 번 약으로 식사하지 못하는 것 외에는 모든 것이 정상이었다.

소칠은 기억을 잃었지만 제약술을 잊은 것은 아니었다. 그는 예전처럼 하루 종일 후원에 있는 약초밭에 앉아 귀중한 약재들과 씨름했다.

고 원장을 대하든 능 대장로를 만나든, 그의 눈빛은 예전처럼 맑고 순수했다. 고 원장과 능 대장로는 과거와의 차이점을 구분해 내지 못했다. 과거의 순수함은 아버지가 세상의 전부였기 때문이라면, 지금의 순수함은 그의 세상에 누구도 존재하지 않고 오로지 증오만 남았기 때문이었다!

그렇게 모든 것이 전과 다름없는 상태로 한 달 남짓을 보냈다. 그러던 어느 날, 소칠은 아끼던 약초밭에서 독초를 발견했다.

약초들을 심던 중 그의 좁고 가는 아름다운 눈동자에 경멸의 빛이 스쳤다.

그는 곧 독초를 뽑아 들고 능 장로에게 달려갔다.

"아버지! 독이에요! 여기 독초가 있어요!"

이 독초는 능 대장로가 준비한 것이었다.

그는 크게 놀라며 엄하게 말했다.

"소칠, 이것이 독초인지 어떻게 알았지?"

어떻게 알았냐고?

당연히 어려서부터 고 원장이 가르쳐 주었으니 알지.

하지만 반드시 기억을 잃은 척해야 했다.

"저……, 저도 모르겠어요."

소칠은 무고한 표정을 짓다가 마지막에 한마디 덧붙였다.

"하지만……, 이건 정말 독초예요."

"여봐라! 소칠을 붙잡아서 원장님께 데려가라!"

능 대장로가 차갑게 명령했다.

"아버지……."

소칠의 놀란 표정 연기는 일품이었다. 밀실에 매달린 채 친아버지를 마주했을 때처럼 망연자실하여 이해할 수 없다는 표정이었다.

"난 네 아버지가 아니다! 너 같은 아들을 둔 적 없어!"

능 대장로의 연기는 소칠보다 훨씬 실감났다.

곧 소칠은 능 대장로에게 이끌려 고 원장을 만나러 갔다. 이때 능 대장로는 몇몇 부원장과 장로회의 대장로들도 함께 데리고 갔다.

의학원의 고위급 인사가 모두 한자리에 모여 소칠을 심문했다.

"말해라. 어떻게 이것이 독초인 줄 알았느냐?"

"누가 독술을 알려 주었지?"

"약초밭 말고 또 어디에 독초를 심어 독을 숨겨 놓고 있느냐?"

"소칠, 독종 금지에 가 본 적이 있느냐?"

"소칠, 독종의 잔당과 결탁했느냐?"

쏟아지는 질문에 소칠은 다 떳떳하게 대답할 수 있었으나, 그는 침묵하거나 모른다는 대답으로 일관했다.

이 질문들은 날카로운 비수처럼 소칠의 마음을 찔렀다. 피가 철철 흐르도록 쑤셔 댔다.

소칠은 무심결에 윗자리에 앉아 한마디도 하지 않는 고 원장을 바라보았다. 고통스러워 숨쉬기도 힘들었다.

아버지, 이것들은 당신이 저에게 주신 거잖아요?

심문의 마지막은 고문으로 이어졌다. 모진 고문 속에서도 소칠은 여전히 고개를 가로저으며 말했다.

"모릅니다······."

능 대장로는 대의멸친大義滅親의 자세로 증거를 내놓았다. 최근 몇 년 동안 소칠이 진귀한 약재를 수도 없이 훔쳐 왔다고 모함하면서, 소칠이 이 약재를 가지고 독종 잔당과 거래했을 것이라 의심했다.

결국 고 원장이 입을 뗐다.

"소칠은 몰래 독술을 익히고, 약재를 훔쳤으며, 부정한 마음을 지녔다. 이 모든 죄에 대한 벌로······, 의학원에서 추방시켜 영원히 출입을 금지한다."

몰래 독술을 익힌 것만으로도 소칠은 영원히 죄에서 벗어날 수 없었다. 그런데 능 대장로는 왜 그에게 도둑질이라는 죄목까지 더했을까?

독술은 의학원의 금기이므로, 그 죄명은 외부에 공개할 수 없었기 때문이다.

소칠의 추방 사실을 사람들에게 공개해야 하니, 결국 소칠에게 사리사욕으로 진귀한 약재를 훔쳤다는 죄명을 씌워 의성에서 추방시킨 것이다.

이 소식은 의학계 전체를 뒤흔들어 놓았다. 똑똑한 자들은 단순한 문제가 아닐 거라고 짐작했으나, 장로회는 입이 아주 무거웠고 의학원 제자들이 이 일에 대해 왈가왈부하는 것을 허락하지 않았다. 결국 귀재 소칠의 추방은 의학원의 금기이자 수수께끼로 남았다.

추방되던 날, 소칠은 남루한 옷차림을 하고 상처 가득한 몸으로 내쫓겼다. 그는 피곤하고 고통스러운 몸을 이끌고 한 걸음씩 의학원 문을 나섰다.

길 양쪽에는 구경하러 온 수많은 사람들로 가득했다.

소칠을 불쌍히 여기는 사람도 많았지만, 그를 비웃고 괴롭히려는 사람이 더 많았다.

지난 8년 동안 소칠은 남들 앞에서 늘 말이 없었기 때문에 차갑고 오만한 인상을 주었다. 의학원에는 자존심 강하고 출신 좋은 제자들이 많았는데, 이들은 소칠을 늘 무시하며 언젠가 소칠이 '눈 밖에 나는' 날을 고대하고 있었다!

"귀재는 무슨, 도둑놈이었구나!"

무리 속에서 누군가가 크게 고함을 지르자 사람들의 웃음소리가 뒤따랐다.

"대장로님의 친아들도 아니고 양자라던데, 결국 아비 없는 자식이로군! 어쩐지 이런 볼썽사나운 일을 벌이더라니!"

"의학원 체면이 말이 아니야!"

비웃음과 조롱, 신랄한 비방과 욕설들이 사방에서 쏟아졌다.

소칠은 고개를 숙인 채 묵묵히 걷기만 해서 누구도 그의 표정을 볼 수 없었다.

갑자기 무리 중에서 누군가 던진 계란이 소칠의 머리에 맞았다. 그러자 또 한바탕 웃음이 터져 나왔다.

그제야 소칠은 천천히 고개를 들어 무리 쪽을 바라보았다. 하늘을 뒤덮을 증오는 눈곱만큼도 보이지 않고 망연한 눈빛을 유지하고 있었다. 참으로 감탄할 만한 연기였다.

"보긴 뭘 봐? 인정 못하겠다 이거냐? 내가 던졌다, 왜? 어디 아비도 없는 후레자식이 감히 귀재를 자칭해? 웃기고 있네!"

이 사람은 말하면서 또 계란을 던졌다. 이번에 계란은 소칠의 얼굴에 정확하게 맞아 떨어졌다. 얼굴위로 줄줄 흐르는 계란 때문에 그의 시선이 흐릿해졌다.

점점 계란을 던지는 사람이 늘어났다. 의성을 떠나기도 전에 소칠의 얼굴은 계란범벅이 되어 아주 꼴이 말이 아니었다.

그의 시선은 더욱 흐릿해졌다. 눈에 너무 많은 계란이 흘러서일까, 아니면…… 울고 있는 것일까.

젠장!

울지 않기로 했잖아. 왜 울어?

그는 생각했다. 운 게 아니야. 눈을 맞아서 아파서 그래.

기세 높고 품위 있던 소년이 미움을 받고 볼썽사나운 모습으로 추방당했다. 의성 대문을 나와서도 적잖은 사람이 그를 쫓아왔다. 이번에는 계란을 던지거나 침을 뱉는 수준이 아니라, 돌을 던졌다.

소칠은 도망칠 수밖에 없었다. 그는 가까운 숲을 향해 죽으라고 달렸다.

고 원장과 능 대장로의 음모가 끝난 게 아님을 그는 알고 있었다. 두 사람은 그저 의학계 사람들에게 보여 주기 위한 연극을 벌인 것뿐이다.

절대 쉽게 자신을 놓아줄 리 없다!

그는……, 서둘러 도망쳐야 한다. 의성에서 완전히 벗어나도록!

몰자비에 나타난 비문

의성문을 나서자마자 소칠은 쉬지 않고 달렸다. 어디로 향하는지도 모른 채 그저 앞으로만 달려 나갔다.

황량한 산속 숲에 이르렀을 때, 겨우 걸음을 멈추고 숨을 돌렸다.

앉기는커녕 털썩 소리를 내며 그대로 땅에 쓰러지고 말았다. 너무 피곤했다.

주변은 아주 고요해서, 오직 가쁘게 몰아쉬는 소칠의 숨소리만 들렸다. 그런데 잠시 후, 풀숲에서 괴이한 벌레 울음소리가 들려왔다.

안 그래도 경계하고 있던 소칠은 이 소리에 아무리 숨이 가빠도 숨을 죽일 수밖에 없었다.

소리가 나는 곳을 바라보니, 수풀 속에 숨어 있던 마흔 남짓되어 보이는 남자가 그를 향해 미소 짓고 있었다.

소칠이 망설이지도 않고 뒤돌아 도망치려는데 그 남자가 뛰쳐나와 그를 붙잡았다.

"소칠, 낙 아저씨다! 잊은 거냐?"

그는 다름 아닌 낙취산이었다.

소칠은 전혀 기억이 나지 않았다. 아무리 발버둥 쳐도 놓아주지 않자 소칠은 낙취산의 손목을 힘껏 깨물었다. 너무 아팠지만 낙취산은 거기에는 별로 신경 쓰지 않았다.

"소칠, 어서 따라 오거라. 대장로가 널 잡으려고 사람을 보냈다!"

"……."

"소칠, 정말 날 잊은 게냐? 3년 전 네가 준 단약 덕분에 아내 목숨을 구했던 낙 아저씨 말이다."

낙취산의 설명을 들으니 소칠도 뭔가 떠오르는 듯했다. 곰곰이 생각해 보니 누군지 알 것 같았다.

당시 낙취산은 대장로의 원락으로 치료를 받고자 왔었다. 대장로는 약방문을 써 주며 약성 장로회에 가서 약을 구하라고 했다. 하지만 낙취산은 당시 아직 별 볼 일 없는 인물이었기 때문에 약성 장로회에 약을 구하러 갈 처지가 못 됐다. 낙취산은 대장로 앞에 무릎을 꿇고 간청했지만, 대장로는 불편하다는 이유로 그의 부탁을 거절했다.

그때 소칠은 나가는 그를 따라가서 약 한 알을 건네주었을 뿐, 낙취산과 한마디도 말을 섞지 않았다. 그런데 낙취산이 이렇게 그 은혜를 기억하고 있을 줄이야.

"날 따라 오거라. 네가 억울한 누명을 썼다는 걸 안다."

낙취산이 진지하게 말했다.

억울한 누명…….

갑작스럽게 비통함이 밀려들었다. 소칠은 더는 망설이지 않고 낙취산을 따라 서둘러 도망쳤다.

그들이 떠난 지 얼마 되지 않아 대장로가 보낸 사람이 소칠을 찾으러 나타났다. 하지만 산 전체를 이 잡듯이 뒤져도 소칠을 찾지 못했다.

다급해진 고 원장과 대장로는 사람을 더 많이 보내서 3일 밤낮을 수색했지만, 어떤 실마리도 찾을 수 없었다. 설마 소칠이 다른 곳도 아닌 의학원 안에 숨어 있으리라고는 상상도 못했다.

낙취산은 가장 위험한 곳이 가장 안전하다고 했다.

낙취산은 누구에게도, 심지어 자신의 부인에게도 알리지 않았다. 그는 소칠을 씻기고, 머리를 묶은 후, 몸에 맞는 옷으로 갈아 입혀 깨끗하게 단장시켰다. 심지어 소칠의 상처도 치료해 주었다.

낙취산은 그제야 소칠의 몸에 계란이나 돌에 맞은 상처만 있는 게 아니라 크고 작은 상처가 수없이 많음을 발견했다. 옛 상처와 새로 난 상처가 다 엉겨 붙어 성한 곳 하나 없는 만신창이였다. 심지어 열 손가락의 손톱도 다 망가져 있었다.

사실 낙취산은 최근 몇 년 동안 계속 소칠을 주시하고 있었다. 소칠이 도둑질했다는 죄명으로 추방당한다는 소식을 듣자마자 이건 음모가 분명하다고 생각했다.

사정을 알아내려 애썼지만 아무리 해도 알 수가 없었다.

소칠이 추방당하는 진짜 원인이 궁금했던 게 아니었다. 다만 소칠이 어떤 잘못을 저질렀든지, 대장로가 공개적으로는 소칠을 추방한 후에 분명 사적으로 가만두지 않을 것임을 알았다. 대장로뿐 아니라 의약계 각 세력들이 모두 이 아이를 노릴 것이 분명했다!

흔치 않은 귀재인 이 아이가 앞으로 얼마나 대단한 성과를 낼지는 짐작하기도 어렵다.

소칠 몸에 가득한 상처를 보고 낙취산은 너무나 마음이 아파 고개를 가로저으며 말했다.

"대장로가…… 때린 게냐?"

때리기만 했을까?

소칠은 고개를 숙인 채 말이 없었다.

낙취산은 복잡한 눈빛이 되어 한참 동안 말이 없다가 겨우 입을 열었다.

"얘야, 상황이 좀 정리가 되면 너를 약성으로 보내 주마. 네 능력이면 굶어 죽지는 않을 게다. 허나 절대, 누구에게도, 네가 의성의 소칠임을 밝혀서는 안 된다. 알겠느냐?"

소칠은 여전히 말이 없었다.

낙취산은 혹 아이의 정서가 불안할까 염려되어 한 번에 많은 질문을 하지 않았다. 그런데 다음날, 소칠이 사라졌다.

소칠은 쪽지만 남기고 방 안에 있는 은자를 다 훔쳐서 달아났다. 쪽지에는 전에 그 약값을 준 셈 치라며, 이제 서로 빚진 것은 없다는 내용이 적혀 있었다.

낙취산은 어쩔 수 없다 생각하면서도 걱정이 되었다. 주변을 시끄럽게 할 수 없어 비밀리에 소칠을 찾아 다녔다.

허나 소칠은 그날 밤 바로 의성을 떠나 약성으로 갔다.

찬바람이 불자 나뭇가지 사이에 자리를 잡았던 고칠소는 몸을 웅크리며 불안한 자세로 잠을 잤다. 달빛이 그의 뺨을 비추면서 어둠 속에 드러난 옆모습은 평소보다 훨씬 아름다웠다. 고칠소는 몇 번 몸을 뒤척이다가 몽롱한 상태로 눈을 떴다.

하늘 위로 휘영청 뜬 달을 바라보다 주변을 스윽 돌아보았다. 고칠소는 무의식적으로 눈가를 어루만졌다. 차가운 물기가 느껴졌다.

손에 묻은 눈물을 바라보며 그는 순간 멍해졌다.

하지만 곧 정신을 차리고는 온 힘을 다해 손을 털어 내며 욕을 했다.

"제기랄!"

고칠소는 몸을 일으켜 아무 일도 없었다는 듯 나른하게 허리를 쭉 펴고 나무에서 훌쩍 뛰어내려 어둠 속으로 사라졌다.

지난 10여 년의 세월이 어찌 하룻밤 꿈으로 끝날까? 하늘을 뒤덮을 만한 증오 역시 한 사람을 미워한다고 끝나는 게 아니었다.

밤은 깊어 가는데, 잠드는 이가 없었다.

한운석은 잠을 청하며 한참 동안 침상에 누워 있었지만, 진짜 잠이 든 건 아니었다.

독종 제단에 있던 그 신비한 몰자비가 사라지지도 않고 자꾸만 머릿속에 나타났다.

처음에는 꿈인 줄 알고 얼른 눈을 떠서 꿈에서 깨어나려 애썼다. 그런데 아무리 노력해도 눈을 뜰 수 없었다. 심지어 손발마저 움직여지지 않았다.

꿈에서는 꿈인 줄 몰라야 하잖아!

난 분명 잠이 들었는데, 게다가 지금 침대에 누워 있는 게 분명한 걸.

이렇게 의식이 또렷한 걸 보니, 꿈이 아닌 건가?

한운석이 혼란스러워하는 이때, 갑자기 계속 머릿속에 나타나던 것들이 모두 현실로 바뀌었다. 주변에 실제로 있는 것처럼 변한 것이다.

지금 그녀는 독종 제단에 와 있었고, 눈앞에는 바로 그 몰자비가 있었다.

해독 공간에 들어왔을 때와 똑같은 느낌이었다. 설마, 내 혼이 독종 제단에 온 걸까?

이끼가 가득 낀 몰자비는 축축하고 썩은 내가 났다. 아득한 옛날, 상고시대부터 거슬러 올라와 그녀 곁으로 소환된 것 같았다.

한운석은 거부감을 넘어 공포감마저 들었다. 그런데 이상하게도 몰자비에서 눈을 뗄 수 없었다. 그녀는 곧 자신도 모르게 그쪽으로 걸어갔다.

그런데, 그녀가 가까이 다가가자 신기한 일이 벌어졌다.

몰자비 위에 한 줄 한 줄 글자들이 나타났다. 거친 필체에 괴이한 형상을 한 글자들이었는데도 그녀는 무슨 내용인지 알아볼 수 있었다.

몰자비 위에 기록된 것은 다름 아닌 독종의 독 저장 공간에 대한 내용이었다!

한운석은 너무 놀란 나머지 공포감도, 이곳에 온 연유도 신경 쓸 겨를도 없이 쏜살같이 몰자비 쪽으로 갔다. 조금이라도 늦으면 기록들이 사라질까 봐 작은 글자들을 진지하게 읽어 나갔다.

한운석의 생각대로였다. 비석을 가득 채운 글자들이 왼쪽에서 오른쪽으로, 한 줄 한 줄씩 한운석이 읽는 속도보다 훨씬 빠르게 사라져갔다.

다급해진 한운석은 한 번에 열 줄씩 읽을 기세로 빠르게 훑어보았다. 한 줄을 읽고 나면 그 글자들이 곧 사라졌다. 숨도 못 쉴 정도로 긴장했고, 중간에 멈출 수도 다른 생각을 할 수조차 없었다. 그저 계속해서, 쉬지 않고 읽어 내려갔다.

나중에는 한 글자 읽자마자 그 부분이 사라졌다. 점점 글자가 사라지는 속도를 따라잡을 수 없었다. 그녀는 어쩔 수 없이 많은 내용을 포기하고 뒤쪽을 보기로 했다.

급하다, 급해!

갑자기 눈이 번쩍 뜨였다. 침상에서 벌떡 일어나 주변을 둘러보니, 그곳은 별원에 있는 방이었다. 제단이고 몰자비고, 모두 꿈이었잖아!

한운석은 숨을 가쁘게 몰아쉬었다. 아직도 심장이 두근거렸다.

그녀는 침상에서 내려와 꿈에서 본 글자들을 떠올렸다. 비문을 다 보지 못했음에도 비문에 기록된 모든 내용을 분명하게 이해할 수 있었다.

이건……, 꿈이 아닌 것 같은데.

비문 내용에 따르면, 독 저장 공간은 독종에서 가장 강력한 존재로, 독종 직계 자손이라고 해서 모두 독 저장 공간을 가지는 것은 아니다. 천부적으로 의식 속에 지니고 있는 자들이 있는 반면, 어떤 이들은 수십 년을 수련해도 얻을 수 없다.

강력한 의식을 가진 자들은 직접 독 저장 공간을 발동시키기도 하나, 어떤 자들은 독 저장 공간을 가졌으면서도 평생 그 존재를 알지 못해 영원히 가동시키지 못한다.

독 저장 공간은 독을 저장하는 기능만 있는 게 아니다. 세 단계 기능이 있는데 독 저장 기능은 그 첫 단계일 뿐이었다.

첫 번째 단계는 '저독儲毒'으로, 자신의 독은 물론 세상에 있는 극독도 자유롭게 넣고 뺄 수 있다.

두 번째 단계는 '항적抗敵'으로, 자신에게 위협을 가하는 독을 거두어들일 수 있다.

세 번째 단계는 '쟁략爭略'으로, 천하의 모든 독을 자유롭게 받아들일 수 있다!

각 단계별로 세세한 수련규칙이 존재한다. 첫 번째 단계에서 수행할 것은 의식의 힘이다. 의식의 힘이 강해질수록 독 저장이 더 수월해져 원하는 대로 넣고 뺄 수 있다. 반면, 머리가 어지럽거나 혼절하는 등의 증상이 나타날 수 있고, 일부 독성이 강하거나 양이 많은 독과 마주치게 될 경우 저장에 실패할 수 있다.

한운석은 이전 상황을 자세히 떠올려 보았다. 과연 기록의 내용은 그녀의 상황과 일치했다.

천성적으로 지기 싫어하는 성격에 해독시스템까지 더해져 그녀는 강력한 의식의 소유자가 되었고, 무의식 중 독 저장 공간을 가동시켰다. 하지만 시스템에 대한 수행이 부족한 탓에 그녀의 의식은 자유롭게 집어넣고 꺼낼 수 있을 정도로 강력하지 못했고, 그래서 몇 번이나 혼절했던 것이다.

한운석은 점점 꿈을 꾼 게 아니라 계승 받은 것 같다는 느낌이 들었다. 해독 공간을 갖고 있었기 때문에 몰자비에게 선택을 받아 독종 최강의 수행비급을 계승 받게 된 것이다.

여기까지 생각이 미치자 한운석은 황급히 침상으로 돌아가 책상다리를 하고, 기억 속 규칙에 따라 의식 능력을 수행하기 시작했다. 당장 수행 결과를 얻어 내는 건 불가능했다. 하지만 조용히 반 시진 정도 앉아 있자, 원기가 회복되는 게 느껴졌다. 마치 하룻밤 푹 자고 일어난 것처럼 체력이 보강되었다.

"꿈이 아니었어!"

이 모든 게 사실임을 확인한 한운석은 놀라움을 금치 못했다. 자신이 갖고 다니는 이 해독시스템이 충분히 강력하다고 생각했는데, 독 저장 공간에 이런 기능들이 있을 줄이야.

두 번째 단계에 이르면 누가 자신에게 독을 썼을 때, 어떤 대응이나 해독도 할 필요 없이 바로 독을 독 저장 공간에 넣으면 되는 거 아닐까?

독종의 독 저장 공간에는 독성 검출 기능이 없지만, 그녀에게는 해독시스템이 있다.

세 번째 단계에 이르면 원하는 대로 천하 모든 독을 넣고 꺼낼 수 있다. 이건 정말 대단한 기능이다. 독 저장 공간만 가지고 있을 경우, 천하의 모든 독을 넣고 싶어도 우선 독을 제대로 판별하고 발견할 수 있는 능력이 전제되어야 한다. 하지만 한운석에게는 이 모든 것을 도와줄 수 있는 해독시스템이 있다.

독 저장 공간과 해독시스템이 하나가 되면, 독술계에서 한운석은 그야말로 백전백승, 천하무적이다!

독 저장 공간을 가진 독종 직계 자손이 또 나타난다고 해도, 그녀의 적수는 못 된다.

심문, 만독지목

하룻밤 꿈으로 독 저장 공간의 비밀을 알게 되다니, 이것이야 말로 이번 독초 창고행에서 한운석이 거둔 가장 큰 수확이었다.

이 세상에 독종 직계 자손이 또 있을지, 그녀처럼 이런 강력한 공간을 가진 자가 또 있을지, 한운석은 이런 문제에 대해서는 진지하게 생각하지 않았다.

가장 먼저 그녀의 머릿속에 떠오른 사람은 바로 군역사였다!

두 번째 단계에 이르면 분명 군역사를 처참하게 무너뜨리고 정신 못 차리도록 혼쭐을 내줄 수 있을 것이다!

한운석은 왜 가장 먼저 군역사를 떠올렸을까? 개인적인 원한도 있고, 군역사가 독술계에서 가장 오만 방자하기 때문이다.

아직 날이 밝기 전인 것을 본 한운석은 서둘러 좌선하여 수련에 들어갔다. 이때 용비야는 지붕에 드러누운 채 멍하니 하늘을 바라보고 있었다.

그의 눈빛은 시종일관 깊고 무거웠다. 그는 밤새 무슨 생각을 했을까. 어쩌면 무 이모가 말한 유족의 존엄과 위엄에 대한 것일 수도 있고, 어쩌면 고칠소의 그 몇 마디일 수도 있고, 어쩌면 까닭 없이 꺼진 불에 대한 생각일 수도 있다.

아니, 어쩌면 다 아닐지도 모른다. 그저 어떻게 초씨 집안을 상대해야 할까, 어떻게 평온한 서주국을 어지럽힐 수 있을까를 고민하고 있었을지도 모른다.

잘생긴 외모에 차갑고 엄숙한 표정이 어리자, 원래부터 위엄이 넘치던 용비야가 더 냉정하고 존엄한 존재처럼 느껴졌다. 함부로 건드리기 어려웠고, 그 속을 쉽게 짐작할 수 없었다.

적막함 가운데 한 그림자가 불쑥 지붕 위로 뛰어올라왔다. 당리였다.

당리는 술병 두 개를 들고 와서는 하나를 용비야에게 내밀었다.

"형, 나랑 술 한 잔 해!"

용비야는 주량이 대단하지만 술을 별로 좋아하지 않아서 술병을 받아 옆에 놔두고는 대답하지 않았다.

술에 거나하게 취한 당리가 그의 곁에 앉아 중얼거렸다.

"형, 그 여자 말이야, 이렇게까지 할 필요가 있을까? 내가 싫다는데, 왜 꼭 나한테 시집오려는 거야?"

혼인에서 도망친 후 지금까지 당리는 늘 답답하게 지냈다. 용비야라는 이 커다란 나무에 기대지 않으면 갈 곳이 없었다.

용비야는 그를 보지도 않고 자기 생각에 빠져 있었다.

당리는 가까이 다가와 낮은 목소리로 말했다.

"형, 나 아예 아무 여자나 만나서 애를 둘 정도 낳고 집으로 데려갈까 봐. 그럼 우리 아버지가 날 뭘 어쩌시겠어! 사실 그렇게 숨 막히게 쫓아오지만 않으시면 내가 제 발로 돌아갈지도 모르는데, 가는 곳곳마다 날 찾아다니시면, 더 돌아가고 싶지 않다고."

결국 용비야가 일어나서 그를 바라보았다. 당리는 술에 취한 채 딸꾹질을 해 대며 웃었다.

"내가 유치하다고 하려는 거지, 그렇지."

틀렸다!

용비야는 말없이 당리의 손을 붙잡고 갑자기 하늘로 날아오르더니, 멀리 떨어진 곳에 이르자 손을 놔 버렸다. 당리는 높은 곳에서 그대로 떨어졌다. 너무 아파서 술이 확 깨는 것 같았다.

용비야는 그제야 차가운 목소리로 말했다.

"또 한운석 주변을 시끄럽게 하기만 해 봐라!"

당리는 멍하니 있다가 그제야 한운석이 방 안에서 자고 있음을 깨달았다. 그러니까, 이 인간은 밤새 그녀를 위해 야경을 선 거야?

용비야가 멀리 가 버렸지만 당리는 굳이 그를 따라가 붙들고는 작은 목소리로 말했다.

"형, 그러니까······, 형이, 아니, 두 사람 아직······."

당리는 한참을 말하면서도 제대로 말하지 못했고, 용비야는 이미 안색이 변했다.

"놔라."

"형, 한마디만 할게. 어서 아이를 낳아. 그럼 아버지와 여 이모도 더 이상 한운석에게 나쁜 생각은 못 할 거라고!"

당리가 진지하게 말했다.

용비야는 어두운 표정을 한 채 당리를 걷어차 가까운 연못에 빠뜨려 술을 깨웠다.

당리의 제안이 용비야의 마음속 연못에 물결을 일으켰는지는 그 자신만이 알 뿐이었다. 어쨌든 밤새 찌푸리고 있던 인상도 조금 풀어졌다.

초씨 집안을 처리한 뒤, 내년에 눈이 녹으면 반드시 천산으로 가리라!

다음 날, 고칠소가 사라진 것을 제일 먼저 알아챈 사람은 한운석이었다.

"설마 어젯밤에 떠난 건가?"

한운석은 뭔가 의심스러웠다.

아무리 쫓아내도 떠나지 않던 고칠소가 갑자기 말도 없이 가버리다니, 불안한 느낌이 들었다.

아직 초천은을 심문하지도 않았는데, 무엇 때문에 서둘러 간거지? 급한 일이라도 있나? 어디로 간 걸까?

한운석은 독초 창고에서 만독지도를 쉽게 얻을 거라 생각했기에 목령아에게 고칠소가 금방 돌아갈 것이라고 말했었다. 아마 지금 목령아는 밤낮으로 학수고대하고 있겠지.

기다림 끝에 실망하는 일은 얼마나 잔인한가. 목령아처럼 모든 것을 다 쏟아 부은 기다림은 더할 것이다.

한운석 자신도 고칠소에 관해 얼마나 알고 있는지는 모르겠다. 하지만 그녀가 알기로 고칠소가 떠났다는 것은 무슨 일이 생겼다는 뜻이다.

"어젯밤에……, 무슨 일이 있었어요?"

그녀가 진지하게 물었다.

당리는 재채기를 하며 고개를 가로저었다.

"난 몰라. 어제 술을 너무 많이 마셔서 연못에 빠졌거든……."

어젯밤, 당리는 정말 술을 너무 많이 마셔서 용비야에게 한 말도 다 잊어버렸다. 당연히 발에 차인 일도 기억하지 못했다.

당리의 말에 용비야는 무표정한 얼굴로 대응하며 한운석에게 반문했다.

"무슨 중요한 일로 찾는 것이냐?"

한운석과 목령아 사이의 그런 사소한 일을 어떻게 용비야에게 말할까? 그녀는 고개만 저을 뿐이었다.

상황을 잘 아는 용비야는 더 묻지 않고 한운석과 함께 초천은을 보러 갔다. 밀실에 갇힌 초천은은 상처가 깊어 아직까지 깨어나지 못했다.

하지만 용비야가 얼음물을 머리에 끼얹자 곧바로 눈을 떴다.

초천은은 과연 사나이였다. 이렇게 곤경에 처한 상황에도 그의 눈빛 속에 두려움이라고는 찾아볼 수 없었다. 그는 눈썹을 치켜세우고 용비야를 보다가 입 안에 들어간 물을 뱉어 내고는 아무 말도 하지 않았다.

용비야는 입가에 차갑고 사악한 기운을 머금은 채 말했다.

"당리, 무 이모를 군기軍妓(군대를 따라다니며 몸을 파는 여자)로 보내라."

"용비야, 노릴 거면 날 노려라, 어찌 부인에게 모욕을 주느냐?"

초천은은 대로하여 말했다. 그는 무 이모가 초씨 집안으로 돌아간 것을 전혀 모르고 있었다.

"만독지토에 대해 잘 아는 걸 보니, 미접몽은 초씨 집안에게 있겠군?"

용비야가 흥미로운 말투로 물었다.

독종의 독초 창고 지하 밀실을 찾아낸 것만해도 대단한 일이다. 게다가 만독지토의 소재는 물론 불에 약한 것도 알고 있으니, 미접몽에 대해 어느 정도 알고 있는 게 분명하다.

그와 여 이모도 오랫동안 조사한 끝에 겨우 독초 창고에 미접몽에 관한 단서가 있다는 사실을 겨우 알아냈다.

용비야는 초천은을 의심했고, 초천은도 용비야를 의심했다. 지하미궁에서 용비야와 한운석을 만났을 때, 그는 두 사람이 미접몽을 노리고 왔다고, 심지어 미접몽이 이들 손에 있다고 의심했다.

하지만 지금 용비야의 질문을 듣자 초천은의 의심은 사라졌다. 생각해 보면 미접몽은 독종의 지극히 귀한 보물이고, 오랜 세월 자취를 감췄으니 용비야 손에 떨어졌을 가능성은 매우 희박했다.

초천은은 영민하고 침착하며 모략에 밝은 자이나, 아무리 그래도 늙은 여우같은 용비야에게는 비할 바가 못 되었다.

용비야가 이렇게 질문한 것도 다 초천은의 의심을 없애기 위해서였다.

"아니다. 너도 미접몽을 노리고 간 것이겠지! 미접몽을 얻는 자가 천하를 얻는다고 했는데, 기왕 천하에 뜻을 두었다면 중남

도독부의 청은 왜 거절했지? 스스로 위선적이라 생각지 않느냐?"

초천은이 냉소적으로 말했다.

천녕국 중남부에 있는 각종 세력이 연합하여 중남도독부를 조직했다. 이들은 진왕을 왕으로 추대하여 나라를 세우려고 적극적으로 나섰지만, 진왕은 지금까지도 이들을 상대하지 않고 있다. 운공대륙의 각 세력들은 이 일에 관심을 보이며 그 속을 헤아려보았다.

허나 안타깝게도 용비야의 생각을 읽어 낸 자는 없었다. 그 생각을 읽지 못함은 천녕국의 실제 형국도 모른다는 뜻이었다.

초씨 집안은 초청가 배 속의 아이를 내세워 황위를 찬탈할 생각이었다. 우선 천녕국에 자리 하나를 틀어쥔 후에 이를 발판으로 삼아 천녕국 전체를 손아귀에 넣을 속셈이었다. 그래서 초씨 집안은 누구보다도 용비야의 행보에 관심을 기울였다.

이런 말로 자극해서 용비야의 태도를 알아내려 하다니, 초천은은 아직 미숙했다.

용비야가 대답이 없자, 한운석이 먼저 웃음을 터뜨렸다.

"초천은, 중남부를 너무 대단하게 생각하는 거 아니냐? 진왕 전하는 거절하신 게 아니라 무시하신 것이다."

초천은은 헛발질을 한 듯 자신의 수가 통하지 않자 분통이 터졌다.

"미접몽을 얻는 자 천하를 얻는다. 그 말인즉 너희 서주국 초씨 집안이 천하에 뜻을 두었다는 게로군. 보아하니 본 왕이 필히 서주국 황제와 이야기를 잘 나눠야겠구나."

용비야는 무심하게 이야기했지만, 초천은은 대경실색했다.

"용비야, 당신⋯⋯."

용비야가 눈썹을 치켜뜨며 보다가 다시 말을 이었다.

"만독지토 외에 또 무엇을 찾았느냐?"

초천은은 침묵했다.

허나 용비야는 그의 침묵을 허용하지 않았다.

"본 왕의 인내심은 한계가 있다. 후회할 일을 만들지 마라."

좀 전의 경고가 귀에 맴돌았다. 무 이모는 초천은 어머니의 친언니이자 초천은의 친 이모였다. 절대 무 이모에게 무슨 일이 생기게 할 수 없다.

미접몽에 대한 모든 정보도 무 이모가 애써 알아낸 것이니, 이를 가지고 무 이모를 구해도 그만한 가치는 충분하다.

"아무것도 찾지 못했다."

초천은이 담담하게 말했다.

"하지만 세 가지 독물에 대한 행방을 알고 있지. 무 이모를 풀어 주면 말하겠다."

"말해라."

용비야가 간단하게 답했다.

"먼저 무 이모를 만나게 해다오."

초천은이 정색을 하고 말했다.

용비야는 딱 잘라 말했다.

"말하려면 하고, 안 하려거든 관둬라!"

초천은은 협상할 패를 가졌으면서, 도리어 용비야의 패기에 압도되고 말았다. 어려서부터 지금까지 이렇게 억눌리고, 분하고, 인정할 수밖에 없는 상황은 처음이었다!

"진왕이 말에 신용이 없는 분은 아닐 거라 믿는다!"

그는 우선 이 말부터 내뱉은 후에 입을 뗐다.

"만독지수, 만독지목, 독짐승의 피가 바로 그 세 가지다. 만독지수는 약성 약재 숲 속에 있는 독 연못에 있었으나, 지금은 행방불명인 상태다. 만독지목은 서주국 천불굴千佛窟의 천년 묵은 은행나무에 있는데, 어느 부분인지는 모른다. 독짐승의 피는 바로 독종 독짐승 이빨의 피다. 독짐승이 사라졌다는 소문이 항간에 돌고 있으나 진위여부는 파악하기 힘들다."

한운석은 한쪽에 앉아서 소매 속에서 잘 자고 있는 꼬맹이를 가볍게 쓰다듬었다.

세 가지 중 실제로 이들에게 쓸모 있는 정보는 하나뿐이다. 하지만 그 하나만으로도 충분했다.

"은행나무에? 이건 무슨 뜻이냐?"

용비야가 다시 물었다.

"잘 모른다. 서주국 천불굴의 은행나무는 쉽게 볼 수 있는 것이 아니다."

초천은의 말은 사실이었다.

천불굴은 서주국의 성지聖地로, 성대한 제전祭典이 열릴 때나 개방되는데, 제전 때도 오직 황족과 극소수에게만 개방될 뿐이었다. 게다가 천년 묵은 은행나무는 승려들의 수행지이기도 해서 더더욱 쉽게 접근할 수 없다.

"진왕, 내가 아는 건 다 말했으니 이제 무 이모를 풀어 주겠지? 사내대장부라면 한 번 한 말에는 책임을 져야 한다!"

초천은이 초조하게 말했다.

이때 쭉 곁에서 지켜보던 당리는 결국 참지 못하고 껄껄대며 웃었다.

"초 공자, 진왕은 이미 어젯밤에 풀어 줬어. 그러니 충분히 믿을 만한 사람이야!"

그제야 자신이 속았다는 것을 깨달은 초천은은 수치심과 분노가 동시에 치밀어 올랐다. 하지만 아무리 성날 만큼 창피해도 이성을 잃지는 않았다. 가장 먼저 그의 머릿속에 든 생각은 하나였다. 왜 용비야가 무 이모를 풀어 줬지?

"용비야, 무슨 생각이냐?"

초천은이 물었다.

용비야는 대답은 하지 않고 뭔가 생각이 난 듯 질문했다.

"만약 유족인 초씨 집안이 천하에 뜻이 있다면, 본 왕은 누구와 이야기를 해야 하느냐?"

그 말에 초천은은 너무 놀란 나머지 할 말을 잃었다. 입을 떼고 싶지도 않았다. 이런 상황에서 많은 말은 무익하다. 더 많은 정보를 노출할 뿐이다.

용비야는 슬쩍 한운석을 바라보았다. 한운석은 호기심으로 가득한 얼굴이었다.

이 여자는 일곱 귀족에 대해서라면 늘 저렇게 궁금해하는군.

다행히…… 진실은 모르는 채로.

용비야는 초천은과 시간을 낭비할 틈이 없었다. 그의 냉랭한 심문이 이어졌다.

"너희 유족 외에 나머지 여섯 귀족의 행방은 어떻게 되느냐?"

외전 1. 혼례 어명의 비밀

천녕국 황제가 붕어했다.

태자는 형제와 종친을 마구 도륙했다. 실로 음흉하고도 잔인한 수단이었지만, 유독 진왕 용비야만은 털끝 하나 건드리지 못했다.

용비야는 어려서부터 왕에 봉해졌고, 선제가 하사한 특권 영패를 갖고 있었기 때문에.

용비야는 천산검종 장문인의 마지막 제자로, 배후에 무시무시한 무림 세력을 두고 있었기 때문에.

그리고 특히, 진왕부의 비밀 막료들이 조정 곳곳, 문무백관들 사이사이에 많이도 숨어 있어 막으려야 막을 수 없었기 때문이었다.

태자가 진왕을 봐준 것이 아니라, 제위를 두고 다투지 않은 진왕이 태자를 봐준 것이라는 소문도 있었다.

그해 태자는 황제로 등극했고, 제호帝號(황제의 존칭)를 천휘天徽라고 했다.

용비야의 나이 겨우 열 살 때였다.

매년 중추절이 지나면 용비야는 일정 기간 도성을 떠나 있곤 했다. 그는 우선 서쪽으로 갔다가 이어 북쪽으로 움직여 눈과 얼음에 산길이 막히기 전에 천산에 올라 무공을 닦았고, 이듬

해 꽃피는 봄이 찾아와 얼음이 녹은 다음에야 하산했다. 하산한 뒤에는 은둔한 일족인 당문을 비밀리에 찾아가 열흘간 특훈을 받은 다음 도성으로 돌아갔다.

그는 본디 전 황조인 동진제국의 태자로, 포대기에 싸인 갓난아기 때부터 천녕국 황궁으로 보내져 황자가 되었다. 철이 들 무렵부터, 그는 궁에 중요한 일이 생겨 나가지 못하지만 않으면 매년 천산 꼭대기에서 추운 겨울을 보내야 했다. 빙해氷海 남쪽 연안을 빼면, 천산 꼭대기는 운공대륙에서 가장 추운 지방이었다.

어려서부터 차갑고 무뚝뚝한 그의 성품이 나면서부터 그랬는지, 아니면 천산 꼭대기의 눈보라에 마음이 얼어붙었기 때문인지 모를 일이었다.

해가 가면서 천휘황제의 황위는 점점 공고해졌고, 용비야는 점점 장성했다. 놀라운 것은 그가 그간 한 번도 조정 일에 간섭하지 않았다는 사실이었다. 심지어 조례에도 모습을 드러내지 않았다. 덕분에 천휘황제는 그를 경계하는 동시에 갈수록 그의 속을 들여다볼 수 없게 되었다.

용비야가 열일곱 살이 되던 해였다.

꽃이 활짝 피고 둥근 달이 둥실 떠오른 중추절이 지나자 가을바람이 쌀쌀해지면서 도성의 밤도 스산해졌다.

밤이 깊었다.

친왕親王의 화려한 예복을 벗은 용비야는 흑의 경장을 걸치고 보검을 등에 멘 채 진왕부 대문을 나섰다.

겨우 열일곱 살이지만 그의 얼굴에는 소년다운 활발함은 없었다. 그는 침착하면서 차가웠고, 눈썹 언저리에는 귀티와 함께 빼어난 재기가 서려 있었다. 내리뜬 두 눈동자는 지금 이 밤처럼 깊이를 가늠할 수 없을 만큼 깊었다.

그는 묵묵히 앞으로 걸었고, 늘 곁을 지키는 시위인 초서풍이 말을 끌고 뒤따랐다.

얼마 지나지 않아 달그락거리는 말발굽 소리가 밤의 고요함을 깨뜨렸다.

나타난 사람은 열너덧 살쯤 되는 소년이었다. 눈처럼 희디흰 옷을 입어 단정하면서도 표표한 분위기를 풍기는 소년의 모습은 마치 말을 타고 구름 위를 거닐다가 실수로 속세에 떨어진 신선 같았다. 하지만 입을 벌리고 웃음을 짓자 세상만사 걱정거리 하나 없는 정령이라도 된 양 온 세상을 환하게 밝혀 주었다.

그의 이름은 당리. 당문의 후계자로, 용비야의 부하지만 그전에 용비야의 사촌 동생이기도 했다.

말에서 훌쩍 뛰어내린 당리가 웃으며 말했다.

"형, 이렇게 딱 만나네! 성을 나가는 거야?"

용비야는 대답하긴커녕 숫제 그를 쳐다보지도 않고 계속 걸어갔다.

당리가 쪼르르 쫓아와 웃는 얼굴로 물었다.

"형, 어디로 가? 난 천산에 갈 건데 같이 갈래?"

용비야는 그래도 상대하지 않았다.

뒤따르던 초서풍은 당 공자의 뻔뻔함에 속으로 투덜거렸다.
딱 봐도 전하를 따라 천산에 가려는 속셈이잖아! 전하께서 안내해 주지 않으면 천산 입구도 못 찾을 게 뻔한데!

몇 걸음 쫓아가도 용비야가 무시하자 당리는 얼른 말했다.

"형, 대답이 없는 건 묵인이라는 뜻이야. 자, 나랑 같이 천산에 가자!"

당리는 용비야의 어깨에 손을 얹으며 몹시 친밀하게 굴었다.

하지만, 그 친밀함은 용비야의 얼음 같은 눈빛에 삽시간에 스러지고 말았다.

우뚝 걸음을 멈추고 돌아보는 용비야의 눈빛은 사람을 얼려 버릴 것처럼 차디찼다. 당리는 즉시 손을 치웠고, 제풀에 한 발 뒤로 물러서서 그와 거리를 두었다.

용비야가 길게 물을 것도 없이 당리는 곧바로 자신이 집을 떠나온 이유를 털어놓았다.

"그렇게 된 거야. 어쨌든 아버지가 내 혼사를 정하려고 하면 당장 출가해서 스님이 되어 버릴 거라고!"

당리는 결연한 말투로 말했다.

그제야 용비야가 입을 열었다. 무표정한 얼굴로 차갑게.

"내가 네 아버지냐?"

당리는 멈칫했으나 무슨 뜻인지 몰라 무의식적으로 고개를 저었다.

"아니."

"그런데 왜 날 찾아왔느냐?"

용비야가 질문을 던졌다.

당리는 또다시 멈칫했다.

용비야가 갑자기 허공으로 훌쩍 날아올라 뒤따라오던 말 등에 척 내려앉더니, 쏜살같이 말을 몰아 당리 옆을 지나 저 멀리 앞서갔다.

"아버진 아니지만 그래도 형이잖아!"

다급해진 당리가 허둥지둥 말에 올라 쫓아갔다.

천산 기슭까지 계속 쫓아가야 할 줄 알았는데, 뜻밖에 용비야는 어느 저택 담장 옆에 멈춰 있었다.

도성 안 다른 저택이야 당리도 모르지만, 이 저택만은 한눈에 알아볼 수 있었다. 한씨 저택이었다!

형의 약혼녀가 바로 한씨 집안의 적출 대소저인 한운석이었다.

꼼짝하지 않고 그곳에 서 있는 용비야를 보자 당리는 저도 모르게 초서풍을 불러 소리 죽여 물었다.

"왜 저래?"

알다시피 태후가 한운석을 짝으로 맺어 준 후로, 용비야는 한운석이든 한씨 집안이든 몹시 배척했고 숫제 혐오하기까지 했다.

예전에는 이곳을 지나기도 싫어서 길을 돌아가곤 했는데, 오늘 밤엔 왜 저 담장 옆에서 꼼짝하지 않는 걸까?

초서풍도 의아했다.

"이상하군요."

당리가 손으로 목을 긋는 시늉을 해 보이면서 놀란 소리로 속삭였다.

"설마 이러려는 건⋯⋯."

그 말을 끝내기도 전에 당리와 초서풍 둘 다 경계를 돋웠다.

살기!

용비야는 어느새 소리 없이 허공으로 몸을 날리더니, 검을 뽑아 들고 한씨 저택 뜰로 들어갔다.

당리와 초서풍도 곧장 그를 쫓았다. 앞뜰에서부터 뒤뜰을 지나 마지막으로 어느 황량한 작은 원락까지 쫓아가 봤더니 용비야가 보였다. 땅에는 시체 세 구가 나뒹굴고 있었다.

당리는 용비야의 속도에 놀라 입을 떡 벌렸다. 고작 1년 못본 사이 용비야의 무공은 어마어마하게 발전해 있었다.

황급히 시체를 살펴본 초서풍은 그들이 소요성의 직업 살수라는 것을 곧 알아냈다.

용비야는 창문을 통해 침소 안을 흘끗 들여다본 후 곧바로 돌아와 차갑게 분부했다.

"초서풍, 비밀 시위를 붙여 한운석의 목숨을 단단히 지켜라."

당리와 초서풍은 서로를 쳐다보았다. 그제야 이 원락의 주인이 한운석이고, 저 세 살수는 한운석을 노리고 왔다는 것을 알수 있었다.

초서풍은 궁금증이 무럭무럭 일었지만 감히 묻지 못했다.

하지만 당리는 뜻밖의 재미있는 일을 만나자 싱글거리며 물었다.

"형, 드디어 깨달았구나. 이제 한운석을 맞아들이기로 한 거야?"

용비야가 대답이 없자 그는 묵인이라고 여겼다. 그래서 두 손을 합장하고 고승이라도 된 양 엄숙한 표정으로 말했다.

"이생의 약속은 이생에서 끝맺는 법, 이생에 빚을 지지 않으면 내생에 만나지 않으리라. 시주, 드디어 깨달으셨구려. 아미타불."

용비야가 차갑게 노려보자 당리는 곧 푸하하 하고 웃음을 터트렸다.

"형, 내가 말했잖아. 좀 억울해도 참고 한운석을 데려온 다음 사람을 붙여서 말썽부리지 않게 단단히 지키게 하면 된다니까. 정비正妃가 생기면 거절하기도……."

당리는 여기까지 말하다가 갑자기 입을 다물었다. 쓸데없는 말까지 했다는 것을 깨달은 것이었다.

용비야가 서서히 눈을 가늘게 좁혔다. 분명히 뭔가 이상한 것을 알아차린 눈치였다.

그가 사람을 보내 한운석을 지키게 한 것은 그녀를 맞아들이고자 해서가 아니라 그저 귀찮은 일을 덜기 위해서였다. 저 살수들은 황제나 태후가 그에게 죄를 뒤집어씌우기 위해 불렀을 가능성이 무척 컸다.

한운석이 죽으면 누구보다 혐의가 짙은 사람은 지금껏 이 혼사에 반발했던 그였다. 천휘황제는 언제든 대리시가 조사할 수 있도록 그를 도성에 묶어둘 것이고, 사건이 해결되지 않는 한 그는 계속 이곳에 머무를 수밖에 없었다. 앞으로 3, 4년은 중요한 일이 있어서 도성에 오래 머물 수는 없었다. 그는 천휘황제에게 자신을 묶어둘 만한 핑계 따위는 주고 싶지 않았다.

그러나 당리가 걱정하는 것은 분명히 이것과는 다른 것이었다. 당리는 분명 뭔가 알고 있었다.

"어흠, 흠……."

당리는 헛기침하며 오른쪽으로 슬금슬금 걸음을 옮겼다.

"가을인데 벌써 이렇게 추운 걸 보면 올해 겨울은 혹한일 게 분명해. 형, 생각해 보니 난 따라가지 않는 게 낫겠……."

"방금 하던 말을 마저 해라. 그렇지 않으면 당장 당문으로 돌려보내 주마!"

용비야가 엄하게 경고했다.

이 수법은 아주 잘 먹혀들었다.

당리는 흥정조차 하지 않고 술술 털어놓았다.

"아버지와 여 이모는 형의 혼사를 아무렇게나 하면 안 된다고 생각하셔. 형을 한운석과 혼인시키고 싶지 않으신 거지. 떠나오기 전에 두 분이 이야기하는 걸 몰래 들었는데, 태자비를 골라 먼저 혼사를 치르게 하실 거래."

용비야는 한참 동안 말이 없더니 별안간 웃음을 터트리며 물었다.

"그리고?"

당리는 인상 쓰는 용비야는 두렵지 않지만 웃는 용비야는 두려웠다.

물론 웃으면 보기 좋은 얼굴이긴 해도, 그가 웃는다는 것은 화가 머리끝까지 났다는 의미였다.

당리는 감히 속일 엄두도 내지 못한 채 쭈뼛거리며 대답했다.

"그런 다음……, 동진 황족을 위해서 자……, 자손을 많이 퍼트리는 거지."

"자손을 퍼트려?"

용비야는 큰 소리로 웃었고 더욱더 보기 좋은 얼굴이 되었다. 간담이 서늘해질 만큼 보기 좋은 얼굴이었다!

그는 당리를 와락 끌어당겨 귓가에 대고 나지막이 말했다.

"내가 어머니 배 속에 있을 때부터 태후는 내 혼사를 정했다. 그리고 내가 열세 살이 되던 해, 네 아버지는 내 침상에 여자를 밀어 넣었지! 하하……, 하하하, 본 왕이 염복 하나는 정말 타고났구나! 그해 네 아버지에게 경고했다. 내게 줄 여자를 찾지 말라고, 찾는 족족 죽여 버리겠다고!"

"열세 살……."

당리는 깜짝 놀라 한동안 말이 나오지 않았다. 그런 일이 있었던 줄은 전혀 몰랐다!

갑자기 용비야의 얼굴이 싸늘하게 식었다. 마치 영원히 온기라고는 없는 사람처럼. 그가 서늘하게 말했다.

"당리, 내기할까? 생각 있느냐?"

"무, 무슨 내기……."

당리는 머리가 하얗게 비어 어쩔 줄 몰라 했다.

"내가 도성에 돌아왔을 때 천휘황제가 택일해 혼례를 올리라는 어명을 내릴까, 아닐까."

"형, 그……, 그런……."

"나는 내린다에 걸겠다!"

용비야의 말투는 차가우면서도 단호했다. 그는 홱 몸을 돌려 떠나갔고, 그 속도가 너무 빨라 당리와 초서풍은 따라잡을 수도 없었다.

당리와 초서풍이 뒤를 쫓아 원락 밖으로 나갔을 때 이미 용비야의 모습은 보이지 않았다.

당리는 그래도 쫓으려고 했지만 초서풍이 말렸다.

"당 공자, 쫓지 마십시오. 전하께서는 아무 일 없으실 겁니다. 조용히 혼자 계실 시간을 드리시지요."

당리는 그제야 걸음을 멈추고 연신 심호흡을 했다.

당리가 말이 없자 초서풍이 나지막이 말했다.

"혼사에 관해서 전하께서는 일찍부터 계획을 세워두셨습니다. 그런데 이런 일이 생겼으니 왜 안 복잡하시겠습니까? 당 공자, 주제넘은 말씀을 드려 죄송하지만, 당 문주와 여 이모님은…… 대체 언제까지 전하를 몰아붙이시려는 겁니까?"

당리는 초서풍의 말은 듣고 있지도 않았다. 그의 머릿속은 온통 용비야의 입에서 나온 '열세 살' 이야기로 꽉 차 있었다. 아무리 심호흡을 하며 참아 보려 해도 눈시울에는 차츰차츰 뜨거운 눈물이 맺혔다.

분명히 울고 있었지만, 그는 냉소를 터트렸다.

"몰아붙여? 이런 걸 몰아붙인다고 할 수 있어? 이건 그냥 이용하는 것뿐이라고! 하하하, 그분들 마음속에 형은 그저 도구일 뿐이야. 나도…… 나라고 다를까?"

당리는 허공에 대고 힘차게 말채찍을 휘둘러 댔다. 그렇게 돌아선 그가 다시 고개를 돌려 초서풍에게 물었다.

"초서풍, 우리도 내기할까? 어때?"

"무슨 내기 말입니까?"

초서풍이 궁금해하며 물었다.

"이 도련님의 혼사에 대해서! 아버지가 무공을 할 줄 아는 여자를 점찍으면 난 기어코 무공의 '무'자도 모르는 여자랑 혼인할 거야. 아버지가 말 잘 듣는 여자를 점찍으면 난 기어코 귓등으로도 말 안 듣는 여자랑 혼인할 거야. 아버지가 맹우盟友 집안 여자를 점찍으면……, 흐흐, 난 기어코 원수 집안 여자랑 혼인할 거야!"

당리는 이 말만 남기고 씩씩거리면서 떠나갔다. 판돈으로 뭘 걸지는 말하지도 않은 채였다.

초서풍은 하는 수 없는 듯이 한숨을 푹 쉬고는, 시체를 처리한 후 그곳을 떠났다.

그들이 떠나고 얼마쯤 지난 뒤, 침상에 웅크려 자는 척하던 한운석은 비로소 마음 놓고 몸을 쭉 폈다. 그녀는 바깥에서 무슨 소리가 나는 건 알았지만 무슨 소리인지는 자세히 듣지 못했다.

너무 놀란 나머지 꼼짝도 할 수 없었고, 더욱이 소리를 내지도 못했다.

바깥이 조용해진 지금도 그녀는 차마 침상에서 내려갈 용기가 나지 않았다. 용비야가 우연히 세 살수와 마주치지 않았다면 자신은 이미 죽은 목숨이었다는 것도 전혀 몰랐다.

모로 누워 있어서 흘러내린 긴 머리카락이 광대뼈 부위의 독 종기를 가려주었다.

종기를 가린 그녀의 얼굴은 전혀 추하지 않았다. 아니, 오히려 아름다웠다. 그녀 자신이 아닌 것처럼, 마치 다른 사람이 된 것처럼 아름다웠다.

나비의 날갯짓 하나가 태풍을 일으킬 수도 있었다.

한 사람의 뜻하지 않은 만남이 수많은 사람의 운명을 바꿀 수도 있고, 나아가 세상을 바꿀 수도 있었다.

몇 년 후 추운 겨울, 용비야는 한운석의 손을 잡고 느릿느릿 강남 매해를 거닐었다.

한운석이 물었다.

"전하, 만약 그해 천휘황제가 홧김에 전하더러 택일해 혼례를 올리라는 어명을 내리지 않았다면, 평생 날 맞아들이지 않으셨을까요? 그럼 우리는 평생 서로 모르고 살았을까요?"

용비야가 말했다.

"아니. 그때는 내가 일부러 천휘의 화를 돋워 혼례 어명을 내리게 한 것이다."

한운석은 무척 뜻밖이었다.

용비야가 웃음을 터트렸다.

"운석, 당시 널 왕부에 맞아들인 것은 나 또한 기꺼이 원한 일이었지."

　혼례를 치르던 날 그는 비록 모습을 드러내지 않았지만 줄곧 멀리서 지켜보고 있었고, 의태비가 한운석을 왕부에 들여놓을 수밖에 없도록 미리 손을 써 놓았다. 하지만 '여기서 기다리겠다'던 그녀의 한마디는 그의 호기심을 불러일으켰다.

외전 2. 낙홍파의 비밀

신혼초야.

용비야가 내일 한운석과 함께 입궁해 문안 인사를 올리기로 약속한 후 손을 내젓자, 한운석은 기뻐하며 침소에서 물러났다.

그런데 물러나고 보니 오늘 밤이 신혼초야고 애초에 자신에겐 따로 갈 곳이 없다는 사실이 떠올랐다. 지쳐서 걷기 싫었던 그녀는 옆에 서재가 있는 것을 보자 곧장 안으로 들어갔다.

용비야의 서재는 탁자 하나와 의자 하나뿐, 눈물이 날 만큼 간소했다. 들켰을 때 모양새 빠질 일만 없었다면 차라리 탁자 위에 누워 자고 싶을 지경이었다.

침궁을 전부 살펴보았지만 하룻밤 지내기에는 서재가 제일 나았다.

한운석은 하는 수 없이 탁자 옆에 있는 유일한 의자에 몸을 구겨 넣고 잠을 청했다. 어떻게 앉아도 불편하긴 마찬가지였지만 그런데도 금방 잠에 빠졌다.

꼬박 이틀 동안 마음 졸이다가 비로소 안심할 수 있게 되자 팽팽하던 신경이 풀어지면서 묵직한 피로가 덮쳐 왔다. 정신없이 잠든 것 같지만 사실 그녀는 혼절한 상태였다. 너무 오래 해독시스템을 쓰지 않았는데 어젯밤과 오늘 밤 두 번이나 썼더니 몸이 버티지 못했던 것이다.

밤이 깊었지만 용비야는 잠들지 않았다.

그는 피가 잔뜩 묻은 옷을 벗고 꼼꼼하게 손을 씻었다. 그리고 구리거울 앞에 서서 천으로 싸맨 상처를 비춰 보았다. 어둠 속에서, 얼음 같은 그의 눈동자가 의혹으로 번쩍였다.

그는 잠시 서 있다가 폭이 넓은 장포를 걸치고 넓은 침상으로 다가갔다. 곧 침상에 놓인 두 가지 물건이 눈에 들어왔다. 하나는 한운석이 썼던 새빨간 혼례용 면사, 다른 하나는 눈처럼 새하얀 네모진 천이었다.

혼례식 전에 궁에서 사용법을 가르쳐 줄 늙은 상궁을 보냈으나 그는 만나지 않으려고 자리를 피했다. 그래도 이 하얀 천을 어디에 쓰는지는 알고 있었다.

해약을 빌미로 내일 함께 입궁하자고 그를 협박하기까지 한 한운석이 어쩌다 이 물건을 잊었을까?

혹시 규칙을 알려 준 사람이 없었던가?

보아하니 조금 전에 당한 '협박'을 갚아 줄 수 있을 것 같았다.

"초서풍, 여자를 데려오도록."

그가 차갑게 말했다.

어둠 속에서 초서풍이 나타나 공손하게 보고했다.

"전하, 왕비마마는 나가지 않고 서재에 계십니다."

서재?

그의 서재가 아무나 들락거리는 곳이었나?

"누가 들어가도 좋다고 허락했느냐?"

그는 불쾌해하며 성큼성큼 서재로 걸어갔다. 하지만 그녀는 의자에 옹송그려 앉아 머리를 삐딱하게 기울인 채 잠들어 있었다.

"전하, 왕비마마께서는 아무것도 건드리지 않고 들어가자마자 여기 앉아 잠드셨습니다. 그러잖아도 보고드리러 가던 참이었습니다."

초서풍이 급히 해명했다.

"한운석."

용비야가 차갑게 불렀다.

하지만 한운석은 깨어나지 않았다.

초서풍이 허둥지둥 다가가서 깨우려 했지만 용비야가 막으며 물러가라는 손짓을 했다.

용비야는 직접 다가가서 몸을 숙이고 한운석의 얼굴을 가까이 들여다보았다. 그 얼굴은 흉측한 종기 따위는 난 적도 없었던 것처럼 깨끗했고 흉터조차 남아 있지 않았다.

그때, 삐딱하게 기울어 있던 한운석의 머리가 아래로 툭 떨어졌다. 그녀는 중심을 잃고 몸통째 앞으로 스르르 쓰러졌다.

용비야는 무의식적으로 몸을 피했고, 한운석은 그대로 의자에서 미끄러져 쿵 소리를 내며 바닥에 떨어지고 말았다.

보통 사람이었다면 이 광경에 배꼽을 잡고 웃었겠지만, 용비야는 그러지 않았다. 그는 쉽사리 웃지 않고 냉정하고 경계하는 태도로 한 걸음 물러섰다. 그리고 오만하게 한운석을 내려다보며 그녀가 일어나기를 기다렸다.

그런데 웬걸, 한운석은 바닥에 엎드린 채 한참 동안 아무 움직임도 없었다.

용비야가 발로 그녀의 팔을 툭툭 치며 차갑게 말했다.

"시치미 떼지 말고 일어나라!"

그러나 한운석은 여전히 꼼짝도 하지 않았다. 용비야도 이상한 것을 알아차리고 황급히 그녀를 안아 올려 의자에 내려놓았다.

한운석은 깊은 잠에 빠진 것 같기도 하고 혼절한 것 같기도 했다. 온몸이 축 늘어져서 의자에 앉혔더니 또다시 고개를 푹 숙였다.

용비야는 그녀의 이마를 만져 보고 열이 없는 것을 확인했다.

어떻게 된 거지?

용비야는 잠시 망설이다가 전속 태의를 불렀다. 태의가 와서 살펴보더니 피로가 과해 혼절했다고 확인해 주었다.

용비야는 픽 웃었다. 이번에도 뜻밖이었다.

그녀가 혼절해서 쉽게 깨어나지 않는다는 것을 알자 용비야도 더는 사양하지 않았다.

그는 바깥에 대고 불렀다.

"초서풍, 들어오너라!"

초서풍이 가장 빠른 속도로 모습을 드러냈다.

"전하, 찾으셨습니까?"

용비야는 말을 하려다가 입을 다물더니, 결국 눈을 찡그린 채 차갑게 말했다.

"아니다. 바깥을 지키면서 아무도 방해하지 못하게 해라."

초서풍은 어리둥절했지만, 역시 가장 빠른 속도로 물러날 수밖에 없었다.

본래 용비야는 초서풍에게 이 여자를 살펴보게 할 생각이었지만, 갑자기 마음을 바꿔 직접 하기로 결심했다.

그에게 속한 것은, 그가 좋아하건 싫어하건 지금껏 누구도 손대지 못하게 했다.

그에게 여자가 속한 것은 처음이지만 같은 원칙을 적용해야 마땅했다.

그는 한운석을 한참 바라보다가 마침내 손을 뻗어 그녀의 턱을 들어 올렸다.

광대뼈 근처 종기가 있던 부분을 찬찬히 만져 보았지만 도저히 그곳에 뭔가 돋았었다고는 생각할 수 없었다. 이어서 그는 한운석의 얼굴을 꼼꼼하게 살폈다. 눈썹에서부터 아래로 쭉 훑고 마지막으로 귓가까지 만져 본 다음 비로소 인피면구人皮面具(사람 피부처럼 만든 가면. 다른 사람으로 변장하는 역용술에 널리 사용됨)를 쓰지 않았다는 것을 알 수 있었다.

성 하나를 줘도 아깝지 않을 이 고운 얼굴은 진짜였다.

한운석의 얼굴 검사가 끝나자 용비야는 이제 그녀의 옷을 검사하기 시작했다. 방금 침소에서 약상자를 발견하지 못한 터라 그녀가 어디서 약과 면포를 가져와 상처를 치료했는지 무척 의아하던 차였다.

한운석은 혼례복을 입고 있어서 주머니가 없었다.

용비야는 잠시 망설이다가 그녀의 팔을 들고 커다란 손을 널따란 소매 속으로 집어넣었다. 과연, 살짝 만져 보기만 해도 양

팔 팔뚝에 면포를 둘둘 말아 놓은 것을 알 수 있었다. 오른팔에 감은 면포 속에는 휴대용 비수가, 왼팔에 감은 면포 속에는 금침 한 벌과 독약 몇 알이 들어 있었다.

"한운석?"

용비야의 눈동자에 흥미로운 빛이 점점 짙어졌다. 그는 비수와 금침, 독약을 다시 잘 말아 넣은 후 소매를 내려주었다.

잠시 생각하던 그는 곧 몸을 숙여 한운석의 종아리를 자세히 살폈으나 종아리에는 아무것도 없었다.

한 차례 조사를 통해 비록 원하는 답을 얻지는 못했지만, 이 여자가 그가 상상한 만큼 위험하지 않다는 것은 확신할 수 있었다.

독을 가지고 있었으니 조금 전 그가 누군지 알았을 때 독을 쓰기란 손바닥 뒤집듯 쉬운 일이었다. 하지만 그녀는 그러지 않았다.

용비야는 들고 온 하얀 천을 바라보았다. 차갑고 엄숙한 입꼬리가 무심코 보일락 말락 호를 그렸다. 그는 한운석의 손을 잡아당겨 손가락 하나를 살짝 깨물어 흘러나온 피를 하얀 천에 두어 방울 떨어뜨렸다.

떨어진 피가 하얀 천 위로 번져나갔다.

용비야는 천을 잘 접어 탁자 위에 올려놓았다.

그가 차갑게 말했다.

"한운석, 본 왕은 할 일을 다 했다. 내일 아침에 깨어나지 않으면 기다려 주지 않을 것이다."

한운석은 이 모든 것을 전혀 몰랐다.

손가락에 난 상처는 몹시 작아서 하룻밤 만에 아물었다. 한운석처럼 예민한 사람도 다음 날 아침 일어났을 때 어젯밤 몸수색을 당했다는 사실을 알아차리지 못했다. 그녀는 머리가 무거워서 한동안 관자놀이를 문지른 다음에야 겨우 정신을 차릴 수 있었고, 용비야가 약속을 취소할까 봐 정신을 차리자마자 문밖으로 달려 나가느라 탁자 위에 있던 차곡차곡 접힌 천은 보지 못했다.

침궁 문 앞으로 달려간 한운석은 차를 마시는 용비야와 딱 마주쳤다.

그녀의 흐트러진 차림을 본 용비야가 다시 정리하고 오라고 꾸짖었다. 그녀는 곧바로 침소로 달려가 한바탕 치장을 한 다음 다시 그를 만나러 나갔고 서재에는 들르지 않았다.

용비야는 한운석이 탁자에 있던 물건을 봤는지 말았는지 알지 못했을 뿐더러 묻지도 않았다.

기다리던 노파에게서 질문을 받은 한운석이 '전하, 전하께서 가지고 계시지요'하고 한마디 하자 용비야는 웃어야 할지 울어야 할지 몰랐다. 그는 아무런 설명도 없이 몸소 서재로 돌아가 낙홍파를 가져왔다…….

몇 년 후, 당연히 한운석은 용비야에게 당시 의태비와 태후에게 보여 준 낙홍파가 어디서 났는지 물었다.

그때쯤 이미 사실대로 말할 용기가 없었던 용비야는 이렇게만 대답했다.

"비밀이다."

한운석은 생각하고 또 생각한 끝에 역시 그 천에 묻은 것은 용비야의 피였으리라는 결론을 내렸다. 그래서 당시 그 하얀 천을 받아와 소중히 보관해 두지 않은 것을 두고두고 아쉽게 생각했다.

〈천재소독비〉 12권에서 계속